KB111002

프랑스 유언

프랑스 유언

안드레이 마킨
이재형 옮김

무소의뿔

LE TESTAMENT FRANÇAIS
by Andreï Makine

Copyright © Mercure de France, 1995
All rights reserved.

Korean translation rights arranged with Mercure de France
through Sibylle Books Literary Agency.
This Korean edition was published by Musobul Books,
an imprint of Alchemist Publishing Co.

이 책의 한국어판 저작권은 Sibylle Books Literary Agency를 통해
Mercure de France와 독점 계약한 무소의뿔(도서출판연금술사)에 있습니다.
저작권법에 의해 한국 내에서 보호를 받는 저작물이므로 무단 전재 및 복제를 금합니다.

지금의 프랑스가 있게 한 언급되어지지 않았던 수많은 사람들. 나는 순수한 기쁨과 깊은 감동을 느끼며 그들의 진짜 이름을 여기에 기록한다.
– 마르셀 프루스트 「되찾은 시간」

시베리아에 사는 사람이 과연 올리브나무를 달라고 하늘에 기도하겠습니까, 아니면 프로방스에 사는 사람이 크랜베리를 달라고 하늘에 기도하겠습니까?
– 조제프 드 메스트르 「생페테르스부르의 밤」

나는 그 러시아 작가에게 그의 작업 방식에 대해 물었다가 그가 직접 번역을 하지는 않는다는 얘기를 듣고 놀랐다. 왜냐하면 그는 세련된 정신의 소유자로서 매우 세련된 프랑스어를 약간 느리게 구사했던 것이다.
그는 학술원과 거기서 펴낸 사전이 자신을 오싹하게 만들었다고 내게 털어놓았다.
– 알퐁스 도데 「파리에서의 30년」

차 례 # Le Testament Français

Le
Testament
Français

1

1

어

린

시

절,

 나는 여자들에게서 보이는 특유의 그 야릇한 미소가 사실은 남자들로서는 도저히 알 수 없는 어떤 미세한 승리의 표상 같은 걸 거라고 생각했었다. 그렇다, 그것은 깨져 버린 희망을 향해, 막돼먹은 남자들을 향해, 그리고 아름답고 진실한 것들이 이제 거의 세상에 존재하지 않는 현실을 향해 비록 일시적이긴 하나 의기양양하게 한 방 날리는, 그런 미소였다. 그때 내가 좀 더 풍부한 어휘력이 있었더라면 나는 여자들의 그 같은 미소를 '여성스러운 미소'라고 불렀으리라… 하지만 그 시절의 내 어휘들은 너무나 구체적인 것들이었다. 우리 집 앨범에 등장하는 여자들 얼굴을 찬찬히 들여다보다가 몇몇 얼굴에 나타나 있는 미소에서 그런 미묘한 아름다움의 빛을 발견한 게 고작이었다.

 플래시가 터지고 눈이 부셔서 앞이 전혀 안 보이게 되기 몇 초 전에 'pe-tite-pomme…'(왜 하필 pe-tite-pomme 라고 헤야 하는지 그 이유를 아는 사람은 거의 없었다)라고 발음해야 사진이 예쁘게 잘 나온다는 사실을 그녀들은 알고 있었다. 이렇게 발

음할 때 입은 유쾌하고 만족스럽다는 듯 길게 늘어나거나 걱정
스럽다는 듯 비죽거리면서 경련을 일으키는 대신, 꼭 마법에 걸
린 것처럼 우아하고 동그란 모양으로 변했다. 그와 동시에 얼굴
은 눈이 부실 정도로 환하게 빛났다. 눈썹은 활처럼 부드럽게 곡
선을 그렸고, 얼굴은 달걀처럼 갸름해졌다. 'petite pomme(쁘띠
뽐므, 사진을 찍을 때 '기-임-치' 혹은 '치-이-즈'라고 하듯 프랑스 사람들
이 발음하는 단어)'라고 말하면 두 눈이 아스라이 멀어져 간 옛 추
억의 그림자에 가려지고, 얼굴은 섬세하고 세련되게 보이고, 사
진 위로 지난 세월의 어슴푸레한 빛이 떠도는 것이다.

사진의 이런 마법을 속임수라고 믿는 여자는 그 어디에도 없
었다. 가령 우리 집 앨범에서 유일한 컬러사진 속에 등장하는 모
스크바 출신 여자 친척은 외교관에게 시집을 갔는데, 그녀는 여
간해선 입을 열지 않았고 누가 무슨 말을 꺼내기도 전에 벌써
권태롭다는 듯 한숨부터 내쉬기 일쑤였다. 하지만 그 사진을 보
는 순간 나는 'petite pomme'가 발휘한 마법을 한눈에 알아보
았다.

나는 거의 눈에 안 띌 정도로 존재가 미미하던 한 시골 여인
(이름은 잘 모르겠고, 지난번 전쟁 때 남편을 잃어 과부가 된 여
자들 이야기가 나올 때만 거론되었던 걸 보면 내게 백모가 되는
분이 아닌가 싶다)의 얼굴 역시 빛나는 아우라에 감싸여 있음
을 발견했다. 집안 대대로 농사를 짓고 살았던 글라샤까지도 겨
우 몇 장 남아 있는 사진 속에서 그 기적의 미소를 보란 듯이 지
어 보이고 있었다. 순간적으로 나타났다가 사라져 버리는 그 영
원에 가까운 프랑스식 미소를 짓고 있는 젊은 여자 사촌들 사진

은 꽤 많았다. 그들은 'petite pomme'라고 중얼거리면서 앞으로의 삶이 오직 그렇게 영광의 순간들로만 이루어지리라고 더 한층 굳게 믿는 듯 보였다….

섬세하고 반듯한 이목구비에 커다란 잿빛 눈을 가진 한 여인이 나의 이런 시선과 그 미소의 행렬을 가끔씩 가로질러 가곤 했다. 가장 오래된 앨범을 보면 그 당시만 해도 아직 젊었던 그녀의 미소에는 'petite pomme'의 은밀한 매혹이 배어 있다. 그러고 나서 점점 더 우리 시대에 가까워지는 앨범들을 보면 세월 탓일까, 그 여인의 표정은 쓸쓸함과 소박함의 엷은 베일을 쓰면서 희미하고 어렴풋해진다.

이 마법의 단어를 다른 사람들에게 가르쳐 주었던 이는 바로 이 여인, 러시아의 눈 내리는 광활한 평원에서 길을 잃고 헤매던 이 프랑스 여인, 우리 외할머니였다. 할머니는 세기 초에 노르베르 가문과 알베르틴 르모니에 가문의 결합을 통해 프랑스에서 태어났다. 'petite pomme'의 수수께끼는 아마도 우리가 어린 시절에 매혹당했던 최초의 전설이 아니었나 싶다. 또한 그것은 어머니가 농담조로 '너희 할머니의 언어'라고 이름 붙였던 바로 그 언어의 첫 번째 단어였을 것이다.

어느 날 나는 보지 말았어야 했을 사진 한 장을 우연히 보게 되었다… 시베리아 초원 지대 인근 마을(할머니는 전쟁이 끝나자 이곳에 눌러앉았다)에 있는 할머니 집에서 여름 방학을 보내고 있을 때의 일이었다. 뜨거운 여름날의 황혼이 서서히 가까워지면서 할머니 집의 방들을 엷은 보랏빛으로 가득 채워 가고 있었다. 그 환상적인 빛이 열린 창문 앞에서 내가 유심히 들여다보고 있던 사진들 위로 내려앉았다. 우리 집 앨범 속에 들어 있는 가장 오래된 사진들이었다. 1917년 혁명이라는 태고의 곳을 지나갔고, 황제의 시대를 부활시켰으며, 그 시대의 철의 장막을 뚫으며 나를 때로는 고딕식 대성당의 광장으로, 때로는 식물들이 완벽한 기하학적 구조를 이루고 있는 공원의 오솔길로 데려갔다. 나는 서서히 우리 가족의 선사시대로 회귀하고 있었다….

그런데, 그 사진이 불쑥 나타난 것이다!

앨범의 맨 뒷장과 표지 사이에 끼워져 있는 커다란 봉투 하나를 그저 호기심으로 열어 보았는데, 한 묶음의 사진이 존재를 알아봐 달라는 듯 거친 합지 면에서 튀어 나와, 이제는 어디가 어딘지 알아볼 수 없게 된 풍경들과 애정도 추억도 어려 있지 않은 얼굴들을 불쑥 내 앞에 드러냈다. 누군가 이 한 다발의 사진을 발견하게 되면 고통받는 그 모든 영혼들의 운명을 결정짓기 위해 분류를 해야만 하리라….

나는 망각 속으로 굴러떨어진 이 낯선 사람들과 풍경들 한가운데서 그녀를 보았다. 다른 사진들 속에서 모습을 드러낸 인물들의 우아함과는 전혀 다른 옷차림을 한 젊은 여자. 그녀는 남성용 샤프카(chapka 귀마개가 달려 있는 러시아 털모자)를 쓰고는 큼지막하고 칙칙한 솜저고리 차림으로 양털 담요에 싸인 아기를 가슴에 꼭 안고 있었다.

나는 어리둥절해하면서 속으로 생각했다.

'아니, 이 여자는 어떻게 연미복을 입은 이 남자들과 야회복 차림의 여자들 사이에 끼어 들어갈 수가 있었을까?'

게다가 사진 묶음에는 확 트인 가로수 길과 줄지어 선 기둥들, 지중해의 전망을 배경으로 찍은 사진들도 있었다. 도대체 왜 그녀가 시간적으로나 공간적으로나 전혀 어울리지 않게 그 사진들 속에 들어가 있는 것인지 도저히 납득이 가지 않았다. 그녀는 꼭 겨울철 도로에 쌓인 눈을 치우는 요즘 사람들이 입고 다닐 법한 이상한 옷차림을 하고서 우리 가족의 과거 속으로 뚫고 들어가 있는 불청객처럼 보였다….

나는 할머니가 들어오는 소리를 미처 듣지 못했다. 할머니가 내 어깨 위에 손을 올려놓았다. 화들짝 놀란 나는 할머니에게 사진을 보이며 물었다.

"이 여자 누구예요?"

늘 잔잔한 호수처럼 보이던 할머니의 두 눈에 순간적으로 파문이 일었다. 그러더니 할머니는 거의 무관심에 가까운 목소리로 되물었다.

"어떤 여자 말이냐?"

순간, 우리 두 사람은 입을 다문 채 귀를 기울였다. 뭔가가 스쳐 지나가는 듯한 기묘한 소리가 방을 가득 메웠다. 할머니가 고개를 돌리더니 환호성(내 귀에는 그렇게 들렸다)을 내질렀다.

"나방이다! 애야, 나방 좀 보렴!"

커다란 갈색 나방 한 마리, 황혼녘에만 나타나는 박각시나방 한 마리가 온몸을 파닥거리면서 거울 속으로 들어가려고 기를 쓰고 있었다. 나는 손을 내민 채 나방을 향해 돌진해 가는데 벌써부터 그놈이 비단처럼 부드러운 날개로 내 손바닥을 간지럽히는 것처럼 느껴졌다… 바로 그 순간, 나는 그 나방이 뜻밖에 크다는 사실을 깨달았다. 가까이 다가가던 내 입에서 탄성이 절로 흘러나왔다.

"두 마리예요! 삼쌍둥이라구요!"

과연 두 마리의 나방은 서로 달라붙어 있는 것처럼 보였다. 그리고 그들의 몸은 열에 들뜬 듯 활기차게 꿈틀거리고 있었다. 놀랍게도 이 두 마리의 박각시나방은 내가 다가가도 본 체 만 체, 도망치려고도 하지 않았다. 등에 그려져 있는 흰색 반점, 그 유명한 해골이 그놈들을 붙잡기 직전 얼핏 내 눈에 띄었다.

우리는 솜저고리를 입은 그 여인 얘기를 더 이상 꺼내지 않았다… 나는 내가 놓아준 나방들이 날아가는 모습을 지켜보았다. 하늘로 날아오르자 녀석들은 둘로 나뉘어졌고, 나는 녀석들이 왜 그렇게 붙어 있었는지 열 살짜리 어린아이의 이해력이 미칠 수 있는 한도 내에서 해석했다. 이제 생각해 보면 그때 할머니가 그처럼 난처한 표정을 짓고 있었던 게 너무나 당연했다.

짝짓기를 하던 나방을 붙잡는 순간, 아주아주 오래되고 신비스럽기 짝이 없는 내 어린 시절의 추억 두 가지가 머릿속에 떠올랐다. 여덟 살 때로 거슬러 올라가는 첫 번째 추억은 할머니가 이따금씩 발코니에 앉아 고개를 숙인 채 옷깃을 깁거나 단추를 달면서, 불렀다기보다는 흥얼거렸다고 하는 편이 어울릴 오래된 몇 마디 노래 가사로 요약된다. 나를 황홀하게 만든 것은 이 노래 가사의 맨 마지막 행이었다.

… 그리고 이제 우리는 이 세상 끝날 때까지 잠들리라.

어린아이인 나의 이해력을 넘어설 만큼 그렇게 오랫동안 계속될 두 연인의 잠. 사람들이 죽으면(예를 들면 이웃집 할머니. 나는 겨울에 돌아가신 이분의 죽음에 대해서 아주 상세한 설명을 들었다) 영원히 잠든다는 걸 나는 이미 알고 있었다. 그렇다면 노래에 나오는 연인들도 그렇겠지? 그러자 사랑과 죽음이 어린 내 머릿속에서 기묘한 결합을 이루었다. 그리고 우울하면서 아름다운 이 노래의 선율은 그 같은 혼란을 더욱 더 가중시켰다. 사랑, 죽음, 아름다움… 그리고 저녁 하늘, 바람, 초원의 향기. 노래 덕분에 이런 것들의 존재가 새삼 생생하게 내 가슴에 와 닿았다. 마치 내 인생이 바로 그 순간에 막 시작된 것처럼 말이다.

두 번째 추억은 너무나 오래전의 일이어서 정확한 연도나 날짜가 생각나지 않는다. 마치 안개구름처럼 희뿌연 그 추억 속에는 분명하고 또렷한 '나'가 존재하지 않았다. 강렬한 빛의 느낌, 향기로운 풀 내음, 그리고 짙푸른 허공을 가로지르던 은빛 선. 오랜 세월이 지난 뒤에야 나는 그 은빛 선이 거미줄이었다는 사실을 알게 될 것이다. 이 거미줄이 반사시키던 빛은 내게 어떤 소중한 것이 되리라. 나는 이것이 내가 이 세상에 태어나기 이전의 무의식적인 추억이었다고 확신하게 되기 때문이다. 그렇다, 그것은 나의 프랑스 조상들이 내게 보낸 울림이었다. 나는 할머니가 들려주는 이야기 속에서 그 추억의 요소들을 하나도 빠뜨리지 않고 전부 다 되찾을 것이다. 할머니가 프로방스를 여행할 때의 가을 햇빛, 라벤더가 흐드러지게 피어 있는 들판의 향기, 그리고 향기 가득한 공중에서 너울거리던 거미줄. 어릴 적 나의 이런 예감들을 할머니에게 얘기할 수는 없었다.

할머니가 울고 있는 모습을 우리가, 나와 누나가 본 것은 그 이듬해 여름이었다… 우리가 태어나서 처음으로.

우리 눈에 비친 할머니는 꼭 여신처럼 그렇게 아무리 큰일이 벌어져도 눈썹 하나 까딱하지 않을 만큼 침착하고 공정하고 관대하며 늘 한결같은 존재였다. 할머니는 이미 오래전에 하나의 신화가 되었을 만큼 파란만장한 인생을 살았기 때문에 하잘것없는 인간들의 슬픔 따위는 이미 넘어선 분이었다. 할머니의 눈에서 눈물이 흐르는 모습을 우리는 단 한 번도 본 적이 없었다. 입술이 고통스럽게 경련을 일으킨다든지, 뺨이 미세하게 씰룩거린다든지, 눈썹이 알아채기 힘들 만큼 빠르게 떨릴 뿐이었다….

우리는 구겨진 종잇조각들이 여기저기 어지럽게 널려 있는 양탄자 위에 앉아 아주 재미난 놀이에 열중하고 있었다. 놀이인즉 흰 기름종이에 싸인 자그마한 돌멩이들을 꺼내 보는 일이었다. 어떨 땐 수정 조각이, 또 어떨 땐 만지면 기분이 좋아지는 매끌매끌한 조약돌이 나왔다. 종이들에는 '페캉', '라 로셸', '비숑'… 이라고 쓰여 있었는데, 그게 무슨 뜻인지 알 턱이 없었던 우리는 이게 그 수수께끼 같은 광물들의 이름이라고 생각했었다. 어떤 종이에서는 녹이 슨 쇠가 섞인 꺼슬꺼슬한 돌이 나오기도 했다. 우리는 거기에 쓰여 있는 '베르됭'(프랑스 동부의 지명)이라는 글자를 보고 그것이 그 이상한 광물의 이름이라고 믿었다. 이 수집품들 중에서 여러 개가 이렇게 해서 껍질을 벗었다. 할머니가 들어오기 직전에 놀이는 더욱 활기찬 양상을 띠었다. 우리는 더 예쁜 돌을 가지려고 서로 다투는가 하면, 돌을 서로 마주쳐 보기도 하고 가끔씩은 깨뜨려 보기도 하면서 얼마나 단단한지 시험해 보기도 했다. 안 예뻐 보이는 광물들(예를 들자면 '베르됭' 같은)은 창문 밖 달리아 화단으로 내던져졌다. 찢겨져 나간 기름종이도 여러 장이었다….

할머니는 들어오던 걸음을 멈춘 채 하얀 종이가 여기저기 흩뿌려져 있는 이 전쟁터를 내려다보았다. 우리가 고개를 들어 할머니를 쳐다본 순간, 할머니의 잿빛 눈동자가 눈물에 젖어 있는 것처럼 보였다. 눈물은 자신이 지금 참을 수 없을 만큼 분노하고 있다고 말하고 있었다.

그렇다, 그녀는, 우리 할머니는 냉정하고 감정도 없는 여신이 아니었다. 그러니까 할머니도 불안에, 돌연 괴로움에 사로잡힐 수 있는 사람이었다. 평화로운 세월의 흐름 속을 너무나 침착하게 걸어 나가고 있다고 우리가 믿고 있던 할머니 역시 가끔씩은 금방이라도 눈물을 쏟을 것처럼 울먹이곤 했던 것이다.

바로 그해 여름부터 할머니의 삶은 뜻밖의 새로운 면모를, 훨씬 더 개인적인 면모를 내게 드러내 보이기 시작했다.

그전까지만 해도 할머니의 과거는 단풍잎을 연상시키는 비단 부채라든가 그 유명한 작은 '퐁네프 가방' 같은 부적들, 집안 대대로 전해져 내려오는 유물 몇 개로 요약되었다. 우리 집안의 전설에 의하면 이 가방은 그 당시 네 살이었던 샤를로트 르모니에가 퐁네프 위에서 발견했다고 한다. 제 어머니 앞에서 뛰어가던 이 어린 소녀는 문득 걸음을 멈추더니 "가방이다!"라고 소리쳤다. 그리고 반세기도 더 지난 지금, 그녀의 그 외침은 러시아의 광대함 속에 고립된 도시에서 초원의 태양 아래 메아리치며 울리다가 점점 더 희미해지고 있었다. 할머니는 지퍼에 자그마한 푸른색 칠보 메달이 달린 이 돼지가죽 가방 속에 옛날에 모은 보석들을 넣어 간직했다.

이 낡은 가방은 할머니가 간직하고 있는 최초의 추억들 중 하나였으며, 우리에게는 할머니가 기억하고 있는 전설적인 세계의 기원이었다. 파리, 퐁네프… 이 놀라운 성운은 우리들이 황홀한 시선으로 바라보고 있는 가운데 아직은 흐릿하고 희미하기만 한 윤곽을 그리고 있었다….

그런데, 이 과거의 유물들(『어떤 푸들의 회고록』이라든가 『한 미련퉁이와 그의 누이동생』처럼 겉표지가 분홍색으로 된 두꺼운 책의 반질반질해진 금빛 책배를 어루만지며 느꼈던 그 쾌감이 아직도 잊히지 않는다)과 더불어 훨씬 오래된 증거물이 하나 더 있었다. 시베리아에서 찍은 사진 한 장. 알베르틴, 노르베르, 그리고 두 사람 앞에 놓인 사진관의 집기들이 다 그렇듯이 임시 대용물이라는 걸 한눈에 알아차릴 수 있는 높은 원탁 위에 앉아 있는 샤를로트. 이제 갓 두 살쯤 되어 보이는 그녀는 레이스로 장식된 모자를 쓰고 인형옷처럼 조그마한 옷을 입고 있었다. 사진사 이름과 그가 받은 메달이 새겨진 두꺼운 판지 위에 붙어 있는 이 사진을 보자 슬며시 호기심이 발동했다.

'비단처럼 부드러운 머리칼에 섬세하고 단아한 얼굴의 이 매혹적인 여성은 도대체 흰 턱수염이 꼭 해마의 엄니처럼 두 갈래로 나뉘어져 있는 이 노인과는 어떤 관계일까?'

우리 증조부인 이 노인이 알베르틴보다 스물여섯 살이나 많다는 사실을 우리는 이미 알고 있었다.

"꼭 자기 딸이랑 결혼한 것 같아!"

누나는 괜히 분개해서 이렇게 말했다.

우리가 보기에 이런 식의 결합은 엉뚱하고 불건전했다. 우리가 학교에서 배우는 교과서에 지참금이 없는 처녀와 돈 많고 인색하고 젊은 여자 좋아하는 노인이 결혼했다는 식의 이야기가 심심찮게 등장했던 것이다. 그래서 우리는 부르주아 사회에서는 다른 형태의 결혼이라는 것이 아예 불가능하다고 생각했을 정도였다. 우리는 노르베르의 표정에서 어떤 음험한 악의를 찾아내려고 애썼다. 하지만 그의 얼굴은 쥘 베른 책에 나오는 용감하고 대담한 탐험가들의 모습처럼 소박하고 솔직해 보일 뿐이었다. 게다가 긴 흰 수염이 난 그 노인은 사실 그 당시 겨우 마흔여덟 살에 불과했다….

우리가 부르주아식 풍습의 희생자라고 생각했던 알베르틴으로 말하자면, 얼마 지나지 않아 삽질이 시작되어 흙이 이리저리 날리는 미끌미끌한 묘지 가장자리에 서 있게 될 것이다. 그녀는 자신을 붙들고 있는 사람들에게서 벗어나려고 격렬하게 몸부림치면서, 시베리아의 변두리 마을 묘지에서 거행된 이 장례식에 참석한 러시아인들이 아연실색할 정도로 애절하게 울부짖을 것이다. 자기 나라에서 거행되는 장례식의 비통한 오열과 비 오듯 쏟아지는 눈물, 구슬픈 통곡에 익숙해진 이 사람들은 이 젊은 프랑스 여인의 애절한 아름다움 앞에서 넋을 잃게 될 것이다. 그녀는 낭랑한 프랑스어로 이렇게 소리치며 묘지 위에서 몸부림칠 것이다.

"나도 함께 저 속에 내던져 줘요! 날 내던져 달란 말예요!"

이 애타는 하소연은 오랫동안 어린 나의 귓속에서 울렸다.

"어쩌면 그분은… 그분은 증조할아버지를 사랑했기 때문에 그 랬을 거야…."

어느 날 누나가 이렇게 말했다. 그리고 누나는 얼굴을 붉혔다.

하지만 나의 호기심을 일깨운 것은 노르베르와 알베르틴의 별 난 결혼이라기보다는 세기 초에 찍은 그 사진에 등장하는 샤를 로트였다. 특히 양말을 신지 않은 그 자그마한 발가락이 나의 호 기심을 자극했다. 우연의 장난에 의한 것인지, 아니면 무의식중 에 애교를 부리느라 그랬는지 그녀는 발가락을 발바닥 쪽으로 꽉 웅크리고 있었다. 우리가 어디서나 흔히 볼 수 있을 평범한 이 사진은 이 대수롭지 않아 보이는 부분으로 인해 독특한 의미 를 띠게 되었다. 생각을 글이나 말로 표현할 줄 몰랐던 나는 꿈 꾸는 듯한 목소리로 이렇게 혼잣말만 되뇌었다.

"1905년 7월 22일, 영원히 사라져 버린 어느 여름날 시베리아 의 한 벽지, 이유는 모르겠으나 기묘하게 생긴 조그만 원탁 위에 앉아 있는 이 어린 소녀. 그래, 바로 그날 두 번째 생일을 맞은 이 프랑스 여자아이, 사진사를 쳐다보면서 믿을 수 없을 만큼 작 은 발가락들을 오므리고, 이렇게 함으로써 내가 그날 속으로 들 어가 그 날씨와 그 시간과 그 색깔을 맛보듯 생생하게 느낄 수 있게 해 주는 아이…."

이 수수께끼 같은 어린아이의 존재가 아찔한 현기증을 불러일 으켰기 때문에 나는 그만 두 눈을 질끈 감아 버리고 말았다.

이 아이가 바로… 우리 할머니였다. 그렇다, 이 어린 소녀가 바 로 그녀, 그날 밤 우리가 보고 있는 가운데 쪼그려 앉더니 양탄 자 위에 널려진 돌들을 줍기 시작했던 바로 그 여인이었다. 놀라기도 하고 당황하기도 한 우리, 누나와 나는 사과의 말도 하지 못하고 할머니가 여기저기 흩어져 있는 그 부적들을 줍는 걸 도울 엄두도 내지 못한 채 일어나서 벽에 등을 기대고 섰을 뿐이었다. 우리는 할머니의 내리깐 눈에 눈물이 맺혀 있으리라는 짐작을 할 수가 있었다….

우리가 그 무례하기 짝이 없는 놀이에 몰두했던 그날 밤, 우리 앞에 서 있던 사람은 옛날에 『푸른 수염』이라든가 『잠자는 숲속의 공주』 이야기를 들려주던 마음씨 좋은 요정이 아니라, 굳센 정신력에도 불구하고 상처를 받은 예민한 여인이었다.

할머니는 '퐁네프 가방'을 닫아서 자기 방으로 가져다 놓은 다음 우리를 식탁으로 불렀다. 잠시 침묵을 지키던 할머니는 익숙한 손놀림으로 우리들에게 차를 따라 주면서 단조롭고 차분하게 프랑스어로 말하기 시작했다.

"너희들이 내던진 돌들 중에는 내가 꼭 다시 찾아내고 싶은 돌이 하나 있단다…."

그리고 할머니는 곧잘 식사 시간 중에는 러시아어로 얘기를 나누었던(시도 때도 없이 들이닥치기 일쑤였던 친구들이나 이웃들 때문에) 것과는 달리 그날 밤만은 여전히 그 단조로운 말투로, 프랑스어로 나폴레옹 대군의 개선 행렬과 '베르뎅'이라고 이름 붙여진 작은 갈색 조약돌에 관해 얘기해 주었다. 사실 우리는 할머니가 해 주는 이야기가 어떤 의미를 갖고 있는지 거의 깨닫지 못했다. 정작 우리 마음을 사로잡은 것은 할머니의 말투였다. 할머니는 꼭 어른한테 얘기하듯이 그렇게 우리들에게 얘기를 했다. 우리가 눈앞에 그려 본 것은 단지 짙은 콧수염을 기른 미남 장교가 승리를 거두고 개선 행진하는 대열에서 빠져나와 열광하는 군중들 속에서 이리 밀리고 저리 밀리는 한 젊은 여성에게 다가가더니 자그마한 갈색 조약돌을 건네주는 장면뿐이었다….

저녁밥을 먹은 뒤 나는 회중전등을 들고 할머니 집 앞의 달리아 화단을 샅샅이 뒤졌으나 '베르됭'은 눈에 띄지 않았다. 그걸 되찾은 건 다음날 아침 인도 위에서였다. 이 작은 갈색 조약돌은 담배꽁초 몇 개와 깨진 유리병들, 그리고 흩어진 모래 더미 속에 섞여 있었다. 위에서 내려다보니 그것은 꼭 미지의 성운에서 날아와 소로에 깔린 자갈과 뒤섞인 운석마냥 주변에 널려 있는 평범한 것들과는 두드러지게 대비되었다….

이렇게 해서 우리는 할머니가 눈물을 감추고 살았음을 짐작했고, 피오도르 할아버지보다 먼저 만났던 그 프랑스인 연인의 존재가 여전히 할머니의 마음속에 자리 잡고 있었음을 예감했다. 그렇다, 까슬까슬한 '베르됭'을 샤를로트의 손에 슬그머니 쥐어준 이 멋진 대군 장교의 존재가 아직도 그녀의 가슴속에 남아 있었다. 이 같은 사실을 깨닫는 순간 우리의 가슴은 설레었다. 우리는 다른 가족들은 아무도 접근하지 못했을 한 가지 비밀을 통해 할머니와 일체가 되었다고 느꼈다.

그날 밤 우리는 할머니네 아파트의 작은 발코니에서 함께 시간을 보냈다. 꽃으로 뒤덮인 그 발코니는 꼭 초원의 뜨거운 안개 위에 둥둥 떠 있는 것처럼 느껴졌다. 타는 듯 뜨거운 구릿빛 태양이 지평선을 살짝 건드리더니 잠시 머뭇거리다가 재빨리 모습을 감추어 버렸다. 하늘에서는 별들이 하나둘씩 나타나 몸을 떨기 시작했다. 짙은 향기가 산들거리는 밤바람을 타고 우리 있는 곳까지 올라와 콧속으로 파고들었다.

우리는 아무 말이 없었다. 할머니는 햇빛이 남아 있을 동안 블라우스를 무릎 위에 펼쳐 놓고 바느질을 하다가 대기가 짙푸른 그림자로 물들기 시작하자 바느질감을 옆으로 밀어 놓은 다음, 눈을 들어 안개 자욱한 머언 평원을 멍하니 바라보았다. 우리는 할머니의 침묵을 깨뜨릴 엄두를 내지 못한 채 가끔씩 힐끗거리기만 했다. 이제 할머니는 한층 더 비밀스런 이야기를 새로 해줄 것인가, 아니면 마치 아무 일도 없던 것처럼 청록색 갓이 달린 등을 가지고 와서 긴 여름밤에는 늘 그랬듯이 도데나 쥘 베른의 작품 중에서 몇 쪽을 읽어 줄 것인가? 말은 안 했지만 우리는 할머니가 입을 열기를 이제나저제나 애타게 기다리고 있었다. 도저히 억누르기 힘든 호기심과 어렴풋한 불안감이 우리의 기다림(관객들이 줄타기 곡예를 볼 때 기울이는 주의력) 속으로 녹아들었다. 꼭 우리가 우리 앞에 혼자 앉아 있는 그 여인을 함정에 빠뜨린 것 같은 느낌이 들었다.

그렇지만 할머니는 우리가 그렇게 긴장하고 있다는 사실조차 눈치채지 못한 것 같았다. 그녀의 두 손은 그냥 무릎 위에 놓여 있었고, 그녀의 눈길은 하늘의 투명함 속으로 녹아들고 있었다. 미소의 그림자라고 해야 할까, 그런 것이 그녀의 입술을 환히 밝히고 있을 뿐이었….

우리도 서서히 그 같은 침묵 속으로 빠져들었다. 우리는 난간 너머로 고개를 내민 채 가능한 한 하늘을 조금이라도 더 보려고 눈썹을 찌푸렸다. 앞뒤로 흔들거리던 발코니가 우리 발아래로 꺼져 들어가더니 허공을 떠다니기 시작했다. 꼭 우리가 밤바람을 가르고 그쪽으로 돌진이라도 하듯 지평선이 가까이 다가왔다.

우리는 이 지평선 위에서 무언가 희미하게 반짝거리는 것을 보았다. 꼭 금빛 비늘들이 강물 위에 떠다니는 것 같았다. 우리는 믿을 수가 없는 표정으로 우리의 날아다니는 발코니를 향해 물밀듯 밀려오는 어둠을 뚫어지게 응시했다. 그렇다, 넓고도 넓은 시커먼 물이 초원 저 먼 곳에서 반짝거리다가 올라오면서 큰비가 오고 난 뒤의 쌀쌀한 냉기를 퍼뜨리고 있었다. 흡사 광대한 수면이 희끄무레한 겨울 햇빛을 받아 조금씩 조금씩 환해지는 듯했다.

드디어 검은색 산괴를 연상시키는 건물들과 대성당의 뾰족탑들, 그리고 가로등들이 그 환상적인 조수에서 빠져나오기 시작했다. 도시가 그 모습을 드러낸 것이다! 길이란 길은 온통 물에 잠겨 있지만 그럼에도 불구하고 조화를 갖춘 거대한 유령도시가 우리 눈앞에 떠올랐던 것이다….

문득 우리는 누군가가 얼마 전부터 우리에게 말을 하고 있었다는 사실을 깨달았다. 할머니가 우리에게 말을 하고 있었던 것이다!

"그때 난 너희들이랑 비슷한 나이였던 것 같다. 1910년 겨울이었지. 센 강이 꼭 바다처럼 변해 버렸단다. 파리 사람들은 작은 배를 타고 물을 건너 다녔지. 거리는 작은 강처럼 보였고, 광장은 꼭 넓은 호수 같았다니까. 나를 가장 놀라게 만든 건 그 침묵이었단다…."

물에 잠긴 파리의 그 졸린 듯한 침묵의 소리가 발코니에 앉아 있는 우리 귀에 들려왔다. 배가 지나갈 때마다 물결이 서너 번씩 출렁거리는 소리, 물에 잠긴 길 끝에서 들려오는 누군가의 희미한 목소리.

할머니의 프랑스가 마치 안개 자욱한 아틀란티스처럼 물결 속에서 떠오르고 있었다.

2

"심

　지

　어

　는

　대통령도 소박한 음식을 드실 수밖에 없다!"

바로 이것이 우리의 '프랑스-아틀란티스' 수도에 울려 퍼진 최초의 대사였다. 우리는 나이가 무척 많은 백발노인(우리 증조부 노르베르의 위엄 있는 표정과 꼭 스탈린의 엄숙한 표정을 동시에 가지고 있는)이 촛불 하나만 켜져 있어서 왠지 을씨년스럽게 느껴지는 테이블 앞에 앉아 있는 모습을 상상했다.

이 뉴스는 할머니가 가지고 있는 앨범들 중에서도 가장 오래된 앨범에 끼워진 한 사진에 등장하는, 날카로운 눈과 결연한 표정의 40대 남자가 전한 것이었다. 그는 건물 벽에 바싹 댄 배 위에서 사다리를 어느 이 층 창문에 걸쳐 놓고 그리로 올라가고 있었다. 남자는 『엑셀시오르』지 기자였던 샤를로트의 외삼촌 뱅상이었다. 대홍수가 시작된 뒤로 그는 매일 주요 사건을 찾아서 이렇게 파리의 골목골목을 누비고 다녔다. 대통령이 소박한 음식으로 식사를 한다는 뉴스도 그중 하나였다. 그리고 우리가 열심히 들여다보고 있던 그 누르스름한 신문 스크랩에 실린 놀라운 사진도 벵상이 배 위에서 찍은 것이었다. 세 남자가 좀 위태위태해 보이는 소형 보트를 타고서 높은 건물들이 죽 늘어서 있는 그 넓은 물바다를 가로질러 가고 있는 사진이었는데, 사진에는 이런 설명이 붙어 있었다.

"국회의원들이 회기 중인 국회에 출석하기 위해 가고 있다…"

벵상은 창문을 넘어 파리에 체류하는 동안 그의 집에 머물고 있던 누나 알베르틴과 조카 샤를로트를 끌어안았다… 그때까지만 해도 조용하던 아틀란티스는 갖가지 소리와 온갖 감정들, 끝도 없는 대화들로 가득 메워졌다. 밤마다 할머니가 해 주게 될 이야기들은 세월에 휩쓸려간 이 세상의 몇몇 참신한 장면들을 드러내 보여 줄 것이다.

그리고 숨겨진 보물이 있었다. 그것은 오래된 신문으로 가득 차 있는 가방이었다. 대담하게도 우리는 샤를로트의 방에 있는 커다란 침대 밑으로 들어갔다가 엄청나게 큰 이 가방을 발견하고 기겁을 했었다. 우리는 가방을 끌고 나와 자물쇠를 열고 뚜껑을 들어올렸다. 낡은 종이 뭉치가 그 안에 가득 들어 있었다! 몹시 권태롭고 불안할 정도로 심각한 어른들의 삶에서 숨이 턱하고 막힐 만큼 고리타분한 냄새와 먼지 냄새가 풍겨 나왔다… 할머니가 우리에게 보여 주려고 그 낡은 신문들과 까마득한 옛날 날짜가 적혀 있는 편지들 속에서 국회의원 세 명이 배에 타고 있는 사진을 찾아냈다는 생각을 두대체 우리가 어떻게 할 수 있었겠는가…?

벵상은 샤를로트가 신문 삽화에 관심을 가지게 되고, 이 덧없는 현실의 반영물들을 신문에서 오려내 모으도록 만든 장본인이었다. 세월의 녹이 낀 은화처럼 그것들도 시간이 지나다 보면 전혀 다른 입체감을 갖게 되겠지, 그는 생각했으리라.

초원에서 불어오는 향기로운 미풍이 우리 발코니를 가득 메우던 어느 여름밤, 발코니 밑을 지나가던 행인들이 나누는 대화를 듣는 순간 우리는 꿈에서 깨어났다.

"아니야, 내 맹세하는데 라디오에서 그렇게 말했다니까. 그 사람이 우주 공간으로 나갔다고 말야."

차츰 멀어져 가면서 다른 한 사람이 미심쩍은 목소리로 대꾸했다.

"자네 지금 날 바보로 아는 거야 뭐야, 응? 그 사람이 나갔다구? 하지만 그 높은 곳에는 사람이 나가고 자시고 할 만한 곳이 없단 말야. 그건 꼭 낙하산 없이 비행기에서 뛰어내리는 거나 마찬가지라니까…."

두 사람의 대화는 우리를 다시 현실로 데려왔다. 주위에는 우리 머리 위로 그 깊이를 헤아릴 수 없는 하늘을 탐험하면서 큰 자부심을 느끼는 거대한 제국이 펼쳐져 있었다. 가공할 만한 군대와 북극의 빙하를 깨뜨리고 다니는 핵 쇄빙선, 이제 곧 전 세계 다른 모든 국가에서 생산되는 걸 다 합친 것보다 더 많은 양의 강철을 생산해 내게 될 공장들, 흑해에서 태평양까지 이삭이 나부끼는 밀밭을 가진 제국… 그리고 끝없이 펼쳐진 대초원을 가진 제국.

그런데 우리 집 발코니 위에서는 한 프랑스 여인이 물에 잠긴 대도시를 가로질러 한 높은 건물의 벽으로 다가가는 작은 배에 관해서 우리들에게 얘기를 해 주고 있는 것이었다… 우리는 우리가 지금 어디에 있는 것인지 이해하려고 애쓰면서 몸을 흔들어댔다. 여기? 아니면 그곳에? 우리 귀에 대고 잔잔하게 속삭이던 물결 소리가 어느새 사라져 버렸다.

아니다, 우리 삶이 이처럼 이중 분열된다는 사실을 우리가 알아차린 것이 이때가 처음은 아니었다. 할머니 곁에서 산다는 것은 곧 우리가 다른 곳에 있다고 느낀다는 것을 의미했다. 할머니는 광장을 지나다니면서도 바부슈카(babouchka 전형적인 러시아 할머니)들의 벤치에는 단 한 번도 앉지 않았다(바부슈카들이 없는 러시아 광장은 생각할 수조차 없다). 그렇기는 하지만 할머니는 항상 그들과 무척 다정하게 인사를 나누었고, 며칠씩 안 보이는 사람이 있으면 꼭 안부를 물었다. 가령 소금에 절인 버섯의 미미한 신맛을 어떻게 하면 없앨 수 있는지 가르쳐 주는 등 사소하나마 그들에게 도움을 제공하기도 했다… 하지만 할머니는 그들과 이렇게 다정하게 담소를 나누는 중에도 앉지 않고 줄곧 서 있었다. 그리고 광장에서 수다를 떨고 있던 노파들 역시 자신들과 우리 할머니의 이 같은 차이를 자연스럽게 받아들였다. 샤를로트가 완전한 러시아 바부슈카가 아니라는 사실을 모르는 사람은 아무도 없었다.

그렇다고 해서 할머니가 세상 사람들과 인연을 끊고 살았거나 어떤 사회적 편견을 가지고 있었다는 얘기는 아니다. 어렸을 적에 우리는 이따금씩 아침 이른 시간에 한창 단잠을 자고 있다가 광장이 떠나갈 정도로 요란한 고함 소리에 놀라 잠을 깨곤 했었다.

"우유 왔어요!"

우리는 아직 잠이 덜 깨서 비몽사몽간이었지만 방금 이웃 마을에서 온 우유 배달부 아브도티아의 목소리를, 그리고 도저히 흉내 낼 수 없을 만큼 독특한 그녀의 억양을 알아차릴 수 있었다. 주부들은 양철통을 하나씩 들고서 50대의 이 건강한 농부 여인이 이 집 저 집 끌고 다니는 엄청나게 큰 두 개의 우유 통을 향해 내려갔다. 어느 날, 이 고함 소리에 놀라 잠이 깬 나는 더이상 잠을 이룰 수가 없었다… 그때 현관문이 살그머니 열리더니 식당 쪽에서 숨죽인 목소리들이 들려왔던 것이다. 잠시 후, 그 목소리들 중의 하나가 흡족하다는 듯 꾸밈없이 말했다.

"야, 여긴 참 아늑하네요, 슈라! 꼭 구름 위에 누워 있는 것 같아요…"

이 말에 호기심이 발동한 나는 우리 방에 처진 커튼을 젖히고 내다보았다. 아브도티아가 사지를 쫙 벌리고 눈을 반쯤 감은 채 마룻바닥 위에 누워 있었다. 그녀의 온몸(양말을 안 신어서 온통 먼지투성이인 두 발에서부터 마룻바닥 위에 퍼져 있는 머리칼까지)이 편안한 휴식을 취하고 있는 것이었다. 살짝 벌려진 입술 위에 편안한 미소가 감돌았다.

"여긴 참 아늑하네요, 슈라!"

그녀가 할머니를 애칭으로 부르면서 나지막한 소리로 같은 말을 다시 한 번 되풀이했는데, 사람들은 보통 샤를로트라는 별난 이름 대신 이 슈라라는 애칭을 사용했다.

아브도티아가 얼마나 피곤했으면 그 거구를 주방 한가운데 눕혀 버렸을지 짐작되고도 남았다. 또 나는 아브도티아가 그처럼 마음 놓고 편안히 쉴 수 있는 곳은 오직 우리 할머니네 집밖에 없다는 사실도 알고 있었다. 왜냐하면 그녀는 우리 할머니 집에서는 푸대접을 받거나 예의가 없다는 등의 비난을 들을 염려가 없다고 굳게 믿고 있었던 것이다… 허리가 휠 정도로 크고 무거운 우유 통을 짊어지고 동네를 한 바퀴 돈다는 건 여간 힘든 일이 아닐 것이다. 그렇기 때문에 우유를 다 배달하고 나서 '슈라'네 집에 올라올 때 그녀의 두 다리는 마비되어 아예 감각이 없을 터이고, 두 팔은 천근만근 무거웠으리라. 아무것도 깔려 있지 않은 마룻바닥은 늘 깔끔했고 아침나절의 기분 좋은 냉기를 간직하고 있었다. 집 안으로 들어온 아브도티아는 할머니에게 인사를 하고 커다란 구두를 벗어던진 다음 바닥에 그대로 누워 버렸다. '슈라'는 그녀에게 물을 한 잔 가져다주고 그녀 옆의 자그마한 의자에 앉았다. 그런 다음 이 두 사람은 아브도티아가 기운을 차려 다시 길을 떠나기 전까지 소곤소곤 얘기를 나누는 것이었다….

바로 그날, 나는 할머니가 모든 걸 다 잊어버린 채 일종의 행복감에 빠져 벌러덩 누워 있는 그 우유 배달 여인에게 하는 말을 몇 마디 듣게 되었다. 두 여인은 들일이라든가 메밀 수확 등에 대해서 얘기를 나누었다. 그러다가 나는 샤를로트가 농사짓는 일에 대해 훤히 알고 있다는 걸 깨닫고 깜짝 놀랐다. 하시만 그녀가 구사하는 무척이나 순수하고 섬세한 러시아어는 아브도티아의 거칠고 딱딱하고 활기찬 언어와는 전혀 어울리지 않았다. 그들의 대화는 피할 수 없는 주제인 전쟁에 대해서도 언급했다. 아브도티아의 남편이 전선에서 전사했던 것이다. 추수, 메밀, 스탈린그라드… 그리고 그날 밤 할머니는 우리들에게 물에 잠긴 파리에 대해서 이야기해 주거나 혹은 엑토르 말로(프랑스 소설가. 청소년 소설을 주로 썼고 대표작으로는 『가족 없이』가 있다)의 책을 몇 페이지 읽어 줄 것이다. 나는 어둡고 머언 과거(이번에는 러시아에서의 과거)가 할머니가 살았던 옛 삶의 심연 속에서 깨어나는 것을 느낄 수 있었다.

아브도티아가 몸을 일으키더니 할머니에게 입을 맞춘 다음 사륜짐마차를 몰고 태양이 내리쬐는 대초원의 끝없이 펼쳐진 들판 사이에 길게 나 있는 길로 접어들었다. 그리고 이윽고 키 큰 풀과 꽃들의 바다 속에 잠겨 버렸다… 나는 그녀가 주방에서 나오다가 주저주저 현관 장식장 위에 놓인 작고 섬세한 조각상을 농사짓는 사람 특유의 굵은 손가락으로 조심스럽게 어루만지는 것을 보았다. 온몸이 구불구불한 덩굴로 둘둘 감겨 있는 님프상이었다. 세기 초에 만들어진 보기 드문 명품 중 하나인 이 작은 조각상이 그때까지 보관될 수 있었다는 건 거의 기적에 가까운 일이었다….

몹시 이상하게 생각되기는 하겠지만, 할머니에게서 풍기는 이 같은 이방인 분위기의 의미를 우리가 간파할 수 있었던 것은 엉뚱하게도 이곳에서 주정뱅이로 소문난 가브릴리치 덕분이었다. 사람들은 이 남자의 비틀거리는 모습이 광장의 포플러나무 뒤로 나타나기만 하면 겁부터 집어먹었다. 이 인물은 의용대원들이 간선도로에서 교통정리를 하고 있으면 보란 듯이 제멋대로 갈지자 걸음으로 걸어서 방해했고, 툭하면 공무원들에게 호통을 쳐댔으며, 그가 우레 같은 목소리로 한번 욕설을 퍼부었다 하면 주변 건물의 유리창이 흔들리고 벤치에 죽 앉아 있던 바부슈카들은 혼비백산해서 달아나 버리기 일쑤였다. 그런데 바로 이 가브릴리치가 우리 할머니만 만나면 걸음을 멈춘 채 보드카 냄새가 풀풀 풍기는 숨을 들이마시려고 애쓰면서 존경심이 우러나는 목소리로 또박또박 이렇게 인사하는 것이었다.

"안녕하십니까, 샤를로타 노르베르토브나?"

그렇다, 그는 이 광장에서 어느 정도 러시아화된 프랑스식 이름으로 우리 할머니를 부르는 유일한 인물이었다. 하지만 이 정도는 약과였다. 그는 어느새 샤를로트의 아버지 이름까지 알아내서는 '노르베르토브나'라는 이국적인 이름을 만들어 냈는데, 이 같은 호칭이야말로 그의 입에서 나올 수 있는 예의와 정중함의 극치였다. 그럴 때마다 그의 흐릿하던 눈은 맑아졌고, 거구는 어지간히 균형을 되찾았다. 그는 약간 무질서하게 계속 머리를 끄덕이면서 알콜에 푹 절은 혀로 언어의 곡예를 부리는 것이었다.

"별고 없으시지요, 샤를로타 노르베르토브나?"

할머니는 가브릴리치에게 답례를 했을 뿐만 아니라 교훈적인 저의가 담긴 얘기를 몇 마디 나누기도 했다. 이런 순간에 광장은 무척 기묘한 분위기를 풍겼다. 이 주정뱅이가 마치 폭풍이 몰아치듯 요란하게 등장하는 바람에 쫓겨난 바부슈가들은 다들 우리 집에서 마주 보이는 큰 집의 현관 앞 층계에 앉아 있었고, 아이들은 나무 뒤에 숨어 있었으며, 하나둘씩 창가에 나타난 사람들이 호기심과 두려움이 반반씩 섞인 시선으로 이 광경을 지켜보고 있었다. 그리고 광장에서는 할머니가 온순해진 가브릴리치와 이야기를 나누고 있는 것이었다. 가브릴리치는 바보가 아니었다. 이미 오래전에 그는 자신의 역할이랄 것이 주정을 부리면서 소란을 떠는 단계를 넘어섰다는 사실을 깨달았다. 그는 자신이 어떤 면에서 광장 주위에서 사는 사람들을 심리적으로 만족시키는 데 있어 필수불가결한 존재라고 느끼고 있었던 것이다. 가브릴리치는 한 사람의 저명인사가, 한 인간 유형이, 하나의 흥밋거리가 된 것이다. 러시아인들이 너무나 소중하게 생각하는, 너무나 변덕스러워서 도저히 예측할 수가 없는 운명의 대변인이 된 것이다. 그런데 옷차림은 수수해도 우아하고 날씬하며 그가 방금 그들의 횃대에서 쫓아낸 같은 나이 또래의 바부슈카들과는 너무나 다른 맑은 잿빛 눈의 그 프랑스 여인이 갑자기 나타난 것이었다.

어느 날, 단순한 인사가 아니고 무언가 의미 있는 말을 샤를로트에게 하고 싶었던 그는 큼지막한 주먹을 입에 갖다 대고 잔기침을 한 다음 투덜대듯 말했다.

"샤를로트 노르베르토브나, 그러니까 당신은 우리 초원 지대에서 완전히 외톨이시군요…"

그가 이렇게 섣부르게 말을 한 덕분에 나는 겨울에 우리가 떠나 버린 방에서 혼자 지내는 할머니의 모습을 상상할 수가 있었다(이때까지만 해도 나는 이런 상상을 단 한 번도 해 본 적이 없었다).

모스크바나 레닌그라드 같았으면 모든 일이 다른 식으로 전개되었으리라. 대도시에는 별의별 군상들이 다 모여 살고 있으니 샤를로트의 차이점 따위야 사람들 눈에 띄지도 않았을 것이다. 하지만 그녀가 사는 곳은 서로 그만그만하게 살아가기에 이상적인 소도시 사란짜였다. 샤를로트의 과거 삶은 마치 어제 일처럼 그렇게 그녀 곁을 떠나지 않은 채 현존하고 있었다.

사란짜는 바로 이런 곳이었다. 대초원의 가장자리에 고정된 채 문 앞에 끝없이 펼쳐진 드넓은 공간을 주시하며 놀라움을 감추지 못하고 있는 듯 보이는 곳. 언덕을 향해서 계속 오르막을 이루는 먼지투성이의 구불구불한 길들, 정원의 푸르른 초목들 아래로 둘러쳐진 나무 울타리, 태양, 졸고 있는 듯 나른한 경치. 그리고 길 끝에서 불쑥 나타나 이쪽에서 바라보는 사람의 눈높이에는 도달하지 못한 채 영원히 앞으로 걸어 나오기만 하는 것처럼 보이는 행인들.

할머니 집은 도시 끝 '서쪽 숲 속의 빈터'라고 불리는 지역에 자리 잡고 있었다. 우리는 이 같은 우연의 일치(서유럽-프랑스)를 발견하고 무척이나 재미있어 했다. 1910년대에 지어진 이 삼층짜리 건물은 큰길 전체를 현대적 스타일로 꾸미려는 한 총독의 야심 찬 계획에 따라 이곳에 맨 처음 들어섰다. 그렇다, 그것은 세기 초에 유행하던 양식을 그대로 복제해 놓은 옛 건물이었다. 이 건축물의 모든 꼬불꼬불한 부분과 비틀린 부분, 구부러진 부분은 유럽의 수원지에서 발원해 철철 흘러내렸다가 흐름이 점점 약해지고 수량이 절반가량으로 줄어들면서 러시아의 깊숙한 곳까지 도달한 강물처럼 보였다. 살을 에는 차가운 대초원의 바람을 맞은 이 물줄기가 꽁꽁 얼어붙은 기묘한 모양의 타원형 창, 그리고 장식용 장미 줄기로 둘러싸인 현관이 있는 건물… 심미안의 소유자였던 총독의 계획은 실패로 끝났다. 10월 혁명이 부르주아 예술의 온갖 퇴폐적인 경향에 종지부를 찍었기 때문이다. 그러자 이 건물(총독이 꿈꾸었던 큰길의 좁은 단면이라고 할 수 있을)은 그 분야에 있어서 유일무이한 존재로 남게 되었다. 게다가 여러 차례에 걸친 보수공사로 인해 이제 이 건물은 초기 양식을 극히 일부만 간직하고 있을 뿐이었다. 이 건물에 치명상을 가한 것은 '건축적 과잉'에 반대하는 공식적인 투쟁 활동(우리가 아주 어렸을 적에 본 이 투쟁을 생생히 기억한다)이었다. 그들 눈에는 모든 게 다 '지나쳐' 보였나 보다. 노동자들이 장미 줄기를 뽑아내 버렸고, 타원형 창도 폐쇄해 버렸다… 그리고 언제 어느 때나, 어디를 가나 자신이 열성적이라는 걸 보여 주고 싶어 하는 사람이 있기 마련이어서(투쟁 활동은 이런 사람들이 있어서 성공을 거둘 수가 있었다) 아래층에 사는 사람은 눈에 가장 잘 띄는 건축적 과잉물을 벽에서 떼어 내려고 애썼다. 그게 뭔가 하면, 할머니네 집 발코니 양편에서 쓸쓸한 미소를 짓고 있는 바쿠스 여제관들의 아름다운 안면상이었다. 이 과업을 해내기 위해서 그 사람은 쇠로 된 긴 연장을 든 채 창틀에 올라서는 모험을 벌어야만 했다. 두 개의 안면상이 차례차례 벽에서 떨어져 나왔다. 그중 하나는 아스팔트 바닥에 떨어지면서 박살이 났고, 다른 하나는 다른 궤도를 그리며 달리아가 무성한 화단으로 떨어진 덕분에 다행히 박살을 면할 수가 있었다. 어둠이 내리자 우리는 이 안면상을 회수해서 할머니 집에 가져다 놓았다. 그 뒤로 우리가 발코니에서 긴 여름밤을 보낼 때면 이 안면상은 절망스런 미소와 함께 다정해 보이는 눈으로 우리들을 바라보면서 샤를로트의 이야기에 귀를 기울이는 듯했다.

보리수와 포플러의 나뭇잎으로 뒤덮인 광장 너머에는 왠지 수상쩍어 보이는 짙은 색깔의 작은 창문들이 달려 있는 온통 검은색으로 된 오래된 이 층짜리 커다란 목조건물이 서 있었다. 방금 얘기했던 총독이 우아하고 밝은 현대적 스타일로 바꾸려고했던 것이 바로 이 건물과 그리고 그 비슷한 집들이었다. 이백 년이나 된 이 건물에는 동화책에서 금방 걸어 나온 것 같은(두꺼운 숄, 죽은 사람처럼 창백한 얼굴, 무릎 위에 놓여 있을 뿐 미동조차 하지 않는 푸르스름한 앙상한 손) 바부슈카들이 살고 있었다. 이따금씩 이 어두컴컴한 건물 안으로 들어갈 때면 나는 너저분한 복도에 가득 배어 있는 진하고 묵직한, 그러나 역겨울 정도는 아닌 냄새 때문에 숨이 콱 막힐 정도였다. 그것은 나름대로 죽음과 탄생과 사랑과 고통을 품고 있는, 예부터 내려온 어둡고 아주 원초적인 삶의 냄새였다. 그것은 일종의 후텁지근한 기후지만 기묘한 활기로 가득 찬, 어쨌든 이 거대한 이즈바(isba 전나무로 만든 북러시아 농촌의 통나무집)에 사는 주민들에게 어울릴 만한 유일한 기후였다. 러시아의 숨결이랄까… 집 안으로 들어선 우리는 희뿌연 어둠으로 가득한 방들 쪽으로 열려 있는 문들이 식구 수보다 적은 것을 보고 깜짝 놀랐다. 나는 그곳에서 서로 뒤섞이는 생명들의 육체적인 밀도를 거의 완벽하게 느낄 수가 있었다.

가브릴리치는 다른 세 가족과 함께 이 건물 지하실에서 살았다. 그의 방 좁은 창문은 지면과 같은 높이에 있었기 때문에 봄이 되면 잡초에 가려 밖을 잘 볼 수가 없었다. 거기서 겨우 몇 미터 떨어진 벤치에 모여 있는 바부슈카들은 이따금씩 그리로 불안한 눈길을 던지곤 했다. 이 '말썽꾼'의 큼지막한 얼굴이 열려진 창문 앞 잡초 사이로 심심찮게 나타나곤 했던 것이다. 그의 얼굴이 금방이라도 땅 속에서 솟아오를 것만 같았다. 하지만 가브릴리치도 이 명상의 순간만은 온화했다. 그는 포플러 나뭇가지 사이로 드러나는 하늘과 석양의 붉은 광채를 보고 싶은 듯 얼굴을 뒤로 젖히고 있었다… 어느 날, 우리는 이 거대한 검은 이즈바의 천장까지 올라가서 햇빛에 달구어진 채광창의 묵직한 널빤지를 밀었다. 지붕 너머로 멀리 지평선을 바라보니 대초원에서 무시무시한 화재가 번지고 있었고, 그 연기가 이제 곧 태양마저 뒤덮어 버릴 것처럼 보였다…

혁명이 결국 이 궁벽하고 조용한 사란짜에 이루어 놓은 변화는 단 한 가지뿐이었다. 광장 한쪽 끝에 위치한 교회의 둥근 지붕이 벗겨졌던 것이다. 사람들은 또 성상 벽을 뜯어내고 대신 그 자리에 크고 네모진 흰 천을 걸었다. 이 스크린은 '퇴폐적'인 건물에 들어 있는 부르주아 계급의 아파트들 중 한 집에서 징발한 커튼을 가지고 만든 것이었다. 영화관 '바리케이드'는 첫 관객을 맞이할 준비가 되어 있었다….

그렇다, 할머니는 가브릴리치와 조용히 얘기를 나눌 수 있는 여인, 모든 투쟁 활동에 반대했던 여인, 언젠가 우리의 영화관에 대해 '목이 잘린 그 교회…'라고 말하며 눈을 찡긋거렸던 바로 그 여인이었다. 그러고 나서 우리는 뚱뚱한 모양의 보기 흉한 건물(이 건물의 과거에 대해서는 아는 바가 없었다) 위에 금빛 돔과 십자가가 우뚝 솟아 있는 모습을 보았다.

할머니가 다른 이들과는 다르다는 사실을 우리에게 드러내 보여 준 것은 옷차림이나 용모라기보다는 그런 작은 특징들이었다. 프랑스어로 말하자면, 우리는 그걸 우리 가족들만 쓰는 사투리 정도로 간주했었다. 어쨌든 각 가족은 나름대로의 독특한 언어라든가 특이한 말버릇, 절대 집 밖으로 새어나가지 않는 별명들, 집 안에서만 쓰는 은어들을 가지고 있는 법이다.

할머니의 이미지는 이처럼 대수롭지는 않지만 낯선 것들로, 어떤 사람들이 보기에는 독특하고 또 어떤 사람들이 보기에는 엉뚱한 것들로 꾸며져 있는 것처럼 보였다. 녹으로 뒤덮인 작은 조약돌 하나가 그녀의 속눈썹 위에 눈물이 방울방울 맺히게 할 수 있고, 우리가 집 안에서만 쓰는 사투리인 프랑스어가 출렁거리는 검은 물에서 환상의 도시를 끌어올려 서서히 되살릴 수 있다는 사실을 우리가 깨달은 그날까지는 말이다.

그날 밤, 샤를로트는 어둡고 비러시아적인 기원을 가진 한 여성에서 세월에 휩쓸려 간 아틀란티스의 사자로 바뀌었다.

3

뇌이-쉬르-센은

열

두

어

채의

통나무로 지어진 집들로 이루어진 마을이었다. 매섭게 추운 겨울을 대비해 은빛 오리목으로 덮어씌운 지붕, 끌로 예쁘게 조각을 해 넣은 나무틀 창문, 그리고 빨래를 널어 말리는 울타리가 있는 진짜 이즈바들. 젊은 여자들은 양동이에 물이 가득 찬 물지게를 어깨에 메고 다녔는데, 물이 몇 방울씩 흘러 큰길의 흙먼지 위로 떨어지곤 했다. 남자들은 사륜짐마차에 무거운 밀 자루를 실었다. 가축 떼가 둔한 걸음걸이로 느릿느릿 외양간으로 몰려갈 때면 요란한 방울 소리와 함께 수탉의 목쉰 울음 소리가 들려왔고, 기분 좋은 장작 타는 냄새(가까운 누구네 집에서 저녁밥을 짓는 모양이었다)가 공중에 떠다니고 있었다.

내가 뇌이를 이런 식으로 묘사한 것은 할머니가 어느 날 자신의 고향 얘기를 하면서 우리들에게 이렇게 말했기 때문이다.

"아! 그 당시의 뇌이는 진짜 시골 마을이었지…"

할머니는 프랑스어로 이렇게 말했으나, 우리가 아는 것이라곤 러시아의 마을들뿐이었다. 그리고 러시아의 마을은 반드시 줄지어 서 있는 이즈바들과 수목, 그리고 숲으로 이루어져 있었다. 샤를로트가 계속해서 자세히 얘기해 주고 상세한 설명을 곁들였음에도 불구하고 우리는 혼동을 거듭했다. '뇌이'라는 이름을 듣기만 하면 자동으로 통나무집과 가축 떼, 수탉이 떠올랐다. 그래서 그 전해 여름에 할머니가 처음으로 "말이 났으니 말인데 그 사람은 뇌이의 비노 거리에서 테니스를 치곤 했었지."라며 마르셀 프루스트라는 사람 얘기를 했을 때 우리는 커다란 눈에 기운이 하나도 없어 보이는 그 멋쟁이(할머니는 우리들에게 그의 사진을 보여 주었다)가 서 있는 모습을 상상했던 것이다. 이즈바들 사이에서 말이다!

우리는 프랑스에 대해서 거의 아는 게 없었기에 모든 걸 러시아식으로 생각해야만 했다. 상상력의 붓으로 대충 그린 프랑스 공화국 대통령의 초상은 왠지 모르게 스탈린 모습과 비슷했다. 뇌이에는 집단농장원들이 바글거렸다. 그리고 대홍수로부터 서서히 해방된 파리 사람들은 러시아인들과 상당히 비슷한 감정(역사에 기록될 정도의 대재난을 겪고 난 뒤의 그 짧은 휴식, 전쟁을 끝내고 죽음의 위협에서 살아남았다는 환희)을 느꼈다. 우리는 여전히 축축하고 모래와 진흙으로 뒤덮인 거리를 정처 없이 돌아다녔다. 주민들은 가구와 옷가지들을 말리려고 문 앞에 쌓아 놓았다. 영원히 이어질 것처럼 보였던 겨울이 물러났을 때 러시아인들이 그랬던 것처럼.

그러고 나서 파리가 삽상한 봄바람(우리는 그것이 무엇을 가져올 바람인지 직감적으로 느낄 수가 있었다)을 맞으며 다시 빛나기 시작했을 때, 기관차에 화환을 두른 환상적인 모습의 열차가 속도를 늦추더니 이윽고 이 도시의 성문 앞에 위치한 라네라 그 역 임시 막사 앞에 멈추어 섰다.

단정한 군인 제복 차림의 한 젊은 남자가 발밑에 깔린 자줏빛 천을 딛고 열차에서 내렸다. 긴 털목도리를 두른 흰 드레스 차림의 젊은 여인이 그 뒤를 따랐다. 가슴 위에 아름다운 푸른 띠를 두른 예복 차림을 한, 그들보다 조금 더 나이가 들어 보이는 멋진 콧수염의 남자가 임시 막사 기둥 아래 모여 있는 사람들 속에서 나오더니 두 사람을 맞았다. 산들바람이 기둥에 장식된 난초와 맨드라미를 부드럽게 쓰다듬고 지나가자 그 젊은 여인의 하얀 벨벳 모자 위에 꽂힌 깃털장식도 한들거렸다. 두 남자가 악수를 나누었다⋯.

주목받는 아틀란티스의 지도자 펠릭스 포르 대통령이 모든 러시아인들의 황제인 니콜라스 2세와 그의 아내를 영접하고 있는 것이었다.

우리를 파리 이곳저곳으로 안내한 것은 프랑스공화국의 엘리트들에게 둘러싸인 황제 부부였다⋯ 수년 뒤, 우리는 러시아 황제가 프랑스를 방문한 정확한 연대를 알게 되었다. 니콜라스와 알렉산드라는 홍수가 끝나고 난 1910년 봄이 아니라 1896년 10월, 그러니까 우리의 프랑스-아틀란티스가 부흥하기 훨씬 전에 프랑스를 방문한 것이었다. 하지만 우리들은 이 같은 실제 연대나 논리는 전혀 개의치 않았다. 우리에게 중요한 건 할머니가 해 주던 긴 이야기 속 연대뿐이었다. 전설적인 시대의 어느 날,

파리가 물속에서 불쑥 솟아올랐고, 태양이 반짝였으며, 그와 동시에 황제가 탄 기차의 아득한 기적 소리가 우리 귀에 들려온 것이다. 우리들이 생각할 때 이 같은 사건의 흐름은 프루스트가 뇌이의 농부들 사이에 나타난 것만큼이나 자명한 일이었다.

샤를로트의 작은 발코니는 초원의 향기로운 미풍을 맞으며 영원한 침묵에 잠긴 대초원에 고립된 채 잠들어 있는 도시의 경계선 위를 둥둥 떠다니고 있었다. 할머니와의 저녁 시간은 과거를 놀라운 방법으로 변환시키는 연금술사의 전설적인 플라스크와 흡사했다. 우리들이 볼 때 이 마법의 요소들은 현자의 돌 성분만큼이나 신비로웠다. 샤를로트는 낡은 신문을 반으로 접더니 청록색 갓이 달린 등에 가까이 가져가서 세르부르에 도착한 러시아 황제 부부를 위해 베풀어진 연회의 메뉴를 우리들에게 알려 주었다.

수프

새우국

퐁파두르식 스튜

소테른 산 백포도주를 넣고 익힌 르와르 강 송어 요리

버섯을 넣은 양고기 안심 요리

루쿨루스식 메추라기 요리

망스 캉바세레스식 영계 요리

뤼넬 산 사향포도주를 넣은 얼음과자

로마식 펀치 음료

버섯을 넣고 익힌 붉은자고새와 멧새 요리

낚시식 오리 간 파이

샐러드

생크림을 섞은 네덜란드식 소스를 뿌린 아스파라거스

'쉭세' 아이스크림

디저트

도대체 어떻게 우리가 이 난해한 요리 이름들을 해독할 수 있었겠는가? '붉은자고새와 멧새 요리'라고? '루쿨루스식 메추라기 요리'라고? 이해심 많은 할머니는 사란짜의 가게에서 아직도 흔히 볼 수 있는 식료품들을 하나씩 언급하면서 이런 요리들을 어떻게 만드는지 설명해 주느라 애썼다. 우리는 넋을 빼앗긴 채 안개 자욱한 차가운 대양을 바라보며(세르부르!) 이 상상의 음식들을 맛보았지만 다시 황제를 따라나서야 할 시간이 금세 다가오고 말았다.

황제를 따라 엘리제궁 안으로 들어간 우리는 수많은 사람들이 검은색 예복을 차려입고 부동자세로 그를 기다리고 있는 광경을 보는 순간 괜스레 주눅이 들고 몸이 움츠러들었다. 생각해 보라! 이백 명도 더 되는 상원 의원들과 삼백 명이나 되는 하원 의원들이 거기 모여 있는 것이었다! (그렇다, 우리들의 연대기에 따르자면 겨우 며칠 전까지만 해도 작은 배를 타고 국회에 출석하던 사람들이 말이다…) 바로 이 순간, 늘 차분하고 꿈을 꾸는 듯했던 할머니의 목소리가 비장해지면서 가볍게 떨렸다.

"너희들도 알겠지만 두 개의 세계가 한자리에 모인 거란다. (이 사진을 보렴. 유감스럽게도 신문이 너무 오랫동안 접혀져 있어서 사진이 잘 안 보이는구나…) 그래, 전제군주인 황제와 프랑스 국민의 대표자들이 만난 거야. 민주주의의 대표자들이…"

우리는 이런 식의 비교가 과연 어떤 깊은 뜻을 가지고 있는지에 대해서는 이해하지 못했다. 하지만 잠시 후 우리는 황제를 주시하고 있는 오백 명가량의 의원들 중에는 물론 노골적인 적대감까지는 표시하지 않았지만 열광하지 않는 사람들이 일부 있다는 걸 알 수 있었다. 그런데 이런 사람들은 그 수수께끼 같은 '민주주의' 덕분에 그런 태도를 취할 수 있는 것이었다! 그들이 이렇게 자기 하고 싶은 대로 행동하는 걸 보고 우리는 깜짝 놀랐다! 우리는 좌흥을 깨뜨릴 가능성이 있는 사람들을 가려내기 위해서 검은 예복을 입고 일렬로 서 있는 사람들을 유심히 살펴보았다. 하지만 그런 사람이 단 한 명도 안 보이는 걸 보니 대통령이 벌써 다 가려내서 엘리제궁의 현관 앞 계단에서 쫓아내 버린 모양이다!

그 다음날 밤, 할머니의 청록색 등이 다시 발코니에 켜졌다. 할머니가 막 퐁네프 가방에서 꺼내 온 신문 몇 장을 손에 들고 있는 게 보였다. 할머니가 입을 열자 발코니가 천천히 벽에서 떨어져 나와 공중으로 떠오르더니 대초원의 향내 가득한 어둠 속으로 빠져들어 갔다.

…니콜라스는 멋진 화환으로 장식한 귀빈석에 앉아 있었다. 그는 자신의 오른쪽에 앉은 포르 부인이 우아한 자태로 말하는 걸 듣기도 했고 황후에게 말을 건네는 대통령의 부드러운 바리톤 음성에 귀를 기울이기도 했다. 샹들리에가 광채를 발하고 은빛 식기들이 현란하게 반짝이는 바람에 만찬 참석자들은 눈이

부실 정도였다… 디저트가 나오자 대통령이 다시 일어나 잔을 들어 올리며 큰 소리로 말했다.

"온 국민의 환호 속에 황제 폐하께서 이렇게 자리를 빛내 주심으로 해서 양국은 서로의 운명을 신뢰하며 우호적으로 활동하는 가운데 더욱 돈독한 관계를 맺게 되었습니다. 강력한 제국과 근면한 공화국은… 서로를 믿고 서로를 성실하게 대함으로써 한층 더 굳게 결합될 수 있을 것입니다… 모든 국민의 대변자인 저는 황제 폐하의 위대한 통치를 위하여… 황후 폐하의 행복을 위하여… 다시 한 번 건배할 것을 제의하는 바입니다. 니콜라스 황제 폐하와 알렉산드라 페도로브나 황후 폐하를 위하여 잔을 듭시다!"

프랑스 군악대가 러시아 국가를 연주했다… 그리고 그날 밤 오페라 극장에서 공식 리셉션이 열리면서 환영 분위기는 최고조에 달했다.

두 사람이 횃불을 들고 앞장 선 가운데 황제 부부는 계단을 올라갔다. 그들은 아마도 천국으로 통하는 계단을 올라가는 듯한 기분이 들었으리라. 하얀 곡선을 이룬 여자들의 어깨, 그녀들의 어깨 위에서 활짝 피어난 꽃 장식들, 눈부시게 화려하고 향기로운 머리 모양, 맨살 위에서 반짝거리는 보석들, 이 모든 것들의 배경에는 군복과 예복을 차려입은 남자들이 서 있었다. "황제 폐하 만세!"라는 외침이 금방이라도 천장을 들어 올려서 하늘로 날려 보낼 것처럼 우렁차게 메아리쳤다… 리셉션이 끝나고 오케스트라가 '라 마르세에즈'를 연주하기 시작하자 황제는 대통령 쪽으로 돌아서더니 손을 내밀었다.

할머니가 전등을 끄자 우리는 어둠 속에서 몇 분간 침묵에 잠겨 있었다. 그동안 막무가내로 전등 갓 아래로 날아와 불 속에 제 몸을 던져 타 죽곤 하던 각다귀들이 흩어져 날아갔다. 우리 눈은 서서히 어둠에 익숙해져 갔다. 별들이 다시 모여서 성운을 이루었다. 꼭 은하수에 인광을 뿌려 놓은 것 같았다. 그리고 발코니 한쪽 구석에 놓여 있던 바쿠스의 여제관은 뒤엉킨 스위트 피 줄기 사이로 우리들에게 냉담한 미소를 보냈다.

샤를로트는 문턱을 넘어서려다 말고 가벼운 한숨을 내쉬었다.

"너희들도 알겠지만 그 '라 마르세예즈'라는 건 사실 군대행진곡에 불과했었단다. 러시아혁명 때 불렀던 노래들이랑 비슷한 거야. 그 당시에는 어느 누구도 피를 두려워하지 않았지…."

할머니는 방으로 들어갔다. 그리고 예전에 할머니가 나지막한 목소리로 중얼중얼 읊던 그 뜻 모를 기도문처럼 노래 한 소절이 들려왔다.

"…피에 물든 군기가 들어 올려졌네… 더러운 피가 우리의 벌판을 적셔 주기를…."

우리는 이 노래의 메아리가 어둠 속에 녹아들기를 기다리다가 단숨에 이렇게 소리쳤다.

"그럼 니콜라스는요? 황제는요? 그 노래가 무슨 내용인지 알고 있었나요?"

프랑스-아틀란티스는 자신의 소리와 색깔과 냄새의 모든 단계를 드러내 보여 주었다. 우리는 안내인을 따라가면서 그 수수께끼 같은 프랑스의 본질을 이루는 요소들을 여러 가지 발견했다.

엘리제궁은 현란하게 반짝이는 샹들리에와 어른어른 빛나는 거울 속에서 그 모습을 나타냈다. 오페라 극장에서 우리는 여자들의 드러난 어깨를 보자 현혹되었고, 눈부시게 호화로운 머리 모양에서 풍기는 향기를 맡자 취해 버렸다. 우리가 볼 때 노트르담 성당은 천둥 번개 치는 하늘 아래 놓인 차가운 돌의 느낌 그 자체였다. 그렇다, 우리는 까칠까칠하고 온통 구멍투성이인 성당 벽을, 수세기에 걸쳐 교묘하게 진행된 침식을 통해 형성된 듯한 거대한 암벽을 거의 다 만져 볼 수가 있었다….

손으로 만져지는 이 결정면들이 아직은 불확실한 프랑스라는 세계의 윤곽을 그려 냈다. 수면 위로 모습을 드러낸 이 대륙은 사물들과 사람들로 메워졌다. 황후가 기도대에서 무릎을 꿇었는데, 우리는 기도대가 실제로 어떻게 생겼는지 도저히 상상할 수가 없었다. "그건 말하자면 다리가 잘린 의자 같은 거란다."라고 샤를로트가 설명해 주었고, 다리가 잘려 나간 의자를 떠올리는 순간 우리는 말이 턱 막힐 정도로 깜짝 놀랐다. 니콜라스가 그랬던 것처럼 우리도 나폴레옹이 대관식 때 입었던 그 색 바랜 금실로 짠 자주색 망토를 만져 보고 싶은 욕망을 억눌렀다. 불경스럽기는 하지만 우리는 그걸 만져 보아야만 했다. 배태 중인 세계에 아직 구체성이 부족했던 것이다. 생트-샤펠 성당에서 그 같은 욕망을 일깨운 것은 낡은 양피지의 꺼칠꺼칠한 표면이었다. 샤를로트는 천 년 전 거기에 손으로 긴 글을 쓴 사람이 한 프랑스 여왕이라는 사실을, 러시아 여성으로서 앙리 1세의 아내였던 안나 야로슬라브나라는 사실을 우리에게 알려 주었다.

하지만 무엇보다도 우리를 흥분시켰던 것은 우리가 지켜보는 가운데 아틀란티스가 세워지고 있다는 점이었다. 니콜라스가 금으로 만들어진 삽을 집어 들더니 커다란 화강암 덩어리(알렉상드르 3세 다리의 초석) 위에 모르타르를 뿌렸다… 그리고 그는 삽을 펠릭스 포르에게 내밀었다. "대통령 각하 차렙니다!" 그러고 나자 무역부 장관이 국기들이 펄럭거리는 소리에도 아랑곳하지 않고 우렁찬 목소리로 연설을 시작했으나 그의 목소리는 센 강에 흰 물결을 일으키는 조심성 없는 바람 소리 때문에 잘 들리지가 않았다.

"각하! 프랑스는 각하의 존엄한 부친을 기리는 뜻에서 수도인 파리의 웅장한 기념물들 중 하나를 헌납하고자 하였습니다. 공화국 정부를 대신하여 저는 공화국 대통령 각하와 함께 파리를 1900년 만국박람회장과 연결시키게 될 알렉상드르 3세 다리의 초석을 봉해 주심으로써 이 헌정을 인정해 주시고, 그렇게 함으로써 저희가 제막하는 이 문명과 평화의 위대한 작품을 황제 폐하께서는 너그럽게 찬양해 주시고 여황 폐하께서는 자애롭게 가호해 주시기를 부탁드리는 바입니다."

공화국 대통령이 그 화강암 덩어리를 상징적인 동작으로 채 두 번을 두드리지도 않았을 때 믿을 수 없는 사건이 벌어졌다. 황제의 수행원도 아니고 프랑스 측 저명인사도 아닌 사람 하나가 일어나더니 황제 부부 앞에서 황제에게 반말을 하고 사교적인 능숙한 동작으로 여황의 손에 입을 맞춘 것이었다! 우리는 그 거침없는 행동에 대경실색, 숨을 죽였다….

무슨 일이 벌어지고 있는지가 조금씩 분명해졌다. 난입자의 입에서 나왔던 단어들이 시간적 차이와 우리 프랑스어의 결함을 극복하고 그 명확한 의미를 되찾았다. 우리는 흥분해서 단어들의 반향을 포착했다.

고명한 황제여, 알렉상드르 3세의 아들이여!
프랑스는 내 목소리를 빌린 신의 언어로
그대에게 경의를 표하고 그대를 환영하노라.
오직 시인만이 제왕들을 그대라고 부를 수 있으므로.

우리는 휴! 안도의 한숨을 내쉬었다. 그 무례한 기인은 사실 시인이었는데, 샤를로트는 그의 이름이 호세 마리아 데 에레디아라고 가르쳐 주었다!

그리고 곁에 게신 여황 폐하여, 오직 그대만이
이 축연을 최고로 아름답게 만들 수 있노라.
내가 그대의 숭고한 우아함과 상냥함에
경의를 표하도록 허락해 주오.

시의 운율이 우리를 도취시켰다. 각운의 울림은 거리가 먼 단어들을 멋지게 결합시켰다… 우리는 오직 이 같은 언어적 기교만이 우리 아틀란티스-프랑스의 이국적인 성격을 표현해 줄 수 있다고 느꼈다.

이곳은 파리! 그대를 향한 열렬한 환호성이
초라한 교차로에서나 궁궐에서나

우리 두 나라를 결합시키는 삼색기가 휘날리는
이곳 아름답고 즐거운 거리에서 울려오네.

금빛 물든 포플러나무 아래 아름다운 강변을 따라
센 강은 기쁨에 찬 이곳 사람들의 후의를 실어 가고
귀빈들이여, 그대들 향한 눈길에 마음도 따라가네
프랑스는 그대들을 열렬히 환영하노라.

이제 평화를 위한 혁혁한 노력이 이루어지면
끝나 가는 세기와 시작되는 세기를 이어 주고
두 나라 국민과 두 시대를 연결시켜 주는
거대한 아치가 이 다리 위에 세워지리.

역사에 길이 남을 저 강가로 내려가기 전에
그대의 너그러운 마음이 프랑스인들의 마음에 부응하는지
이 다리 앞에서 엄숙히 숙고하라, 꿈꾸라
프랑스는 이 다리를 그대의 부친 알렉상드르에게 바치노라.

그대 부친처럼 강하면서도 인간적인 제왕이 되라
전투에서 이름을 날린 검은 칼집에 간직하라
그리고 평화를 사랑하는 전사여, 황제여
검에 몸을 기대고 이 세계가 그대 손안에서 돌아가는 걸 보라.

아무리 그래도 그대의 동작은 균형을 유지하고

그대의 무쇠처럼 강한 팔은 조금도 피로하지 않네

알렉상드르가 그대에게 물려주었기 때문에

제국뿐만 아니라 자유로운 국민들로부터 사랑받는 영광까지도.

자유로운 국민들부터 사랑받는 영광… 시행들이 꼭 물 흐르듯 부드럽고 듣기 좋게 이어지는 바람에 하마터면 그냥 넘어갈 뻔했던 이 시구가 우리 마음속 깊숙이 와 닿았다. 자유로운 국민, 프랑스인들… 그제야 우리는 도대체 왜 이 시인이 전 세계에서 가장 강력한 제국의 지배자에게 감히 충고를 했는지 그 이유를 깨달을 수 있었다. 그리고 왜 이 자유로운 국민들로부터 사랑받는다는 게 영광스러운지도. 대초원의 공기가 뜨겁게 달구어졌던 그날 밤, 우리는 이 자유라는 것이 끊임없이 방향을 바꾸면서 사람들을 도취시키는가 하면 센 강을 어지럽히고 우리의 허파를 부풀려 놓았던 그 모질고 차가운 한줄기 바람 같은 것이라고 생각했다.

훗날 우리는 이 시행들이 얼마나 과장되고 부풀려졌는지를 알게 될 것이다. 하지만 그 당시 우리는 이 시가 특별한 행사에 초점을 맞추고 있었을지언정 그 당장에는 뭐라 명명할 수 없던 '프랑스적인 그 무엇'을 그 속에서 발견해 낼 수 있었다. 프랑스인 특유의 재치? 프랑스인의 정중함? 우리는 그때까지만 해도 그게 뭔지 딱 꼬집어 말할 수가 없었다.

여하튼 시인은 센 강 쪽으로 돌아서더니 손을 내밀어 반대쪽 강변에 서 있는 엥발리드 기념관의 둥근 지붕을 가리켰다. 운문으로 된 그의 연설은 프랑스와 러시아 간의 역사에서 대단히 고통스러운 순간에 도달했다. 나폴레옹, 화염에 싸인 모스크바, 베레지나(백러시아 공화국을 흐르는 강. 나폴레옹 군대는 러시아 원정 당시 장-바티스트 에블레 장군의 가교병들 덕분에 이 강을 건널 수 있었다)…우리는 걱정스러워 입술을 깨물며 온갖 위험이 도사린 바로 이 부분에서 시인이 어떤 목소리를 낼 것인지 지켜보았다. 황제의 얼굴이 굳어졌다. 알렉산드라는 눈을 내리깔았다. 이 순간은 그냥 아무 일 없었다는 듯 지나가고 표트르 대제로 하여금 곧장 우호조약을 맺도록 하는 편이 더 낫지 않을까?

하지만 에레디아 시인은 목소리를 오히려 더 높인 것 같았다.

그리고 하늘 위로 멀리 보이는 저 눈부신 둥근 지붕에서는
러시아인들과 프랑스인들이 서로 증오하지 않는 기마 시합에서
미래를 내다보고 이미 피를 섞었던
머언 옛적의 영웅들이 아직도 살고 있노라.

우리는 당혹해하며 계속 우리 자신에게 이런 질문들을 던졌다. "왜 우리는 지난번 전쟁뿐만 아니라 7세기 전 알렉산드르 네프스키가 러시아를 다스릴 때 일어났던 튜튼족(독일인을 경멸적으로 부르는 말)의 침입까지 기억하면서 이렇게 독일인들을 싫어하는 것일까? 왜 우리는 3세기 반이나 지난 폴란드와 스웨덴 침략자들의 약탈을 결코 잊을 수가 없는 것일까? 타타르족의 경우야 새삼스레 들추어낼 필요도 없을 거고… 그런데 왜 1812년에 있었던 그 끔찍한 재난에 대한 기억, 그건 왜 러시아인들의 마음속에서 프랑스인들의 명성을 손상시키지 않았을까? '서로 증오하지

않는 기마 시합' 같은 정중한 표현 때문에?"

하지만 이 '프랑스적인 그 무엇'은 무엇보다도 여성의 존재로 밝혀졌다. 알렉산드라는 남편보다 훨씬 덜 과장된 반면 그만큼 더 세련된 연설을 했는데, 그때마다 사람들의 환호 속에서 은밀한 관심을 자신에게 집중시켰다. 그리고 심지어는 낡은 가구들과 먼지 낀 두꺼운 책들이 숨이 막힐 정도로 냄새를 풍기는 학술원에서도 그녀는 이 '그 무엇' 덕분에 여성다움을 간직할 수가 있었다. 그렇다, 그녀는 까다롭고 현학적이고 귓속에 난 털 때문에 약간 귀를 먹었을 것으로 짐작되는 그 노인들 속에서도 여전히 여성다움을 잃지 않았다. 그들 중 한 사람, 학술원 원장이 일어나더니 근엄한 표정으로 개회를 선언했다. 그러고 나서 이제 곧 모든 청중들에게 왜 이렇게 나무 의자가 딱딱할까 하는 생각을 불러일으키게 될 것임에 분명한 자신의 연설을 정리하려는 듯 잠시 침묵을 지켰다. 먼지 냄새가 더 진하게 풍겼다. 원장이 불쑥 고개를 들더니 (어떤 악의가 그의 눈을 번개처럼 스치고 지나갔다) 입을 열었다.

"황제 폐하, 그리고 여황 폐하! 거의 이백 년 전, 학술원 회원들이 함께 모여 일에 몰두하고 있던 이곳을 표트르 대제께서 어느 날 불시에 방문한 적이 있었지요… 오늘 폐하께서는 혼자 오시지 않음으로 해서 저희들에게 또 하나의 더 큰 영광을 안겨 주셨습니다. (그는 여황에게로 몸을 돌렸다) 여황 폐하, 여황 폐하가 왕림해 주심으로 해서 이 회합의 엄숙한 분위기는 전혀 익숙하지 않은 어떤 분위기로… 매혹적인 분위기로 바뀔 것입니다."

니콜라스와 알렉산드리아가 재빠르게 눈길을 교환했다. 그러고 나자 학술원 원장은 이제 본론으로 들어갈 때라고 판단한 듯 목소리를 한층 더 심하게 떨면서 매우 수사학적으로 자문하듯 말했다.

"제가 이런 말씀을 드려도 될는지요? 이번에 폐하께서는 저희 학술원에 대해서 관심을 표해 주셨을 뿐만 아니라 폐하께서는 외국어가 아닌… 저희의 언어에 대해서도 관심을 보여 주신 것이라고 말입니다. 이 점에서 저희는 프랑스적인 기호 그리고 프랑스적인 정신과 보다 밀접하게 소통해 보고 싶은 어떤 특별한 욕망을 느끼게 됩니다…"

'저희의 언어'라고? 우리는, 나와 누나는 문득 똑같은 영감을 느끼고 할머니가 읽고 있는 신문 너머로 서로의 얼굴을 쳐다보았다. '…폐하께서는 외국어가 아닌 것' 그러니까 바로 이것이 우리 아틀란티스로 통하는 문을 여는 열쇠인 것이다! 눈에는 안 보이지만 이 세상 어디에나 존재하며, 소리의 본질을 이용하여 우리가 탐험 중인 세계의 구석구석에 도달하는 이 수수께끼 같은 물질, 언어. 인간의 형상을 만들어 내고, 사물들을 주조하고, 물결처럼 흐르다가 시가 되고, 밀려드는 군중의 울부짖는 거리가 되고, 다른 세계에서 온 러시아 여황을 미소 짓게 만드는 이 언어… 하지만 뭐니 뭐니 해도 그것은 마치 우리 마음속에 접목되어 이미 잎과 꽃으로 뒤덮이고 문명의 과실을 맺은 전설의 나뭇가지처럼 우리 가슴속에서 꿈틀거리고 있었다. 그렇다, 이 접목된 나뭇가지가 바로 프랑스어였다.

그리고 우리가 매일 밤 황제 부부를 위해 마련된 코미디-프랑세즈 극장의 칸막이 좌석으로 들어갈 수 있었던 것은 바로 우리 가슴속에 접목되어 꽃을 피운 이 나뭇가지 덕분이었다. 프로그램이 우리 눈앞에 펼쳐졌다. 뮈세의 「변덕」, 「르 시드」 일부, 「여류학자」 3장. 그 당시 우리는 이 중에서 단 한 가지도 읽어 보지 못했다. 아틀란티스 주민들에게 있어 이런 제목들이 얼마나 중요한지를 우리가 짐작할 수 있었던 것은 샤를로트의 음색이 살짝 바뀌었기 때문이었다.

막이 올라갔다. 단원 모두가 의식용 망토를 걸치고 무대 위에 서 있었다. 단장이 앞으로 걸어 나오더니 몸을 굽혀 인사를 하고 나서 어떤 나라에 관한 시를 읊었는데, 우리는 그 나라가 어느 나라인지 처음에는 금방 알아채지 못했다.

이 세상만큼이나 드넓고 아름다운 나라가 있네
멀리 보이는 지평선이 영원히 끝날 것 같지 않은 곳
비옥한 영혼을 가진 나라
과거에도 무척이나 컸고 미래에는 더 커질 나라.

황금색으로 물든 밀 이삭, 눈부시도록 새하얀 눈
그 아들들은 장교거나 병사거나 간에 자신 있게 그곳을 걷네
자비로운 운명의 신이시여, 이 나라를 보호하소서
처녀지에 황금빛 곡식 자라나는 이 나라를!

생전 처음으로 나는 우리 나라를 외부에서 멀리 바라보았다. 마치 내가 더 이상 우리 나라 국민이 아닌 것처럼 말이다. 유럽

의 한 대도시로 옮겨 간 나는 이리저리 몸을 돌리며 달빛 아래 펼쳐진 드넓은 밀밭과 눈 덮인 평원을 응시했다. 나는 프랑스인으로서 러시아를 보고 있었던 것이다! 나는 어떤 다른 곳에, 러시아에서의 내 삶 바깥에 있었다. 그런데 그렇게 분열될 때의 고통이 너무나 심하기도 하고 동시에 너무나 흥분되기도 해서 나는 두 눈을 꽉 감아야만 했다. 나 자신에게로 다시 돌아오지 못하게 될까 봐, 그날 밤 파리에서 오도 가도 못하게 될까 봐 겁이 났다. 나는 눈을 뜨면서 숨을 깊이 들이마셨다. 대초원의 무더운 밤바람이 또다시 나의 몸속 깊숙이 퍼졌다.

바로 그날, 나는 할머니의 마법을 훔쳐 내기로 맘먹었다. 청록색 등이 후광을 발하면서 최면을 걸 때까지 기다리지 않고 샤를로트보다 먼저 축제가 벌어지는 도시로 들어가서 러시아 황제의 수행원들과 합류하고 싶었던 것이다.

사방이 고요하고 음산한 날이었다. 괜히 슬퍼지는 어느 흐린 여름날, 놀랍게도 여전히 기억 속에 남아 있는 어느 하루. 열려진 유리창에 드리워진 하얀 커튼이 젖은 흙냄새를 풍기는 미풍에 부풀어 올랐다. 커튼 천은 살아 움직이는 듯 단단하게 팽창되었다가 다시 아래로 축 늘어지면서 눈에 안 보이는 누군가를 방 안으로 들여보냈다.

나는 조여 오는 고독을 즐기면서 계획을 실행에 옮겼다. 시베리아 가방을 침대 옆에 깔려 있는 양탄자 위로 끌어냈다. 지퍼가 가볍게 짤랑거렸는데, 우리는 매일 밤 그 소리를 그토록 듣고 싶어 했었다. 커다란 뚜껑을 벗겨내 버린 나는 꼭 해적이 커다란 나무 상자 속에 든 보물을 들여다보듯 그 낡은 종이 뭉치들을 들여다보았다….

맨 위에 있는 사진 몇 장을 보는 순간, 팡테옹 앞과 센 강변에 서 있는 황제와 여황의 모습이 눈앞에 떠올랐다. 아니다, 내가 찾는 것은 더 아래쪽, 그러니까 빽빽한 활자들 때문에 시꺼멓게 보이는 그 단단한 신문 뭉치들 속에 있었다. 나는 꼭 고고학자처럼 뭉치를 하나씩 들어냈다. 내가 한 번도 본 적이 없는 장소에 니콜라스와 알렉산드라가 있었다. 또 다른 뭉치를 들어 올리자 그들은 내 시야에서 사라져 버렸다. 바로 그때 잔잔한 바다 위에 떠 있는 긴 장갑함과 우스꽝스러울 정도로 날개가 짧은 비행기들, 참호 속의 병사들이 얼핏 눈에 띄었다. 나는 황제 부부의 흔적을 되찾으려고 이리저리 뒤지다가 스크랩해 놓은 신문을 뒤죽박죽으로 만들어 놓았다. 황제는 무릎을 꿇고 일렬로 앉아 있는 보병들 앞에 말을 타고 성화를 손에 든 모습으로 잠시 나타났다… 그의 얼굴은 늙고 어두워 보였다. 나는 그가 다시 젊어져서 아름다운 알렉산드라와 함께 나타나 군중들로부터 환호받고 열정적인 시로 찬미받기를 간절히 원했다.

드디어 내가 그의 흔적을 발견한 것은 가방 맨 밑바닥에서였다. 제목이 대문자로 뚜렷하게 쓰여 있었다. "러시아에 영광을!" 나는 샤를로트처럼 신문지를 무릎 위에 올려놓고 반으로 접은 다음 나지막한 목소리로 시행을 더듬더듬 읽어 나갔다.

오! 위대한 신이시여, 이 얼마나 좋은 소식인가요
우리 모두의 가슴이 전율할 정도로 즐거운 소식이 아닌가요

노예가 고통으로 신음하던 성채가

드디어 함락되다니!

백성이 다시 머리를 들고

횃불을 들고 있는 모습을 보라!

친구여, 궁전에 깃발을 게양시키다니

오늘이야말로 큰 축제일이 아닌가!

후렴을 읽을 때서야 나는 문득 한 가지 의혹에 사로잡혔다. "러시아에 영광을!"이라고? 밀 이삭이 황금빛으로 물들고 눈부시게 하얀 눈이 깔린 이 나라는 도대체 어디 갔단 말인가? 비옥한 영혼을 가진 이 나라는 도대체 어디 있단 말인가? 그리고 고통으로 신음하는 이 노예는 도대체 여기 뭐하러 왔단 말인가? 그리고 사람들이 그의 몰락을 즐거워하는 이 독재자는 도대체 누구란 말인가?

나는 혼란 속에서 후렴을 낭독하기 시작했다.

여러분께 경례, 또 경례

러시아의 백성들과 군인들이여!

여러분께 경례, 또 경례

여러분이 여러분의 조국을 구했으므로!

여러분의 행복을 위하여 내일이면

여러분을 얽맨 사슬을 영원히 부 수게 될 두마에

경례와 영광 그리고 명예를!

그러다가 문득 이 시에 붙여진 굵은 제목이 눈에 번쩍 띄었다.

"니콜라스 2세 퇴위. 러시아의 1789. 러시아 자유를 찾다. 러시아의 당통 케렌스키. 러시아의 바스티유인 표트르 바울 감옥 탈취. 전제정치의 종말…."

이런 단어들은 거의 대부분 나로서는 이해할 수가 없는 것들이었다. 하지만 요지는 파악할 수가 있었다. 니콜라스는 이제 더이상 러시아 황제가 아니며, 그가 황제 자리에서 물러났다는 소식이 전해지자 전날 밤까지만 해도 그가 오래오래 통치해서 부강한 국가를 이룩해 주기를 기원하며 환호하던 사람들이 별안간 태도를 싹 바꾸어 미친듯 열광한다는 사실이었다. 우리 발코니 위에 메아리치던 에레디아의 목소리가 아직도 귓가에 생생하게 들려오는 것 같았다.

그렇다, 그대의 부친은 프랑스와 러시아가
함께 원했던 우의적 관계로서
프랑스와 러시아를 결합시켰지
황제여, 러시아와 프랑스의 말에 귀를 기울이라
그대의 이름으로써 그대 부친의 거룩한 이름을 축복하라.

이처럼 태도가 돌변하다니, 이해할 수가 없었다. 이처럼 비열하게 배신을 하다니, 도저히 믿을 수가 없었다. 더더구나 공화국 대통령이 말이다!

문이 열리는 소리가 났다. 나는 신문 스크랩들을 부랴부랴 주워서 재빠르게 가방 속에 집어넣고 지퍼를 잠근 다음 침대 밑으로 밀어 넣었다.

그날 밤, 비가 내렸기 때문에 샤를로트는 집 안에 등을 켜 놓았다. 우리는 저녁 시간이면 늘 그랬듯 발코니로 나가 그녀 옆에 자리를 잡았다. 그리고 그녀가 들려주는 이야기에 귀를 기울였다. 니콜라스와 알렉산드라가 칸막이 좌석에서 「르 시드」를 보며 박수를 쳤다… 나는 그들의 얼굴을 살펴보면서 환상이 사라진 슬픔을 느꼈다. 나는 어렴풋하게나마 미래를 엿본 사람이었다. 그들의 미래를 알고 있다는 이 사실이 어린 나의 가슴을 무겁게 짓눌렀다.

'도대체 진실은 어디에 있단 말인가?'

나는 할머니 이야기(황제 부부가 일어서자 관중들이 열렬한 박수갈채를 보냈다)에 건성으로 귀를 기울이며 나 자신에게 물었다.

'이 관객들은 이제 곧 저 두 사람을 저주할 텐데. 그리고 이 꿈 같은 나날들은 흔적도 없이 사라져 버릴 거야! 마치 연기처럼…'

내가 미리 알 수밖에 없었던 이 같은 결말은 특히나 내가 황제 부부를 환영하는 분위기 일색으로 열기에 휩싸여 있던 코미디-프랑세즈 극장에 있었기 때문에 더더욱 터무니없고 부당하게 느껴졌다. 나는 내가 앉아 있던 작은 의자를 밀치고 일어나 울음을 터뜨리며 부엌으로 달음질쳤다. 그렇게 펑펑 울어 본 것은 그때가 처음이었다. 나는 나를 위로하려고 애쓰는 누나의 손길을 매몰차게 뿌리쳤다. (아직까지도 영문을 모르는 누나가 그렇게 원망스러울 수가 없었다!) 몇 차례의 절망스런 울부짖음이 눈물을 뚫고 터져 나왔다.

"모든 게 다 거짓말이야! 배신자들! 배신자들! 그 수염 난 거짓말쟁이… 그러고도 대통령이라구? 거짓말…"

내가 그처럼 비통해하는 이유를 샤를로트가 짐작했는지 그건 잘 모르겠다. (아마도 그녀는 시베리아 가방이 엉망이 된 걸 보고 내가 몰래 그 가방을 뒤졌다는 사실을 눈치챘을 것이고, 어쩌면 황제 부부의 운명을 예고하는 신문 스크랩을 발견했을지도 모르겠다.) 어쨌든 할머니는 내가 느닷없이 울음을 터뜨리자 측은한 생각이 들었는지 내 방으로 건너와 침대 위에 걸터앉더니 한숨을 푹푹 내쉬고 있는 내 모습을 잠시 지켜보다가 어둠 속에서 내 손바닥을 찾아내어 그 위에 까칠까칠한 조약돌 하나를 슬그머니 올려놓았다. 나는 조약돌을 꼭 움켜쥐었다. 눈을 뜨지 않은 채 만져만 보고도 나는 그것이 '베르뎅'이라는 걸 알 수 있었다. 그 뒤로 이 조약돌은 내 것이 되었다.

4

방

학

이

끝나자

우리는 할머니 곁을 떠났다. 그러자 아틀란티스도 가을 안개
와 첫 눈보라의 뒤편으로, 우리 러시아 생활의 뒤편으로 사라져
갔다.

왜냐하면 우리가 돌아간 도시는 늘 침묵에 잠겨 있는 사란짜
와는 아무런 공통점도 없었던 것이다. 볼가 강 양안을 따라 펼
쳐져 있는 이 도시는 인구 150만 명에 무기 공장이 들어서 있고,
넓은 도로 양쪽으로는 스탈린 양식의 건물들이 줄줄이 늘어서
있어서 제국의 위용이 한눈에 드러났다. 강 하류 쪽에 세워진 거
대한 수력발전소, 건설 중인 지하철, 그리고 대규모 하항은 그대
로 우리 동향인들의 이미지가 되었다. 우리 고향 사람들이 자연
을 정복하고, 빛나는 미래를 위해 살아가며, 과거의 우스꽝스러
운 유산 따위는 웬만하면 무시해 버리고 그저 열심히 일만 한다
는 이미지를 모든 사람들의 뇌리에 심어 놓았던 것이다. 더구나
우리 도시에는 공장들이 들어서 있었기 때문에 외국인들은 출
입이 통제되었다⋯ 그렇다, 그곳은 제국의 맥박을 강렬하게 느낄

수 있는 도시였다.

돌아가자마자 우리들의 행동과 사고는 이 도시 특유의 리듬을 따르기 시작했다. 우리는 우리 조국이 내쉬는 숨결 속으로 휩쓸려 들어간 것이다.

우리들의 가슴속에 프랑스라는 나라가 이식되었다고 해서 나나 누나가 동지들과 어울리지 못했던 건 아니었다. 러시아어는 다시 우리들의 일상어가 되었고, 학교는 우리들을 모범적인 소련 청소년의 틀에 맞추어 교육시켰으며, 교련 교육을 통해서 우리는 화약 냄새와 연습용 수류탄의 폭발, 서양의 적들을 언젠가는 무찔러야 한다는 생각에 익숙해졌다.

할머니 집 발코니에서 보낸 저녁 시간이 이제는 한갓 어린아이의 꿈에 불과한 것처럼 보였다. 그렇기에 우리는 역사 시간에 선생님이 국민들에 의해서 '흡혈귀 니콜라스'라는 별명이 붙여진 니콜라스 2세에 관해 얘기할 때도 이 전설적인 인간 백정과 「르 시드」를 보며 박수 치던 그 젊은 군주를 연결시켜서 생각하지 않았다. 아니, 이 두 사람은 서로 모르는 사이였다.

하지만 어느 날 이 두 사람은 우연히 내 머릿속에서 서로 접근했다. 선생님이 질문한 것도 아닌데 나는 니콜라스와 알렉산드라, 그들의 파리 방문에 관해서 얘기하기 시작한 것이다. 내가 느닷없이 끼어든 데다가 전기적인 사실도 너무나 상세하고 풍부하게 알고 있었던지라 선생님의 얼굴에 당황하는 빛이 떠올랐다. 반 아이들이 한편으로는 뒤로 자빠질 만큼 놀라워하면서도 또 한편으로는 거짓말을 하고 있다는 듯 코웃음을 쳤다. 아이들은 내 말을 도전 행위로 받아들여야 할지 아니면 단순한 헛소리로 치부해야 할지 알 수 없어 하는 표정들이었다. 하지만 선생님은 이미 상황을 장악하고 이렇게 못을 박았다.

"코딩카 들판에서 있었던 그 끔찍한 참사의 책임자는 황제였다. 수천 명이 여기서 깔려 죽었지. 1905년 1월 9일에 평화적 시위를 벌이던 사람들에게 발포 명령을 내린 것도 황제였단다. 그래서 수백 명의 희생자가 발생한 거야. 그의 체제는 레나Lena 강 위에서 벌어진 대학살에 대해서도 책임이 있어. 백두 명이 죽었지! 그러므로 위대한 레닌Lenin이 자기 이름을 그렇게 부른 건 우연이 아니야. 그는 자신의 가명을 통해서 제정 러시아를 공격하려고 했던 거지!"

하지만 내게 가장 강렬한 인상을 주었던 것은 황제에게 가차 없는 비난을 퍼붓는 선생님의 그 격렬한 말투가 아니었다. 다른 아이들이 나를 비웃으며(그중 한 명은 내 머리를 잡아당기며 소리쳤다. "얘들아, 이것 좀 봐라! 이 황제께서 왕관을 쓰셨는데!") 귀찮게 구는 동안에도 내 뇌리를 떠나지 않았던 물음이었다. 그것은 무척이나 단순해 보이는 물음이었다.

'그래, 그가 수많은 사람들을 죽인 폭군이었다는 건 나도 알아. 교과서에 그렇게 쓰여 있으니까. 아니, 그렇다면 센 강 위에 불던 바다 냄새 나는 시원한 바람과 그 바람에 실려 가던 그 시행의 울림, 금으로 만들어진 흙손이 화강암을 때리며 내던 소리는 도대체 뭐란 말인가? 아득히 먼 그날은 도대체 뭐란 말인가? 나는 그날의 분위기를 너무도 강렬하게 느꼈는데 말이다!'

아니다, 내게 있어 중요한 것은 니콜라스 2세를 복권시키는 게 아니었다. 나는 역사 교과서와 우리 선생님을 믿고 있었다. 하지만 아득히 먼 그날과 그 바람, 그 햇빛 찬란한 공기는 도대체 뭐란 말인가? 나는 끊임없이 떠오르는 이런 상념들(반은 생각이고 반은 영상인) 때문에 혼란스러웠다. 나를 잡아채려고 하거나 내 귀에 대고 나를 조소하는 아이들을 밀치면서 불현듯 나는 그들에 대해서 엄청난 질투가 느껴졌다.

'바람이 세차게 불던 그날을, 너무나 사무치지만 거의 아무런 쓸모도 없어 보이는 그 과거를 자기 가슴속에 품고 다니지 않는다는 건 얼마나 다행스런 일인가! 그래, 단 하나의 인생관만을 갖는다는 건 얼마나 행복한 일인가. 나와 다른 식으로 본다는 건 얼마나 좋은 일인가…'

이 마지막 생각이 너무나 서걱거렸기 때문에 나는 아이들이 야유하든 말든 공격하든 말든 그냥 내버려 둔 채 그 너머로 눈 덮인 도시가 펼쳐져 있는 창문을 향해 고개를 돌렸다. 그렇다면 지금까지 나는 남과 다르게 보았단 말인가? 그것은 하나의 이점이었을까? 아니면 장애나 결점이었을까? 도무지 아무것도 알 수가 없었다. 이 이중의 관점은 아마 내가 쓰는 두 언어로서 설명될 수 있을지도 모른다. 정말로 내가 러시아어로 'царь차르'라고 발음하자 잔인한 황제가 내 앞에 나타나 우뚝 섰다. 반면에 'tsar 짜르'라는 프랑스어는 빛과 소리, 바람, 샹들리에의 섬광, 여인들의 벌거벗은 어깨를 비췄다가 반사되는 빛, 온갖 향기, 우리 아틀란티스의 독특한 분위기로 가득 메워지는 것이었다. 다른 사람들로부터 비웃음만 살 테니 이 두 번째 관점일랑 드러내지 않는 편이 낫겠다는 생각이 들었다.

단어들의 이 비밀스런 의미는 그 이후에 우리 역사 시간만큼이나 희비극적인 상황에서 다시 한 번 드러났다.

나는 식료품 가게 앞에서 꼭 뱀처럼 구불구불 끝도 없이 이어진 줄에 서 있던 적이 있었다. 줄을 따라 가게 문턱을 넘어서니 줄은 안에서 똬리를 틀고 있었다. 겨울에는 구경하기 힘든 물건 몇 가지를 사려고 그렇게 줄을 서 있었던 것이리라. 오렌지였는지, 아니면 그냥 사과였는지 생각이 잘 안 난다. 그건 하나도 중요하지 않다. 그날 수십 명의 사람들이 눈이 내리자마자 바람에 녹아 진흙탕이 되어 버린 가게 밖 길거리에서 이미 사라진 희망을 움켜진 채 기다리는 광경 속에서 나는 이미 그 기억을 넘어섰기 때문이다. 바로 그때 누나가 나타나서 나와 합류했다. 두 사람이 있으면 배급량의 두 배를 살 수가 있었던 것이다.

우리는 무엇 때문에 사람들이 그렇게 갑자기 화를 내는지 몰랐다. 우리 뒤에 서 있던 사람들은 아마 누나가 줄을 서지 않고 슬그머니 끼어드는 걸로 생각했던 모양이다. 그것은 용서할 수 없는 범죄였다! 짜증스런 고함 소리가 터져 나오고 뱀의 긴 몸통이 굵어지며, 위협적인 얼굴들이 우리를 둘러쌌다. 우리 두 사람은 우리가 남매지간이라는 설명을 하려고 애썼다. 하지만 군중들은 자신들의 실수를 인정하려 들지 않았다. 그중에서도 특히 가게 문턱을 아직 넘어서지도 못한 사람들은 자기들이 비난하는 대상이 누구인지도 잘 모르는 채 분노의 고함 소리를 지르며 과도하게 굴었다. 그런데 대중들이란 무슨 행동을 하든지 간에 노력한 만큼의 대가를 요구하는 법, 결국은 당치 않게도 나까지 그 대오에서 추방되고 말았다. 뱀이 몸을 부르르 떨더니 대

가리를 꼿꼿이 세웠다. 그리고 몸을 한 번 흔들자 나는 누나와 함께 줄 바깥으로 쫓겨나 그 증오에 가득 찬 얼굴들을 마주 바라볼 수밖에 없었다. 나는 원래 내 자리를 되찾으려고 애썼으나 그들은 팔뚝을 서로 맞붙여서 일종의 방패를 만들었다. 나는 얼빠진 표정으로 입술을 떨고 있다가 누나의 시선과 마주쳤다. 나는 우리에게 약점이 많다는 사실을 어렴풋이나마 짐작할 수 있었다. 누나는 나보다 두 살이 많은 열다섯 살이었으니 처녀로서의 이점을 누릴 수도 없었고, 그렇다고 해서 꼼짝도 안 하는 그 군중들의 마음을 측은하게 만들 수 있을 어린아이로서의 장점도 갖추지 못했다. 그 같은 사정은 내 경우에도 마찬가지였다. 나 역시 나이가 열두 살 하고 반밖에 안 되었기 때문에 아직은 공격적이고 무책임한 열네다섯 살짜리 청소년 행세를 할 수가 없었던 것이다.

우리는 최소한 원래 우리 자리에서 3, 4미터쯤 뒤에 있는 자리에는 끼어들어 갈 수 있기를 바라면서 줄을 따라 슬금슬금 걸어갔다. 하지만 줄을 선 사람들은 우리가 가까이 가자 앞뒤 간격을 한층 더 좁혔고, 얼마 지나지 않아 우리는 눈이 내리자마자 녹아 버리는 가게 밖으로 밀려나게 되었다. 여자 점원이 "저기요, 문 뒤에 서 계신 분들은 더 이상 기다리지 말고 돌아가세요. 물건이 다 떨어졌단 말예요!"라고 아무리 외쳐도 사람들은 계속해서 꾸역꾸역 몰려들기만 했다.

우리는 서로 알지도 못하는 사람들이 그렇게 일사불란하게 움직일 수 있다는 사실이 도저히 믿기지가 않아서 얼빠진 얼굴로 줄 맨 끝에 서 있었다. 나는 눈을 들기가, 움직이기가 두려웠다. 주머니 속에 찔러 넣은 두 손이 오들오들 떨리고 있었다. 바로 그때, 꼭 다른 행성에서 말을 하는 것처럼 별안간 누나의 목소리가 아득하게 들려왔다. 누나는 씁쓸함이 묻어나는 미소를 띠고 이렇게 말했다.

"너 버섯 넣고 익힌 붉은자고새와 멧새 요리 생각나니…?"

누나가 보일 듯 말 듯 미소를 지었다.

그리고 나는 눈동자에 하나 가득 겨울 하늘이 반사되어 담긴 그녀의 창백한 얼굴을 보면서 소금에 절은 안개 냄새가 나는 신선한 공기(세르부르의 그것)와 바닷물에 젖은 해변의 조약돌, 끝없이 펼쳐진 드넓은 바다 위를 날아다니는 갈매기들의 요란한 울음 소리로 나의 허파가 가득 채워지는 것을 느꼈다. 나는 순간 거기에 있지 않았다. 줄이 앞으로 이동하면서 나를 가게 문 쪽으로 계속 밀어냈다. 나는 그들이 하는 대로 내버려 둔 채 내 가슴 속이 환하게 밝혀지는 그 순간을 음미했다.

붉은자고새와 멧새… 나는 누나에게 살짝 눈을 찡긋해 보이면서 미소를 지었다. 아니다, 줄을 서려고 서로 밀쳐대는 사람들보다 우리가 우월하다고 느껴서 그랬던 건 아니었다. 우리는 그들이랑 똑같은 사람이었으며, 어쩌면 그들 중 많은 사람이 우리보다 더 잘살고 있는지도 모를 일이었다. 우리는 모두 똑같은 계층에 속해 있었다. 손에 들고 있는 자루가 2킬로그램의 오렌지로 채워지기를 희망하면서 눈 내리는 거대 공업도시의 한 식료품 가게 문을 향해 허겁지겁 걸어가는 사람들.

그렇기는 하지만 세르부르의 연회에서 배운 그 마법의 단어들이 귀에 들려오는 순간, 나는 내가 그들과 다르다고 느꼈다. 내가 박식하다고 생각해서 그런 것은 아니었다. (그 당시만 해도 나는 붉은자고새와 멧새가 도대체 어떻게 생겼는지 알지 못했다.) 내 가슴속에 자리 잡고 있는 세르부르에서의 그 순간(그곳의 안개 자욱한 빛과 바다 냄새)이 우리를 둘러싼 모든 것들을, 내가 살고 있는 그 도시를, 스탈린 시대의 흔적이 곳곳에 남아 있는 도시의 외관을, 그 신경질적인 기다림과 군중들의 음험한 폭력을 하찮은 것으로 만들어 놓았을 따름이었다. 바로 그 순간, 놀랍게도 나는 나를 쫓아낸 그 사람들에 대해서 분노는커녕 오히려 동정을 느꼈다. 그들은 불만스러운 듯 눈을 살짝 찌푸리고 있을 뿐, 신선한 해초 내음 풍기고 갈매기 울음 소리 들려오며 태양이 구름에 가려 있는 그날에 접근할 수가 없었던 것이다… 나는 줄을 서 있는 사람들 모두에게 그 말을 해 주고 싶은 무시무시한 욕망에 사로잡혔다. 하지만 어떻게 그 말을 할 수가 있단 말인가? 그러려면 또 다른 언어로 말해야 하는데, 그 당장 내가 그 언어에 대해 알고 있는 것이라곤 말을 시작하는 두 단어, 붉은자고새와 멧새, 이 둘뿐이었던 것을….

5

증

조

부

노르베르가 죽고 난 뒤로 알베르틴은 시베리아의 광활한 은 빛 공간 속에 조금씩 파묻혀 갔다. 물론 그녀는 샤를로트를 데리고 두세 번인가 파리에 가기는 했었다. 하지만 이 설국은 그 미답의 공간과 멈추어 버린 시간에 매혹된 영혼들을 결코 놓아주지 않았다.

게다가 증조모 알베르틴은 우리 할머니의 이야기에서 어쩔 수 없이 드러났다시피 파리에 체류하는 동안 쓰라린 경험을 했다. 그건 우리로서는 그 이유를 알 도리가 없는 자매들 사이의 어떤 불화 때문이었을까? 아니면, 러시아에서는 좀 지나치다 싶을 정도로 집단적 정서가 보편화된 반면 유럽에서는 러시아인이 적응하기 힘들 만큼 친척끼리도 서로 냉랭하게 지내서 그랬던 것일까? 그것도 아니라면, 러시아까지 가서 살면 장밋빛 삶을 얘기하지는 못할망정 늘 거친 나라에서 삶의 고뇌에 찌든 고민거리를 한 아름 짊어지고 찾아오는 그녀를 다른 세 자매들이 받아들이지 않고 냉정한 태도를 취했기 때문일까?

어쨌든 알베르틴이 뇌이에 있는 친정집보다는 남동생 뱅상의 아파트에서 지내는 걸 더 좋아했다는 건 누가 보더라도, 심지어는 우리가 보더라도 분명한 사실이었다.

러시아로 돌아갈 때마다 그녀는 시베리아가 이미 자신의 운명과 뒤섞여 버렸기 때문에 이곳을 벗어나 다른 곳으로 갈 수도 없고 도망칠 수도 없다고 느꼈다. 그녀를 이 얼음의 땅에 묶어둔 것은 노르베르의 무덤이 이곳에 있다는 것만은 아니었다. 러시아에서의 어두운 체험 또한 꼭 마취제처럼 그녀의 혈관 속에 스며들어 이곳을 못 떠나게 만들었던 것이다.

알베르틴은 이 도시에서 모르는 사람이 없을 정도로 잘 알려져 있던 존경할 만한 의사 부인에서 이상하기 짝이 없는 과부로 바뀌었다. 사람들은 이 프랑스 여인이 왜 고국으로 돌아가지 않는지 도대체 납득되지 않았다. 게다가 그녀가 프랑스로 갈 때마다 이제는 이곳을 떠나려나 보다 생각하고 있으면 어김없이 되돌아오곤 하니 참 알 수 없는 노릇이었다!

그녀는 아직 너무 젊었고 너무 아름다웠기 때문에 보이아르스크 상류사회 사람들 사이에서 입방아에 시달려야만 했다. 그리고 너무나 유별났기 때문에 있는 그대로의 모습으로 받아들여질 수가 없었다. 게다가 얼마 지나지 않아 그녀는 너무나 가난해져 버렸다.

샤를로트는 파리 여행을 한 번씩 다녀올 때마다 자기 집이 점점 더 작아진다는 것을 눈치챘다. 아버지의 환자였던 사람이 애써 준 덕분에 입학할 수 있었던 학교에서 그녀는 곧 '그 르모니에라는 애'가 되어 버렸다. 어느 날, 담임선생이 그녀를 교탁 앞으로 불러냈는데… 질문을 하기 위해서가 아니었다. 샤를로트가 앞으로 나오자 담임선생은 이 소녀의 발을 유심히 살펴더니 깔보는 듯한 미소를 지으며 이렇게 물었다.

"지금 신고 있는 게 뭐죠, 르모니에 양?"

서른 명의 아이들이 일제히 자리에서 일어나더니 눈을 크게 뜨고 목을 길게 내밀었다. 그리고 반질반질하게 닦인 마룻바닥 위에서 샤를로트가 신고 있는 양털로 짠 양말같이 생긴 '신발'을 보았다. 모든 아이들의 시선이 자기에게 집중되자 기가 눌린 샤를로트는 고개를 푹 숙인 채 자신의 발을 영영 감춰 버리고 싶은 듯 발가락을 자꾸만 옹크려 실내화 안쪽으로 집어넣었다…

그 당시 이미 알베르틴과 샤를로트는 도시 변두리의 한 낡은 이즈바에서 살고 있었다. 샤를로트는 어머니가 거의 늘 커튼 뒤 높다란 침대 위에 힘없이 누워 있는 모습을 보는 데 익숙해졌다. 자리에서 일어난 알베르틴의 두 눈은 비록 뜨여 있긴 했으나 항상 꿈의 검은 그림자들이 우글거렸다. 이제 그녀는 딸에게 미소를 지어 보이는 일조차 하지 않았다. 그녀는 황동 국자를 가지고 양동이에서 물을 퍼서 힘없이 마시고는 다시 침대에 누워 버렸다. 이미 오래전부터 어머니가 자개를 박아 넣은 작은 상자 속에서 보석 몇 개가 반짝거리고 있기에 그나마 목숨을 부지해 가고 있다는 사실을 샤를로트는 벌써부터 알고 있었다…

샤를로트는 아름다운 보이아르스크 거리에서 멀찍이 떨어져 있는 이 이즈바가 마음에 들었다. 눈 덮인 이 좁고 구불구불한 길거리에 들어서면 가난하다는 사실을 그나마 좀 잊을 수 있었다. 게다가 학교가 파하고 집으로 들어설 때면 더욱 좋았다. 한 발자국 밟을 때마다 삐걱거리는 소리를 내는 낡은 나무 계단을 걸어 올라간 다음 굵직한 통나무로 된 벽이 서리로 두텁게 덮여 있는 어두컴컴한 현관을 지나, 꼭 사람처럼 짧은 신음 소리를 내지르며 열리는 육중한 문을 밀고 집 안으로 들어가는 것은 너무나 즐거운 일이었다. 그리고 그곳, 방 안에 들어서면 샤를로트는 잠시 낮고 작은 창문이 보랏빛 황혼으로 물드는 것을 바라보고, 눈발이 이리저리 휘몰아치다가 유리창에 와 부딪치면서 내는 소리에 귀를 기울일 수가 있었다. 커다란 난로의 넓고 따뜻한 측면에 등을 갖다 대면 열기가 외투 아래로 서서히 스며드는 걸 느낄 수 있었다. 샤를로트는 추워서 곱은 손을 따뜻한 돌에 갖다 댔다. 그녀의 눈에 난로는 꼭 그 낡은 이즈바의 거대한 심장처럼 보였다. 이내 펠트 구두의 바닥 아래서는 마지막으로 남은 얼음 덩어리들이 녹아내렸다.

어느 날, 그녀의 발에 밟힌 얼음 조각 하나가 여느 때와는 다른 소리를 내며 부서졌다. 샤를로트는 깜짝 놀랐다. 집에 돌아온 지가 30분은 족히 넘었기 때문에 외투와 샤프카 위에 내려앉은 눈은 벌써 다 녹았을 텐데 웬 얼음 조각이람… 그녀는 그걸 주우려고 고개를 숙였다. 그런데, 그것은 유리 조각이었다! 약병이 깨지면서 아주 날카로운 유리 조각 하나가 바닥 위에 떨어져 있었던 것이다….

이렇게 해서 모르핀이라는 끔찍한 단어가 샤를로트의 삶 속에 등장하게 되었다. 그리고 이 단어는 커튼 뒤의 침묵과 그녀 어머니의 두 눈 속에 우글거리는 그림자들, 그리고 마치 운명처럼 부조리하고 피할 수 없는 그 시베리아를 설명해 주었다.

알베르틴은 더 이상 딸에게 감출 게 없었다. 그 뒤로 동네 사람들은 샤를로트가 약국에 들어가 들릴락 말락 한 목소리로 이렇게 말하는 모습을 볼 수 있게 되었다.

"르모니에 부인 약 좀 주세요…."

샤를로트는 늘 혼자서 조명이 환하게 밝혀진 상점들이 늘어선 시내의 변두리 길과 자기 동네 사이의 넓은 공터를 가로질러서 집에 돌아오곤 했다. 눈보라가 이 죽어 버린 공간 위를 휩쓸고 지나갔다. 어느 날 밤, 얼음 조각들을 몰고 오는 바람과 싸우느라 기진맥진하고 쉭쉭거리는 바람 소리에 귀가 먹먹해진 그녀는 걸음을 멈춰 돌풍에 등을 돌리고는 눈송이들이 현기증을 일으키며 높이높이 날아오르는 모습을 멍한 눈으로 바라보고 있었다. 그녀는 자신의 삶을, 야윈 몸의 온기가 아주 작은 자아로 응축되는 것을 강렬하게 느꼈다. 그리고 문득 물방울 하나가 외투와 샤프카의 귀덮개 아래로 흘러내리면서 살을 간지럽히는 것을, 심장이 박동하는 것을, 깨지기 쉬운 약병을 방금 사서 심장 근처에 넣어 두었다는 사실을 깨달았다. 별안간 그녀의 내부에서 어떤 목소리 하나가 숨 가쁘게 말했다.

'세상 끝, 눈보라 휘날리는 이곳 시베리아에 내가 있어. 이 황량한 장소와도, 이 하늘과도, 이 언 땅과도 전혀 아무런 동질성이 없는 나 샤를로트 르모니에가… 저 사람들과도 아무 공통점이 없는 내가… 나 혼자 여기 있어. 그리고 난 모르핀을 어머니에게 가져가고 있어….'

샤를로트는 자기 마음이 이렇게 흔들리다가 결국에는 구렁 속으로, 문득 깨닫게 된 이 온갖 부조리가 당연한 것이 되어 버릴 구렁 속으로 빨려 들어갈 것이라고 생각했다. 그녀는 고개를 저었다. 아니야, 이 시베리아의 사막도 어디선가는 끝이 날 것이고, 바로 그곳에 한 도시가 자리 잡고 있을 것이며, 거기에는 길 양편에 마로니에가 줄지어 서 있는 넓은 가로수 길과 불이 환히 밝혀진 카페들, 삼촌네 집, 글자 모양 하나만으로도 너무나 소중하게 느껴지는 단어들을 보여 주며 펼쳐진 책들이 있을 거야. 바로 그곳에 프랑스가 있을 거야….

길 양편에 마로니에가 줄지어 서 있는 이 도시는 반짝거리는 섬세한 순금 조각들로 변해서 샤를로트의 눈 속에서 반짝반짝 빛났지만 아무도 그 사실을 눈치채지 못했다. 샤를로트는 변덕스럽고 오만한 미소를 머금은 젊은 여인의 드레스에 달린 그 아름다운 브로치의 반사광 속에서도 자신의 금빛 광채를 잃지 않았다. 그 여인은 우아한 가구들이 놓여 있고 창에는 비단 커튼을 드리운 커다란 방 한가운데 소파에 앉아 있었다.

"가장 강한 자의 논리가 항상 낫다."

여인이 새침한 목소리로 이렇게 암송했다.

"…항상 '가장' 낫다."

샤를로트는 이렇게 조심스럽게 지적해 주고 나서 눈을 내리깔며 덧붙였다.

"'메에르'라고 발음하는 것보다는 '메외르'라고 발음하는 것이 더 정확할 것 같군요. 메-외-르…"

샤를로트는 입을 둥글게 해서 '메-외'라고 발음한 다음 이 음이 부드러운 '르' 음과 섞이면서 서서히 사라지게끔 길게 잡아 빼었다. 여인은 얼굴을 찌푸리며 다시 암송하기 시작했다.

"우리는 잠시 후 당신께 그것을 보여 드리겠습니다…"

이 젊은 여인은 보이아르스크 총독의 딸이었다. 샤를로트는 매주 수요일 그녀에게 프랑스어를 가르쳤다. 처음에 샤를로트는 자기보다 약간 나이가 많고 귀염둥이로 자라난 이 처녀하고 친구가 되고 싶었다. 하지만 이제는 더 이상 아무것도 바라지 않고 그저 잘 가르치는 데만 몰두했다. 학생이 경멸스런 눈길로 자기를 힐끔거려도 이제는 아무렇지 않았다. 샤를로트는 그녀가 하는 말에 귀를 기울이고 가끔씩 틀린 부분을 고쳐 주기도 했지만, 사실 눈은 아름답게 반짝거리는 그 호박 브로치에 가 있었다. 오직 총독의 딸만이 그처럼 깃이 벌어지고 가운데 보석이 달린 드레스를 학교에 입고 다니도록 허용되었다. 샤를로트는 억양이라든가 문법상의 잘못을 하나도 빼놓지 않고 성심성의껏 다 지적해 주었다. 금빛을 띤 호박의 저 깊은 곳으로부터 가을의 나뭇잎들이 아름답게 우거진 도시가 불쑥 솟아올랐다. 화려한 옷차림의 이 통통한 처녀, 나이만 먹었지 애나 다름없는 그녀의 찡그린 얼굴을 못 본 체 외면하며 한 시간을 보내다가 부엌 한쪽 구석으로 가서 저녁 식사 때 먹고 남은 음식들을 싼 꾸러미를 받아 들고, 다시 길거리에서 약국 안에 손님이 아무도 없을 때까지 기다리다가 약사에게 이렇게 말해야 한다는 것을 그녀는 알고 있었다. '르모니에 부인 약 좀 주세요…'

약국에서 훔쳐 외투 속에 몰래 담아 가지고 나온 따뜻한 공기는 얼마 지나지 않아 살을 에듯 차가운 공터의 바람에 쫓겨나고 말 것이었다.

알베르틴이 현관 앞 층계에 나타나자 마차꾼은 눈썹을 치켜 올리며 자리에서 일어났다. 마차꾼은 어리둥절해했다. 이끼가 잔뜩 낀 채 바람에 지붕이 내려앉아 버린 이즈바, 쐐기풀이 우거져 있는 낡은 현관 앞 층계, 게다가 길까지 잿빛 모래에 파묻혀 버린 이런 촌락에서….

문이 열리고, 약간 휘어진 문틀에 한 여인이 불쑥 모습을 드러냈다. 그녀는 무척이나 우아한 긴 드레스를 입고 있었는데, 마차꾼은 어느 날 밤 보이아르스크 중심지의 극장에서 나오던 상류층 부인들이 그런 드레스를 입고 있는 모습을 딱 한 번 본 적이 있었다. 머리는 틀어 올려 쪽을 지고 큼지막한 모자를 썼다. 봄바람이 불자 우아하게 휘어진 넓은 모자 테두리에 올려놓은 베일이 너울거렸다.

"역으로 가요!"

그녀가 이렇게 말했고, 마차꾼은 그녀의 목소리가 이상하리만큼 떨리는 것 같아 조금 전보다 훨씬 더 놀랐다.

"역으로 가 주세요!"

조금 전 길거리에서 마차꾼을 불렀던 소녀가 다시 한 번 말했다. 소녀는 시베리아 사투리가 약간 섞여 있기는 했지만 러시아어를 아주 잘했다….

샤를로트는 알베르틴이 지속적으로 한 번씩 도지는 병과 길고 고통스러운 싸움을 벌이다가 그예 현관 앞 층계에 모습을 드러낸 것임을 알고 있었다. 언젠가 봄에 다리를 지나가다가 샤를로트가 본 적이 있었던, 검은 얼음 구덩이 속에서 발버둥 치며 살아나려고 애쓰던 그 남자처럼 말이다. 누군가 던져 준 나뭇가지에 매달린 그 남자는 강가의 미끌미끌한 비탈을 기어 올라오더니 빙판 위에 납작 엎드렸다가 1센티씩 1센티씩 힘겹게 앞으로 전진, 얼어 터져 벌게진 손을 뻗어 구조자의 손을 잡는 데 성공했다. 그런데, 다음 순간, 그의 몸이 흔들리더니 미끄러지기 시작해서 검은 얼음 구멍 속으로 다시 떨어지고 말았다. 물살에 휩쓸려 그는 조금 더 멀리 떠내려갔다. 모든 것이 다시 시작되어야만 했다… 그렇다, 바로 그 남자처럼.

하지만 햇살 가득하고 녹음 짙은 그 여름날 오후, 그들의 행동은 오직 경쾌하기만 했다.

"근데 그 큰 가방은 어떡해요?"

마차에 올라탄 샤를로트가 소리쳐 물었다.

"두고 가자. 네 삼촌이 모아 놓은 낡은 서류하고 날짜 지난 신문들뿐인데 뭐… 언제 다시 와서 가져가자."

두 사람은 다리를 건너고, 총독 관저 옆을 지나갔다. 이 시베리아 도시에서의 삶이 벌써부터 낯선 과거사처럼 느껴졌다….

그렇다, 다시 파리에 정착하게 된 두 사람은 이처럼 아무런 반감 없이 보이아르스크를 회상할 수가 있었다. 그리고 알베르틴이 러시아로 돌아가려고 했을 때(시베리아에서 삶을 완전히 청산하려고 가는 거군, 가족들은 이렇게 생각했으리라) 샤를로트는 어머니에게 약간의 질투를 느끼기까지 했다. 샤를로트 역시 지금은 그들의 과거에 속하는 인물들이 살고 있으며, 특히 이즈비를 비롯해 그들이 살던 집들이 지나간 날들의 기념물로 변한 그 도시에 한 1, 2주 정도는 머물고 싶었던 것이다. 이제는 그 어느 것도 그녀에게 상처를 주지 않을 도시.

"엄마, 생쥐 둥지 아직 있는지 좀 봐 주세요. 난로 옆에 말예요, 생각나죠?"

그녀는 객차의 창문 아래쪽에 서 있는 어머니에게 이렇게 말했다.

1914년 7월, 샤를로트는 그때 열한 살이었다.

샤를로트의 인생에는 단절이라는 게 없었다. 단지 그 마지막 한 마디("생쥐 둥지 아직 있는지 좀 봐 주세요!")만이 시간이 가면 갈수록 점점 더 어리석고 유치하게 느껴졌다. 그냥 아무 말 없이 객차 창가에 서 있는 어머니를 유심히 살펴보다가 그 얼굴 모습을 눈에 담아 두었어야 했는데. 한 달 두 달, 한 해 두 해가 지나갔지만, 이 마지막 한 마디는 어떤 어리석은 행복의 울림을 여전히 변함없이 간직하고 있었다. 이때부터 샤를로트의 삶은 오직 기다림으로만 점철될 것이다.

이 시절(신문에서는 '전시戰時'라고 표현되었다)은 어느 시골 마을의 인적 없는 거리, 어느 일요일의 잿빛 오후와 흡사했다. 어느 집 모퉁이에서 불현듯 돌풍이 솟더니 회오리바람을 일으키고, 덧문이 소리 없이 흔들리고, 한 인간이 그 흐릿한 공기와 뒤섞여 영문도 모르는 사이 사라져 버린다.

샤를로트의 삼촌도 이렇게 사라졌다. 신문에는 "싸움터에서 쓰러졌다", "조국을 위해 몸 바쳤다"라고 나와 있었다. 이런 식으로 표현되었기 때문에 그의 부재는 더욱 실감이 나지 않았다. 삼촌의 책상 위에 그가 쓰던 연필깎이가 그대로 놓여 있었고, 그 구명 속에 연필이 꽂혀 있었으며, 연필을 깎을 때 생긴 지저깨비까지 치워지지 않고 그냥 남아 있었기 때문에 더더욱 그랬다. 뇌이의 집은 이렇게 조금씩 비어 갔다. 여자들과 남자들은 허리를 숙여 샤를로트에게 입을 맞추며 무척 심각한 표정으로 "너 착한 사람이 되어야 한다."라고 말하곤 했다.

이 이상한 시절은 너무나 변덕스럽게 바뀌곤 했다. 별안간 샤를로트의 숙모들 중 한 사람이 꼭 로봇이 움직이는 듯한 동작으로 흰옷을 입더니 친척들을 불렀고, 친척들은 그 당시 영화에서처럼 황급하게 그녀 주위에 몰려들었다. 그들이 잰걸음으로 교회에 갔을 때, 그곳에는 숙모가 콧수염을 기르고 머리는 기름을 부어놓은 듯 반질반질한 남자 옆에 서 있었다. 그러더니 거의 동시에(샤를로트가 기억하기로는 미처 교회를 떠날 시간조차 없었던 것 같은데) 이번에는 나이 어린 신부가 검은 옷을 입은 채 하도 눈물을 많이 흘려서 통통 부운 눈을 들지 못하고 서 있었다. 어찌나 빨리 바뀌었던지 그녀는 교회를 나서자마자 벌써 혼자가 되어 상복을 입은 채 햇빛을 가리려고 벌게진 눈을 손으로 가렸다. 이 이틀이 합쳐져서 하루로 압축되었다. 눈부신 하늘로 물들여지고, 손님들의 오가는 발걸음을 한층 더 재촉하는 듯 보이는 여름 바람과 교회 종소리 때문에 활기차 보이는 하루였다. 그리고 이날, 뜨거운 바람이 불 때마다 이 젊은 여자는 얼굴에 때로는 신부의 하얀 베일을 쓰고 있기도 하다가 또 어떨 때는 미망인의 검은 베일을 쓰고 있기도 했다.

그 뒤로 이 으스스한 시간은 규칙적으로 반복되었고, 불면의 밤과 손상된 인체의 긴 행렬로 점철되었다. 이제 시간들은 병원으로 개조된 이 뇌이 고등학교 넓은 교실의 울림에 맞추어 흘러 갔다. 그녀가 남자의 몸에 대해서 처음으로 알게 된 것은 찢겨지고 피투성이가 된 남자의 그 살덩어리를 보았을 때였다… 그리고 이 시절의 밤하늘은 꼭 빛을 내는 석순처럼 생긴 탐조등 사이로 날아가던 독일 비행선 두 대의 파르스름하고 기괴한 모습으로 영원히 뒤덮이게 될 것이다.

1919년 7월 14일, 드디어 수많은 군인들이 뇌이를 통과해 파리를 향해 행군을 이어 갔다. 잔뜩 멋을 낸 군복, 부릅뜬 두 눈, 반질반질하게 닦인 군화. 전쟁을 하는 게 아니라 꼭 퍼레이드를 벌이는 것 같았다. 샤를로트의 손에 작은 갈색 조약돌을, 녹 투성이의 그 포탄 파편을 슬그머니 쥐어 준 그 군인도 그 속에 끼어 있었을까? 그들은 서로 사랑했을까? 약혼식을 올렸을까?

이 만남에도 불구하고 그 몇 년 전에 했던 샤를로트의 결심은 흔들리지 않았다. 거의 기적처럼 첫 번째 기회가 찾아오자 그녀는 러시아로 떠났다. 내전을 치르느라 초토화된 이 나라의 사정을 전혀 알지 못했다. 1921년도였다. 적십자 단원들이 기근으로 인해 수천 명의 희생자가 생긴 볼가 강 지역으로 떠나려 하고 있었다. 샤를로트는 간호사 업무를 맡게 되었다. 자원자가 드물었기 때문에 그녀는 지원을 하자마자 받아들여졌다. 게다가 그녀는 러시아어를 할 줄 알았다.

여기서 그녀는 자기가 지금 지옥이 어떤 곳인지를 알게 되었다고 생각했다. 멀리서 보면 큰 강에서 올라오는 안개 속에 잠긴 평화로운 러시아 마을들(이즈바, 우물, 울타리)과 하나도 다를

게 없었다. 가까이 가서 본 그 지옥은 적십자사의 사진가가 그 음울한 날들에서 담아낸 사진 속에 고정되었다. 검은색 양가죽 옷을 입은 농부들이 산더미처럼 쌓인 인골과 갈기갈기 찢긴 시신들, 누구 것인지 도저히 알아볼 수 없는 살덩어리 앞에 꼼짝하지 않고 서 있었다. 그리고 벌거벗고 눈 속에 앉아 있는 아이(헝클어진 긴 머리칼, 노인의 그것처럼 날카로운 눈초리, 곤충처럼 바싹 야윈 몸뚱이) 사진이 눈에 띄었다. 마지막 사진에는 빙판을 이룬 도로 위에 잘려진 머리 하나가 초점 잃은 눈을 뜬 채 나뒹굴고 있었다. 더더욱 나쁜 것은 이 사진들이 계속해서 고정되어 있지 않았다는 사실이다. 사진가가 삼각대를 접자 농부들은 사진(식인 현장을 찍은 이 끔찍한 사진)의 배경을 떠나 놀랍도록 단순하게 일상적인 동작들을 취하면서 다시 살아가기 시작하는 것이었다. 그렇다, 그들은 계속해서 살아가고 있었다! 고개를 숙이고 어린아이를 살펴보던 한 여인이 그게 자기 아들이라는 걸 알아본 모양이었다. 그런데 이미 몇 주일 전부터 사람 고기를 먹고 살아온 그녀는 이 노인 같기도 하고 곤충 같기도 한 자기 아이를 어떻게 해야 할지 몰랐다. 바로 그때 그녀의 목구멍에서 늑대 울음 소리가 올라왔다. 그 어떤 사진도 이 울음 소리를 고정시킬 수는 없었다… 농부 한 사람이 한숨을 쉬며 길 위에 내던져진 머리의 눈을 뚫어지게 바라보았다. 그러던 그가 고개를 숙이더니 서투른 손길로 그걸 커다란 자루 속에 밀어 넣었다. 그가 중얼거렸다.

"묻어줘야 되겠군. 어쨌든 우린 타타르족은 아니니까…"

그러고 나서 침묵에 잠긴 그 지옥의 이즈바들 속으로 들어간 샤를로트가 발견한 것은 창문 너머로 거리를 지켜보고 있던 그 노파가 사실은 가망 없는 구원의 희망 속에서 창문 앞에 앉아 있다가 벌써 몇 주일 전에 죽은 한 젊은 여성의 미라라는 사실이 었다.

샤를로트는 모스크바로 돌아가자마자 적십자 일을 그만두었다. 그녀는 호텔을 나와 광장의 혼잡한 인파 속으로 잠겨들더니 사라져 버렸다. 그녀는 뭐든지 다 물물교환 되는 수크하레프카 시장에 들러 여행 초기 며칠 동안 먹을 둥근 빵 두 개를 5프랑짜리 은화(빵 장수는 동전을 어금니로 깨물어 보기도 하고, 손도끼로 두드려 보기도 했다)와 바꿨다. 그녀는 이미 여느 러시아 여성처럼 옷을 차려입었고, 덕분에 객차 위로 난폭하고 무질서하게 밀려드는 역에서 배낭을 끌어올리며 거의 광란에 가깝게 서로 밀쳐대며 몸싸움을 벌이는 인파 사이를 뚫고 가려고 몸부림치는 이 젊은 여성에게 관심을 기울이는 사람은 아무도 없었다.

그녀는 떠났고, 모든 걸 보았다. 그녀는 이 나라의 무한한 공간에, 하루 이틀… 한 해 두 해…가 파묻혀 있는 아득한 공간에 도전했다. 그녀는 이 정체된 시간 속을 전진해 나갔다. 기차를 타고, 마차에 실려서, 걸어서….

그녀는 모든 걸 보았다. 마구가 얹힌 말들이 마부도 없이 평원을 질주하더니 잠시 멈춰 섰다가 자유를 얻었다는 사실이 즐겁기도 하고 불안하기도 한 듯 다시 맹렬하게 내달리기 시작했다. 이 도망자들 중 하나가 사람들의 눈길을 끌었다. 칼 한 자루가 안장에 깊이 박혀 있었던 것이다. 말이 달리자 두꺼운 가죽에 박혀 고정된 긴 칼날이 낮게 떠 있는 햇빛을 받아 반짝거리며 좌우로 나긋나긋 흔들렸다. 말은 사람들이 지켜보는 가운데 들판에 깔린 안개 속으로 서서히 모습을 감추었다. 손잡이 부분에 납을 입힌 이 칼이 말 위에 올라탔던 사람을 반으로(어깨에서 아랫배까지) 자른 다음 가죽 속에 꽂혔으리라는 사실을 다들 알고 있었다. 그리고 이 두 몸뚱이는 각각 한 부분씩 나뉘어 말들에게 밟혀 뭉개진 풀밭 위로 떨어졌으리라.

그녀는 또 죽은 말들이 샘에서 끌어올려지는 광경도 보았다. 그리고 사람들이 기름지고 단단한 땅에 샘을 파는 것도 보았다. 농부들이 구덩이 밑바닥으로 내려보내는 광주리의 통나무 부분에서는 차가운 나무 냄새가 풍겼다.

그녀는 동네 사람들이 검은색 가죽 상의를 입은 남자의 지휘 하에 둥근 성당 지붕 위에 솟아 있는 십자가를 굵은 밧줄로 묶어서 끌어내리는 모습도 보았다. 삐거덕거리는 소리가 연거푸 들려오자 그들은 신이 나는 모양이었다. 그리고 아주 이른 시간 또 다른 마을에서는 한 노파가 울타리 없이 들판의 섬세한 울림을 그대로 받아들이는 묘지의 무덤들 사이에 내던져진 둥근 성당 지붕 앞에 무릎을 꿇고 앉아 있었다.

인적이 끊긴 마을들을 지나가다 보니 과실수마다 주렁주렁 달린 과일들은 사람 손을 타지 않은 탓인지 너무 익어서 풀밭에 떨어져 있기도 했고, 아예 가지에 매달린 채 말라비틀어진 것도 있었다. 그녀는 어느 날 시장에서 과일 장수가 사과 하나를 훔쳐 가려던 아이의 팔을 잘라 버렸다는 도시에 머무르기도 했다. 그녀가 만난 사람들은 어떻게 해서든지 기차에 올라타거나 배를 타려고 서로 떠밀고 밀치면서 어떤 미지의 목표를 향해 몰려가는 것처럼, 아니면, 닫힌 상점 문 앞이나 군인들이 지키는 성문 옆, 또는 그냥 길가에서 그 누군가를 기다리고 있는 것처럼 보였다.

그녀가 위험을 무릅쓰고 편력한 공간에는 중간 지대라는 것이 없었다. 인간들이 꼭 콩나물시루처럼 바글바글 모여 사는 도시를 지나면 하늘도 너무나 광대하고 숲도 너무나 깊어서 인간이 살고 있으리라고는 도저히 생각할 수 없는 완전한 황야가 별안간 그 모습을 드러내는 것이었다. 그리고 사람이 살지 않는 이 공간은 가을비가 쏟아지는 바람에 물이 불어난 강의 질척거리는 강둑을 걸어가면서 무언가를 사납게 밀어내고 있는 농부들의 모습으로 곧장 이어졌다. 그렇다, 샤를로트는 그것도 보았다. 잔뜩 화가 난 농부들이 긴 장대를 가지고 네모난 돛이 달린 너벅선을 자꾸 밀어내고 있었고, 너벅선에서는 구슬픈 신음 소리가 끊이지 않았다. 뱃전에서 야윈 손으로 강변을 가리키고 있는 실루엣들이 눈에 띄었다. 티푸스에 걸렸다는 이유로 버려져서 벌써 여러 날째 물 위에 떠 있는 묘지 위에서 표류 중인 사람들이었다. 그들이 배를 뭍에 대려고 시도할 때마다 강둑에 사는 주민들이 동원되어 막는 것이었다. 너벅선은 다시 죽음의 항해를 이어 갔고, 사람들은 계속해서(이제는 못 먹어서) 죽어 갔다. 이제 얼마 지나지 않아 그들은 상륙을 시도할 힘조차 잃어버릴 것이고, 어느 날 파도 소리에 놀라 잠을 깬 최후의 생존자들은 카스피 해의 무심한 수평선을 보게 될 것이다….

서리가 영롱하게 반짝이던 어느 날 아침, 숲 가장자리에서 그녀는 나무에 매달려 있는 유령들을, 아무도 묻어 주지 않아 목을 매인 채 입을 벌리고 죽은 야윈 얼굴들을 보았다. 그리고 철 새들은 저 높은 곳, 밝고 푸르른 하늘로 사라져 갔고, 그들의 울음 소리가 더 크게 메아리치면 칠수록 주변은 한층 더 적막하게 느껴졌다.

더 이상 그녀에게 이 러시아라는 나라가 두렵게 느껴지지 않았다. 여행을 떠난 뒤로 너무나 많은 것을 배웠던 것이다. 기차나 마차에 탈 때는 배낭 밑바닥에 자갈을 몇 개 넣은 다음 밀짚을 가득 채워 들고 있어야 한다는 사실도 알게 되었다. 야음을 틈타 기습한 노상강도들이 이 배낭 속에 뭐 대단한 게 든 줄 알고 그것만 빼앗아 가기 때문이었다. 기차 지붕 위에서는 환기구 옆이 가장 좋은 자리라는 사실도 배웠다. 이 구멍에 걸어 놓은 밧줄을 타고 재빨리 지붕 위로 올라가거나 내려올 수 있었던 것이다. 그리고 만에 하나 운이 좋아서 사람들이 빽빽하게 들어찬 복도에 자리를 얻게 될 경우, 바닥에 좁혀 앉은 사람들이 겁에 질린 어린아이를 출구 쪽으로 전달하는 광경을 본다 하더라도 놀랄 필요는 없었다. 그러면 문 옆에 쪼그리고 앉은 사람들이 문을 연 다음 아이가 발판 위에서 용변을 보는 동안 붙잡고 있는 것이다. 이 비인간적인 세계에서도 너무나 자연스럽기만 한 욕구를 해결할 수 있어서 좋은지 어른들이 하는 대로 가만있는 이 어린 존재를 보며 왠지 눈시울이 뜨거워졌나 보다. 사람들은 이렇게 아이를 전달하는 것이 오히려 재미있다는 듯 미소를 지었다… 밤중에 기차가 레일 위를 달리며 내는 망치질하는 듯한 소리를 뚫고 속삭임이 들려온다 해서 놀랄 필요 역시 없었다. 그것은 이렇게 뒤엉켜 사는 삶 속에 깊이 파묻힌 한 승객의 죽음을 서로에게 알려 주는 속삭임이었던 것이다.

러시아를 횡단하는 이 긴 여행은 비록 고통과 피, 질병, 진흙탕으로 점철되었지만 딱 한 번 그녀는 자기가 어떤 오롯한 평온과 지혜를 엿보았다고 생각한 적이 있었다. 그녀가 이미 우랄산맥 반대편으로 넘어가 있을 때의 일이었다. 화재로 인해 반쯤 타 버린 한 마을 입구에서 그녀는 낙엽이 여기저기 흩어져 있는 비탈길에 사람이 몇 명 앉아 있는 걸 보았다. 늦가을의 태양을 바라보는 그들의 창백한 얼굴에는 행복하고 온화한 표정이 어려 있었다. 마차를 몰던 농부가 고개를 끄덕이더니 나지막한 목소리로 설명해 주었다.

"불쌍한 사람들이지요. 지금은 열두어 명 정도가 이 근처를 떠돌고 있다오. 수용소가 불에 타 버렸어요. 그래요, 미친 사람들이지요…"

아니다, 이제 그녀는 눈앞에서 무슨 일이 벌어진다 해도 눈 하나 깜짝하지 않으리라.

호흡이 곤란할 정도로 사람들이 빽빽이 들어찬 어두컴컴한 기차 안에서도 그녀는 도저히 있을 성싶지 않은 짧은 꿈을 자주 꾸곤 했다. 오만하게 머리를 성당 쪽으로 돌리고 있는 그 거대한 낙타들. 군인 네 명이 쉰 목소리로 그들을 꾸짖는 신부를 끌고 성당 문을 나섰다. 혹에 눈이 쌓여 있는 낙타들, 성당, 폭소를 터뜨리는 군중들… 샤를로트는 자기가 옛날에는 이 낙타들의 모습을 반드시 종려나무라든가 사막, 오아시스와 연관 지어 생각했었다는 사실을 기억해 냈다….

그리고 바로 그때, 그녀는 꿈에서 깨어났다. 아니다, 그것은 꿈이 아니었다! 그녀는 한 낯선 도시의 시끌벅적한 시장 한가운데 서 있었다. 눈이 그녀의 눈썹에 수북하게 쌓인 채 떨어지지 않았다. 행인들이 다가오더니 그녀가 빵하고 바꿔 먹으려던 은메달을 만져 보았다. 낙타들의 머리가 꼭 버팀대 위에 올려놓은 해적선처럼 바글거리는 상인들 위로 불쑥 솟아올라 있었다. 그리고 군인들은 사람들이 재미있다는 눈길로 지켜보는 가운데 아까 그 신부를 밀짚 깔린 썰매 위로 밀었다.

이 거짓 꿈을 꾼 날 밤의 산보는 너무나 일상적이고 너무나 실재적이었다. 그녀는 희끄무레한 가로등 불빛 아래서 반짝반짝 빛나는 포도를 건너갔다. 빵집 문을 밀었다. 밝고 따뜻한 실내로 들어가 보니 나무로 짜서 니스 칠을 한 계산대의 색깔이며 진열장 안에 든 케이크라든가 초콜릿까지도 웬지 눈에 익었다. 여자 주인이 마치 단골손님을 대하듯 친절하게 미소 짓더니 빵 한 개를 내밀었다. 거리로 나온 샤를로트는 별안간 걸음을 멈춘 채 어찌할 바를 몰랐다. 빵을 더 많이 사야 하는데! 둥근 빵을 두 개, 세 개, 아니 네 개는 사야 하는데! 그리고 그 분위기 좋은 빵집이 있는 거리 이름도 기억해 두어야지. 그녀는 길모퉁이에 있는 빵집으로 다가가서 올려다보았다. 하지만 글자들은 모양도 이상하고 흐릿한데다가 서로 뒤섞이는가 하면 깜빡거리기까지 했다. 불현듯 이런 생각이 떠올랐다.

'난 정말 바보 같아! 여긴 우리 삼촌이 살던 동네잖아….'

그녀는 소스라치게 놀라 잠에서 깨어났다. 넓은 들판에 멈춘 기차는 혼란스러운 웅성거림으로 가득 찼다. 강도들이 기관사를 죽인 뒤 지금은 기차 안을 돌아다니며 닥치는 대로 약탈을 자행하는 중이었다. 샤를로트는 숄을 벗어서 시골 노파들처럼 얼굴에 두르고 턱 아래서 묶었다. 그러고 나서 그녀는 꿈이 떠올라 여전히 미소를 지으며 누더기 조각에 싸인 조약돌을 가득 집어넣은 배낭을 무릎 위에 올려놓았다…

그녀가 두 달간 여행을 하면서 무사할 수 있었던 것은 그녀가 지나온 그 광활한 대륙이 이미 피로 포식을 했기 때문이었다. 죽음은 이제 너무나 흔해져서 더 이상 주의를 기울일 만한 가치가 없었기 때문에 최소한 몇 년 동안은 그 매력을 잃어버린 것이다.

샤를로트는 어린 시절을 보낸 도시 보이아르스크를 통과하면서도 그게 꿈인지 생시인지조차 생각해 보지 않았다. 몸이 너무나 약해져서 그런 걸 생각할 여유가 없었던 것이다.

총독 관저의 현관 위에 붉은 깃발이 걸려 있었다. 무장 군인 두 사람이 문 양쪽 편에 쌓인 눈을 발로 밟아서 다지고 있는 중이었다… 극장에 가 보니 깨진 창문 몇 개를 무대로 쓰였던 베니어판을 가지고 임시로 막아 놓았다. 아마 「벚꽃 동산」 무대를 떼어 온 듯 흰 꽃이 만발한 나뭇가지도 보였고, 별장 정면도 보였다. 그리고 노동자 두 사람이 붉은 옥양목 천으로 만든 플래카드를 정문 위에 걸고 있었다. 샤를로트는 걸음걸이를 약간 늦추면서 읽었다. "신 없는 사회의 대중 집회에 전원 참석하자!" 한 노동자가 입에 물고 있던 못을 꺼내 망치로 꽝꽝 두드려서 느낌표 옆에 박았다.

그가 동료에게 큰 소리로 외쳤다.

"어이, 어두워지기 전에 다 끝냈는걸! 신께서 도와주신 덕분에 말야!"

샤를로트는 미소를 지으며 발길을 재촉했다. 아니다, 그녀는 꿈을 꾸고 있지 않았다.

다리 근처에서 근무를 서던 군인 한 명이 길을 가로막더니 증명서를 보여 달라고 요구했다. 샤를로트는 증명서를 꺼냈다. 군인은 그걸 받아들더니 아마도 글을 읽을 줄 모르는 듯 일단 압수하겠다고 말했다. 그는 자신이 그런 결정을 내렸다는 데 대해 스스로도 놀라워하는 표정이었다.

"일단 혁명위원회에서 소정의 확인 절차를 거친 뒤에 찾아가십시오."

그는 이렇게 통보했는데, 누군가가 한 말을 그대로 반복하는 게 분명했다. 샤를로트는 입씨름할 기력조차 남아 있지 않았다.

이곳 보이아르스크에는 이미 오래전에 겨울이 자리를 잡았다. 하지만 그날은 날씨가 포근했고, 다리 밑의 얼음은 크고 습한 얼룩들로 뒤덮여 있었다. 곧 날이 풀리리라는 첫 번째 징조였다. 굵은 눈송이들이 그녀가 어렸을 때 수도 없이 오갔던 공터의 하얀 침묵 속에서 이리저리 천천히 휘날리고 있었다.

좁은 창문이 두 개 나 있는 이즈바가 그녀를 멀리서 알아본 것 같았다. 그렇다, 그녀가 다가오는 걸 바라보던 집의 주름진 얼굴이 다시 만나게 되어 씁쓸하면서도 즐거운 듯 살짝 찡그려지며 환하게 빛났다.

샤를로트는 이번 방문에 대해 큰 기대는 걸지 않았다. 그녀는 죽음이라든가 광기, 실종 등 전혀 아무런 희망도 남기지 않는 소식을 듣게 될지도 모른다고 생각하며 이미 오래전부터 마음의 준비를 해 왔다. 아니면 그냥, 설명할 수도 없고 너무나 당연하며 아무도 놀라지 않을 부재에 관한 소식을 듣게 될지도 몰랐다. 그녀는 기대를 갖지 말아야 한다고 스스로 다짐하면서도 뭔가를 기대하고 있었다.

최근 며칠 동안 지칠 대로 지쳐서 금방이라도 쓰러질 것 같았기 때문에 그녀의 머릿속에는 오직 커다란 난로에 등을 기대고 마룻바닥 위에 주저앉고 싶다는 생각뿐이었다.

이즈바 현관 앞 층계에 올라선 그녀는 검은색 숄을 두른 한 늙은 여인이 더 이상 자라지 못하고 오그라든 사과나무 아래 서 있는 것을 보았다. 노파는 허리를 숙인 채 눈에 묻힌 굵다란 나뭇가지를 끄집어내고 있는 중이었다. 그녀는 가까스로 목소리를 내 불렀지만 노파는 뒤돌아보지 않았다. 소리가 잘 안 퍼져 나가는 해빙기의 대기 속에서 그녀의 가냘픈 목소리가 이내 흩어져 버렸던 것이다. 다시 한 번 목소리를 낼 만한 힘이 그녀에게는 남아 있지 않았다.

그녀는 한쪽 어깨로 문을 밀었다. 어둡고 차가운 현관에 쌓여 있는 나무가 눈에 들어왔다. 상자를 뜯어낸 판지와 바닥 널은 물론, 심지어는 하얗고 검은 피아노 건반까지 산더미처럼 쌓여 있었다. 샤를로트는 그것이 부자들의 아파트에 놓여 있던 피아노로서 없는 사람들이 그걸 보며 분노했었다는 사실을 기억해 냈다. 그녀는 그중 한 대가 도끼질을 당해 온통 부서진 채 강 위를 둥둥 떠다니는 얼음 속에 처박혀 있는 걸 본 적이 있었다….

그녀는 방으로 들어가자마자 우선 난로의 돌부터 만져 보았다. 따뜻했다. 그녀는 기분 좋은 현기증을 느꼈다. 자신도 모르게 슬그머니 난로 옆에 누우려는 순간, 커다란 나무로 짠 책상 위에 펼쳐져 있는 오랜 세월에 누렇게 바랜 책 한 권이 그녀의 눈에 띄었다. 까칠까칠한 종이로 만들어진 자그마한 고서였다. 그녀는 의자에 몸을 기대어 펼쳐진 책장을 들여다보았다. 이상하게도 문자들이 흔들거리더니 녹아내리기 시작했다. 삼촌이 사는 파리 거리가 꿈에 나타났던 그날 밤 기차 안에서처럼 말이다. 이번에는 꿈이어서가 아니고 눈물 때문이었다. 그것은 프랑스어로 된 책이었다.

얼마 후 검은 숄을 두른 노파가 들어왔다. 그녀는 이 여윈 젊은 여성이 자기 집 의자에서 벌이고 있는 일을 보고도 별로 놀라는 기색이 없었다. 그녀가 겨드랑이 밑에 끼고 들어온 마른 나뭇가지에서 눈이 가느다란 선을 그리며 마룻바닥 위로 떨어져 내렸다. 그녀의 시든 얼굴은 여실한 이곳 시베리아 지방에 살고 있는 시골 노파였다. 그물 같은 잔주름으로 뒤덮인 그녀의 입술이 떨렸다. 그리고 바로 이 입속에서, 이 알아볼 수 없을 만큼 변해 버린 이 존재의 초췌한 가슴속에서 알베르틴의 목소리가, 말투가 하나도 바뀌지 않은 그녀의 목소리가 울려 퍼졌다.

"요 몇 년 사이 내가 걱정했던 건 단 한 가지, 행여 네가 다시 여기 돌아오면 어쩌나 하는 것뿐이었다!"

그렇다, 바로 이것이 알베르틴이 오랜만에 재회한 자신의 딸에게 맨 처음 한 말이었다. 그리고 샤를로트는 깨달았다. 그들 두 사람이 8년 전 플랫폼에서 작별한 이후로 보고 듣고 느낀 그 모든 것들, 그 수많은 동작과 얼굴, 단어, 고통, 결핍, 희망, 불안, 고함 소리, 눈물… 삶의 이 온갖 풍상들이 사라지려고 하지 않는 오직 하나의 메아리 위에서 울렸다는 사실을. 한편으로는 너무나 간절히 원했으면서도 또 한편으로는 너무나 두려워했던 이 만남.

"누구한테 부탁해서 내가 죽었다는 편지를 써 보내려고 했었단다. 하지만 전쟁이 터지고 혁명이 일어났지. 그리고 다시 전쟁이 터졌어. 그러고 나서는…."

"전 그 편지 내용이 사실이라고 믿지 않았을 거예요…."

"그래. 나도 어쨌든 네가 그 편지 내용을 곧이곧대로 믿지는 않을 거라고 생각했지…."

그녀는 나뭇가지들을 난로 옆에 내려놓고 샤를로트에게 다가갔다. 파리에서 그녀가 열차 창문 너머로 보았을 때 딸은 열두 살이었다. 그 딸이 이제 스무 살이 되어 있었다.

"들리니?"

알베르틴이 환한 얼굴로 이렇게 속삭이더니 난로 쪽으로 몸을 돌렸다.

"생쥐들 생각나지? 아직도 저기 있단다…."

조금 뒤, 작은 철문 뒤에서 활활 타오르는 불 앞에 쭈그리고 앉은 알베르틴이 꼭 잠이 든 것처럼 의자 위에 길게 누워 있는 샤를로트는 보지도 않은 채 혼잣말을 하듯 중얼거렸다.

"이 나라는 원래 이래. 들어올 땐 쉽게 들어올 수 있지만 다시 나가는 건 절대 안 된단다…."

뜨거운 물은 꼭 전혀 새로운 미지의 물체처럼 느껴졌다. 샤를로트는 어머니가 구리로 만든 작은 물바가지에 떠서 자신의 양

어깨와 등 위에 천천히 흘려보내는 가느다란 물줄기를 향해 두 손을 내밀었다. 나무 지저깨비가 타면서 생긴 작은 불꽃이 내는 빛뿐인 방 안의 어둠 속에서 그 뜨거운 물방울들은 흡사 송진처럼 보였다. 물방울은 샤를로트의 몸을 기분 좋게 간지럽혔다. 샤를로트는 푸른색 찰흙을 둥글게 뭉쳐서 몸을 문질렀다. 비누에 대해서는 어렴풋한 기억만 남아 있을 뿐이었다….

"많이 말랐구나."

알베르틴은 이렇게 나지막하게 한 마디 하고 나더니 더 이상 말을 잇지 못했다.

샤를로트는 보일듯 말듯 미소 지었다. 그리고 물에 젖어 축축해진 머리를 드는 순간 그녀는 바로 그 호박색의 눈물이 어머니의 흐릿한 두 눈 속에서 반짝이는 것을 보았다.

그 뒤로 며칠 동안 샤를로트는 어떻게 해야 시베리아를 떠날 수 있는지 알아보려고 애썼다(불합리한 집착을 하는 어머니에게 프랑스로 돌아간다, 라는 말을 감히 할 수가 없었다). 그녀는 옛 총독 관저를 찾아갔다. 입구에 있던 군인들이 그녀를 보며 미소를 지었다. 좋은 징조일까? 보이아르스크를 새로 다스리는 사람의 여비서가 작은 방에서 기다리라고 말했다. 옛날에 남은 음식 꾸러미를 가져가려고 기다리곤 했던 그 방이야, 라고 샤를로트는 생각했다….

새로운 지도자는 육중한 책상 뒤에 앉아서 그녀를 맞았다. 그녀가 들어갔는데도 그 사람은 눈썹을 찌푸린 채 빨간 색연필로 팸플릿에 열심히 선을 긋고 있었다. 똑같은 팸플릿들이 책상 위에 잔뜩 쌓여 있었다.

"안녕하시오, 동무!"

이윽고 그가 그녀에게 손을 내밀며 말했다.

두 사람은 이야기를 나누기 시작했다. 샤를로트는 이 공무원의 대답이 꼭 자기가 그에게 던지는 질문에 대한 메아리와 흡사하다는 사실을 확인하자 황당하면서도 믿을 수 없는 심정이 되었다. 그녀가 프랑스 구호위원회에 관해 얘기하면 부르주아적 박애주의를 가장한 서유럽 국가들의 제국주의적 목표에 관한 짧은 연설이 메아리가 되어 돌아왔다. 그녀가 모스크바에 가고 싶다는 바람을 피력하자… 메아리가 그녀의 말을 중단시켰다. 외국의 개입주의 세력들과 국내 프롤레타리아 계급의 적들이 신생 소비에트공화국의 재건을 무너뜨리고 있는 중이라는 것이었다….

이런 식으로 15분쯤 말을 주고받자 샤를로트는 소리를 지르고 싶었다. '난 떠나고 싶어! 내가 원하는 건 그것뿐이야!' 하지만 그녀는 이 대화의 터무니없는 논리에서 벗어날 수가 없었다.

"모스크바 행 기차를…."

"부르주아 출신 철도 전문가들의 태업 때문에…."

"어머니가 건강이 안 좋아서…."

"제정 시대가 빈곤한 경제적 문화적 유산을 남겨 놓았기 때문에…."

결국 그녀는 기진맥진해서 힘없는 목소리로 말했다.

"그럼 제 신분증이라도 돌려주세요…."

지도자의 목소리가 벽에 부딪친 것 같았다. 그의 얼굴이 경련을 일으켰다. 그가 아무 말 없이 사무실을 나갔다. 그가 없는 틈을 이용해서 샤를로트는 팸플릿을 재빨리 훑어보았다. 제목을 보는 순간 그녀는 너무나 당황했다. '당 세포조직에서 나타나는 성 문란 현상의 해결 방안(권고 사항)'. 그러니까 지도자가 빨간색연필로 밑줄을 그어가며 강조해 놓은 것은 바로 이 권고 사항이었던 것이다.

"당신의 신분증은 찾을 수가 없소."

그가 방에 들어서면서 말했다.

샤를로트는 계속해서 신분증을 돌려달라고 요구했다. 당연히 논리적이면서도 도저히 있음직하지 않은 일이 그 다음에 벌어졌다. 지도자가 느닷없이 욕설을 퍼붓는 바람에 만원 열차 안에서 두 달씩이나 보낸 기억이 있는 그녀조차 얼빠진 표정을 지을 수밖에 없었던 것이다. 그는 그녀가 문손잡이를 손에 쥐었을 때까지도 욕설을 멈추지 않았다. 그리고 나서 별안간 얼굴을 그녀 얼굴에 가까이 가져가더니 이렇게 소곤거리는 것이었다.

"난 널 체포해서 저기 변소 뒤 마당에서 총살시킬 수도 있어! 알겠니? 이 더러운 첩자 같으니라구!"

눈 덮인 벌판 한가운데를 지나 집으로 돌아오며 샤를로트는 새로운 언어가 이 나라에서 만들어지고 있는 중이라고 생각했다. 그녀가 알지 못하는 언어, 바로 그것 때문에 그녀는 구 총독 관저에서 나눈 대화가 기이하다고 느꼈던 것이다. 아니다, 모든 건 나름대로의 의미를 갖고 있다. 느닷없이 추잡한 언어로 변해버린 그 혁명적 웅변, 그 '동무-첩사', 그리고 당원들의 성생활을 규제하는 팸플릿. 그렇다, 새로운 현실 질서가 정착된 것이다. 이 세계의 모든 것은 다른 이름을 갖게 될 것이며, 각각의 사물과 각각의 존재에게는 서로 다른 이름표가 붙여질 것이다.

그녀는 생각했다.

'그런데 느릿느릿 떨어지는 저 눈은, 보랏빛 저녁 하늘에서 꾸벅꾸벅 졸고 있는 것 같은 저 해빙기의 눈송이는?'

어렸을 때 총독 딸을 가르치고 난 뒤 길거리에 나와서 이 눈을 보고 너무나 즐거워했던 기억이 떠올랐다.

"그때도 오늘 같았지…."

그녀는 숨을 깊이 들이마시며 이렇게 혼잣말을 했다.

며칠 뒤 삶이 얼어붙었다. 어느 맑은 밤, 극지의 추위가 하늘에서 내려온 것이다. 세상은 온통 서리로 뒤덮인 나무들, 벽난로 위에 고정된 하얀 기둥들, 지평선을 향해 뻗어 나간 타이가(taïga 북미와 아시아의 툰드라 지역과 접하고 있는 침엽수림 지대)의 은빛 선, 물결무늬의 후광으로 둘러싸인 태양이 서로 달라붙어 있는 얼음 결정체로 변해 버렸다. 인간의 목소리는 더 이상 뻗어 나가지 못했고, 인간이 내쉬는 김은 입술 위에서 얼어붙어 버렸다.

두 사람은 이제 어떻게 하면 몸 주변에 미세하나마 온기를 보존하면서 하루하루 살아남을 수 있을까만 생각하게 되었다.

그들을 구해 준 건 다름 아닌 이즈바였다. 이즈바는 모든 존재가 끝없이 이어지는 겨울과 한없이 깊은 밤을 견디어 낼 수 있도록 만들어졌다. 굵은 통나무에는 여러 세대에 걸친 시베리아 사람들의 혹독한 체험이 배어 있었다. 알베르틴은 이 오래된 집이 은밀히 숨을 쉰다는 사실을 알아차렸고, 방의 절반을 차지하고 있는 커다란 난로가 느릿느릿 내뿜는 열기, 그리고 그것의 매우 활기찬 침묵과 조화를 이루면서 살아가는 법을 배웠다. 그래서 샤를로트는 어머니의 일상적인 동작을 관찰하다가 미소를 지으며 '영락없는 시베리아 여자로군!'이라고 생각하곤 했다. 첫날부터 샤를로트는 현관에 건초 다발이 쌓여 있는 것을 눈여겨보았다. 그걸 보면서 그녀는 러시아 사람들이 목욕을 할 때 몸을 문지르는 꽃다발을 떠올렸다. 그녀가 이 건초 다발의 진짜 용도를 알게 된 것은 빵 조각을 마지막 하나까지 다 먹고 난 뒤였다. 알베르틴은 건초 다발 하나를 뜨거운 물에 담가 놓았고, 저녁 식사로 두 사람이 나중에 농담처럼 '시베리아 수프'라고 부르게 될 것을 먹었다. 그건 건초의 줄기와 낟알, 뿌리를 섞어 끓인 것이었다.

"난 지금 타이가에서 자라는 식물들 이름을 외우고 있는 중이란다."

알베르틴은 수프를 접시에 따르며 이렇게 말했다.

"근데 왜 이곳 사람들은 그걸 잘 이용하지 않는지 모르겠어…."

이들이 살아남을 수 있었던 것은 그 아이, 그들이 어느 날 현관 앞 층계 위에서 반쯤 얼어붙어 있는 상태로 발견한 집시 여자아이 덕분이기도 했다. 추위 때문에 얼굴이 자줏빛으로 변해 버린 이 아이는 곱은 손가락으로 단단한 현관문을 긁어댔다… 아이를 먹이기 위해 샤를로트는 자기 자신을 위해서는 결코 하지 않을 일까지 했다. 시장에서 구걸을 한 것이다. 그렇게 해서 양파 하나, 냉동 감자 몇 개, 돼지비계 한 조각을 얻을 수 있었다. 지도자가 총살시켜 버리겠다고 위협했던 곳에서 멀지 않은 공산당사 식당 근처의 쓰레기통도 뒤졌다. 화차에서 짐을 내려 주고 둥근 빵 하나를 얻기도 했다. 처음에는 그야말로 피골이 상접했던 아이는 처음 며칠 동안은 빛과 죽음 사이의 불안정한 경계에서 흔들거리다가 시간과 언어, 냄새가 유동하는 놀라운 세계(모든 사람이 삶이라고 부르는) 속으로 다시금 미끄러져 들어갔다….

햇살이 가득 내리쬐고 눈이 지나가는 사람들의 발에 밟혀 삐걱거리는 소리를 내던 3월 어느 날 낮, 한 여자(어머니? 아니면 언니?)가 나타나더니 아무 설명도 없이 아이를 데려가 버렸다. 샤를로트는 마을 어귀까지 그들을 쫓아가서 뺨이 다 벗겨진 커다란 인형을 아이에게 내밀었다. 그 집시 여자아이는 긴 겨울밤 내내 그걸 가지고 놀았었는데… 인형은 옛날에 파리에서 가지고 온 것으로서 '시베리아 가방'에 든 낡은 신문들과 함께 옛 생활의 마지막 유물들 중 하나로 남아 있었다.

진짜 기근은 봄에 시작된다는 사실을 알베르틴은 알고 있었다… 현관 벽에는 건초 다발이 더 이상 남아 있지 않았고, 시장에는 인적이 끊겼다. 5월이 되자 두 사람은 정처 없이 이즈바를 떠났다. 그들은 봄의 습기가 아직도 가득한 길을 걸으며 이따금씩 허리를 숙여 연한 참소리쟁이 순을 따 먹곤 했다.

그들을 농장에 날품팔이꾼으로 받아들여 준 것은 한 부농이었다. 억세고 무뚝뚝하며 얼굴이 수염으로 반쯤 가려진 이 시베리아 사람은 꼭 필요한 말만 드문드문 짧게 한 마디씩 던졌다.

그는 단도직입적으로 말했다.

"삯은 한 푼도 줄 수가 없소. 숙식만 제공하지. 당신들 눈이 예뻐서 고용하는 건 아니고, 난 일손이 필요할 뿐이오."

그들로서는 선택의 여지가 없었다. 처음 며칠 동안 샤를로트는 일이 끝나자마자 낡은 침대에 쓰러지듯 누워서 죽은 사람처럼 일어날 줄을 몰랐는데, 양손은 온통 터진 물집투성이였다. 하루 종일 수확 때 쓸 커다란 자루를 꿰매고 온 알베르틴은 정성껏 딸을 보살폈다. 어느 날 저녁, 너무나 피곤했던 샤를로트는 농장 주인을 만나자 프랑스어로 말하기 시작했다. 농부의 수염이 씰룩 씰룩 움직이고 두 눈이 길게 늘어났다. 그가 웃은 것이다.

"좋아요, 내일은 쉬어도 좋소. 만일 당신 어머니가 시내에 나가고 싶어하면 그렇게 해도 괜찮아요…."

그는 몇 걸음 걸어가더니 고개를 돌렸다.

"동네 젊은이들이 매일 밤 모여서 춤을 추는데 알고 있소? 생각 있으면 가 봐요…."

처음 얘기했던 대로 이 농장 주인은 삯을 한 푼도 주지 않았다. 가을이 되어 두 사람이 집으로 돌아갈 준비를 하고 있을 때 그는 새 모직 천으로 덮여 있는 사륜짐마차를 그들에게 보여 주었다.

"마차는 저 사람이 몰 거요."

그는 좌석에 앉아 있는 늙은 농부를 흘낏 바라보며 말했다.

모녀는 그에게 고맙다는 인사를 하고 대바구니와 마대, 짐 꾸러미가 잔뜩 쌓여 있는 마차 모서리로 기어 올라갔다.

"이걸 다 시장에 내보내시는 건가요?"

샤를로트는 이 마지막 몇 분 동안의 어색한 침묵을 메꿔 보려고 물었다.

"아니오, 이건 당신들이 벌어 놓은 거요."

뭐라고 대답할 시간조차 없었다. 마부가 고삐를 잡아당기자 마차가 앞뒤로 흔들리더니 뜨거운 먼지를 일으키며 벌판길을 내달리기 시작했던 것이다… 모녀는 덮개 아래서 감자 세 부대, 밀 두 부대, 꿀 한 통, 엄청나게 큰 호박 네 통, 채소와 잠두와 사과가 든 대바구니 여러 개를 발견했다. 한쪽 구석에는 다리를 서로 묶어 놓은 닭이 여섯 마리 있었다. 한가운데의 수탉은 노기에 찬 시선으로 눈을 이리저리 굴렸다.

"그래도 건초 다발은 몇 개 말려 놔야겠다. 무슨 일이 일어날지 모르는 법이니까…."

알베르틴이 마침내 이 모든 귀한 물건에서 눈을 떼며 말했다.

알베르틴은 2년 뒤에 세상을 떠났다. 맑고 고요한 8월의 어느 저녁이었다. 샤를로트는 파괴된 한 귀족의 영지에 산더미처럼 쌓여 있는 책들을 조사해 달라는 제안을 받고 도서관에 갔다 오는 길이었다… 어머니는 미끈한 통나무에 머리를 기댄 채 이즈바 벽에 붙여 놓은 의자에 앉아 있었다. 두 눈이 감겨 있었다. 잠을 자다가 그대로 숨을 거둔 모양이었다. 무릎 위에 펼쳐 놓은 책의 책장이 타이가에서 불어오는 가벼운 바람에 살랑거리고 있었다. 그것은 책배에 입힌 금박이 바래서 희미해진 바로 그 프랑스어 책이었다.

이듬해 봄 샤를로트는 결혼을 했다. 남자는 샤를로트가 내란 때문에 오게 된 이 시베리아 도시에서 만 킬로 떨어진 백해 연안의 한 마을 출신이었다. 샤를로트는 당시 남편이 가지고 있던 '인민 판사'라는 자부심 이면에 도사린 막연한 불안감에 대해서 몰랐지만 이내 눈치채게 되었다. 결혼식 피로연에서 하객 한 사람이 레닌을 기리기 위해서 일 분 동안 묵념을 하자고 엄숙한 목소리로 제안했다. 다들 자리에서 일어났다… 결혼식을 올리고 석달 뒤에 그는 제국 반대편의 부카라라는 도시로 발령이 났다. 샤를로트는 낡은 프랑스 신문이 가득 들어 있는 커다란 가방을 꼭 가져가려고 했다. 남편은 안 된다는 말은 한 마디도 하지 않았지만, 기차 안에서는 그 집요한 불안감을 감추지 못하고 그 어떤 산보다 더 넘어가기 힘든 경계선이 앞으로는 그녀의 프랑스식 삶과 그들의 삶 사이에 세워졌다는 사실을 그녀로 하여금 깨닫게 해 주었다. 그는 곧 너무나 자연스럽게 느껴지게 될 것, 그러니까 철의 장막을 표현하기 위해 단어들을 찾았다.

6

눈보라

　속의

　　낙타들,

　　수액이

　　얼고

나무줄기가 갈라 터질 정도의 추위, 화차 위에서 내던지는 굵은 장작을 받는 샤를로트의 곱은 손….

이 전설적인 과거는 담배 연기로 자욱한 우리 집 부엌에서 겨울밤 동안 이렇게 다시 태어났다. 눈 쌓인 창문 너머로 러시아에서 가장 큰 도시들 중 한 곳과 잿빛 볼가 평야가 펼쳐져 있었고, 거기에는 성채와도 같은 스탈린 시대 건축물들이 즐비했다. 그리고 그곳, 한없이 계속되는 저녁 식사의 무질서와 자욱한 진주 빛 담배 연기 속에서 시베리아 하늘 아래를 떠도는 이 수수께끼 같은 프랑스 여인의 그림자가 불쑥 나타났다. 텔레비전은 그날의 뉴스를 쏟아 내며 최근에 열린 전당대회 소식을 전했지만, 이 배경음은 우리 집 손님들의 대화에 일말의 영향도 미치지 않았다.

텔레비전이 떡하니 버티고 있는 선반에 어깨를 기댄 채 사람들이 바글거리는 부엌 한 모퉁이에 쭈그리고 앉은 나는 다른 사람 눈에 띄지 않으려고 애쓰면서 손님들 얘기에 열광적으로 귀를 기울였다. 이제 곧 어떤 어른의 얼굴이 안개처럼 자욱한 푸른 담배 연기 속에서 불쑥 나타나리라는 것을, 사실은 재미있으면서도 짐짓 화를 내는 척하는 고함 소리가 귀에 들려오리라는 것을 나는 알고 있었다.

"오, 얘 좀 봐! 어린애가 야행성이네! 자정이 지났는데 아직 안 자고 있잖아. 자, 어서 가! 빨리 서두르라니까! 네 턱에 수염 나면 그때 부를게…."

부엌에서 추방당한 나는 어린 마음속에 끝없이 떠오르는 한 가지 의문에 사로잡혀 금방 잠을 이룰 수가 없었다.

'왜 사람들은 샤를로트에 대해 얘기하길 그렇게 좋아하는 것일까?'

처음에는 이 프랑스 여인이 우리 부모님과 손님들에게는 이상적인 화제이기 때문이라고 생각했다. 과연 누군가 지난 전쟁의 추억을 끄집어내기만 하면 어김없이 논쟁이 벌어졌다. 최전방에서 4년 동안 보병으로 지낸 우리 아버지는 러시아가 승리를 거둘 수 있었던 것은 그의 표현에 따르자면, 진창 속에서 생활하면서 스탈린그라드부터 베를린까지 그들의 피로 땅을 적셨다는 이 부대 덕분이라고 주장한다. 그러면 이번에는 형의 기분을 상하게 할 의도는 없어 보이는 그의 동생이 나서서 '다들 알고 있듯이' 포병이야말로 현대전을 주도한다고 지적한다. 이때부터 논쟁은 가열된다. 포병들은 서서히 날라리 군인 취급을 받고, 보병은 진흙탕 속에서 뒹굴었다는 이유로 '전염병 보균자'가 되어 버리는 것이다. 바로 이 순간 전투기 조종사 출신인 두 사람의 죽마고우가 논쟁에 끼어들고, 대화는 대단히 위험한 국면으로 치닫는다.

그런데 그들은 각자가 근무했던 전선이 어떤 장점을 갖고 있는지, 스탈린이 전시에 어떤 역할을 했는지 등등에 대해서는 아직 검토조차 하지 않았다….

내가 느끼기에 그들은 이렇게 토론을 할 때마다 무척 괴로워하는 것 같았다. 왜냐하면 각자가 승리를 거두는 데 어떤 역할을 했든 간에 주사위는 이미 던져졌기 때문이다. 많은 사람이 목숨을 앗기고 상처를 입은 그들 세대는 보병과 포병과 전투기 조종사와 함께 이제 곧 사라지게 되어 있는 것이다. 우리 어머니는 1920년대 초에 태어난 아이들의 운명에 따라 이들보다 앞서 가게 될 것이다. 열다섯 살에 나는 누나와 단둘이서만 남게 될 것이다. 그들이 벌이는 논쟁에 귀를 기울이다 보면 금방 다가올 이 미래에 대한 어떤 무언의 예감 같은 것이 느껴졌다… 내가 생각하기에 샤를로트의 삶은 중립 지대를 마련해 줌으로써 그들을 화해시키는 것 같았다.

나이가 들면서 나는 그들이 프랑스인들처럼 그렇게 끝없이 토론을 벌이기 좋아하는 데에는 또 다른 이유가 있다는 사실을 깨닫게 되었다. 그것은 샤를로트가 꼭 외계인처럼 러시아 하늘 아래 불쑥 나타났기 때문이었다. 이 거대한 제국과 이 제국의 기근, 혁명, 내전으로 이루어진 잔인한 역사는 그녀와 아무 관계가 없었다. 우리 러시아인들에게는 선택의 여지가 없었다. 그렇지만 그녀는? 그들은 그녀의 시선을 통해 자기들로선 알아보지 못한 한 나라를 관찰했는데, 왜냐하면 순진할 때도 있긴 있지만 거의 대부분은 그들보다 더 날카로운 통찰력을 발휘했던 한 외국 여성에 의해 판단되었기 때문이었다. 샤를로트의 눈에는 명백한 진리로 가득 찬 한 불안한 세계(그들이 발견해야만 했던 생소한 러시아)가 투영되었다.

나는 그들의 말에 귀를 기울였고, 나 또한 샤를로트의 러시아에서의 운명을 발견했지만, 그것은 내 나름의 방법에 의해서였다. 살짝 언급된 몇 가지 디테일들이 내 머릿속에서 확대되더니 하나의 비밀스런 세계를 형성했다. 어른들이 집착하는 다른 사건들은 알게 모르게 지나가 버렸다.

그래서 나는 볼가 지방의 이 마을 저 마을에서 저질러진 그 끔찍하고 잔인한 행위들을 보고도 별다른 충격을 받지 않았다. 나는 그 얼마 전에 『로빈슨 크루소』에서 방드르디의 동족들이 신이 나서 벌이는 식인 의식 장면을 읽고 소설적으로 면역이 되었기 때문에 실제로 벌어지는 잔학 행위를 보면서도 아무런 반감을 느끼지 않았던 것이다.

그렇기 때문에 샤를로트의 시골 생활에서 내가 가장 깊은 인상을 받았던 것은 농장에서 해야만 했던 힘든 일이 아니었다. 아니, 가장 기억에 남았던 것은 그녀가 마을 젊은이들을 찾아갔을 때였다. 그녀는 그날 저녁 바로 그들을 찾아갔고, 그들이 형이상학적 토론을 벌이는 모습을 보았다. 밤 12시 정각에 묘지에 간 사람이 과연 어떤 식의 죽음을 맞이하게 될 것인가를 두고 토론하고 있었다. 샤를로트는 자기야말로 그날 밤 묘지에 나타나는 온갖 초자연적 힘과 맞설 수 있다고 생각하며 미소를 지었다. 이런 식으로 무료함을 달랜다는 것은 자주 있는 일이 아니었다. 젊은이들은 내심으로는 뭔가 무시무시한 결과가 나타나기를 바라면서도 겉으로는 떠들썩하게 열광하며 그녀의 용기에 경의를 표했다. 이 무모한 프랑스 여성이 동네 공동묘지의 무덤들 중 하나에 남겨 두고 오게 될 물건을 찾는 일이 남아 있었다. 그런데 그게 쉬운 일이 아니었다. 왜냐하면 숄이라든가 돌, 동전 등 젊은이들이 제안한 건 모두 다 비슷한 걸로 대신할 수가 있었던 것이다. 그렇다, 이 꾀 많은 외국 여사가 다른 사람이 모두 잠든 새벽에 묘지에 가서 숄을 걸어 놓고 올 가능성이 매우 높은 것이다. 안 돼, 딱 하나밖에 없는 물건을 골라야지… 다음 날 아침, 대표로 뽑혀 공동묘지에 간 젊은이들은 가장 어두컴컴한 모퉁이의 십자가 위에 매달린 물건을 발견했다. '작은 퐁네프 가방'….

시베리아 하늘 아래 수많은 십자가 한가운데 걸어 놓은 이 여성용 가방을 상상하면서 나는 사물들의 심상치 않은 운명을 예감하기 시작했다. 그것들은 여행을 하면서 아득히 멀리 떨어진 순간들을 연결시켜 우리 삶의 서로 다른 시기들을 그 평범한 겉모습 아래 모아 놓는다.

우리 할머니와 인민 판사의 결혼으로 말하자면, 물론 어른들이라면 거기에 얽힌 온갖 짜릿한 사연을 짐작할 수 있었겠지만 나는 당연히 그러지 못했다. 샤를로트의 사랑, 할아버지의 구애, 이 시베리아 지방에서는 거의 보기 드문 이 두 사람의 결합─나는 이 모든 것 중에서 오직 한 단편만을 간직하고 있을 따름이다. 정성들여 다린 상의를 입고 반짝이는 장화를 신은 피오도르가 중요한 약속을 한 장소를 향해 걸어간다. 상황의 심각성을 의식하고 있는 사제의 어린 아들인 그의 서기가 커다란 장미꽃 다발을 들고 몇 발자국 뒤에서 천천히 따라간다. 인민 판사는 사랑에 빠져 있을 때조차도 오페레타에서처럼 여자 때문에 한숨지어서는 안 되는 법. 샤를로트는 두 사람 모습이 멀리서 나타나자, 왜 그런 장면이 연출되었는가를 즉시 눈치채고 장난기 어린 미소를 지으며 피오도르가 서기의 손에서 낚아챈 꽃다발을 받아들었다. 서기는 겁을 먹었으면서도 호기심 어린 표정으로 뒷걸음질 쳐 사라진다.

혹은 이런 짤막한 영상도 떠오른다. 딱 한 장밖에 없는 결혼사진 말이다(다른 사진은 할아버지가 체포되었을 때 다 몰수당했다). 서로를 향해 가볍게 숙인 두 사람의 얼굴, 그리고 믿을 수 없을 만큼 젊고 아름다운 샤를로트의 입술 위에 어린 그 'petite pomme' 미소….

그런데 어린 내가 밤새 이어지는 이 긴 이야기를 모두 정확하게 알아들은 것은 아니다. 예를 들자면 샤를로트의 아버지가 보였던 그 무모한 행동 같은 것 말이다… 이 존경할 만한 부자 의사는 어느 날 고위 경찰 공무원인 환자 한 사람으로부터 노동자들의 대규모 시위가 보이아르스크 광장에서 벌어질 예정인데 사거리 중 한 곳에서 그들에 대한 기관총 발포가 이뤄질 것이라는 얘기를 듣게 되었다. 환자가 떠나자마자 흰 가운을 벗던 진 닥터 르모니에는 이 소식을 노동자들에게 알려 주기 위해 마부를 부를 여유도 없이 마차에 뛰어올라 거리를 전속력으로 달려갔다.

학살은 일어나지 않았다… 그런데 나는 도대체 왜 이 '부르주아'가, 이 특권층이 이런 식으로 행동했을지 그 이유를 생각해 보곤 했다. 우리에게는 이 세상을 흑백논리에 따라 판단하는 버릇이 있다. 부유한 자와 가난한 자, 착취하는 자와 착취당하는 자, 한마디로 프롤레타리아 계급의 적과 정의로운 자들로 나누는 것이다. 나는 우리 증조부의 행동에 당황하지 않을 수가 없었다. 너무나 편리하게 둘로 갈라놓은 인류 집단 속에서 예측할 수 없을 만큼 자유롭게 행동하는 인물이 문득 나타난 것이다.

부크하라에서 무슨 일이 일어났는지 그것도 이해가 안 갔다. 뭔가 끔찍한 일이 일어났을 거라고 짐작만 했을 뿐이다. 어른들이 이 일을 언급할 때마다 알았다는 듯 고개를 끄덕이며 암시만 하고 말았던 건 우연일까? 어른들은 이 일종의 금기는 건드리지 않고 배경만 묘사하면서 변죽만 울릴 뿐이었다. 처음에는 미끈미끈한 조약돌 위를 흐르는 강이, 그러고 나서는 끝없는 사막을 따라 나 있는 길이 내 머릿속에 떠올랐다. 그러자 태양이 샤를로트의 눈 속에서 흔들리기 시작했고, 그녀의 뺨은 타는 듯 뜨거운 모래 때문에 열을 띠었으며, 말 울음 소리가 하늘에 메아리쳤다… 내가 그 의미를 이해하지 못했던 이 장면이 문득 사라졌다. 어른들은 한숨을 내쉬고, 화제를 다른 곳으로 돌리고, 술잔에 보드카를 새로 따랐다.

나는 결국 중앙아시아 사막에서 일어난 이 사건이 비밀스럽고 매우 은밀한 방법으로 우리 가족사에 영원한 흔적을 남겼다는 사실을 알아차리고 말았다. 또 나는 샤를로트의 아들이자 우리한테는 삼촌인 세르게이가 손님들 중에 끼어 있을 때는 사람들이 절대 그 이야기를 하지 않는다는 사실도 눈치챘다…

사실, 어른들이 밤에 은밀히 나누는 이야기를 내가 몰래 엿들었던 것은 특히 우리 할머니가 프랑스에서 보낸 과거를 탐사하기 위해서였다. 할머니의 러시아 생활은 그보다 관심이 덜 갔다. 나는 꼭 어떤 운석을 검사하면서 그것의 표면에 박혀 있는 작고 반짝이는 수정들에 대해서 관심을 갖는 연구자 같았다. 그리고 나는 사람들이 목적지가 아직 정해지지 않은 먼 여행을 꿈꾸듯 그렇게 샤를로트의 발코니를, 내가 지난여름에 나 자신의 일부분을 남겨 두고 왔다고 믿었던 그녀의 아틀란티스를 꿈꾸었다.

Le
Testament
Français

7

그
해
여
름,

나는 짜르를 또다시 만나게 될까 봐 무척 걱정했다… 그렇다, 파리의 거리에서 그 젊은 황제와 그의 아내를 만나게 될까 봐 두려웠던 것이다. 살날이 얼마 남지 않았다고 의사가 당신에게 말해 준 어떤 친구, 다행히 아무것도 모른 채 자신의 계획을 당신에게 털어놓는 친구와의 만남이 몹시 두렵게 느껴지듯이.

사실 니콜라이 황제와 알렉산드라가 유죄 선고를 받았다는 사실을 알았더라면 내가 어떻게 그들과 함께 갈 수가 있었겠는가? 그들의 딸 올가까지도 예외가 아니었다는 사실을, 알렉산드라가 아직 낳지 않은 다른 아이까지 똑같이 비극적 운명을 맞이하게 될 것이라는 사실을 내가 알았더라면 말이다.

그날 밤 나는 할머니가 발코니의 꽃들 사이에 앉아서 무릎 위에 놓고 책장을 넘기던 작은 시집을 보는 순간 은밀한 슬거움을 느꼈다. 할머니는 지난여름의 작은 사건을 기억하며 내가 곤혹스러워 하는 걸 느꼈을까? 아니면 그냥 자기가 좋아하는 시 한

편을 우리에게 읽어 주려고 한 것일까?

　나는 바쿠스 여제관 석상의 머리에 팔꿈치를 대고 할머니 옆 맨바닥에 앉았다. 누나는 반대쪽 층계 난간에 몸을 기댄 채 대초원의 뜨거운 안개를 멍한 시선으로 바라보고 있었다.

　시의 내용이 그래서 그런지 샤를로트의 음성도 음악 같았다.

　　내 부르고 싶은 곡 하나 있네
　　로시니와 모차르트와 베버의 모든 곡
　　오직 내게만 은밀한 매력을 불러일으키는
　　나른하고 침울하고 아주 오래된 곡들.

　네르발이 쓴 이 시가 마법을 부리자 루이 13세 때의 성과 '검은 눈에 금발머리, 옛 의상을 입은' 여자 성주가 밤의 어둠 속에서 솟아올랐다….

　바로 그때 들려온 누나의 목소리가 시적 명상에 잠겨 있던 나를 깨웠다.

　"근데 그 펠릭스 포르라는 사람은 어떻게 됐나요?"

　누나는 여전히 발코니 한쪽 모퉁이에 서서 층계 난간 위로 몸을 살짝 내밀고 있었다. 누나는 이따금 무심히 시든 나팔꽃을 꺾어서 밤의 대기 속으로 던져 그게 빙글빙글 돌며 떨어지는 모습을 바라보곤 했다. 누나는 여느 소녀들이 그렇듯 몽상에 사로잡혀 할머니가 읽어 주는 시에 귀를 기울이지 않았다. 누나가 열다섯 번째 맞는 여름이었다… 왜 누나는 그때 대통령을 떠올렸을까? 아마도 그녀가 마음속에 그리고 있던 남성의 실체가 사랑의 몽상이 부리는 어떤 변덕스런 장난에 의해 우아한 콧수염과 크고 침착한 눈을 가진, 이 잘생기고 위엄 있는 인물로 응축되었는지도 모르겠다. 그래서 그녀는 자기가 은밀하게 욕망하는 이 존재의 불안한 수수께끼를 더 잘 표현하기 위해서 러시아어로 "근데 그 펠릭스 포르라는 사람은 어떻게 됐나요?"라고 물었던 것이다.

샤를로트는 엷은 미소를 띠며 나를 힐끗 쳐다보았다. 그러고 나서 무릎 위에 펼쳐 놓았던 책을 덮더니 가벼운 한숨을 내쉬며 1년 전 아틀란티스가 솟아올랐던 지평선을 바라보았다.

"니콜라스 2세가 파리를 방문하고 나서 몇 년 뒤에 죽었단다…."

이렇게 말하고 그녀가 잠시 망설이면서 무의식중에 말을 멈추자 우리의 호기심은 더 커졌다.

"엘리제궁에서 갑자기 세상을 떠났단다. 애인인 마르그리트 스테넬의 품에 안겨서 말이다…"

"그는 애인의 품에 안겨 세상을 떠났다…"라는 이 문장이 내 유년기에 조종을 울렸다.

이 단어들의 비극적 아름다움이 내 마음을 뒤흔들어 놓았다. 전혀 새로운 세계가 내게 몰려왔다.

그런데 무엇보다도 내게 큰 충격을 준 것은 바로 이 새로운 사실의 배경이었다. 이 사랑과 죽음의 장면이 엘리제궁에서 벌어졌다니! 대통령 궁에서 말이다! 권력과 명예와 사교계의 명사들로 이루어진 이 피라미드의 정점에서… 나는 고블랭 양탄자와 금도금된 물건들, 거울 방이 연이어 나타나는 호화로운 실내를 상상해 보았다. 이 한가운데서 한 남자(공화국 대통령!)와 한 여자가 열렬히 포옹한다….

나는 어안이 벙벙할 정도로 깜짝 놀라서 무의식중에 이 장면을 러시아어로 번역하기 시작했다. 말하자면 프랑스인 주역들을 러시아 사람으로 바꾸는 것이다. 검은색 정장 차림의 유령들이 줄을 이어 눈앞에 나타났다. 공산당 정치국 비서이자 크렘린의 주인인 레닌, 스탈린, 흐루쇼프, 브레즈네프. 국민들이 좋아하거나 싫어했고, 각자가 제국사의 한 시대마다 나름대로 흔적을 남겼으며, 너무나 다른 성격을 갖고 있던 네 사람. 그렇지만 이들은 한 가지 공통적인 특성을 갖고 있었다. 그들 곁에 여성이 존재하지 않았던 건 물론이오, 하물며 그들을 사랑하는 여성은 더더구나 없었다는 것이다. 아이들 어머니와 함께 있는 스탈린보다는 얄타에서 처칠과 자리를 함께하고 모스크바에서 마오쩌둥을 맞는 스탈린을 상상하는 편이 훨씬 쉬웠다….

"대통령이 엘리제궁에서 정부인 마르그리트 스테넬의 품에 안긴 채 세상을 떠났다…." 이 문장은 꼭 다른 항성계에서 온 전보 같았다.

샤를로트는 스테넬 부인의 사진을 우리에게 보여 줄 수 있게 되기를 바라면서 시베리아 가방에서 그 당시 신문을 몇 장 찾으러 갔다. 그러자, 에로틱한 프랑스어-러시아어 번역을 하느라 골치 아파하던 나는 어느 날 밤 키가 크고 홀쭉한 한 열등생 급우의 입을 통해 듣게 된 말을 떠올렸다. 우리는 그가 유일하게 잘하는 과목인 역도 연습을 마친 뒤 어두운 교실 복도를 걷고 있었다. 레닌의 초상화 옆을 지나가는데 이 친구가 휘파람을 불며 아주 불손하게 단정 짓듯 말하는 것이었다.

"아이구, 저 레닌이라는 사람. 저 양반 자식도 없대. 여자랑 어떻게 잠자리를 하는지 몰라서 그런 거지, 뭐…"

그는 레닌이 결함을 갖고 있었다는 것을 표현하기 위해 성행위를 지칭하는 몹시 외설스러운 동사를 사용했다. 나는 결코 입밖에 낼 엄두도 내지 못할 그 동사가 블라디미르 일리치(레닌의 이름)에게 사용되자 엄청나게 음란해졌다. 어리둥절해하고 있는 내 귀에 텅 빈 긴 복도를 울리는 그 우상파괴적인 동사가 메아리처럼 들려왔다.

'펠릭스 포르… 공화국 대통령… 정부의 품에 안겨…' 아틀란티스-프랑스는 우리 러시아인들의 관념이 더 이상 통하지 않는 '미지의 나라'라는 생각이 한층 더 강하게 들었다.

펠릭스 포르의 죽음을 통해서 나는 내 나이를 의식하게 되었다. 나는 열세 살이었고, '여인의 품에 안겨 죽는다는 것'이 무얼 의미하는지 눈치챘으며, 이때부터는 이런 주제들에 대해 다른 사람들과 얘기를 나눌 수 있게 된 것이다. 그런데 샤를로트의 이야기 속에 나타나는 용기라든가 위선의 완전한 부재 같은 말을 내가 이미 알고 있었다는 사실은 그녀가 여느 할머니와는 다르다는 것을 증명해 보여 주었다. 러시아의 그 어떤 바부슈카도 자기 손자와 그런 식의 토론을 벌이려고 하지는 않을 것이다. 나는 그 표현의 자유 속에 육체와 사랑, 남녀 관계에 대한 경이로운 통찰이, 말하자면 불가사의한 '프랑스적 관점'이 깃들어 있음을 꿰뚫어보았다.

아침이 되자 나는 혼자 대초원으로 가서 대통령의 죽음이 내 삶에 가져온 엄청나게 급격한 변화에 대해서 생각해 보았다. 너무나 놀랍게도, 러시아어로는 그 장면을 제대로 표현할 수가 없었다. 아니, 말하는 것 자체가 불가능한 일이었다! 설명할 수 없을 만큼 신중한 단어들에 의해 검열당하고, 괜히 불쾌하는 이상한 도덕에 의해 별안간 삭제되었기 때문이었다. 결국 말로 해보니 이 장면은 병적인 음란함과 그 두 연인을 잘못 번역된 애정소설의 등장인물로 바꿔 놓은 완곡어법 사이에서 흔들리고 있었다.

나는 뜨거운 바람을 맞아 이리저리 물결치는 풀밭에 드러누워 혼자 중얼거렸다.

"아냐. 대통령이 마르그리트 스테넬의 품에 안겨 죽을 수 있었던 건 오직 그 사람이 프랑스인이었기 때문이야."

엘리제궁의 두 연인 덕분에 나는 이제야 목욕하는 모습을 주인이 보자 결국 꿈이 이루어졌다는 두려움과 흥분 속에서 몸을 맡겨 버린 그 젊은 하녀의 수수께끼를 이해하게 되었다. 그렇다, 어느 봄날에 나는 모파상의 소설을 읽다가 그 이상한 삼각관계를 발견했었다. 이 작품에서는 처음부터 끝까지 파리의 한 멋쟁이 남자가 퇴폐적인 세련미로 이루어진 한 여성에 대한 접근할 수 없는 사랑을 갈망하면서, 꼭 연약한 난초와도 같으며 언제나 그로 하여금 헛된 기대만을 갖게 만드는 이 이지적이고 무정한 고급 창녀의 마음속으로 깊이 파고들어 가려고 애쓴다. 그리고 이 두 사람 옆에는 하녀가, 튼실하고 건강한 육체를 가진 목욕하는 여자가 있다. 처음 이 작품을 읽었을 때 내가 구별해 낸 것은 이 인위적이고 생기도 없어 보이는 삼각형뿐이었다. 사실 어떻게 이 두 여성이 서로를 경쟁자로 생각할 수 있었겠는가…?

이때부터 나는 이 파리의 삼각관계를 전혀 새로운 눈으로 보게 되었다. 그들은 구체적이고 육체적이며 손으로도 만질 수 있는 존재가 된 것이다. 살아있는 것이다! 나는 주인에 의해 욕조에서 들어 올려져 완전히 젖은 채 침대에 눕혀졌을 때 그 젊은 하녀가 전율하며 느꼈을 행복한 두려움을 이해할 수가 있었다. 나는 그녀의 과육처럼 연한 젖가슴 위에 굽이치는 물방울의 간지러운 쾌감과 남자의 팔에 안긴 그녀의 허리 무게를 느꼈고, 그녀의 몸이 방금 빠져나온 욕조 안에서 물이 리드미컬하게 소용돌이치는 것까지 보았다. 물은 서서히 잔잔해졌다… 그리고 또한 사람, 내가 그전에는 책장 사이에 끼워진 마른 꽃을 연상했던 그 접근하기 어려운 사교계 여성은 이제 은밀하고 불투명한 관능을 드러내었다. 그녀의 육체는 향기로운 온기를, 그녀의 피 흐르는 소리와 윤기 있는 피부와 느릿하고 매력적인 말투로 만들어진 자극적인 방향을 간직하고 있었다.

대통령의 가슴을 불태웠던 치명적인 사랑은 내가 마음속에 간직하고 있던 프랑스를 새로운 모양으로 만들어 놓았다. 내 마음속의 프랑스는 주로 이야기책의 산물이었다. 그렇지만 어깨를 나란히 하고 걷던 문학작품 속 등장인물들이 바로 그 기억할 만한 저녁에 오랜 잠에서 깨어난 것 같았다. 그전까지만 해도 그들은 검을 휘두르고, 줄사다리를 기어오르고, 비소를 들이마시고, 사랑을 고백하고, 사랑하는 사람의 잘려진 머리를 무릎 위에 올려

놓은 채 마차를 타고 여행을 했지만 아무 소용이 없었다. 그들은 허구 세계에서 벗어나지를 못했던 것이다. 그들은 이국적이고 멋지고 어찌 보면 희극적이기도 했지만 내 마음에는 와 닿지 않았다. 플로베르의 작품에 나오는 그 신부, 엠마가 자신의 고뇌를 고해할 때 그 시골 신부가 그랬듯 나 역시 이 여인을 이해하지 못했다. 아름다운 집과 성실한 남편이 있고 이웃 사람들로부터 존경을 받는 이 여인이 뭘 더 바랄 게 있단 말인가?….

엘리제궁의 연인들은 내가 『보바리 부인』을 이해할 수 있도록 도와주었다. 나는 반짝이는 직관을 통해 그 세세한 부분을, 엠마의 머리카락을 능숙하게 잡아당겨서 매끈하게 펴는 미용사의 기름 묻은 손가락을 포착했다. 그 좁은 미용실의 공기는 무겁고 저녁 어둠을 쫓는 촛불은 희미하다. 거울 앞에 앉은 이 여인은 방금 애인과 헤어져서 집으로 돌아갈 준비를 하고 있다. 그렇다, 나는 다음 약속을 기약하며 마지막으로 입맞춤을 하고 호텔에서 나와 이제 남편을 보면 아주 일상적인 말만 나눠야 하는 이 여인이 저녁에 미용실에서 어떤 감정을 느낄지 짐작되었다… 설명할 수는 없으나 나는 이 여인의 영혼 속에서 현이 떨리는 것 같은 소리를 들었고 내 가슴도 함께 울렸다.

"내가 바로 보바리 부인이란다!"

샤를로트의 이야기에서 나온 어떤 미소 띤 목소리가 내게 속삭였다.

우리의 아틀란티스에서 흐르는 시간은 그 나름의 법칙을 갖고 있었다. 정확히 말하자면 이곳에서 시간은 흐르는 것이 아니라 샤를로트가 묘사하는 하나하나의 사건 주변에서 파문처럼 퍼져 나갔다. 개개의 사건은 비록 완전히 우연에 의한 것이라 해도 이 나라의 일상생활 속에 영원히 새겨진다. 물론 우리 할머니는 신문 기사를 보고 혜성이 하늘에 나타난 정확한 날짜, 1882년 10월 17일을 우리에게 말해 주었지만 이 나라의 밤하늘에서는 이 혜성이 가로질러가는 모습을 항상 볼 수가 있었다. 그때 우리는 에펠탑을 상상할 때마다 그 톱니 모양의 뾰족탑에서 몸을 던졌다가 낙하산이 말을 안 듣는 바람에 수많은 구경꾼들 속으로 떨어져서 몸이 으깨진 그 미친 오스트리아 사람을 떠올리곤 했다. 우리들이 생각하는 페르라세즈는 몇몇 관광객들이 경의를 표하면서 속삭이는 활기차고 평화로운 묘지가 아니었다. 아니, 무장한 사람들이 이 묘지의 무덤들 사이를 사방으로 뛰어다녔고, 서로 총질을 했고, 묘비 뒤에 몸을 숨겼다. 언젠가 한번 이야기를 들은 적이 있는 코뮌파와 베르사유 정규군 사이의 이 전투는 우리들 머릿속에서 언제나 '페르라세즈'라는 이름과 결합되었다. 그런데 우리는 이 소총전의 메아리를 파리의 지하 묘지에서도 들었다. 샤를로트에 따르면, 그들은 이 미로 속에서도 싸웠고 총알이 수백 년 전에 죽은 사람들의 두개골을 부서뜨려 놓았다는 것이다. 그리고 아틀란티스 위로 펼쳐진 밤하늘은 혜성과 독일 비행선에 의해 환하게 밝혀진 반면, 청명한 낮 하늘은 단엽비행기의 날카롭고 규칙적인 소음으로 가득 찼다. 루이 블레리오라는 사람이 도버해협을 횡단했던 것이다.

사건의 선정은 다소 주관적으로 이루어졌다. 사건의 순서도 대개 앎에 대한 우리의 열광적인 욕구에 따라, 마구잡이로 우리가 던지는 질문에 따라 정해졌다. 하지만 어떤 중요성을 갖고 있든 간에 사건들은 결코 일반 법칙에서 벗어나지 않았다. 가령 오페라 극장에서 「파우스트」가 공연되는 도중에 천장에서 샹들리에가 떨어지면 거의 동시에 파리에 있는 모든 극장의 샹들리에들도 함께 폭발한다. 우리는 장식음이나 12음절 시구가 울려 퍼지면 천장에서 떨어질 만큼 충분히 익은, 유리로 만들어진 커다란 포도송이가 가볍게 딸랑거려야만 그게 진짜 연극이라고 생각했다… 진짜 파리 서커스로 말하자면, 우리는 거기 나오는 조련사가 언제나 야수에게 물려 사지가 찢겨져 나간다는 사실을 알고 있었다. 자신의 일곱 암사자에게 공격을 받는 '델모니코라는 이름의 흑인'처럼 말이다.

샤를로트는 이런 지식을 때로는 '시베리아 가방' 속에서, 때로는 어린 시절의 추억 속에서 끄집어냈다. 샤를로트가 해 준 이야기들 중 몇 가지는 훨씬 더 옛날로 거슬러 올라가는데, 그녀는 이런 이야기를 삼촌이나 어머니에게서 들었고, 이 두 사람도 그런 이야기를 그들의 부모님들에게서 들었던 것이다.

하지만 우리들이 볼 때 정확한 연대 같은 건 거의 중요하지 않았다! 아틀란티스의 시간은 오직 현재의 경이로운 동시성으로만 존재했다.

"그대의 얼굴을 바라볼 수 있도록 해 주오, 해 주오…"

파우스트의 바리톤이 극장을 가득 메우며 울려 퍼지자 샹들리에가 떨어졌고, 암사자들이 불운한 델모니코에게 덤벼들었고, 혜성이 밤하늘을 갈랐고, 낙하산을 멘 사람이 에펠탑에서 뛰어내렸으며, 두 도둑은 여름철의 소홀한 감시를 틈타 '모나리자'를 들고 루브르박물관을 걸어 나갔고, 보르게제 왕자는 모스크바를 경유하는 제1차 파리-북경 자동차경기에서 우승을 거둔 걸 몹시 자랑스러워하며 가슴을 내밀었다… 그리고 어슴푸레한 빛에 잠긴 엘리제궁 응접실 어딘가에서는 멋진 하얀색 턱수염을 기른 한 남자가 정부를 얼싸안은 채 숨 막힐 정도로 열정적인 최후의 입맞춤을 나누고 있었다.

동작들이 무한정 되풀이되는 시간인 이 현재는 물론 착시였다. 하지만 바로 이 환상에 불과한 지각 덕분에 우리 아틀란티스 주민들에게서 나타나는 몇 가지 중요한 특성들을 발견할 수가 있었다. 우리 이야기에 등장하는 파리 거리들은 폭탄 폭발로 계속 뒤흔들렸다. 폭탄을 던지는 무정부주의자들은 여점원이나 마차꾼들만큼이나 그 숫자가 많은 것 같았다. 사회질서를 어지럽히는 이 적들 중의 일부는 라바콜, 산토 카세리오… 등 그들의 이름 속에 엄청난 폭음이라든가 총성을 오랫동안 간직하게 될 것이다.

그렇다, 우리는 바로 이 소음으로 가득 찬 길거리에서 그들의 특성 한 가지를 분명히 파악하게 되었다. 그들은 항상 현 상황에 결코 만족하지 않고 무엇인가를 주장하며, 언제 어느 때고 도시의 주요 도로로 몰려가서 물러나게 만들고, 뒤흔들고, 요구할 준비가 되어 있다는 것이다. 사회적으로 완전히 평온한 우리 조국의 시선으로는 이런 프랑스인들은 타고난 반항자들이며, 확신에 찬 반체제주의자들이며, 상습적인 불평불만자들로 보였다. 파업과 테러, 바리케이드 전을 보도한 신문이 들어 있는 '시베리아 가방' 역시 꾸벅꾸벅 졸고 있는 듯 평화로운 사란짜 한가운데 던져진 커다란 폭탄같이 느껴졌다.

그리고 결코 흘러가지 않는 이 현재 속에서, 폭발 장소로부터 거리 몇 개를 더 가면 우리는 어느 작고 조용한 술집에 이르게 된다. 샤를로트는 추억을 더듬으며 미소와 함께 '뇌의 과실주'라는 이 카페의 간판을 우리에게 읽어 주면서 분명하게 덧붙였다.

"주인이 조가비처럼 생긴 은잔에 술을 따라 준단다…."

그렇기 때문에 우리 아틀란티스 사람들은 카페에 대해서 감정적으로 애착을 느끼고, 그 이름을 좋아하고, 그곳 나름의 독특한 분위기를 식별해 낼 수가 있었던 것이다. 그리고 바로 그곳 길모퉁이에서 조가비처럼 생긴 은잔에 과실주를 받아 마셨다는 기억을 평생 동안 간직할 수가 있었던 것이다. 그렇다, 두껍고 바닥이 평평한 큰 컵이나 굽이 높은 술잔이 아닌 얇은 조가비 은잔 말이다. 먹고 기운을 차리는 장소, 식사 의식, 그것의 심리적 음조를 결합시키는 연금술, 그것은 우리의 새로운 발견이었다. 우리는 이렇게 자문했다.

'그들은 자기들이 좋아하는 카페가 어떤 영혼을 가지고 있다고 생각하는 것일까, 아니면 최소한 어떤 독특한 용모를 갖고 있다고 생각하는 것일까?'

사란짜에는 카페가 딱 한 군데뿐이었다. '눈송이'라는 예쁜 이름에도 불구하고 이 카페는 옆에 있는 가구점이나 앞에 있는 저축은행 이상으로 어떤 특별한 감정을 우리들에게 불러일으키지는 않았다. 카페는 밤 여덟 시에 문을 닫았고, 우리의 호기심을 자극한 것은 오히려 그것의 어두운 내부와 야등의 푸른 눈이었다. 우리 가족이 사는 볼가 강 쪽에 자리 잡은 대여섯 개의 식당들은 서로 비슷비슷했다. 정각 일곱 시가 되어 문지기가 초조히 기다리는 손님들 앞에서 문을 열면 기름 탄내가 섞인 우레 같은 음악 소리가 길거리로 퍼져 나가고, 열한 시가 되면 무기력하고 나른해진 예의 그 손님들이 현관 앞 층계로 쏟아져 나오며, 층계 근처에 서 있던 경찰차의 회전등은 이 변함없이 지속되는 리듬에 어떤 환상적인 느낌을 부여하는 것이다… 우리는 "'뇌이의 과실주'의 조가비 은잔…"이라고 나지막히 되뇌었다.

샤를로트는 이 색다른 음료를 어떻게 만드는지 우리에게 설명해 주었다. 너무나 당연하게도 그 이야기를 하다 보면 포도주의 세계에 접근할 수밖에 없게 된다. 그리고 바로 여기서 다채로운 상표와 맛, 향기의 흐름에 휩쓸려 다니다 보니 우리는 그 온갖 미묘한 차이를 구분해 낼 수 있는 미각을 가진 이 놀라운 존재들을 알게 되었다. 바리케이드를 쌓아 올린 사람들이 바로 이들이었다. 그리고 '눈송이'의 진열대에 놓여 있는 병의 라벨들을 떠올리면서 우리는 그게 전부 다 프랑스어라는 사실을 분명히 알게 되었다. '샴페인', '코냑', '실바네르', '알리고테', '뮈스카', '카고르'….

그렇다, 우리가 당황스러워 했던 것은 특히나 이 모순 때문이었다. 그 무정부주의자들이 이처럼 논리적이고 복잡한 주류 체계를 완성시킬 수 있었다는 모순 말이다. 게다가 샤를로트에 따르면, 셀 수 없이 많은 이 온갖 포도주들은 또 치즈들과 무한하게 결합될 수 있다는 것이다! 이 치즈들을 가지고는 또 맛과 색깔과 개인 취향의 치즈 백과사전을 만들 수 있다니! 그러므로 우리가 대초원 지대에서 보내는 밤중에 자주 나타나는 유령 라블레는 거짓말을 하지 않은 것이다.

식사라는 것이, 그렇다, 단순히 음식물을 흡수하는 행위가 하나의 연출 행위가, 하나의 성찬식이 하나의 예술이 될 수도 있다는 사실을 우리는 발견했다. 샤를로트의 삼촌이 친구들이랑 자주 저녁 식사를 하곤 했던 이탈리아인 거리의 그 '영국 카페'에서처럼 말이다. 개구리 백 마리를 먹었는데 만 프랑짜리 계산서가 나왔더라는 믿기 힘든 이야기를 조카에게 해 준 사람은 바로 그였다! 그는 이렇게 기억했다.

"날이 몹시 추워서 강이란 강은 전부 다 얼음으로 뒤덮였지. 일꾼을 쉰 명이나 불러서 그 두꺼운 얼음에 구멍을 뚫고 개구리들을 찾아내야만 했단다…."

무엇이 우리를 가장 놀라게 했는지, 우리가 요리에 대해 갖고 있는 모든 관념들과 반대되는 그 상상할 수 없는 요리인지, 아니면 얼어붙은 센 강처럼 생긴 강 위에서 얼음 구멍을 뚫고 있는 그 수많은 러시아 농민들의 모습인지(나는 이런 모습을 자주 보곤 했다) 나는 알 수가 없었다.

사실대로 말하자면, 우리는 분별을 잃어 가고 있었다. 루브르 궁, 코미디-프랑세즈 극장에서 공연된 「르 시드」, 바리케이드, 지하묘지에서의 총격전, 프랑스학술원, 배에 탄 국회의원들, 그리고 혜성, 그리고 차례차례 떨어져 내리는 샹들리에, 그리고 나이아가라폭포처럼 쏟아지는 포도주, 그리고 대통령의 마지막 입맞춤… 또 겨울잠을 자다가 방해를 받은 개구리들! 우리들의 상대는 믿을 수 없을 만큼 다양하게 말하고 창조하고 사랑하는 방법뿐만 아니라 엄청나게 다채로운 감정과 태도, 관점을 갖고 있는 민족이었던 것이다.

그리고 또 샤를로트가 우리에게 가르쳐 준 바에 따르면, 새우와 아스파라거스를 넣고 끓인 수프를 사라 베른하르트에게 바친 유명한 요리사 위르벵 뒤브와도 있었다. 우리는 꼭 책을 헌정하듯 누군가에게 바친 보르시치(빨간 순무가 든 러시아 수프)를 상상해야만 했다… 어느 날 우리는 아틀란티스의 거리에서 한 멋진 젊은이를 따라갔는데, 그 사람은 샤를로트의 삼촌 이야기에 따르면, 사람들 사이에서 크게 유행했다는 카페 '베베르'로 들어갔다. 그는 여느 때와 마찬가지로 포도 한 송이와 물 한 잔을 시켰다. 그 사람이 바로 마르셀 프루스트였다. 우리는 우리들의 황홀한 시선 아래서 비할 데 없이 우아한 음식으로 변한 이 포도 송이와 물을 관찰했다. 그러니까 중요한 것은 포도주가 다양하다든가 음식물이 라블레의 소설에서처럼 풍부하다는 사실이 아니라….

우리는 이 프랑스인 특유의 에스프리를 다시 생각하면서 그 신비를 꿰뚫어보려고 애썼다. 그리고 벌써 샤를로트는 우리들이 한층 더 열심히 탐구하기를 바라는 듯 쇼세-당탱 거리의 '파야르' 식당에 관해서 말해 주었다. 어느 날 밤, 바로 거기서 카라만-쉬메이 공주가 집시 바이올리니스트인 리고와 함께 도망쳤다는 것이다….

나는 그 말을 믿어야 하나 말아야 하나 망설이면서 스스로에게 조용히 물었다. 그토록 열렬히 추구된 이 프랑스의 본질, 그것의 원천은 사랑이 아닐까? 왜냐하면 우리 아틀란티스의 모든 길은 이 사랑의 나라에서 서로 교차하기 때문이다.

사란짜는 향긋한 대초원 지대의 어둠 속에 잠겨 있었다. 그곳의 향기는 보석과 흰 담비 모피로 덮인 그 여인의 육체를 방부 처리하는 방향과 뒤섞였다. 샤를로트는 여신 오테로의 벽화에 대해 이야기해 주었다. 나는 믿을 수 없는 놀라움으로 변화무쌍한 형태의 소파 위에 날씬한 육체를 뉘인 그 최후의 위대한 유녀遊女를 찬찬히 바라보았다. 그녀의 기상천외한 삶은 오직 사랑에만 바쳐졌다. 그리고 그 옥좌 주변에는 남자들이 분주히 돌아다녔다. 어떤 남자들은 재산을 다 날린 뒤 몇 푼 안 되는 나폴레옹 금화를 세고 있고, 또 어떤 남자들은 권총의 총구를 천천히 자신의 관자놀이로 가져간다. 그런데 이 최후의 동작에서도 그들은 프루스트의 포도송이에 어울리는 우아함을 보여줄 줄 안다. 그 불행한 연인들은 카롤린 오테로를 처음 본 바로 그 장소에서 스스로 목숨을 끊었던 것이다!

이 이국적인 나라에서는 사랑의 숭배에 사회적 경계라는 것이 없었다. 사치품이 넘쳐나는 규방에서 멀리 떨어진 서민 동네에서 우리는 라이벌 관계인 벨빌의 두 패거리가 한 여자 때문에 살인극을 벌이는 장면을 보았다. 한 가지 차이점은 그 아름다운 오테로의 머리칼은 까마귀 날개의 광택을 지니고 있었던 반면, 남자들이 쟁탈전을 벌였던 그 연인의 머리칼은 꼭 잘 익은 밀이 저녁 노을을 받을 때처럼 눈부시게 반짝거렸다는 것이다. 벨빌의 패거리들은 그녀를 '황금 머리'라고 불렀다.

바로 이 순간 우리의 비평 감각이 반발을 일으켰다. 개구리를 먹는 사람들의 존재를 믿겠다는 각오는 되어 있었다. 하지만 갱이나 다름없는 자들이 한 여인의 아름다운 눈 때문에 서로 죽이는 장면을 상상한다는 것은!

분명코 이런 것은 우리 아틀란티스에서는 놀라운 일이 아니었다. 이미 우리는 샤를로트의 삼촌이 팔에 피 묻은 스카프를 감고 흐릿한 눈으로 비틀거리며 삯마차에서 내리는 장면을 보지 않았던가? 그는 한 귀부인의 명예를 지키기 위해 마를리 숲에서 결투를 끝내고 돌아오는 길이었다⋯ 그리고 그 불랑제 장군, 그 실추된 독재자는 사랑하는 여인의 무덤 위에서 머리에 총을 쏘아 자결하지 않았던가?

어느 날 우리 세 사람이 산보를 하고 돌아오는 길에 별안간 소낙비가 쏟아지기 시작했다⋯ 세월이 흐르면서 검게 변한 커다란 이즈바들 일색인 사란짜의 구시가를 걷는 중이었다. 우리는 한 이즈바 처마 밑에서 비를 피했다. 불과 일 분 전만 해도 더워서 숨이 막힐 정도였던 거리가 느닷없이 우박 돌풍이 한바탕 휩쓸고 지나가자 별안간 차가운 황혼 속에 잠기고 말았다. 거리는 구식의 굵고 둥근 화강암 자갈로 포장되어 있었다. 비가 내리자 이 화강암에서 젖은 돌 냄새가 진하게 풍겨 올라왔다. 꼭 장막을 쳐 놓은 듯한 빗발 뒤로 집들이 흐릿하게 보였고, 이 냄새 때문에 대도시에서 밤중에 가을비를 맞고 서 있는 것 같은 느낌이 들었다. 처음에는 빗방울 소리보다 조금 더 클까 말까 하던 샤를로트의 목소리가 꼭 파도와도 같이 밀려오는 빗물 때문에 둔한 메아리처럼 들렸다.

"내가 파리의 아르발레트리에르 거리에 있는 어떤 집의 축축한 벽에 새겨진 그 비문을 발견할 수 있었던 것도 비 때문이었단다. 어머니와 나는 어떤 집 처마 밑에서 비를 피해 서 있었는데, 비가 멈추기를 기다리고 있다 보니 눈앞에 보이는 건 그 방패꼴 기념비뿐이었지. 내가 그 비문을 외워 두었단다. '1407년 11월 23일에서 24일 사이의 밤, 바르베트 저택을 나온 샤를르 6세의 형 루이 도를레앙 공작이 이 길에서 장 상 푀르 드 부르고뉴 공작에게 살해되었다…' 그는 이자보 드 바비에르 여왕의 집에서 나오던 길이었단다…"

할머니는 말을 멈추었지만, 사랑과 죽음으로 이루어진 한 편의 비극에 등장하는 그 전설적인 인물들의 이름은 여전히 우리들 귀에 들려왔다. 루이 도를레앙, 이자보 드 바비에르, 장 상 푀르….

이유는 모르겠으나 별안간 대통령이 기억 속에 떠올랐다. 매우 또렷하고 너무나 단순하고 명확한 생각 한 가지. 황제 부부를 위한 의식이 차례차례 베풀어지는 동안에도, 그렇다, 샹젤리제 거리에서 행진을 할 때도, 나폴레옹의 무덤 앞에서도, 오페라 극장에서도 그는 계속해서 그녀를, 자신의 정부를, 마르그리트 스테넬을 생각하고 있었으리라. 그는 황제에게 말을 걸고, 연설을 하고, 황후에게 대답하고, 자기 아내와 눈길을 교환했다. 하지만 그곳에는 줄곧 그녀가 있었다.

우리가 현관 앞 층계에서 비를 피하고 서 있던 그 낡은 이즈바의 이끼 긴 지붕 위로 빗물이 철철 흘러내렸다. 나는 내가 어디 있는지를 잊어버렸다. 내가 옛날에 황제와 함께 방문했었던 도시가 눈 깜짝할 사이에 뒤바뀌었다. 나는 사랑에 빠진 대통령의 눈으로 도시를 관찰했다.

그때 사란짜를 떠나면서 나는 탐험을 마치고 돌아가는 탐험가라도 된 듯한 기분이었다. 나는 대초원의 깊숙한 곳에서 매일 밤 다시 태어나는 아직은 일부에 지나지 않는 신비로운 문명에 대한 묘사, 그들의 습관과 풍습에 대한 짧은 경험 같은 지식 전부를 가지고 돌아왔다.

청소년은 누구나 분류하는 걸 좋아하는 법인데, 그것은 어린 시절이 끝나갈 무렵 자신을 빨아들이는 성인 세계의 복잡성에 대한 일종의 방어적 반사작용이라 할 수 있다. 나는 다른 아이들보다 더 그랬던 것 같다. 내가 탐험해야만 하는 나라가 더 이상 존재하지 않았기 때문이었고, 그리고 과거의 진한 안개를 헤치며 그 나라의 명소와 성소의 지형도를 다시 구성해야만 했기 때문이었다.

나는 내가 모아 놓은 인간 유형의 수집품을 특히 자랑스럽게 생각했다. 연인인 대통령, 배에 올라탄 국회의원들, 포도송이를 주문한 멋쟁이, 그밖에도 그들보다 훨씬 더 비천하지만 그들만큼이나 유별난 인물들이 있었다. 예를 들자면 거무스레한 미소를 짓는 그 아이들, 나이가 아주 어린 광산 노동자들이 있었다. 신문팔이(우리는 웬 미치광이가 "『프라우다』지요! 『프라우다』지 나왔어요!"라고 외치며 거리를 달려갈 수 있으리라는 상상은 도저히 할 수가 없었다). 강둑에서 털을 깎아 주는 개 이발사. 북을 멘 전원 감시인. '공산주의자 수프' 근처에 모여 있는 동맹 파업자들. 그리고 심지어는 개똥을 팔러 다니는 사람도 있다. 나는 내가 이 이상한 상품이 그 당시에는 가죽을 부드럽게 만드는 데 쓰였다는 사실을 알고 있다는 게 너무나 자랑스럽게 느껴졌다….

하지만 어떻게 하면 프랑스인이 될 수 있는지를 이해한 것이야 말로 내가 그해 여름에 얻은 가장 큰 소득이었다. 파악하기 어려운 이 정체성의 수많은 양상들이 서로 결합해서 하나의 살아있는 전체가 되었다. 물론 중심에서 자꾸 벗어나려고 하긴 했지만 그럼에도 불구하고 그것은 매우 질서 정연한 존재 방식이었다.

내게 있어 프랑스는 이제 단순히 골동품을 넣어 두는 방이 아니었다. 이제 그것은 감각적이고 견고한 하나의 실체가 되었고, 그중의 한 작은 부분은 어느 날 내 가슴속에 이식되었다.

"아니,

　난

　도대체

　왜

그분이 사란짜에 묻히려고 했는지 이해할 수가 없어. 여기서
우리랑 같이 살 수도 있었을 텐데…"

하마터면 나는 텔레비전 옆에 놓인 내 등받이 없는 의자에서
펄쩍 뛰어 일어날 뻔했다. 왜냐하면 나는 왜 샤를로트가 그 작
은 시골 도시에 그렇게 큰 애착을 갖고 있었는지 너무나 잘 알고
있었기 때문이었다. 우리 집 부엌에 모인 어른들에게 그녀의 선
택에 대해서 설명하는 일은 거의 아무런 어려움도 없으리라. 나
는 그 고요한 투명함으로 과거를 순화하는 드넓은 초원 지대의
건조한 공기를 상기시킬 것이다. 나는 모두가 끝없이 펼쳐진 초
원으로 통하기 때문에 결국 그 어느 곳에도 이르지 않는다고 해
야 할 그 먼지 자욱한 길거리들에 대해서 이야기할 것이다. 역사
라는 것이 교회를 파괴하고 '건축물의 과잉'을 분쇄함으로써 모
든 시간 개념을 제거해 버린 그 도시에 대해서 이야기할 것이다.
산다는 것이 곧 일상적 동작들을 기계적으로 완수하면서, 동시
에 끊임없이 자신의 과거를 다시 산다는 걸 의미하는 도시에 대

해서 이야기할 것이다.

나는 아무 말도 하지 않았다. 부엌에서 쫓겨날까 봐 두려웠기 때문이었다. 어른들이 나의 존재를 더 쉽게 묵인해 주고 있다는 사실을 나는 그 얼마 전부터 눈치챘다. 나는 그들이 밤늦게까지 나누는 대화를 들을 수 있는 권리를 열네 살의 나이에 얻어 낸 것 같다. 내가 그들 눈에 띄지 않는다는 조건으로 말이다. 이런 변화가 이루어졌다는 사실 때문에 너무나 가슴이 설렜던 나는 그 특권을 잃고 싶지 않았던 것이다.

샤를로트의 이름은 이렇게 겨울밤을 지새울 때마다 여전히 자주 등장하곤 했다. 그렇다, 우리 할머니의 삶은 각자의 자존심을 지켜 주는 이야깃거리를 우리 집 손님들에게 제공했던 것이다.

그리고 또 이 젊은 프랑스 여인은 우리 나라 역사의 중요한 순간들을 자신의 삶 속에 응축시켰다는 명분을 가지고 있었다. 그녀는 황제 치하에서 살았고, 스탈린의 숙청 시대 때 살아남았으며, 전쟁을 겪었고, 그 수많은 우상들이 추락하는 것을 목격했다. 어른들이 볼 때, 제국이 가장 많은 피를 흘린 세기를 그대로 복사해 놓은 듯한 그녀의 삶은 한 편의 서사시를 연상시켰다.

그리고 지금 지구의 반대쪽 끝에서 태어난 이 프랑스 여인은 열려진 열차 창문 너머 굽이굽이 이어지는 사막을 멍한 눈으로 응시하고 있다("근데 도대체 어떤 귀신이 그분을 빌어먹을 놈의 사막으로 데려간 거야?" 아버지 친구인 왕년의 전투기 조종사가 어느 날 이렇게 소리쳤다). 그녀 옆에는 남편인 피오도르가 역시 꼼짝하지 않고 앉아 있었다. 빠르게 달리는 열차 안으로 한 줄기 바람이 확 밀려 들어왔지만 전혀 시원해지지 않았다. 그들은 이

빛과 열기 속에 오랫동안 머물러 있었다. 바람은 흡사 사포처럼 그들의 이마를 문질러댔다. 태양이 풍경을 산산조각 내서 무수한 섬광으로 만들었다. 하지만 그들은 그들의 이마를 갉아대는 바람과 타는 듯 내리쬐는 태양에 의해 고통스러운 과거가 지워지기를 바라는 듯 미동도 하지 않았다. 그들은 이제 막 부크하라를 떠났다.

역시 그녀였다. 시베리아에 돌아간 뒤로 그녀는 어두컴컴한 창문 앞에 앉은 채 바깥이 내다보이는 작고 둥근 부분에 두껍게 끼는 성에를 가끔씩 입으로 불어 내면서 끝없이 이어지는 시간을 보냈다. 물기 어린 축축한 이 구멍을 통해서 그녀는 하얀 밤거리를 바라보았다. 때때로 자동차 한 대가 천천히 미끄러져 와서 그들의 집 쪽으로 다가오더니 잠시 망설이는 듯하다가 다시 떠나곤 했다. 새벽 세 시를 알리는 종소리가 울리면 몇 분 뒤 눈 쌓인 현관 앞 층계를 딛는 뽀드득거리는 날카로운 소리가 들려왔다. 그녀는 잠시 눈을 감았다가 나가서 문을 열어 주었다. 남편은 항상 그 시간에 돌아왔다⋯ 검은색 자동차가 눈 쌓인 거리를 한 번씩 지나갈 때마다 때로는 사람들이 일터에서 사라지고, 때로는 한밤중에 자기 집에서 사라졌다. 그녀는 자기가 성에를 입김으로 녹이며 창문 앞에서 그를 기다리는 한은 그에게 아무 일도 일어날 수 없을 거라고 굳게 믿었다. 새벽 세 시가 되면 그는 자리에서 일어나 책상 위의 서류들을 정리하고 나갔다. 이 거대한 제국의 모든 공무원들이 그랬듯이. 그들은 크렘린에 머무르는 이 나라의 지배자가 새벽 세 시에 하루 일과를 마친다는 사실을 알고 있었다. 사람들은 너 나 할 것 없이 부랴부랴 그의 시간표를 그대로 따랐다. 그리고 사람들은 모스크바에서 시베리아까지 여러 시간대를 건너뛰다 보면 이 '새벽 세 시'가 더 이상 어떤 것과도 일치하지 않는다는 생각은 아예 하지도 않았다. 또한 사람들은 스탈린이 침대에서 일어나 그날 처음 피울 파이프를 채우는 동안 황혼에 잠긴 시베리아의 한 도시에서는 그의 충실한 하인들이 고문 기구로 변한 의자 위에서 졸음을 이겨내려고 발버둥친다는 생각도 하지 못했다. 크렘린의 지배자는 시간의 흐름과, 심지어는 태양에 대해서까지도 자신의 리듬을 강요하는 것 같았다. 그가 잠을 자러 가면 시계란 시계는 모두 새벽 세 시를 가리켰다. 최소한 그 시대에는 모든 사람들이 그를 이런 식으로 생각했다.

어느 날, 샤를로트는 그렇게 밤늦게까지 기다리느라 너무 피곤한 나머지 그 세계 공통의 시간이 되기 몇 분 전에 깜빡 잠이 들고 말았다. 잠시 후 소스라치게 놀라 일어났을 때 아이들 방에서 남편 발자국 소리가 들려왔다. 방으로 들어가 보았더니 그는 아들의 침대를, 머리칼이 검고 매끈해서 가족들 중 그 누구도 닮지 않은 이 사내아이를 내려다보고 있었다….

피오도르는 대낮에 사무실에서 체포된 것도, 동틀 무렵 위압적으로 문을 두드리는 소리에 잠에서 깨어나 체포된 것도 아니었다. 어이없게도 그 사건은 섣달 그믐 밤에 일어났다. 그는 산타클로스 할아버지의 빨간 외투를 입었고, 아이들은(아까 그 열두 살짜리 소년과 그의 누이동생, 그러니까 우리 어머니) 긴 수염 때문에 알아볼 수 없는 그의 얼굴에 매혹되었다. 샤를로트가 남편에게 큰 샤프카를 씌워 주고 있을 때 그들이 들이닥쳤다. 문을 열어 놓고 손님들이 오기를 기다리고 있었기 때문에 그들은 문을 두드릴 필요조차 없었다.

그리고 이 나라의 역사에서 겨우 십 년밖에 안 되는 기간에 수백만 번은 되풀이되었을 이 체포 장면의 그날 밤 배경으로는 크리스마스트리와 두꺼운 종이로 만든 가면을 쓴(오빠는 산토끼, 여동생은 다람쥐) 이 두 아이가 등장했다. 그리고 너무나 놀라서 방 한가운데 얼어붙은 채 서 있던 산타클로스는 이제부터 무슨 일이 이어지리라는 걸 너무나 잘 알고 있었기 때문에 솜으로 만든 수염 아래의 두 뺨이 창백해지는 걸 두 아이가 못 보리라는 사실을 너무나 다행스럽게 생각했다. 샤를로트는 가면을 쓴 채 난입자들을 바라보고 있는 산토끼와 다람쥐에게 아주 침착한 목소리로 말했다.

"자, 옆방으로 가자, 얘들아. 벵골 불빛(조명용으로 쓰이는 선명한 청백색의 불꽃)을 켜야지."

그녀가 프랑스어로 말했다. 두 경찰관은 뭔가 의미심장한 눈길을 재빨리 교환했다….

피오도르는 논리적으로 말한다면 진작에 그를 파멸시켰을 요인, 그러니까 아내의 국적 때문에 구원되었다… 몇 년 전 한 가족 한 가족씩, 한 집 한 집씩 사라지기 시작했을 때 그는 즉시 그 생각을 했었다. 샤를로트는 가장 흔하게 '인민의 적'이라는 비난을 받을 만한 두 가지 중대한 결점을 갖고 있었다. 그녀는 '부르주아' 출신에다가 외국과 연관되어 있었던 것이다. '부르주아

분자'라는 사실, 더더구나 프랑스 여자와 결혼을 한 그는 자기가 당연히 '프랑스와 영국 제국주의자들에게 매수된 첩자'라는 이유로 고발당하리라는 것을 알고 있었다. 이런 말투는 그 이후로 널리 쓰이게 되었다.

그렇지만 바로 이 너무나 명백한 사실 때문에 오랫동안 잘 돌아가던 억압 기계가 멈춰 버렸다. 왜냐하면 일반적으로 날조된 재판을 할 때는 피고가 외국과의 관계를 몇 년 동안 교묘하게 숨겨 왔다는 사실을 증명해야만 했던 것이다. 그렇기 때문에 자기 모국어밖에는 할 줄 모르고 고국을 단 한 번도 떠나본 적이 없거나 자본주의 사회의 대표자를 만난 일이 없는 사람을 재판할 경우 그런 사실을 증명하려면 비록 그것이 날조된 것이라 할지라도 상당한 정도의 수완이 필요했다.

하지만 피오도르는 아무것도 숨기지 않았다. 샤를로트의 여권에는 그녀의 국적이 흰 바탕에 검은 글씨로 프랑스라고 표시되어 있었다. 러시아어로 옮겨 쓴 그녀의 출생지 뇌이-쉬르-센은 그녀가 외국인이라는 사실을 한층 더 강조해 줄 뿐이었다. 그녀의 프랑스 여행, 아직 거기서 사는 그녀의 '부르주아' 사촌들, 러시아어만큼이나 프랑스어도 잘하는 그녀의 아이들, 모든 것이 너무나 분명했다. 다른 사람 같았으면 여러 주에 걸친 심문 뒤에 고문을 해서 얻어 냈을 거짓 자백이 이번에는 처음부터 확보되었다. 기계가 제자리걸음만 되풀이했다. 피오도르는 투옥되었고, 점점 더 거추장스러운 존재가 되어 가자 결국 제국의 반대편인 폴란드에 병합된 한 도시로 전임되었다.

그들은 일주일 동안 함께 지냈다. 국토 전체를 가로질러 여행하는 시간, 그리고 새집에 입주했던 길고 어수선한 하루. 다음 날 피오도르는 숙청당했던 당에 다시 복귀하기 위해서 민첩하게 모스크바로 떠났다.

"이번 일은 이틀이면 끝날 거야."

그는 역까지 배웅 나온 샤를로트에게 말했다. 집으로 돌아오던 그녀는 남편이 담뱃갑을 잊고 갔다는 사실을 깨달았다. 그녀는 이렇게 생각했다. '큰 상관없을 거야. 이틀이면 돌아온다니까…' 그리고 얼마 남지 않은 그 시간(피오도르는 방에 들어와서 담뱃갑이 책상 위에 놓여 있는 것을 볼 것이고, 이마를 살짝 치며 소리칠 것이다. "아이구, 이런 바보 같으니! 그런 것도 모르고 여기저기 온통 뒤졌잖아…")은, 그렇다, 그 유월의 아침은 오래오래 지속될 행복한 날들의 첫날이 되리라….

그들은 4년 뒤에 다시 만나게 될 것이다. 그 사이 샤를로트가 전쟁의 와중에 담뱃갑을 검은 둥근 빵과 바꾸는 바람에 피오도르는 그걸 결코 다시 찾지 못할 것이다.

어른들은 여전히 이야기를 나누고 있었다. 텔레비전에서 보도하는 기쁜 소식들, 국가 산업이 최근에 이룩한 성과라든가 볼쇼이 무용단의 공연 소식 등이 잔잔한 배경음 역할을 했다. 보드카가 과거의 고난을 완화시켜 주었다. 그리고 나는 우리 집에 온 손님들과 새로 온 사람들까지도 포함해서 모두 다 자기네 나라의 운명을 잠자코 받아들인 이 프랑스 여인을 사랑한다는 것을 느꼈다.

나는 그들이 하는 얘기를 들으며 많은 걸 배웠다. 나는 왜 우리 가족이 새해 명절 때 모이면 꼭 해질녘의 빈 집에서 문들을 쾅 닫는 은밀한 외풍과 흡사한 불안한 분위기가 자리를 잡는지 눈치채게 되었다. 아버지도 즐거워하고, 선물도 주고받고, 폭죽 터지는 소리도 들려오고, 전나무도 화려하게 꾸며졌지만 이 미묘한 불안감은 사라지지 않았다. 건배하는 소리, 병마개 따는 소리, 웃음소리의 와중에서도 사람들은 누군가가 나타나기를 기다리고 있었다. 심지어 나는 우리 부모가 겉으로 내색은 하지 않았지만 눈 덮인 1월 초순의 일상적인 고요함을 어느 정도의 안도감과 함께 받아들이고 있다고까지 믿는다. 어쨌든 우리가, 누나와 내가 명절 그 자체보다 더 좋아하는 것은 그 이후의 바로 이런 순간들이었다….

할머니가 러시아에서 보낸 날들, 프랑스로 돌아오기 전 '러시아 시기'가 아니라 그냥 그녀의 삶 자체가 되었던 이날들은 다른 사람들은 식별할 수 없는 나만의 은밀한 색조를 띠고 있었다. 그 은밀한 색조란, 샤를로트가 담배 연기 자욱한 우리 집 부엌에서 부활시킨 과거를 통해 가슴속에 지니고 다니는 일종의 눈에 안 보이는 아우라였다. 나는 경탄과 놀라움 속에서 나 자신에게 이렇게 말했다.

"성에가 두껍게 낀 창 앞에서 새벽 세 시가 되면 남편이 문을 두드리기를 한 달이 가고 두 달이 가도록 기다리던 이 여인, 이 여인은 언젠가 뇌이의 카페에서 은으로 만든 조가비 술잔을 보았던, 너무나 신비로우면서도 동시에 나와 너무나 가까운 바로 그 존재였다!"

그들은 샤를로트 얘기를 할 때마다 꼭 그날 아침에 있었던 일에 대해서 언급했다….

그녀의 아들이 한밤중에 느닷없이 잠에서 깨어났다. 아이는 접는 침대에서 뛰어내리더니 맨발에 두 팔을 앞으로 내민 채 창가로 갔다. 아이는 어둠에 잠긴 방을 가로질러 가다가 누이동생의 침대에 부딪쳤다. 샤를로트도 자지 않고 있었다. 그녀는 희미하게 진동하면서 벽에 스며드는 듯한 그 단조로운 소음이 어디서 들려오는 것일까 가늠해 내려고 애쓰며 두 눈을 뜬 채 어둠 속에 누워 있었다. 그녀는 자기 몸과 머리가 그 끈적끈적하고 느릿느릿한 소음 속에서 진동하는 것을 느꼈다. 잠에서 깬 아이들이 창가로 달려갔다. 딸아이가 놀라서 지르는 소리가 샤를로트의 귀에 들려왔다.

"야! 저 별들 좀 봐! 근데 별들이 움직이네…."

샤를로트는 불을 켜지 않고 아이들에게로 갔다. 아이들 쪽으로 걸어가던 그녀는 책상 위에서 얼핏 희미한 금속성 광택을 보았다. 피오도르의 담뱃갑이었다. 그는 다음 날 아침에 모스크바에서 돌아오기로 되어 있었다. 그녀는 반짝거리는 점들이 줄을 지어 밤하늘 속으로 미끄러져 들어오는 것을 보았다.

아들이 억양이 하나도 안 바뀐 침착한 목소리로 말했다.

"비행기야. 편대 비행하는 거야…."

딸이 졸음이 가득한 눈을 찌푸리며 한숨짓듯 말했다.

"근데 저렇게 하고 어디를 가는 걸까?"

샤를로트가 두 아이의 어깨를 보듬어 안았다.

"자, 다들 가서 자렴! 우리 공군이 작전 중인가 보다. 너희도
알다시피 국경이 여기서 가깝잖니. 작전 중이든지, 아니면 퍼레

이드를 하려고 훈련을 하는 거겠지…."

아들이 잔기침을 하더니 사춘기 소년이라고는 믿기 힘들 만큼 차분한 슬픔이 느껴지는 목소리로 혼잣말을 하듯 조용히 말했다.

"아니면 전쟁이 일어났는지도 모르죠…."

샤를로트가 다시 입을 열었다.

"그런 바보 같은 소리 하지 마라, 세르게이. 어서 침대로 가렴. 내일 역으로 아버지 마중 나가야 하니까."

머리맡 전등을 켜면서 그녀는 손목시계를 보았다.

"두 시 반이군. 그럼 벌써 오늘이잖아…."

다시 잠을 잘 시간이 없었다. 첫 번째 포탄들이 어둠을 가르기 시작했던 것이다. 한 시간 동안이나 도시 상공을 비행하던 비행기들은 지진이 일어난 듯한 공격 효과를 낼 수 있는 이 나라의 가장 깊숙한 곳을 목표로 삼았다. 새벽 세 시 반경에서야 독일군은 국경선을 폭격하면서 지상군의 진로를 터 주기 시작했다. 그리고 졸고 있던 이 소녀, 너무나 질서 정연한 이상한 성좌에 매혹되었던 우리 어머니는 실제로 평화와 전쟁 사이의 휘황찬란한 괄호 속으로 들어가게 되었다.

집을 떠난다는 것은 이미 거의 불가능해졌다. 땅이 흔들리고, 기와들은 한 줄 한 줄 지붕에서 흘러내리더니 둔탁한 쩽그랑 소리를 내며 현관 앞 층계 위에서 박살났다. 폭발음이 꼭 방음용 담요처럼 그들의 동작과 말을 뒤덮어 버렸다.

샤를로트는 결국 아이들을 집 밖으로 내보내고 자신도 팔을 무겁게 짓누르는 커다란 가방 하나를 들고 나오는 데 성공했다.

집 앞 건물들은 창문이 하나도 없었다. 이제 막 불기 시작한 바람을 맞아 커튼이 펄럭이고 있었다. 밝은색 천은 그 움직임 속에 평화로운 아침의 가벼움을 고스란히 간직하고 있었다.

역으로 이어지는 길에는 유리 조각과 부러진 나뭇가지들이 여기저기 깔려 있었다. 두 동강 난 나무가 이따금 길을 가로막기도 했다. 어느 한 순간, 그들은 어마어마하게 큰 폭탄 구멍 가장자리로 돌아서 가야만 했다. 바로 여기서부터 피난민들의 숫자가 늘어났다. 엄청나게 큰 구덩이를 벗어나자 사람들은 가방을 든 채 서로 밀치기 시작하다가 문득 서로를 알아보았다. 그들은 서로 말을 나누려고 했지만, 집들 사이에서 방향을 잃어버린 충격파가 별안간 치솟아 오르더니 귀청이 떨어질 정도의 메아리가 되어 그들의 입을 틀어막고 말았다. 그들은 무기력하게 팔을 흔들며 계속 달려갔다.

길 끝에서 기차역을 보는 순간 샤를로트는 어제의 삶이 돌아올 길 없는 과거 속으로 추락한다는 것을 몸으로 느낄 수 있었다. 역사는 파사드만 남은 채 텅 빈 창문 너머로 보이는 건 오직 희미한 아침 하늘뿐이었다….

수많은 사람들의 입을 통해 되풀이된 소식이 결국에는 포탄 소리의 정체를 밝혀냈다. 동부로 가는 마지막 열차는 엉뚱하게도 평상시의 시간표를 정확히 준수해 방금 출발했다. 사람들은 흔적만 남은 역 건물 앞에 꼼짝하지 않고 서 있더니 비행기 굉음에 압도되어 인근 거리나 광장 나무 밑으로 흩어졌다.

샤를로트는 당혹스러운 눈길로 주변을 둘러보았다. 플래카드 한 장이 그녀의 발밑에 길게 늘어져 있었다. '철로를 건너지 말

것! 위험!' 하지만 폭격을 맞아 뽑혀져 나간 철로는 육교의 콘크리트 지주에 기대어진 가파른 곡선의 레일에 불과했다. 레일 끝은 하늘을 가리키고 있었고, 침목은 꼭 곧장 하늘로 이어지는 환상적인 계단처럼 보였다.

"저기로, 저기로 가요. 화물열차가 출발하려 하고 있어요."

아들이 침착하면서도 좀 난처한 듯한 목소리로 이렇게 중얼거렸다.

멀리 보이는 엄청나게 큰 갈색 화물열차 주변에서 사람들이 분주히 움직이고 있었다. 샤를로트는 가방 손잡이를 움켜쥐었고, 아이들도 각자 배낭을 움켜잡았다.

그들이 맨 뒤에 달린 차량 앞에 도착했을 때 열차가 움직였고, 두려움 반 기쁨 반의 한숨 소리가 이 출발을 환호했다. 겁에 질린 사람들이 빽빽하게 들어차 있는 모습이 미닫이 칸막이들 사이로 나타났다. 샤를로트는 자기 동작이 절망스러울 만큼 느리다는 걸 느끼며 천천히 멀어져 가는 그 틈 속으로 아이들을 밀어 넣었다. 아들이 기어 올라가더니 가방을 재빠르게 끌어당겼다. 딸은 제 오빠가 내미는 손을 붙잡기 위해 더 빨리 뛰어야만 했다. 샤를로트는 아이의 허리를 붙잡고 들어 올려 사람들로 가득 찬 열차 가장자리로 밀어 넣는 데 성공했다. 이제는 그녀 자신이 문에 달린 커다란 철제 걸쇠에 매달리려고 애쓰며 뛰어야만 했다. 순식간에 벌어진 일이었으나, 피난민들의 무감각한 얼굴과 딸아이가 흘리는 눈물, 초현실적인 분위기를 풍길 만큼 또렷하게 여기저기 갈라진 열차 칸막이벽이 얼핏 그녀의 눈에 들어왔다….

그녀는 비틀거리다가 주저앉았다. 그 뒷일은 너무나 순식간에 벌어졌으므로 그녀는 자기가 제방 위에 깔린 흰색 자갈을 만졌다는 느낌조차 가질 수가 없었다. 그때 손 두 개가 그녀의 양 옆구리를 힘껏 껴안았고, 하늘이 느닷없이 지그재그를 그리더니 그녀는 자기가 열차 안으로 튀어 들어가고 있음을 느꼈다. 철도원의 제모가, 열린 칸막이 사이로 비쳐 드는 역광을 받아 순간적으로 윤곽을 드러낸 한 남자의 실루엣이 반짝거리는 섬광 속에서 힐끗 드러났다….

열차는 정오쯤에 민스크를 통과했다. 짙은 연무 속에서 태양은 꼭 다른 행성의 그것처럼 붉은빛을 띠었다. 그리고 기괴하고 음산한 나비(꼭 커다란 잿빛 솜뭉치처럼 생긴)들이 공중을 날아다녔다. 어떻게 한 도시가 전쟁이 일어나고 몇 시간 만에 거무스름한 잔해들의 연속으로 변해 버릴 수 있는지 이해할 수 있는 사람은 아무도 없었다….

기차는 더 이상 눈을 아프게 하지 않는 태양 아래서 숯처럼 새까맣게 타 버린 그 황혼 속을 더듬거리듯 느릿느릿 전진했다. 그들은 기차의 망설이는 듯 느린 속도와 윙윙거리는 비행기들로 가득 메워진 하늘에 어느새 익숙해졌다. 그리고 화차 위에서 들려오는 날카로운 획획 소리도, 그리고 이어서 빗발치듯 지붕을 두드리는 총알 소리도 이제는 낯설게 느껴지지 않았다.

까맣게 타 버린 도시를 떠나면서 그들은 폭탄을 맞아 구멍이 뻥 뚫린 기차의 잔해를 보게 되었다. 열차가 여러 대 제방 위에 뒤집혀져 있었고, 서로 무시무시하게 충돌하는 바람에 가로눕거나 움푹 팬 채 레일을 가로막고 있는 열차들도 있었다. 간호사

몇 사람이 바닥에 누워 있는 사람들이 너무나 많은 걸 보고 무기력한 절망에 빠져 열차를 따라 걷고 있었다. 검은 기차 내부에는 인간의 형태들이 보였고, 깨진 창문에 매달린 팔이 이따금씩 눈에 띄었다. 땅바닥에는 여기저기 짐들이 흩어져 있었다. 특히 놀라운 것은 침목과 풀밭 위에 흐트러져 있는 수많은 인형들이었다… 철로 위에 멈춰 선 열차들 중 하나에 붙여 놓은 에나멜 판 위에서 기차의 행선지를 읽을 수 있었다. 샤를로트는 그것이 자기들이 그날 아침 놓친 열차라는 사실을 확인하고는 당황해서 어찌할 줄 몰랐다. 그렇다, 그것은 전쟁이 일어나기 전의 시간 표에 맞추어 동부로 떠난 마지막 열차였던 것이다.

어둠이 내리자 기차의 속도는 점점 더 빨라졌다. 샤를로트는 딸이 자기 어깨에 몸을 기대면서 와들와들 떠는 걸 느꼈다. 그녀는 깔고 앉아 있던 커다란 가방을 열려고 일어났다. 두터운 옷과 비스킷이 든 자루 두 개를 꺼내서 밤을 보낼 준비를 해야 했다. 가방 뚜껑을 살그머니 열고 손을 안으로 집어 넣었던 샤를로트는 옆 사람들을 깨울까 봐 짧은 신음마저 억누른 채 그 자리에 얼어붙었다.

가방 안에는 온통 낡은 신문지들뿐이었던 것이다! 아침에 너무나 허둥대는 바람에 '시베리아 가방'을 들고 온 것이었다….

그때까지도 자기 눈을 믿을 수가 없었던 그녀는 누렇게 바랜 신문지 한 장을 꺼내서 어슴푸레한 황혼 빛에 비춰 보았다. "상원과 하원 의원들은 루베르 씨와 브리쏭 씨가 요구한 소집에 당파를 초월, 열성적으로 응했다… 이 국가중요기관의 대표자들은 뮈라관에 집결했다…."

꼭 몽유병 환자처럼 가방을 다시 닫고 앉은 샤를로트는 이 명백한 사실을 부인하려는 듯 고개를 가볍게 흔들며 주변을 둘러보았다.

"제 배낭 안에 낡은 재킷이 들어 있어요. 그리고 떠나면서 부엌에서 빵도 챙겨 넣었어요…"

그녀는 그게 아들 목소리라는 걸 알아차렸다. 아들은 어머니가 얼마나 당혹스러워하고 있는지 알아차렸음에 틀림없었다.

샤를로트는 깜빡 잠이 들었다가 옛날의 소리와 색깔들이 뒤섞인 꿈을 꾸었다… 누군가가 출구 쪽으로 살짝 나가다가 그녀를 깨웠다. 기차가 벌판 한가운데 멈추어 서 있었다. 그곳의 밤하늘은 그들이 도망쳐 나온 도시에서 만큼 어두컴컴하지는 않았다. 희뿌연 장방형 문 너머로 펼쳐진 벌판은 북극권 밤의 회백색 색조를 간직하고 있었다. 눈이 어둠에 익숙해지자 철로 옆 작은 숲의 그늘 속에서 졸고 있는 듯한 이즈바의 윤곽이 드러났다. 그리고 그 앞쪽 제방을 따라 이어진 풀밭에 말이 한 마리 서 있었다. 뿌리째 뽑혀져 나간 풀줄기가 가볍게 바삭대는 소리, 말이 축축한 땅 위를 걸어가는 희미한 발굽 소리까지 다 들릴 정도로 조용했다. 다음과 같은 생각이 머릿속에 또렷하게 떠올라 메아리치는 걸 들으면서 샤를로트는 스스로도 놀랄 만큼 마음이 쓸쓸한 동시에 차분했다.

'불과 몇 시간 전만 해도 불에 새까맣게 타서 지옥으로 변해 버린 도시늘을 보았는데 지금은 서늘한 밤중에 말이 이슬 맺힌 풀을 뜯고 있는 모습을 보게 되다니. 이 나라는 너무나 커서 그 자들이 정복할 수 없을 거야. 끝없이 펼쳐진 이 평원의 침묵이

그자들의 폭탄에 저항할 거야…'

이 땅이 이처럼 가깝게 느껴진 적은 한 번도 없었다.

전쟁이 일어나고 나서 처음 몇 달 동안, 그녀는 하루 열네 시간씩 일하며 끊임없이 이어져 나타나는 팔다리 잃은 사람들을 보살피느라 잠을 이루지 못했다. 부상자들은 열차에 실린 채 전선에서 백여 킬로미터 떨어진 이 도시로 몰려왔다. 샤를로트는 역으로 가서 갈기갈기 찢긴 인간의 살덩어리가 가득 실려 있는 열차들을 마중하러 의사를 따라 역에 나가곤 했다. 그럴 때마다 이따금씩 그녀는 새로 동원된 군인들이 반대쪽 전선으로 이어지는 또 다른 철로 위 기차에 가득 타고 있는 광경을 보곤 했다.

팔다리가 잘려 나간 육체들의 원무는 그녀의 잠 속에서도 중단되지 않았다. 그것들은 그녀의 꿈을 관통하고, 그녀의 밤의 경계선에 모여서 그녀를 기다렸다. 아래턱이 뽑혀져 나가고 혀가 더러운 붕대 위에 매달려 있는 그 젊은 보병, 눈도 없고 얼굴도 없는 또 다른 보병… 그러나 특히 팔다리를 잃은 병사들의 숫자가 점점 더 늘어났다… 사지가 없는 소름끼치는 몸통들, 고통과 절망으로 인해 멀어 버린 눈들.

그렇다, 그녀의 꿈을 보호하는 엷은 베일을 찢어 버린 것은 특히 그 눈들이었다. 그것들은 어둠 속에서 반짝거리는 성운이 되어 그녀가 어디를 가나 쫓아다녔고, 그녀에게 소리 없이 말을 했다.

어느 날 밤(탱크들이 줄을 지어 끝도 없이 도시를 지나가고 있었다), 그녀의 잠은 그 어느 때보다 더 불안정했다. 탱크의 무한궤도가 금속성 웃음을 터뜨리는 가운데 짧은 망각과 깨어남의 순간이 이어졌다. 이 꿈들 중 하나의 희미한 배경 위에서 샤를로트는 문득 그 모든 눈들의 성운을 식별하기 시작했다. 그렇다, 그녀는 어느 날 다른 도시에서 이미 그것들을 본 적이 있었다. 다른 삶 속에서 말이다. 그녀는 더 이상 아무 소리도 들리지 않자 놀라서 잠을 깼다. 탱크들은 도시를 떠났다. 어렴풋한 침묵이 자리를 잡았다. 그리고 그 짙은 무언의 어둠 속에서 샤를로트는 제1차 세계대전에서 부상당한 사람들의 눈들을 다시 보았다. 뇌이의 병원에서 보낸 시간이 문득 가까이 다가왔다.

'꼭 어제 일 같아.'

샤를로트는 이렇게 생각했다.

그녀는 일어나서 창문을 닫으러 갔다. 그녀가 중간에서 걸음을 멈추었다. 하얀 눈보라(전쟁이 터지고 난 뒤 처음 맞는 겨울의 첫눈이었다)가 돌풍처럼 휘몰아치더니 아직 어두운 대지를 완전히 뒤덮어 버렸던 것이다. 파도처럼 밀려오는 눈발에 뒤덮인 하늘이 그녀의 시선을 흐르는 심연 속으로 빨아들였다. 그녀는 인간의 삶에 대해서 생각했다. 인간의 죽음에 대해서 생각했다. 팔다리 없는 존재들이 그 거친 하늘 아래 어딘가에서 꾸려가고 있을 삶에 대해서, 어둠 속에서 뜨고 있는 그들의 눈에 대해서 생각했다.

그러자 그녀에게는 인생이란 전쟁의 단조로운 연속이 아닐까 하는 생각이, 항상 열려 있는 상처에 끊임없이 붕대를 대는 일이 아닐까 하는 생각이 들었다. 또한 축축하게 젖어 있는 포도 위에서 쇳조각이 깨지는 소리가 아닐까… 그녀는 눈송이 하나가 팔

위에 내려앉는 것을 느꼈다. 그렇다, 끝없이 이어지는 이 전쟁들, 이 상처들, 그리고 그것들 속에서 은밀한 기다림 끝에 첫눈이 내리는 이 순간.

부상자들의 시선은 전쟁 중에 딱 두 번 그녀의 꿈속에서 지워졌다. 처음은 딸이 티푸스에 걸려서 무슨 일이 있어도 빵과 우유를 구해야만 했을 때였다(그들은 몇 달 전부터 감자껍질만 먹고 살아 왔다). 두 번째는 전선에서 전사통지서를 받았을 때였다… 아침에 병원에 도착한 그녀는 피로가 자신을 녹초로 만들어 주기를 바라면서 집으로 돌아간다는 게, 아이들 얼굴을 본다는 게, 아이들에게 사실대로 이야기해야 된다는 게 두려워서 밤새 그곳에 머물러 있었다. 자정쯤 그녀는 결국 머리를 벽에 기댄 채 난로 옆에 앉아서 눈을 감았다가 벌떡 일어나 거리로 나갔다… 그녀는 아침의 인도에 울려 퍼지는 소리에 귀를 기울이며 태양이 비스듬히 희미하게 비추는 공기를 들이마셨다. 아직 잠에서 안 깨어난 이 도시를 걸으며 한 발자국씩 뗄 때마다 그녀는 그 단순한 지형을 감각했다. 역전 카페, 교회, 장이 서는 광장… 그녀는 거리 이름을 읽으며, 창문의 광택과 교회 뒤편 광장의 나뭇잎을 바라보며 기묘한 즐거움을 느꼈다. 옆에서 걷던 사람이 거리 이름들 중 하나를 번역해 달라고 부탁했다. 그러자 그녀는 아침 일찍 도시를 걷는 이 산보가 왜 그처럼 즐거운지를 깨달았다….

샤를로트는 그곳에서 마지막으로 한 말을 입술의 움직임 속에 간직한 채 잠에서 깨어났다. 그리고 그 꿈이 도저히 실현될 수 없으리라는 사실을 깨달았을 때(어느 맑은 가을 아침, 그 프랑스 도시에 있는 그녀 자신과 피오도르), 그 산보가 단지 하나의 공상에 불과하다는 사실을 알아차렸을 때 그녀는 호주머니에서 작고 네모난 종이 한 장을 꺼내서 희미한 글자로 인쇄된 죽음과 보라색 잉크를 찍어서 손으로 쓴 남편 이름을 백 번째로 읽었다. 복도 끝에서 누군가가 그녀 이름을 부르고 있었다. 부상자들을 태운 호송 열차가 곧 도착할 예정이었다.

'사모바르들!' 밤에 모여 얘기를 나눌 때 우리 아버지와 친구들은 팔다리 없는 군인들을, 세상의 모든 절망이 두 눈 속에 집중된 그 살아있는 몸통들을 이렇게 불렀다. 그렇다, 그들은 사모바르(러시아식 물 끓이는 기구)들이었다. 이 구리 그릇의 다리와 흡사하게 잘려 나가고 남은 넓적다리 일부, 그리고 손잡이처럼 어깨의 일부가 떨어져 나가고 남은 나머지 부분.

우리 손님들은 허세와 조소, 쓰라림이 뒤섞인 야릇한 어조로 그들에 관해 이야기했다. 이 '사모바르'라는 단어의 아이러니컬하고 잔인한 뉘앙스는 전쟁이 어떤 사람들에게는 잊히고, 또 우리들처럼 그들이 승리를 거두고 나서 십여 년 뒤에 태어난 젊은 이들에게는 관심을 끌지 못하는 먼 옛날의 일이라는 것을 의미했다. 그들이 러시아 속담대로 신도 악마도 믿지 않고 좀 거칠고 불량스럽게 과거를 언급하는 것은 비장한 모습을 보이기가 싫어서라고 나는 생각했다. 이 시니컬한 어조가 그 진정한 비밀을 내게 드러낸 것은 훨씬 나중의 일이었다. 사모바르는 절단된 살덩어리와 몸에서 분리된 뇌, 꼭 끈끈이에 걸린 새처럼 삶의 물렁물렁한 반죽에 달라붙은 무력한 시선 속에 갇힌 영혼이었던 것이다. 이 상처 입은 영혼, 사람들은 그걸 사모바르라고 불렀다.

그들에게 있어, 샤를로트의 삶을 이야기한다는 것은 그들 자신의 상처와 고통을 드러내지 않으려는 하나의 방법이었다. 그녀의 병원이 모든 진신에서 오는 수백 명의 군인들을 뒤섞어 놓음으로써 헤아릴 수 없이 많은 운명들을 압축시키고 수많은 개인사를 모아 놓았기 때문에 더더욱 그러했다.

예를 들자면 나는 다리에… 나무가 박힌 그 군인 이야기를 들을 때마다 깊은 인상을 받았다. 파편 하나가 그의 무릎 밑에 박히면서 그가 장화 속에 넣고 다니던 나무 수저가 깨져 버린 것이었다. 부상은 심각하지 않았으나 나뭇조각들을 전부 다 끄집어내야만 했다. 샤를로트 말에 따르면 '가시들'을 제거해야만 했던 것이다.

또 다른 부상자는 깁스를 한 다리가 '창자를 쥐어뜯는 것처럼' 간질간질하다고 며칠 동안이나 고통을 호소했다. 그는 온몸을 비틀어 꼬면서 손톱이 상처 속으로 뚫고 들어갈 수 있기라도 할 것처럼 깁스를 긁어댔다. 그는 애원했다.

"깁스를 풀어 주세요! 꼭 나를 갉아먹는 것 같단 말이에요! 풀어 주지 않으면 내가 망치로 깨 버릴 거라고요!"

병원장은 하루 열두 시간 동안 메스를 손에서 놓지 못했다. 그가 불평을 하는 거라 생각하고 그 말을 무시했다. 병원장은 자신에게 말했다.

'사모바르들은 불평을 할 수 없어.'

결국 깁스에 작은 구멍을 내자고 그를 설득한 사람은 샤를로트였다. 집게로 피투성이 살 속에서 하얀 구더기들을 끄집어내고 상처를 씻어 준 것도 역시 그녀였다.

이 이야기를 듣자 내 안의 모든 것이 반항했다. 내 몸은 그 부패의 영상 앞에서 몸서리를 쳤다. 나는 죽음이 구체적으로 내 살 갗에 와 닿는 것을 느꼈다. 그리고 나는 그들이 생각할 때는 다 비슷비슷한 이 일화들을 들으며 재미있어 하는 어른들을 눈을 크게 뜨고 관찰했다. 상처에 박힌 나뭇조각들, 구더기들….

그리고 또, 아물지 않으려는 그 상처가 있었다. 그럼에도 불구하고 잘 아물었다. 차분하고 진지한 그 병사는 수술을 받자마자 복도를 어슬렁거리는 다른 병사들과는 달리 계속 누워 있기만 했다. 의사는 그의 다리를 들여다보더니 머리를 저었다. 붕대를 감아 놓은 상처에서는 다시 피가 흘러나오고 있었고, 푸르딩딩한 상처 가장자리는 꼭 찢어진 레이스처럼 보였다.

"이상하군!"

의사는 이렇게 말하면서 놀란 표정을 지었으나 여기서 오랫동안 지체할 수가 없었다.

"붕대를 다시 감아 줘요!"

그는 간호사에게 이렇게 말하고는 빈틈없이 놓인 침대들 사이를 누비듯 들어갔다… 샤를로트가 본의 아니게 이 부상자의 비밀을 알게 된 것은 다음 날 밤이었다. 모든 간호사들은 걸어가면 뒤꿈치에서 북을 다급히 두드리는 것 같은 소리가 복도를 가득 메우는 구두를 신고 있었다. 오직 샤를로트만 펠트를 씌운 털신을 신고 있어서 걸어 다녀도 아무 소리가 나지 않았다. 그 부상병은 그녀가 들어오는 소리를 듣지 못했다. 그녀는 어두컴컴한 방 안으로 들어가다가 문 옆에서 걸음을 멈추었다. 침대에 앉아 있는 병사의 옆모습이 눈 때문에 환해진 유리창 위로 또렷하게 드러났다. 샤를로트는 잠시 뒤에서야 뭐가 뭔지 눈치를 챌 수가 있었다. 그 병사는 스펀지로 자신의 상처를 문지르고 있었던 것이다. 그의 베개 위에는 방금 풀었을 붕대가 둘둘 말린 채 놓여 있었다… 다음 날 아침 그녀는 병원장에게 이 일을 보고했다. 밤새 한숨도 못 잔 병원장은 꼭 안개 저 너머에 서 있는 사람처럼 그녀를 바라볼 뿐 처음에는 무슨 말인지 알아듣지 못했다. 그러더니 무기력 상태에서 벗어나려고 애쓰면서 쉰 목소리로 소리쳤다.

"그 자를 어떻게 하면 좋겠소? 지금 당장 전화를 해서 데려가라고 해야겠군. 자해행위를 했으니까 말이오…."

"군법회의에 회부될 거예요…."

"그게 어쨌단 말이오? 당연히 그렇게 해야지, 안 그래요? 다른 병사들은 참호 속에서 죽어가고 있는데… 그 자는… 탈영병이나 마찬가지이니!"

잠시 침묵이 흘렀다. 의사가 자리에 앉더니 요오드팅크가 여기저기 묻은 손바닥으로 얼굴을 문지르기 시작했다.

"깁스를 해 주면 어떨까요?"

샤를로트가 물었다.

화가 나서 찡그려진 의사의 얼굴이 손바닥 뒤에서 나타났다. 그는 입을 떼려다가 다시 생각을 바꾸었다. 붉게 충혈된 그의 눈에 활기가 돌더니 미소가 떠올랐다.

"또 그 깁스 얘기요? 한 사람은 근질근질하다고 해서 깁스를 풀어 주고, 또 한 사람은 제 몸의 상처를 긁어대니까 이번에는 깁스를 해 줘야 된다는 거로군. 당신은 끊임없이 날 놀라게 하는군요, 샤를로타 노르베르토브나!"

회진 시간이 되자 의사는 그 병사의 상처를 살펴보더니 너무나 자연스러운 어조로 간호사에게 말했다.

"깁스를 해 줘야 되겠군. 한 층만 하면 되겠어. 샤를로트가 기브스를 해 주고 나가도록 하시오."

처음 전사통지서를 받고 나서 일 년 반 뒤에 전사통지서가 또 날아들자 희망이 생겼다. 피오도르가 두 번 죽을 리는 없으니 어쩌면 아직 살아있을지도 모른다고 그녀는 생각했다. 이 두 번의 죽음은 곧 삶의 가능성을 의미했다. 샤를로트는 아무에게도 그 이야기를 하지 않고 다시 그를 기다리기 시작했다.

그는 대부분의 군인들처럼 여름이 시작될 무렵 서부전선에서 돌아온 것이 아니라 일본이 패망하고 난 9월에 극동 지역에서 돌아왔다….

사란짜는 전선에 인접한 도시에서 평화로운 곳으로 변했다. 샤를로트는 거기서 혼자 살았다. 아들(우리 세르게이 삼촌)은 군사학교에 들어갔고, 딸(우리 어머니)은 공부를 계속하려는 학생들이 다 그렇듯 인근 도시로 떠났던 것이다.

9월의 어느 푸근한 저녁, 그녀는 집을 나와 인적 없는 거리를 걷고 있었다. 날이 어두워지기 전에 초원 지대 언저리에서 장아

찌에 넣을 야생 회향풀 줄기를 좀 따기 위해서였다. 그녀가 그를 본 건 돌아오는 길에서였다… 그녀는 노란 산형화가 얹어져 있는 긴 풀 다발을 들고 있었다. 그녀의 옷과 몸은 침묵에 잠긴 들판의 투명함과 저녁노을의 흐르는 듯한 빛으로 가득 찼다. 그녀의 손가락에는 회향풀과 마른풀의 진한 향기가 아직 흘렀다. 그녀는 벌써부터 알고 있었다. 이 삶이 고통스럽기는 하지만 그래도 살 만하다는 것을, 그리고 이 삶의 여정을 천천히 통과해야만 한다는 것을. 이 일몰로부터 풀줄기의 진한 향기로, 평원의 끝없는 정적으로부터 하늘에서 길을 잃어버린 한 마리 새의 지저귐으로, 그렇다, 그 하늘로부터 그녀가 자기 자신의 가슴속에서 하나의 주의 깊고 살아있는 존재로 느끼는 그 하늘의 깊은 반사광으로. 그리고 사란짜로 이어지는 이 작은 길 위에서 먼지의 포근함까지도 식별해 내야 한다는 것을….

그녀는 눈을 들어 그를 보았다. 그가 그녀를 향해 걸어왔다. 그는 아직 멀리, 길 저 끝에 있었다. 만일 샤를로트가 그를 문지방에서 맞았다면, 만일 그녀가 오래전부터 상상해온 것처럼, 전쟁에서 돌아오는 모든 군인들이 실제로 혹은 영화에서 그러는 것처럼 그가 문을 열고 들어왔다면 그녀는 틀림없이 소리를 지르며 달려가서 그의 멜빵에 매달려 울었으리라….

하지만 그는 아주 먼 곳에서 나타나 자기 모습을 조금씩 조금씩 드러냄으로써 자기 아내가 이미 그 어렴풋한 미소를 알아차린 한 남자의 실루엣이 다가오는 그 길에 익숙해질 수 있는 시간을 주었다. 그들은 뛰지도 않았고, 무슨 말을 나누지도 않았고, 서로 껴안지도 않았다. 그들은 꼭 영원히 계속될 것 같은 긴 시간을 서로를 향해 걸어온 것 같았다. 거리는 텅 비어 있었고, 황금색 나뭇잎에 반사된 저녁 빛은 환상적일 만큼 투명했다. 그에게 거의 다 다가가서 걸음을 멈춘 그녀는 들고 있던 풀 다발을 천천히 흔들었다. 그는 "그래, 그래, 알아."라고 말하는 듯 고개를 끄덕였다. 그는 광채를 잃은 청동제 버클이 달린 혁대만 차고 있을 뿐 멜빵은 매고 있지 않았다. 군화는 온통 적갈색 먼지로 뒤덮여 있었다.

샤를로트는 나무로 지은 낡은 집 일 층에 살고 있었다. 백 년이라는 세월이 지나다 보니 지면이 눈에 띄지 않을 만큼 조금씩 조금씩 높아지는 바람에 그녀의 방 창문은 인도보다 약간 높은 정도였다… 그들은 아무 말 없이 집으로 들어갔다. 피오도르는 배낭을 의자 위에 올려놓고 말을 하려고 했지만 손가락을 입술로 가져가며 잔기침만 할 뿐 아무 말도 못했다. 샤를로트는 식사 준비를 시작했다.

그녀는 자신이 그의 질문에 건성으로 대답하고(그들은 빵과 식량 배급표, 사란짜 생활에 대해서 이야기했다), 그에게 차를 권하고, 그가 "집 안에 있는 칼을 전부 다 갈아야 되겠다"고 말하자 미소를 짓고 있음을 문득 깨달았다. 하지만 이렇게 어찌할 바를 모르며 남편과 첫 대화를 나누면서도 그녀의 마음은 다른 곳에 가 있었다. 완전히 다른 발음의 말이 나오는 깊은 부재 속에 말이다.

'짧은 머리에 꼭 분필 가루를 뿌려 놓은 것 같은 저 남자가 내 남편이지. 난 저 사람을 4년이나 못 봤어. 두 번이나 묻었지. 처음에는 모스크바의 싸움터에, 그리고 나서는 우크라이나에 말이야. 그 사람이 지금 돌아와서 저기 있는 거야. 난 지금 기쁨의 눈물을 흘려야 하는데… 저 사람 머리가 완전히 백발이야…'

그녀는 그 역시 식량 배급표 얘기를 하고 있지만 마음은 다른데 가 있다는 사실을 알아차렸다. 그는 승리의 불꽃이 이미 오래전에 꺼진 뒤에 돌아왔다. 생활은 다시 정상 궤도를 되찾았다. 그는 너무 늦게 돌아온 것이다. 점심 식사에 초대를 받았는데 저녁 식사 시간에 나타나서 미적거리는 손님들에게 작별 인사를 하는 중인 안주인을 놀라게 하는 정신 나간 사람처럼 말이다.

'저 사람도 내가 많이 늙었다고 생각할 거야.'

불현듯 그런 생각이 들었다. 하지만 이런 생각을 했는데도 마음속에서는 아무런 감동도 느껴지지 않고 그저 무덤덤할 뿐이어서 그녀는 당혹스러웠다.

그녀가 눈물을 흘린 것은 그의 몸을 보았을 때 딱 한 번뿐이었다. 식사를 마치고 나자 그녀는 물을 데우고, 아이들 욕조로 쓰는 양철 대야를 방 한가운데 가져다 놓았다. 피오도르가 이 회색 그릇 속에 쪼그리고 앉자 바닥이 발 무게 때문에 떨리는 소리를 내면서 가라앉았다. 그리고 서툰 손짓으로 자기 어깨와 등을 문지르는 남편의 몸에 뜨거운 물을 끼얹으면서 샤를로트는 울기 시작했다. 표정에 여전히 변화가 없는 그녀의 얼굴에 눈물이 스며들더니 대야 속으로 떨어져서 비눗물과 뒤섞였다.

그 몸은 그녀가 알지 못하는 남자의 그것이었다. 때로는 게걸스러운 거대한 입술처럼 가장자리가 두툼하고 깊으며, 또 때로는 달팽이가 지나간 자국처럼 매끈하고 반들반들 표면에 나 있는 흉터와 칼자국투성이의 몸. 견갑골들 중 하나에는 구멍이 패 있었다. 샤를로트는 어떤 잔인한 작은 파편이 그걸 만들어 놓았는지 알고 있었다. 장밋빛 봉합선이 한쪽 어깨를 둘러싸다가 가슴속으로 사라졌다….

그녀는 눈물을 흘리면서 꼭 처음 보는 것처럼 그렇게 방을 둘러보았다. 지면과 거의 같은 높이에 있는 창문, 그녀 인생에 있어 또 다른 시절의 유물인 그 회향풀 다발, 현관 근처의 의자 위에 놓인 군용 배낭, 적갈색 먼지에 뒤덮인 커다란 군화. 그리고 갓도 없이 흐릿한 전구 아래, 땅속에 반쯤 파묻힌 그 방 한가운데 꼭 기계의 톱니바퀴에 찢겨 나간 듯 알아보기 힘든 그 육체. 뜻밖의 단어들이 무의식중에 그녀의 가슴속에 만들어졌다.

'나, 샤를로트 르모니에는 바로 여기, 초원 지대의 풀밭 아래 묻힌 이 이즈바에 저 남자와, 온몸이 상처로 찢긴 저 병사와, 내 아이들의 아버지이며 내가 그토록 사랑했던 남자와 함께 있어… 나, 샤를로트 르모니에는….'

피오도르의 한쪽 눈썹에는 조금씩 가늘어지면서 이마를 가로지르는 폭이 넓고 하얀 흉터가 나 있었다. 그것 때문에 그의 눈길에는 늘 뭔가에 놀란 듯한 표정이 담겨 있었다. 아무리 해도 이 전쟁 이후의 생활에 익숙해질 수가 없다는 듯 말이다.

그는 일 년도 채 살지 못했다… 겨울에 그들은 우리가 어렸을 때 여름만 되면 샤를로트를 만나러 가곤 했던 그 아파트로 이사를 했다. 식기라든가 스푼, 나이프, 포크 등등을 새로 살 시간조차 없었다. 피오도르가 전선에서 가져온 단도로, 총검으로 만든 그 단도로 빵을 잘랐던 것이다.

어른들 얘기에 귀를 기울이면서 나는 우리 할아버지와 할머니의 믿을 수 없을 만큼 짧은 재회를 이런 식으로 상상했다. 병사 한 사람이 이즈바 현관 앞 층계를 올라간다. 그의 눈길은 그의 아내의 눈 속으로 빠져든다. 부상을 입은 그는 "자, 내가 이렇게 돌아왔소…."라는 말을 남기고 쓰러져 숨을 거둔다.

9

그
해
나
는

프랑스에 깊이 매료되어 푹 빠져 지냈다. 여름이 끝나갈 무렵 나는 수많은 발견물(프루스트의 포도송이에서 오를레앙 공작의 비극적인 죽음을 증명하는 가문家紋에 이르기까지)이 든 가방을 들고 꼭 젊은 탐험가처럼 사란짜에서 돌아왔다. 가을에 그리고 특히 겨울에 나는 박식광博識狂으로, 여름방학 때 겨우 그 비밀의 문에 접근했을 뿐인 나라에 대한 정보라면 뭐든지 닥치는 대로 수집하는 기록 보관자로 변했다.

나는 우리 학교 도서관에 소장된 프랑스에 관한 흥미로운 글이나 책을 전부 다 읽었다. 나는 시립도서관의 더 거대한 서가에 꽂혀 있는 책들에 파묻혀 살았다. 나는 한 세기에서 다른 세기로, 한 루이 왕에서 그 다음 루이 왕으로, 한 소설가에서 그의 동료들과 문하생들 혹은 아류들로 진행되는 체계적인 연구를 덧붙임으로써 샤를로트가 마치 점묘회를 그리는 인상과 화가처럼 개요만 들려준 이야기의 틈을 메우려고 애썼다.

책이 꽉꽉 들어찬 먼지투성이 미로에서 보낸 그 기나긴 날들은 틀림없이 모든 사람들이 그 나이에 갖기 마련인 수도사 성향과 일치했다. 사람들은 도피를 추구하다가 어른들 세계의 톱니바퀴 속으로 끼어 들어가든지, 아니면 혼자 남아서 앞으로 겪게 될 사랑에 빠지는 모험 이야기를 꾸며 낸다. 이 기다림, 이 은둔자의 삶은 금방 고통스러워진다. 그렇기 때문에 청춘기의 젊은 이들은 모여서 우글거리며 단체 생활을 하는 것이다. 그것은 성인 사회의 모든 시나리오를 미리 공연해 보려는 흥분된 시도이다. 열서너 살쯤 되는 이 어제의 어린아이들이 잔인하고도 냉혹하게 강요하는 역할극에 저항할 줄 아는 은둔자나 명상가는 거의 없다.

내가 사춘기의 주의 깊은 고독을 유지할 수 있었던 것은 바로 이렇게 프랑스라는 나라를 탐색한 덕분이었다.

내 급우들로 축소된 이 사회는 어떤 때는 나를 꼭 아랫사람을 대하듯 거만하고 무관심한 태도를 취했고(나는 '머리에 피도 안 마른 아이'였고, 담배도 피우지 않았고, 여자와 남자 생식기가 완전히 별개의 인물로 등장하는 음탕한 이야기를 할 줄도 몰랐다), 또 어떤 때는 내가 아연실색할 정도로 집단 폭력을 행사하면서 공격적으로 나왔다. 나는 내가 다른 친구들과 거의 다르지 않다고 느꼈고, 그들이 내게 노골적인 적대감을 표시할 이유도 없다고 생각했다. 사실 나는 그들이 쉬는 시간만 되면 끼리끼리 모여서 이 영화가 정말 좋더라, 아니 저 영화가 좋더라 열을 올려도 시큰둥했고, 그들이 열광적인 응원을 보내는 축구 클럽의 이름조차 잘 알아듣지 못했다. 그들은 나의 그런 태도를 하나의 도전으로 간주했던 것이다. 그들은 나를 놀리고 내게 주먹을 휘두르며 공격했다. 그해 겨울에 나는 한 가지 진리를 발견하고 당혹스러워했다. 먼 과거를 가슴속에 품고 다니는 것, 자기 영혼이 이 전설의 아틀란티스 속에서 살도록 내버려 두는 것은 결백한 행위가 아니었던 것이다. 그렇다, 그것은 분명히 현재 속에서 살고 있는 사람들의 눈으로 보면 하나의 도전이고 도발이었다. 그들이 긁려대는 걸 더 이상 참을 수가 없었던 나는 어느 날 지난번 경기의 스코어에 관심을 갖는 척 그들의 대화에 끼어들면서 그 전날 알게 된 축구 선수들의 이름을 인용했다. 하지만 그들은 그게 속임수라는 걸 눈치챘다. 토론이 중단되었다. 이 작은 사회는 해산되었다. 몇 명만이 거의 동정에 가까운 시선을 내게 던졌을 뿐이었다. 그들은 나를 더욱더 경멸하게 된 것이었다.

참담한 결과를 낳은 이 같은 시도 이후로 나는 탐구와 독서에 한층 더 깊이 몰두했다. 시간의 흐름 속에 순간적으로 나타났다가 사라지는 아틀란티스의 모습만으로는 더 이상 만족스럽지가 않았다. 그 이후로는 아틀란티스 역사의 내밀한 부분까지 알고 싶은 생각이 간절해졌다. 나는 낡은 도서관의 지하실을 떠돌면서 왜 앙리 1세와 러시아의 안나 공주가 어울리지 않는 혼인을 했는지 그 이유를 밝혀내려고 애썼다. 나는 그녀의 아버지인 유명한 현자 야로슬라프가 과연 지참금으로 무얼 보낼 수 있었는지 알고 싶었다. 그리고 프랑스인 사위가 호전적인 노르망디인들의 공격을 받았을 때 어떻게 말 떼를 키에프에서 그에게 보낼 수 있었는지 알고 싶었다. 그리고 안나 야로슬라프는 어두컴컴한 중

세 성 안에서 러시아식 목욕탕이 없는 걸 너무너무 아쉬워하며

매일매일 어떻게 시간을 보냈을까, 그것도 알고 싶었다… 아름다운 이자보의 창문 아래서 숨을 거둔 오를레앙 공을 묘사하는 비극 이야기로는 더 이상 만족할 수가 없었다. 아니다, 이제 나는 그를 살해한 자, 그 장 상 푀르의 추적에 나서서 그의 가계를 거슬러 올라가고, 그가 전쟁에서 세운 무훈을 증명하고, 의상과 무기들을 재현하고, 봉토가 어디 위치해 있었는지를 알아내야 한다… 나는 그루시 원수가 이끄는 사단이 워털루에 몇 시간 늦게 도착함으로써 나폴레옹이 치명타를 입었다는 사실도 알게 되었다….

물론 이데올로기의 저장소인 도서관에는 책이 골고루 갖추어져 있지 않았다. 루이 14세에 관한 책은 딱 한 권뿐이었던 반면, 그 옆 서가에는 파리코뮌을 다룬 책은 20여 권, 프랑스 공산당의 탄생에 관한 책은 열두어 권이나 꽂혀 있었던 것이다. 하지만 지식에 굶주려 있던 나는 이 역사의 조작을 좌절시키는 방법을 알고 있었다. 나는 문학으로 선회했다. 프랑스의 위대한 고전들이 거기 있었고, 레티프 드 라 브르통이나 사드 혹은 지드처럼 금지된 몇몇 유명 작가들의 작품을 제외하면 그것들은 대체로 검열을 받지 않았다.

나는 나이도 어렸고 아직 경험도 부족한 탓에 물신숭배자가 되었다. 역사의 특징들을 파악하고 이해하는 것보다는 그것들을 차곡차곡 모으는 걸 좋아하는 수집가에 가까웠던 것이다. 나는 특히 가이드들이 어떤 기념물 앞에서 관광객들에게 이야기해 주는 것 같은 일화들을 찾았다. 나의 수집품으로는 테오필 고티에가 「에르나니」 초연 때 입고 갔던 붉은 조끼, 발자크의 지팡이,

조르주 상드의 물담뱃대, 그리고 그녀가 뮈세를 치료한 것으로 여겨지는 의사의 품에 안겨서 그를 배신하는 장면이 있었다. 나는 그녀가 연인에게 「로렌자씨오」의 주제를 제공하면서 보여 준 우아한 태도에 감탄했다. 내 기억이 뒤죽박죽 기록해 놓은 이미지로 가득 찬 장면들은 아무리 자주 머릿속에 떠올려도 싫증이 안 났다. 예를 들면 머리털이 희끗희끗해져 가는 고로古老 빅토르 위고가 어떤 공원의 닫집 아래서 르콩트 드 릴을 만나는 장면이 있다. 이 노인이 우울한 표정을 지으며 물었다.

"내가 지금 무슨 생각을 하고 있는지 아시오?"

그리고 상대가 당황스러워하는 걸 본 그는 과장된 말투로 거창하게 선언했다.

"얼마 안 남은 것 같소만, 만일 내가 천국에 가게 되면 신께 무슨 말을 해야 될지 그걸 생각 중이었소."

그러자 르콩트 드 릴은 비꼬는 듯하면서도 정중하게 그리고 단정적으로 이야기했다.

"아, 이렇게 말씀하시면 되겠군요. '친애하는 동업자여…'."

이상한 일이지만, 내가 일화 수집을 그만두고 전혀 새로운 방향에서 탐색하도록 무의식적으로 도와준 것은 프랑스에 대해서 아는 게 전혀 없는, 프랑스 작가의 작품은 단 한 줄도 읽어 본 적이 없는 존재, 이 나라가 어디 붙어 있는지도 모르는 그 누구, 그렇다. 그게 누군가 하면 레닌은 성행위를 할 줄 모르기 때문에 자식이 없다고 내게 가르쳐 준 바로 그 열등생이었다….

우리 반의 소사회는 내게 그러는 것처럼 그에 대해서도 경멸감을 보였지만, 그 이유는 완전히 달랐다. 그를 보면 성년기의 아주 불쾌한 이미지가 떠올랐기에 그들은 그를 싫어했다. 우리보다 두 살 더 많은, 그러니까 학생들이 누리고 싶어하는 자유를 만끽할 수 있는 나이인 나의 게으름뱅이 친구는 이 같은 상황을 거의 이용하지 않았다. 파슈카(다들 그를 이렇게 불렀다)는 거칠고 남성적인 생김새와는 영 어울리지 않게 죽을 때까지 어린애 같은 일면을 간직하고 사는 러시아 농민들의 그 기묘한 삶을 영위했다. 사냥꾼이건 떠돌이건 간에 그들은 고집스러울 정도로 도시와 사회, 안락을 멀리한 채 대부분 숲에 뿌리를 내리고 거기서 일생을 마친다.

파슈카는 생선 냄새와 눈 냄새를, 그리고 해빙기에는 진흙 냄새를 교실로 묻혀 왔다. 그는 진창이 된 볼가 강가를 며칠씩 걸어 다니곤 했다. 그가 학교에 오는 것은 어머니에게 걱정을 끼치지 않기 위해서였다. 단골 지각생인 그는 장차 어른이 될 아이들이 경멸적인 시선으로 힐끗거리는 것도 모른 채 교실을 가로질러 간 다음 책상 뒤쪽으로 깊숙이 미끄러져 들어가는 것이었다. 학생들은 그가 지나갈 때마다 노골적으로 코를 킁킁거리며 냄새를 맡는 시늉을 했고, 여선생은 하늘로 시선을 던지며 한숨을 내쉬었다. 눈 냄새와 축축한 흙냄새는 교실을 천천히 메워 갔다.

반에서 따돌림을 받는다는 동병상련의 입장이 우리를 결합시켰다. 진정한 의미의 벗이라고는 할 수 없었으나 우리는 서로가 외롭다는 사실을 알아차렸고, 그래서 서로의 존재를 인정하게 되었던 것이다. 그 뒤로 나는 자주 파슈카와 함께 눈 쌓인 볼가 강변으로 고기를 낚으러 가곤 했다. 그는 성능 좋은 나사송곳으로 얼음에 구멍을 뚫고 그 속에 낚싯줄을 던져 놓은 다음 두꺼운 청록색 얼음 단면이 드러난 그 둥근 구멍 위에서 꼼짝하지 않았다. 나는 깊이가 일 미터씩이나 될 때도 있는 그 좁은 터널의 끝에서 조심스럽게 미끼에 접근하는 물고기의 모습을 상상했다… 등에 줄무늬가 있는 농어, 반점이 있는 곤들매기, 진홍색 꼬리를 가진 잉어가 구멍에서 별안간 솟아오르더니 낚싯바늘에서 풀려져 나와 눈 위로 떨어지곤 했다. 물고기들은 몇 번 요동을 치다가 살을 에듯 차가운 바람에 꽁꽁 얼어붙어 꼼짝도 안 했다. 물고기의 등 가시는 흡사 전설에 등장하는 왕관처럼 결정체로 뒤덮여 있었다. 우리는 거의 입을 열지 않았다. 눈 덮인 들판의 깊은 고요, 은빛 하늘, 넓은 강의 깊은 잠이 말을 필요 없게 만들었던 것이다.

때때로 파슈카는 물고기가 더 많은 장소를 찾겠다며 위험을 무릅쓴 채 강물이 샘처럼 솟아오르는 거무스레하고 축축하고 기다란 빙판으로 다가가곤 했다… 얼음 깨지는 소리가 들려와서 돌아다보면 내 친구가 물속에서 허우적거리며 부채꼴 모양으로 퍼진 손가락을 알갱이 상태의 눈 속에 꽉 박고 있었다. 그에게 달려간 나는 얼음 구멍에서 몇 미터쯤 떨어진 곳에서 내 머플러 한쪽 끝을 던졌다. 대부분의 경우 파슈카는 내가 개입하기 전에 거기서 빠져나오는 데 성공했다. 그는 꼭 돌고래처럼 물을 뿌리치고 나와 다시 넘어지기도 하면서 가슴을 빙판에 갖다 대고 납작하게 엎드린 채 놀이 흥건한 자국을 길게 남기며 기어 나오곤 했다. 하지만 나를 즐겁게 해 주려는 듯 내가 던져 준 머플러를 붙잡고 구조되는 시늉을 할 때도 있었다.

이렇게 먹을 감고 나면 우리는 눈 더미 사이사이 잔해만 남아 있는 낡고 작은 배들 중 하나를 향해 걸어갔다. 그리고 거무스름하게 변한 배 안에 모닥불을 크게 피웠다. 파슈카는 큼지막한 펠트 장화와 솜바지를 벗어서 불 옆에 놓아두었다. 그다음 벌거벗은 두 발을 두꺼운 판자 위에 올려놓고 물고기를 굽기 시작하는 것이었다.

우리는 이 모닥불 주위에 앉아 별의별 이야기를 다 했다. 그는 재미있는 낚시 이야기(어찌나 큰지 송곳으로 뚫어 놓은 얼음 구멍을 빠져나올 수가 없는 물고기!), 귀가 멍멍할 정도의 굉음을 내며 작은 배들과 뿌리가 뽑혀져 나간 나무들, 그리고 심지어는 지붕 위에 고양이가 기어 올라가 있는 이즈바들까지 한꺼번에 휩쓸고 간 유빙 이야기를 내게 해 주었다… 그러면 나는 기마 시합 이야기를 해 주었다(옛 기사들이 마상 시합을 벌인 뒤에 투구를 벗으면 얼굴이 온통 녹투성이였다는 사실을 나는 그 얼마 전에 알았다. 쇠 자국에 땀이 흘러서 그렇게 된 것이었다. 나도 그 이유는 몰랐지만, 나는 기마 시합 자체보다는 이런 세세한 부분에 더 열광했다…). 그렇다, 나는 다갈색 그물 같은 것을 머리에 쓰고 있어서 한층 더 남성적으로 보이는 그 얼굴 모습과, 뿔나팔을 세 번 불어서 원군을 요청하는 젊은 기사 이야기를 그에게 들려주었다. 나는 파슈카가 사시사철 볼가 강가를 누비면서 드넓은 바다를 은밀히 꿈꾸고 있다는 사실을 알고 있었다. 나는 한 선원과 거대한 문어가 무시무시한 싸움을 벌이는 이야기를 내 프랑스 수집품에서 찾아내어 그에게 해 줄 수 있다는 사실이 흐뭇하게 느껴졌다. 그리고 나의 박식이 주로 이런저런 일화들로 이루어져 있었기 때문에 나는 그중에서도 그의 열광적인 낚시 취미라든가 우리의 잔해만 남은 낡은 배 속으로의 기항과 깊은 관계가 있는 한 가지 이야기를 그에게 해 주었다. 옛날 위험한 바다 위에서 영국의 한 전함이 프랑스 선박과 마주쳤고, 한 치의 양보도 없는 전투를 벌이기 전에 영국 함장이 양손을 메가폰처럼 입에 대고 만나기만 하면 싸우는 이 적군에게 소리쳤다.

"자, 프랑스인들이여, 그대들은 돈을 위해 싸우지. 하지만 우리들, 여왕 폐하의 신민들은 명예를 위해서 싸운다네!"

그러자 짠 내 나는 바람이 한바탕 불어옴과 동시에 프랑스 선박 쪽에서 선장이 이렇게 유쾌하게 외치는 소리가 들려왔다.

"모든 사람은 자기가 갖고 있지 않은 걸 위해서 싸우는 법이라네, 선장 나으리!"

어느 날 그는 정말로 물에 빠져 죽을 뻔했다. 해빙기 때였는데 그가 걷고 있는 바닥의 얼음이 꺼져 버린 것이다. 처음에는 머리만, 이어서 한쪽 팔이 물 밖으로 나오더니 있지도 않은 지푸라기를 찾았다. 필사적인 노력 끝에 그는 가슴을 얼음판 위로 내미는 데 성공했으나, 이번에는 여기저기 구멍이 뽕뽕 뚫린 얼음이 그의 몸무게를 이기지 못하고 꺼져 버렸다. 물이 가득 들어찬 장화를 신은 그의 두 다리가 이미 물살에 휩쓸려 가고 있었다. 미처 머플러를 벗을 시간도 없이 나는 빙판 위에 납작하게 엎드린 채 기어가서 그에게 손을 내밀었다. 바로 그 순간 나는 공포가 얼핏 그의 눈을 스쳐 지나가는 걸 보았다… 나는 그가 그런 일에 너무나 익숙해 있었고 또한 자연력과 너무나 밀접한 관련을 맺고 있어서 그것이 파 놓은 함정에 빠질 리가 없기 때문에 내

도움 없이도 그 같은 어려움에서 헤어날 수 있으리라 생각했다. 하지만 이번에는 그가 예의 그 미소조차 짓지 않고 내 손을 받아들였다.

그로부터 몇 분 뒤 모닥불이 타올랐고, 파슈카는 옷을 말리는 동안 내가 빌려준 긴 스웨터를 걸치고 불꽃이 널름거리는 마루판 위에서 맨발로 춤을 추었다. 그는 살갗이 벗겨져서 빨개진 손가락으로 진흙을 이겨서 둥글게 뭉치더니 그 속에 물고기를 집어넣고 이글이글 타오르는 불길 속에 넣었다… 우리들 주변에는 인적 끊긴 하얀 겨울 볼가 강과 왠지 추워 보이는 강변의 가느다란 버드나무들, 그리고 우리가 판자를 뜯어서 모닥불을 피우는 바람에 절반가량 분해된 그 작은 배뿐이었다. 꼭 춤을 추듯 너울거리는 불길 때문에 황혼 빛은 더욱더 붉어 보였고, 순간적인 안락감도 한층 더 진하게 느껴지는 것 같았다.

그날, 왜 나는 다른 이야기도 아닌 그 이야기를 했을까? 그럴 만한 이유가, 그 이야기를 하라고 내게 암시한 대화의 실마리가 틀림없이 있었으리라… 그것은 샤를로트가 아주 오래전에 이야기해 주었으나 이제는 제목조차 떠오르지 않는 빅토르 위고의 시 한 편을 아주 짧게 요약한 것이었다… 반란군들이 포석으로 일순간에 성벽을 쌓아 올리는 놀라운 능력을 과시했던 파리 시내, 무너진 바리케이드 옆 어느 곳에선가 군인들이 그들을 총살한다. 매일같이 이루어지는 야만적이고 가혹한 처형. 벽에 등을 기대고 선 사람들은 자기 가슴을 겨누고 있는 총구를 잠시 응시하다가 눈을 들어 흘러가는 구름을 바라본다… 그리고 그들은 쓰러진다. 그러고 나면 그들의 동지들이 다시 군인들을 마주보고 선다… 사형선고를 받은 사람들 중에는 어린 가브로슈(빅토르 위고의 작품 『레미제라블』에 등장하는 파리의 방랑아)처럼 나이로 볼 때 관용을 베풀어도 될 사람도 있다. 하지만, 아니다! 장교는 아이에게 줄을 서서 죽음을 기다리라고 명령하고, 아이는 어른들과 똑같이 죽어야만 하는 운명이다.

"우린 너도 총살시킬 거야!"

그 우두머리 인간 백정이 윽박지른다. 하지만 아이는 벽으로 가기 직전 장교에게 뛰어가더니 애원한다.

"이 시계를 우리 엄마한테 갖다 주도록 허락해 주세요! 여기서 가까운 우물 근처에 사시거든요. 꼭 다시 돌아올게요!"

이 어린애다운 꾀는 야수나 다름없는 이 군인들의 마음까지도 감동시킨다. 그들은 아이가 너무나 유치한 꾀를 쓴다고 생각해서 폭소를 터뜨린다. 장교가 껄껄대며 말한다.

"자, 뛰어라. 도망가란 말야, 이 녀석아!"

그리고 그들은 총에 탄환을 재며 계속 웃는다. 그러다가 그들의 말소리가 문득 끊긴다. 아이가 다시 나타나더니 어른들 옆으로 가서 서며 외친 것이다.

"나 여기 왔어요!"

파슈카는 내 이야기에 별다른 관심을 기울이는 것 같지 않아 보였다. 고개를 숙인 채 꼼짝하지 않고 모닥불만 바라볼 뿐이었다. 얼굴은 큼지막한 샤프카에 가려 보이지 않았다. 하지만 내 이야기가 마지막 장면(다시 놀아온 아이가 창백하고 엄숙한 얼굴로 군인들 앞에 우뚝 서는)에 다다르자, 그렇다, 아이가 마지막으로 "나 여기 왔어요!"라고 외치자 파슈카는 몸을 부르르 떨더니 일어나는 것이었다… 그리고 믿기 힘든 일이 일어났다. 그가 뱃전을 훌쩍 뛰어넘더니 맨발로 눈 속을 걷기 시작한 것이었다. 습한 바람이 하얀 들판 위로 빠르게 흩어지면서 내는 일종의 둔한 신음 소리 같은 것이 들려왔다.

그는 몇 발자국 가다가 걸음을 멈추었는데, 무릎까지 눈 더미 속에 파묻혀 있었다. 나는 너무나 놀라서 바람이 불 때마다 꼭 짧은 모직 원피스처럼 부풀어 오르는 스웨터를 걸친 그 키 큰 소년을 배에서 꼼짝하지 않고 바라보고만 있었다. 그의 샤프카에 달린 귀마개가 차가운 바람에 천천히 흔들리고 있었다. 나는 눈 속에 파묻혀 있는 그의 벌거벗은 다리에 매혹되었다. 더 이상 아무것도 이해할 수가 없었던 나는 배에서 뛰어내려 그에게 다가갔다. 빠드득거리는 듯한 발소리가 들리자 그가 별안간 고개를 돌렸다. 그가 얼굴을 찡그리며 경련을 일으켰다. 우리가 피운 모닥불의 불꽃이 우리 눈 속에 반사되어 심하게 흔들거렸다. 그가 서둘러 옷소매로 그 반사된 불꽃을 지워 버렸다.

"아이고, 저 연기 좀 봐!"

그가 투덜거리듯 이렇게 말하더니 나는 쳐다보지도 않은 채 다시 배 안으로 들어가 버렸다. 배 안에서 그는 꽁꽁 언 발을 모닥불 쪽으로 뻗으며 화난 목소리로 내게 물었다.

"그래서 어떻게 됐어? 그자들이 그 소년을 죽인 거야? 그래?"

아무리 기억을 더듬어 봐도 그 점에 관해서는 확실한 게 떠오르지가 않아서 졸지에 허를 찔린 격이 된 나는 어찌할 바를 모르고 우물거렸다.

"음… 정확히는 모르겠어…"

"뭐, 모르겠다고? 하지만 넌 내게 전부 얘기해 줬잖아?"

"아니야, 시에서는…."

"시 같은 건 내 알 바 아냐! 실제로 그 아이를 죽인 거야, 안 죽인 거야?"

불길 저편에서 나를 응시하고 있는 그의 눈이 좀 흥분한 듯 섬광을 발했다. 그의 목소리는 한편으로는 거칠면서도 또 한편으로는 애원조였다. 나는 꼭 빅토르 위고에게 용서를 빌기라도 하듯 한숨을 내쉬면서 단호하고 결연한 어조로 말했다.

"아니, 아이는 총살당하지 않았어. 그곳에 있던 한 늙은 중사가 고향 마을에 두고 온 자기 아들이 생각난 거야. 그래서 그 사람이 소리쳤지. '저 아이한테 손대는 자는 내가 가만 안 두겠어!' 그래서 장교는 아이를 풀어 줘야만 했던 거야…."

파슈카가 고개를 숙이더니 나뭇가지로 모닥불을 뒤적거려 생선이 들어 있는 둥근 진흙덩어리를 끄집어냈다. 아무 말 없이 그 구운 흙을 깨뜨리자 껍질이 떨어져 나가면서 비늘 같은 것이 우수수 떨어졌다. 우리는 몹시 뜨겁고 부드러운 생선살에 굵은 소금을 쳐서 먹었다.

우리는 해질 무렵 시내로 돌아갈 때까지 침묵을 지켰다. 나는 방금 행해진 마법의 영향에서 아직도 벗어나지 못하고 있었다. 시어의 절대적인 힘을 내게 보여 준 기적. 나는 그것이 언어적인 기교도, 단어들의 교묘한 조합도 아니라는 사실을 알아차렸다. 아니다! 왜냐하면 위고의 단어들은 처음에는 샤를로트의 옛 이야기 속에서, 그러고 나서는 내가 그걸 요약하는 도중에 변형되었기 때문이다. 그러니까 두 번 왜곡된 것이다… 그렇긴 하지만 실제로는 너무나 단순하고 그 탄생지에서 수천 킬로미터 떨어진 곳에서 이야기된 이 서사의 메아리는 세련되지 못한 한 소년으로 하여금 눈물을 흘리게 만들고, 벌거벗은 그를 눈 속으로 데려가기에 이른 것이었다! 나는 샤를로트의 조국이 발산하는 그 밝은 불꽃 하나가 반짝이도록 만들었다는 사실이 내심 너무나 자랑스럽게 느껴졌다.

그리고 책을 읽으며 찾아내야 하는 건 일화들이 아니라는 사실을 그날 밤 나는 깨달았다. 책장 위에 멋지게 배열된 단어들 역시 내가 찾아야 할 대상은 아니었다. 그것은 훨씬 더 심오하고, 동시에 훨씬 더 자연스러운 그 무엇, 그러니까 일단 시인에 의해 계시되면 영원불멸한 것이 되는 가시적 세계 내의 심원한 조화였다. 그 뒤로 내가 이 책 저 책 읽으며 찾아다녔던 것은 바로 이것, 뭐라 이름 붙일 수 없는 바로 이것이었다. 나중에 나는 이것의 이름이 바로 '문체'라는 걸 알게 되었다. 그런데 나는 언어 마법사가 부리는 이 공허한 마법을 결코 문체라는 이름으로 받아들일 수는 없게 될 것이다. 왜냐하면 나는 볼가 강가의 눈 더미 속에 우뚝 서 있던 파슈카의 푸른색 다리가 내 눈앞에 불쑥 나타나는 것을, 불꽃이 그의 눈에 반사되어 너울거리는 것을 보게될 터이니 말이다… 그렇다, 그는 자기 자신이 한 시간 전에 간신히 익사를 모면했다는 사실보다는 그 어린 반란군의 운명에 더 큰 감동을 받았던 것이다!

자기 집이 있는 교외의 사거리에서 나와 헤어지면서 파슈카는 내 몫의 물고기를, 불에 구워져 딱딱해진 진흙을 내밀었다. 그러고 나더니 내 눈길을 피하면서 무뚝뚝한 목소리로 이렇게 묻는 것이었다.

"근데 그 총살당한 사람들이 나오는 그 시 말야, 그거 어디 가면 볼 수 있냐?"

"내일 내가 학교로 갖다 줄게. 우리 집에 베껴 써 놓은 게 있을 거야…."

나는 솟아오르는 기쁨을 겨우겨우 억누르며 단숨에 이렇게 말했다. 그날은 내 사춘기 시절의 가장 행복했던 날이었다.

"근데

이젠

할머니에게

더 이상

배울 게 없잖아!"

사란짜에 도착한 날 아침, 이런 생각이 난데없이 머릿속에 떠올랐다. 기차가 사란짜 역에 섰고 나는 그 작은 역 객차에서 뛰어내렸다. 나 말고는 내리는 사람이 아무도 없었다. 플랫폼 반대편에서 할머니가 기다리고 있었다. 그녀는 나를 보자 손을 가볍게 흔들며 내 쪽으로 걸어왔다. 그때 그녀를 향해 걷는 동안 나는 이런 직감이 들었다. 할머니는 알고 있는 이야기를 모두 다 내게 털어놓았고, 또 나는 나 나름대로 책을 읽어서 할머니보다 더 많은 지식을 축적했으니 할머니는 프랑스에 관해서 내게 가르쳐 줄 게 이제 더 이상 없을 거야… 할머니를 껴안는 순간, 별안간 그런 생각을 한 나 자신이 부끄럽게 느껴졌다. 어떻게 보면 나는 일순간이나마 그녀를 배신했던 것이다.

사실 나는 벌써 몇 달 전부터 내가 너무 많은 걸 알게 된 건 아닌가 하는 기묘한 불안감을 느끼고 있었다… 나는 꼭 구두쇠처럼 아끼고 아껴서 큰돈이 모였으니 이제는 전혀 다르게 살아갈 수 있는 방법이 생길 것이라고, 멋진 미래가 보장될 것이라고, 현실에 대한 자신의 관점이, 심지어는 걷고 숨 쉬고 여자들에게 말하는 방법까지 바뀔 것이라고 생각하는 그런 사람 같았다. 돈은 계속해서 불어나지만, 근본적인 변신은 쉽게 이뤄지지 않는 법이다.

내가 프랑스에 대해 갖고 있는 지식도 마찬가지였다. 내가 그걸 가지고 무슨 이익을 보려 했던 건 아니었다. 게으름뱅이 친구가 내 이야기에 흥미를 보였다는 사실로도 벌써 나는 충분히 만족스러웠다. 내가 원했던 건 오히려 자동 연주기 안에 든 용수철의 그것과 흡사한 어떤 신비로운 찰카닥 소리, 그 소리가 나면 미뉴에트 곡이 시작되면서 작은 마네킹들이 단상에서 춤을 추는 찰카닥 소리였다. 나는 잡다하게 모여 있는 이 연대들과 이름들, 사건들, 인물들이 한데 녹아서 한 번도 본 적이 없는 하나의 생명체를 만들어 내기를, 수정처럼 굳어서 본질적으로 새로운 세계를 탄생시키기를 열망했다. 나는 내 가슴속에 이식되어 연구되고 탐색되고 습득된 프랑스라는 나라가 나를 전혀 다른 사람으로 만들어 주기를 바랐다.

하지만 그해 여름이 시작될 무렵 유일하게 일어난 변화란 누나가 공부하러 모스크바로 떠났기 때문에 내 곁에 없었다는 것뿐이었다. 나는 누나가 떠났기 때문에 발코니에서 단란한 저녁 시간을 보내기가 불가능해질지도 모른다는 사실을 스스로 인정하기가 두려웠다.

첫 번째 날 밤, 나는 나의 두려움을 새삼 확인이라도 하려는 듯 할머니가 젊었을 때의 프랑스는 어떠했는지 묻기 시작했다.

할머니는 내가 진지한 관심을 보인다고 생각했는지 기꺼이 내 질문에 대답을 해 주었다. 샤를로트는 말을 하면서도 계속해서 깔쭉깔쭉한 블라우스 깃을 기웠다. 바늘을 다루는 그녀의 모습에서는 자기 이야기에 관심을 보인다고 생각되는 손님과 대화를 나누면서 동시에 일도 하는 여성들에게서 볼 수 있는 그 예술적인 우아함의 일단이 엿보였다.

나는 작은 발코니의 난간에 팔꿈치를 괸 채 그녀가 해 주는 이야기를 들었다. 내가 기계적으로 질문을 던질 때마다 어린 시절 수없이 응시하곤 했던 과거의 장면들, 눈에 익은 영상들, 유명한 존재들이 메아리가 되어 다시 나타났다. 센 강변의 개 이발사, 샹젤리제 거리를 지나가던 황제의 행렬, 아름다운 오테로, 정부를 꼭 껴안은 채 죽음을 맞은 대통령… 그때 나는 좋아하는 동화를 되풀이해서 듣고 싶은 우리들의 바람을 거절하지 못한 샤를로트가 이런 이야기들을 매년 여름 우리에게 되풀이해서 들려주었다는 사실을 깨달았다. 그렇다, 정확히 말해서 그것은 결국 어렸을 때 우리가 결코 싫증을 내지 않고 깊이 매혹되었던 동화였던 것이다.

그해 여름 나는 열네 살이었다. 동화에 귀를 기울이는 시절이 다시는 되풀이되지 않으리라는 사실을 나는 잘 알고 있었다. 너무나 많은 걸 알게 되었기 때문에 이제는 동화들이 떠들썩하고 활기차게 춤추는 광경을 보아도 흥분되지가 않는 것이었다. 이상한 일이지만, 그날 밤 나는 내가 성숙했음을 분명히 보여 주는 이 징후를 즐거운 마음으로 받아들이기는커녕 오히려 내가 예전에 갖고 있던 순진한 믿음을 잃어버렸다는 사실을 무척이나 애석해했다. 왜 그런가 하면, 새로운 지식을 축적하면 할수록 내가 가슴속에 간직하고 있던 프랑스의 영상들이 기대와는 달리 점점 더 흐릿해져 가는 듯했던 것이다. 내가 어린 시절의 아틀란티스로 돌아가려고만 하면 박식한 척하는 어떤 목소리가 즉시 가로막고 나섰다. 책장들, 굵은 글씨로 된 날짜들이 눈앞에 나타났다. 그러면 그 목소리는 이러쿵저러쿵 주석을 달고, 비교하고, 인용하기 시작하는 것이었다. 내 눈이 별안간 이상하게 멀어 버린 것 같았….

어느 한순간, 우리들의 대화가 중단되었다. 내가 건성으로 귀를 기울이고 있었기 때문에 샤를로트가 마지막으로 한 말을 알아듣지 못했던 것이다. 나는 나를 올려다보고 있는 그녀의 얼굴을 당혹스런 심정으로 유심히 살폈다. 그녀가 방금 이야기한 문장의 선율이 양쪽 귀에 들려왔다. 내가 그 문장의 의미를 재구성할 수 있도록 도와준 것은 바로 그녀의 어조였다. 그렇다, 그것은 이야기꾼이 "아니야, 여러분은 틀림없이 이 이야기를 들은 적이 있을 거야. 그런 오래된 이야기를 해서 여러분을 지루하게 만들면 안 되지…"라고 말할 때 사용하는 어조로서, 그는 이야기를 듣는 사람들이 자기 이야기를 한 번도 들어 본 적이 없거나 들었어도 잊어버렸다고 확인해 줌으로써 자신에게 용기를 불어넣어 주기를 원한다… 나는 의심적은 표정을 지으며 고개를 가볍게 흔들었다.

"아녜요, 아녜요, 못 들어 본 것 같아요. 분명히 저한테 해 주신 거 맞아요?"

할머니 얼굴이 미소와 함께 환하게 빛났다. 그녀는 다시 이야기를 이어 나갔다. 이번에는 나도 주의 깊게 귀를 기울였다. 그러자 중세 파리의 좁은 거리와 차가운 가을밤, 그리고 루이 도를레앙과 장 상 푀르, 이자보 드 바비에르… 이 세 사람의 이름과 운명을 영원히 결합시켰던 돌담 위의 그 짙은 색 가문이 눈앞에 불쑥 솟아올랐다.

내가 왜 그때 할머니 말을 가로막았는지 모르겠다. 내가 박식하다는 걸 보여 주고 싶어서 그랬을 것이다. 하지만 내가 별안간 분별을 잃게 된 건 특히 문득 떠오른 그 생각, 끝없이 펼쳐진 초원 지대 위에 매달려 있는 발코니에서 한 노부인이 어떤 이야기를 외워 두었다가 또다시 되풀이하고 있다는, 그녀의 기억 속에서만 존재하는 한 나라에 관한 전설적인 이야기를 꼭 레코드판 돌아가듯 기계적으로 정확하게 되풀이하고 있다는 생각 때문이었다… 우리가 밤의 침묵 속에서 마주보고 앉아 있다는 사실이 문득 이상하게 느껴졌고, 샤를로트의 목소리가 꼭 자동인형의 그것처럼 들렸다. 나는 그녀가 이제 막 언급한 인물의 이름을 재빨리 포착하고 말하기 시작했다. 장 상 푀르, 그리고 그와 영국인들 간의 수치스러운 결탁. '혁명가'가 된 푸줏간 주인들이 법을 만들어서 부르고뉴의 적들을, 혹은 적으로 추정되는 사람들을 학살했던 파리. 그리고 미치광이 왕. 그리고 파리 시내의 광장에 설치된 교수대. 그리고 내전으로 쑥밭이 된 파리의 변두리 지역을 어슬렁거리는 늑대들. 또 장 상 푀르와 결탁, 황태자가 왕의 아들이 아니라고 주장하며 그를 부정한 이자보 드 바비에르의 놀라운 배신. 그렇다, 우리 어린 시절의 아름다운 이자보는….

별안간 나는 헐떡거리기 시작했다. 그렇게 이야기하다가 숨이 막힌 것이었다. 할 말이 너무 많았다.

잠시 침묵이 흐르고 나자 할머니는 가볍게 고개를 흔들며 진지하게 말했다.

"네가 그 이야기를 그렇게 잘 알고 있다니, 기쁘구나!"

그렇지만 그녀의 확신에 찬 목소리 속에서는 이런 은밀한 생각이 메아리치고 있는 듯했다.

'그 이야기, 알고 있으면 좋지. 하지만 이자보와 아르발레트리에르 거리, 그리고 그 가을밤에 대해 얘기할 때마다 내 머릿속에는 전혀 다른 어떤 것이 떠오른단다…'

샤를로트는 고개를 숙여 정확하고 규칙적인 손길로 블라우스 깃을 바느질하고 있었다. 나는 아파트를 가로질러 길거리로 내려갔다. 기관차가 울려대는 기적 소리가 멀리서 들려왔다. 뜨거운 저녁 공기로 부드러워진 그 소리는 꼭 한숨 소리처럼, 신음 소리처럼 들렸다.

샤를로트가 사는 아파트 건물과 초원 지대 사이에는 뚫고 들어갈 수가 없을 만큼 나무들이 빽빽이 들어찬 일종의 작은 숲이 자리 잡고 있었다. 야생뽕나무와 가지가 갈퀴처럼 생긴 개암나무가 덤불을 이루었고, 함몰된 긴 구덩이는 온통 쐐기풀로 뒤덮여 있었다. 그런데 설사 우리가 놀이를 하다가 이 천연 장애물을 뚫고 들어가는 데 성공하더라도 칭칭 감긴 철조망이 줄지어 나타나는데다가 엇걸려 있는 녹슨 대전차 방벽 등 이번에는 인공 장애물들이 다시 앞길을 가로막고 나섰다. 이 장소는 전시에 이곳에 설치되었던 방어선의 명칭을 따서 '스탈린카'라고 불렸다.

사람들은 독일군이 여기까지 올지도 모른다고 걱정했다. 하지만 볼가 강과 스탈린그라드가 그들을 저지했다… 전선은 해체되었고, 남은 전쟁 물자는 그 이름을 물려받은 이 숲 속에 버려졌다. 사란짜 주민들은 '스탈린카'라고 말했고, 이렇게 해서 그들의 도시는 역사의 무훈시 속으로 들어가는 것처럼 보였다.

소문으로는 이 숲속에 지뢰가 매설되어 있다고 한다. 그렇기 때문에 우리들 중에서 가장 용감한 아이조차 녹슨 보물이 숨겨져 있는 이 '무인도' 안으로 들어가는 걸 포기했던 것이다.

그 좁은 철길은 바로 이 스탈린카 숲 뒤쪽으로 이어졌다. 여기저기 더러운 기름이 묻은 속옷 차림의 기관사(착시 현상이었을까, 꼭 거인이 창밖으로 몸을 내밀고 있는 것 같았다)가 모는 그 을음투성이의 작은 기관차가 장난감 모양의 이 철로 위를 지나다녔다. 지평선으로 이어지는 철로를 지나갈 때마다 기관차는 부드럽기도 하고 구슬프기도 한 소리를 질러대곤 했다. 메아리가 되어 울리는 이 신호는 요란한 뻐꾸기시계 소리를 연상시켰다. "뻐꾸기 열차 온다!" 이 기관차가 노란 양국 꽃과 민들레가 우거진 좁은 철로 위에 나타나면 우리는 눈을 찡긋거리며 이렇게 외쳤다….

그날 밤 나를 이끈 것은 바로 이 소리였다. 스탈린카 숲 가장자리의 덤불을 돌아가자 포근하고 어슴푸레한 노을 속을 미끄러지듯 달려가는 마지막 기관차가 눈에 들어왔다. 그 작은 기차에서조차 철로의 코를 찌르는 듯 특유의, 아무 계획 없이 즐거운 마음으로 문득 긴 여행을 떠나고 싶은 욕망을 불러일으키는 냄새가 풍겨 나왔다. 멀리 푸르스름한 저녁 안개 속을 애조 띤 '꾸꾸~' 소리가 떠돌고 있었다. 나는 멀리 기차가 사라져 가고 있어서 보일 듯 말 듯 떨리는 철로 위에 발을 올려놓았다. 침묵에 잠긴 초원은 꼭 내가 어떤 동작을 취해 주기를, 한 걸음 내딛기를 기다리고 있는 것 같았다.

어떤 목소리 하나가 내 가슴속에서 소리 없이 말했다.

"전에는 참 좋았었는데. 나는 그 뻐꾸기 열차가 알 수 없는 방향으로, 지도상에는 존재하지 않는 나라를 향해, 꼭대기에 눈이 쌓인 산을 향해, 작은 배들의 조명등 불빛과 별빛이 서로 뒤섞여 있는 밤바다를 향해 간다고 믿었지. 지금 나는 그 기관차가 사란짜 벽돌 공장에서 역으로 가서 짐을 내린다는 사실을 알고 있지. 아무리 길어 봤자 2, 3킬로미터밖에 안 되는 거리지. 멋진 여행이야! 그래, 지금은 나도 그걸 알고 있기 때문에 초원에서는 이렇게 진한 향기가 풍기고, 하늘은 드넓고, 왠지는 모르나 내가 다른 곳도 아닌 침목에 금이 간 저 철로 옆에 이렇게 와 있고, '꾸꾸~' 소리가 자줏빛 대기 속에서 메아리쳐 들려오는 이 밤이 다시는 찾아오지 않으리라는 생각은, 저 철로가 한없이 계속되리라는 생각은 결코 하지 않을 거야. 옛날에는 이 모든 게 너무나 자연스러워 보였는데…"

그날 밤 잠 들기 전, 나는 내가 러시아 황제를 위해 베풀어진 연회의 메뉴들 중에서도 잘 이해가 가지 않았던 메뉴, '구운 송로버섯을 넣은 붉은자고새와 멧새'의 뜻을 드디어 알게 되었다는 사실을 기억해 냈다. 그렇다, 이제 나는 그것이 미식가들이 무척 좋아하는 야생 조류 요리라는 사실을 알게 되었다. 그것은 세련되고 맛있고 희귀하기는 하지만 그 이상은 아닌 요리였다. 나는 옛날처럼 '붉은자고새와 멧새'라고 다시 한 번 되뇌었지만 아무런 소용이 없었다. 내 허파를 세르부르의 소금기 섞인 바람으로 가득 메웠던 마법은 더 이상 통하지 않았다. 그래서 나는 어찌할 수 없는 절망감을 느끼면서 어둠 속에서 눈을 크게 뜨고 혼잣말로 중얼거렸다.

"그러니까 난 이미 내 삶의 한 부분을 산 거야!"

그리고 나서부터 우리는 아무 뜻 없는 대화를 계속했다. 우리는 매끄러운 단어들과 우리가 소리로 표현하는 일상의 메아리들, 이유는 모르지만 왠지 그걸로 침묵을 메꿔야만 할 것처럼 느끼는 그 언어의 유동체로 이루어진 칸막이벽이 우리 두 사람 사이에 세워지는 걸 볼 수 있었다. 나는 말을 한다는 게 실제로는 본질적인 것을 말하지 않을 수 있는 가장 좋은 방법이라는 사실을 발견하고 어리둥절했다. 반면에 본질적인 것을 표현하기 위해서는 전혀 다른 방법으로 단어들을 똑똑히 발음하고, 단어들을 속삭이고, 단어들을 엮어서 밤의 소리를, 저녁노을을 만들어 내야 할 것이었다. 나는 관습적으로 사용하다 보니 무뎌진 말과는 너무나 다른 그 언어, 그 안에서는 내가 샤를로트의 시선을 마주 보면서 아주 낮은 목소리로 이렇게 말할 수 있을 것 같은 언어가 내 안에서 신비롭게 배태되는 것을 다시 한 번 느꼈다.

"뻐꾸기 열차 기적 소리가 멀리서 들려왔을 때 왜 제 가슴이 그렇게 미어지는 듯했을까요? 백 년 전, 그래요, 제가 살아 본 적이 없는 그 순간, 제가 단 한 번도 가 본 적이 없는 도시 세르부르에서의 어느 가을 아침이, 그곳의 빛과 그곳의 바람이 왜 저의 실제 삶보다 더 생기 넘치게 느껴지는 것일까요? 왜 당신의 발코니는 대초원 위의 보랏빛 저녁 공기 속을 더 이상 떠돌아다니지 않는 것일까요? 당신의 발코니를 감쌌던 꿈의 투명함은 꼭 연금술사의 플라스크처럼 부서져 버렸습니다. 그리고 그 유리 조각들이 삐걱거리는 소리 때문에 우리들은 옛날처럼 얘기할 수가 없답니다… 그리고 제가 지금 속속들이 알고 있는 당신의 추억은 마치 감방처럼 당신을 그 속에 가둬 놓고 있는 게 아닐까요? 그리고 우리의 삶이라는 것은 유동적이고 따뜻한 현재가 꼭 먼지 낀 진열창 속에 바늘로 꽂아 놓은 나비들처럼 고정된 추억의 수집품으로 매일같이 변화하는 것, 바로 그런 게 아닐까요? 그리고 왜 저는 상상의 세계 속에서 그 뇌이 카페의 은잔이 제 입술에 남겨 놓은 신맛을 다시 느낄 수만 있다면 이 모든 수집품을 주저 없이 다 줄 수 있으리라고 생각하는 걸까요? 세르부르의 짠 바람을 단 한 모금이라도 들이마실 수만 있다면 말예요. 제 어린 시절의 뻐꾸기 열차 기적 소리를 단 한 번만이라도 들을 수 있다면 말예요."

그렇지만 우리는 마치 다나이스들의 독(다나이스들은 다나오스의 쉰 명의 딸들. 그중 마흔아홉 명은 아버지의 명령으로 각자의 남편을 죽여 저승에서 밑 빠진 독에 물을 길어 올리는 벌을 받았다)처럼 계속해서 쓸모없는 단어들과 무의미한 대꾸들로써 침묵을 메꾸고 있었다.

"어제보다 더 더워요! 가브릴리치가 또 술에 취했구나… 뻐꾸기 열차가 오늘 밤엔 안 지나가요… 저기 초원에 불이 났어요, 보세요! 아냐, 그건 구름이란다… 차를 다시 끓어야겠다… 오늘 시장에서 우즈베키스탄 수박을 팔더구나…"

말로 표현할 수 없는 것! 그것이 본질적인 것과 은밀히 연결되어 있다는 사실을 나는 그때서야 깨달았다. 본질적인 것은 설명될 수가 없다. 전달될 수도 없다. 그리고 이 세상에서 그 무언의 아름다움으로써 나를 괴롭히는 모든 것들, 말을 필요로 하지 않는 모든 것들이 내게는 본질적으로 보였다. 표현할 수 없는 것은 곧 본질적인 것이다.

이 등식은 내 머릿속에서 일종의 지적 합선을 만들어 냈다. 그리고 그해 여름 내가 다음과 같은 엄청난 진리를 뜻밖에 발견한 것은 바로 그것의 간결함 덕분이었다.

'사람들은 침묵이 두려워서 말을 한다. 그들은 큰 소리로 혹은 은밀하게 기계적으로 말을 한다. 그들은 모든 사물과 모든 존재를 유혹하는 그 끈적끈적한 음성에 도취된다. 그들은 비와 좋은 날씨에 대해 이야기하고, 돈에 대해서, 사랑에 대해서, 별것 아닌 것에 대해서 이야기한다. 그리고 그들은 심지어 그들의 숭고한 사랑에 관해 이야기할 때조차도 수없이 말해진 단어들과 닳아 빠진 문장들을 사용한다. 그들은 말을 하기 위해서 말을 한다. 그들은 침묵을 쫓아내 버리고 싶어한다…'

연금술사의 목 긴 플라스크가 산산이 부서졌다. 우리는 우리가 하는 말이 얼마나 부조리한가를 의식하면서도 일상적인 대화를 계속했다.

"비가 올 모양이에요. 저 큰 구름 좀 보세요. 아냐, 초원에 불이 나서 저러는 거란다… 저거 보세요, 뻐꾸기 열차가 다른 때보다 더 일찍 지나가요… 가브릴리치… 차… 시장에서…"

그렇다, 나는 내 삶의 한 시기를 살았다. 어린 시절을.

따지자면, 그해 여름 우리가 전혀 아무런 근거도 없이 비와 좋은 날씨에 관하여 대화를 나눈 건 아니었다. 비가 자주 내렸고, 나의 슬픔은 그해 여름방학에 대한 나의 기억을 안개처럼 자욱하고 연한 색조로 물들여 놓았다.

때때로 그 느리고 음울했던 나날들의 밑바닥으로부터 우리가 옛날에 발코니에서 가졌던 밤 모임의 그림자가 불쑥 솟아오르곤 했다. 내가 '시베리아 가방' 속에서 우연히 발견했던, 이미 오래전에 그 내용을 다 알게 된 사진 몇 장. 혹은 내가 아직 모르고 있던, 샤를로트가 꼭 닳아빠진 지갑 안감 밑에서 뜻하지 않게 작고 얇은 금화 한 개를 발견한 파산한 공주처럼 은근한 즐거움을 느끼며 내게 들려준 가족사의 덧없는 세부가 이따금씩 나타나기도 했다.

이렇게 해서 큰비가 내리던 어느 날, 가방 속에 차곡차곡 쌓여 있는 낡은 프랑스 신문들을 뒤적이던 나는 세기 초의 삽화 신문에서 오려 낸 것 같은 그 페이지에 우연히 눈이 가닿게 되었다. 그것은 세부를 정확하고 상세히 묘사함으로써 시선을 끄는 매우 꼼꼼한 사실주의풍의 그림을 복제해서 갈색과 회색으로만 채색한 것이었다. 비 내리는 그 긴 밤에 세세한 부분을 검토하다 보니 그림의 주제가 파악되었다. 피로와 나이 때문에 고통스러워하는 게 너무나 역력한 군인들이 대충 열을 지어서 낙엽 진 나무들이 서 있는 한 가난한 마을을 지나가고 있었다. 그렇다, 내 눈에는 노인으로 비칠 만큼 병사들은 더들 나이가 무척 들어 보였고, 긴 백발이 테 넓은 모자 밖으로 삐져나와 있었다. 대부분의 건강한 남자들은 이미 총동원되어 싸움터로 끌려가고 이제 마지막으로 남은 건 그들뿐이었다. 그림 제목은 생각이 나지 않으나, 어쨌든 '마지막'이라는 단어는 들어가 있었던 것 같다. 그들은 적과 맞설 수 있는 마지막 남자들, 무기를 다룰 수 있는 마지막 남자들이었다. 그런데 이 무기라는 것이 또 너무나 원시적인 수준이었다. 고작해야 창 몇 개, 도끼, 낡은 검뿐이었다. 나는 그들의 복장과 커다란 구리 버클이 달린 군화, 그들의 모자, 콘키스타도르(16세기에 멕시코와 페루를 정복한 에스파냐인들의 호칭)들의 그것과 흡사하게 생긴 그들의 색 바랜 투구, 창 손잡이를 꽉 움켜잡고 있는 그들의 마디진 손가락을 호기심 어린 눈길로 유심히 살펴보았다… 영광스러운 시대에는 호화로운 궁궐의 모습으로 내 눈앞에 나타났었던 프랑스가 별안간 낮은 집들이 얇은 울타리 뒤에 웅크리고 있고, 오그라든 나무들이 겨울바람에 떨고 있는 그 북쪽 마을의 모습으로 나타났다. 놀랍게도 나는 그 질척질척한 도로, 일방적인 전투에서 쓰러질 운명에 처해 있는 그 늙은 병사들에 대해서 친밀감을 느꼈다. 아니다, 그들의 태도에서는 전혀 아무런 비장미도 느껴지지 않았다. 그들은 자신들의 용맹이라든가 자기희생을 과시하는 영웅들이 아니었다. 그들은 단순하고 인간적이었다. 콘키스타도르처럼 투구를 쓰고 창에 몸을 기댄 채 열 뒤에서 걷고 있는 키 큰 노인이 특히 그러했다. 놀랍도록 침착하고 비통해 보이면서도 미소를 띠고 있는 그의 얼굴이 내 마음을 사로잡았다.

사춘기 소년 특유의 우울증에 깊이 빠져 있던 나는 별안간 뭐라 설명할 수 없는 기쁨에 사로잡혔다. 임박한 패배와 고통, 죽음에 직면해서도 이 늙은 군인은 침착함을 잃지 않는 것이다. 극기심이나 독실한 신앙의 소유자는 아니지만 그는 그가 '조국'이라고 부르면서 변함없이 사랑하는 이 단조롭고 춥고 음울한 지역을 당당한 걸음으로 가로질러 걷는다. 무슨 일을 당해도 끄떡없을 것 같다. 내 심장이 공포와 죽음, 고독을 이겨 내고 순식간에 그의 심장과 똑같은 속도로 뛰는 것 같다. 그 병사의 도전적 태도에서는 활기찬 조화를 이루는 새로운 화음 같은 것(내게 있어서는 프랑스라는 나라를 의미하는)이 느껴진다. 나는 즉시 거기에 이름을 붙이려고 했다. 애국적 자긍심? 무용武勇? 아니면, 프랑스 병사들이 갖추고 있다고 이탈리아인들도 인정했던 그 유명한 '프랑스인 특유의 용맹심?'

이런 제목들을 머릿속에 떠올리던 나는 그 늙은 군인의 얼굴이 조금씩 굳어져 가고, 그의 눈이 빛을 잃어 간다는 사실을 알았다. 그는 다시 회색과 갈색 색조를 띤 낡은 레플리카의 등장인물이 되어 버린 것이다. 내가 이제 막 엿본 자신의 비밀을 감추려고 눈을 돌려 버린 것 같았다.

과거로부터 떠오른 또 다른 섬광 하나는 바로 그 여인이었다. 우리 가족이 프랑스에서 살았을 때 찍은 사진들을 모아 놓은 앨범 속에서 내가 발견한, 솜저고리를 입고 커다란 샤프카를 쓴 그 여인. 내가 그 사진에 대해서 관심을 갖고 샤를로트에게 이야기한 뒤에 곧바로 그게 사라져 버렸다는 사실을 나는 떠올렸다. 나는 그때 왜 내가 대답을 듣지 못했는지 그 이유를 기억해 내려고 애썼다. 그 장면이 눈앞에 떠올랐다. 내가 그 사진을 할머니에게 보여 주자 별안간 그림자 하나가 빠르게 지나가고, 나는 내 질문을 잊어버린다. 나는 벽 위에 붙어 있는 이상한 나방을, 머리도 둘이고 몸통도 둘이고 날개는 넷이나 되는 박각시나방을 손바닥으로 가린다.

　나는 4년이 지난 지금은 그 박각시나방이 내게 더 이상 아무런 신비감도 불러일으키지 않는다고 생각했다. 그건 교미 중인 한 쌍의 나방에 불과한 것이다. 나는 성교 중인 사람들을 생각하면서 그들의 육체가 어떻게 움직이는지 상상해 보려고 애썼다… 그리고 문득 나는 벌써 몇 달 전부터, 어쩌면 몇 년 전부터 내가 오직 서로 얼싸안고 있는, 서로 뒤엉켜 있는 그 육체들만을 생각하고 있었다는 사실을 깨달았다. 나 자신은 미처 깨닫지 못했지만, 다른 이야기를 하는 순간에도 내 머릿속에는 온통 그 생각뿐이었던 것이다. 내 손바닥은 박각시나방들의 열렬한 애무 때문에 항상 뜨겁게 달구어져 있는 것 같았다.

　솜저고리를 입은 그 여인이 누구인지 샤를로트에게 물어본다는 것은 이제는 도저히 불가능해진 것 같았다. 견고한 장애물 하나가, 마음속으로 수없이 꿈꾸고 욕망하고 소유했던 여인의 육체가 할머니와 나 사이에 불쑥 솟아올랐다.

　그날 저녁, 샤를로트는 내게 차를 따라 주면서 무심한 목소리로 이렇게 말했다.

　"이상하다. 뻐꾸기 열차가 아직도 안 지나가네…."

　나는 문득 공상에서 깨어나 그녀를 올려다보았다. 우리들의 눈이 서로 마주쳤다… 우리는 식사가 끝날 때까지 더 이상 아무 말도 하지 않았다.

그 세 여성이 나의 관점을, 나의 삶을 바꾸어 놓았다….

나는 '시베리아 가방' 속에 넣어 둔 신문 스크랩 뒷면에서 우연히 그들을 발견했다. 이제는 더 이상 배울 게 없다는 것을, 샤를로트의 프랑스에는 이제 더 이상 아무것도 남아 있지 않다는 것을 나 자신에게 증명이라도 하려는 듯 '제1회 모스크바 경유 파리-북경 자동차경주대회'에 관한 기사를 다시 한 번 읽었다. 신문지 한 장이 양탄자 위로 흘러내린 것도 모른 채 나는 열린 발코니 문을 통해 바깥을 내다보고 있었다. 우랄산맥을 통과한 차가운 바람이 초원에 가을의 첫 숨결을 불어넣는 8월 말의 선선하고 햇빛 찬란한 날이었다. 모든 게 다 그 투명한 빛 속에서 반짝이고 있었다. 스탈린카 숲의 나무들이 선명하고 푸르른 하늘을 배경으로 또렷하면서도 금방이라도 흐트러져 버릴 듯 불안정한 형태를 드러냈다. 지평선은 순수하고 예리해 보였다. 나는 방학이 끝나 가고 있다는 생각을 하면서 쓸쓸한 안도감을 느꼈다. 내 삶의 한 시기가, 아는 게 많다고 해서 행복해진다거나 본질적인 것에 접근할 수 있는 건 아니라는 사실을 깨달았던… 그리고 시간이 지나면서 내가 여체를, 여성들의 육체를 생각하게 되었다는 사실도 깨달았던 한 시기가 끝나 가고 있었다. 그 밖의 다른 생각은 모두 다 보충적이고 우연적이고 파생적이었다. 그렇다, 나는 한 남자가 된다는 건 곧 줄곧 여자 생각을 한다는 걸 의미한다는 사실을, 남자라는 존재는 결국 여자를 꿈꾸는 자에 불과하다는 사실을 직시했던 것이다. 그리고 내가 남자가 되어 가고 있다는 사실을 직시했던 것이다….

웬 변덕스런 운명의 장난이었을까, 신문지가 양탄자 위로 미끄러지면서 뒤집어졌다. 나는 신문을 집어 들다가 뒷면에서 20세기 초의 그 세 여성을 보게 되었다. 그동안에는 그 신문 스크랩에 아예 뒷면이 없다고 생각했기 때문에 그들을 보지 못했던 것이다. 나는 이 뜻하지 않은 만남에 흥미를 느꼈다. 나는 사진을 발코니에서 흘러 들어오는 햇빛 가까이 가져갔다…

그리고 나는 즉시 그들을 사랑하게 되었다. 그들의 육체를, 사진사가 검은색 덮개를 뒤집어쓰고 삼각대 뒤에 서 있다는 걸 금방 알 수 있을 만큼 잔뜩 신경을 곤두세우고 있는 그들의 부드러운 눈을 사랑하게 되었다.

그들은 나처럼 외롭고 내성적인 사춘기 소년들의 마음에는 어김없이 와 닿게 되어 있는 바로 그런 여성다움을 갖추고 있었다. 그것은 말하자면 표준이 되는 여성다움이었다. 그 세 사람은 풍만하게 부풀어 오른 가슴과 잘록한 허리를 강조하는 긴 검은색 드레스를 입고 있었는데, 특히 이 드레스는 복부의 곡선을 은근히 드러낸 다음 두 다리를 어루만지다가 다시 양쪽으로 갈라져서 두 발 주위에서 우아한 주름을 만들어 냈다. 약간 둥글둥글한 이 삼각형의 정숙한 관능성이 나를 매료시켰다!

그렇다, 그녀들의 아름다움이란 육체적으로 아직 순결한 한 젊은 몽상가가 에로틱한 환상 속에서 끊임없이 상상해 낼 수 있는 바로 그것이었다. 그것은 곧 '고전적인' 여인상이었다. 여성다움의 화신이었다. 이상적인 여인상이었다. 어쨌든 이런 상태에서 나는 이 우아한 세 여성의 검게 화장한 커다란 눈과 검은색 비로드 리본이 달린 큼지막한 모자를, 또한 우리 동시대인들은 갖추고 있지 못하기 때문에 더더욱 우리를 감동시키고 신뢰감을 불러일으키는 어떤 순박함과 솔직한 자연스러움으로 보이는 그들의 예스러운 표정을 관찰했다.

그리고 나는 이 같은 일치의 정확함에 특히 감탄했다. 사실 사랑에는 풋내기나 다름없는 내가 요구했던 것은 이처럼 일반적인 여성, 성숙한 욕망을 가진 사람이라면 그녀의 육체에서 발견해낼 수 있을 그 모든 관능적 특성을 아직은 갖추고 있지 못한 여성이었던 것이다.

그들을 응시하고 있노라니 마음이 점점 더 불안해졌다. 나는 그녀들의 육체에 접근할 수가 없었다. 오, 실제로 그들과 함께 있을 수 없다는 사실은 아무 문제가 되지 않았다. 나의 에로틱한 상상력은 이 장애물을 피해 가는 법을 이미 오래전에 배웠던 것이다. 눈을 감으면 벌거벗은 몸으로 산책하는 내 아름다운 여인들이 떠올랐다. 마치 연금술사처럼 나는 언젠가 만원 버스 안에서 나를 살짝 건드렸던 그 여성의 엉덩이 무게라든가 해변에 누워 있던 구릿빛 여체의 곡선, 그림에 등장하는 모든 누드들, 그리고 심지어는 나 자신의 몸까지! 가장 평범한 요소들을 교묘하게 합성, 그녀들의 육체를 재구성할 수 있었다. 그렇다, 나는 누드를, 하물며 여성들의 누드는 더더욱 금지시키는 우리 조국의 터부를 깨고 내 손가락으로 젖가슴의 탄력성을, 허리의 유연성을 재현시키는 법을 알아낼 수도 있었을 것이다.

틀렸다, 나는 전혀 방법으로는 그 우아한 세 여인들에게 가닿을 수가 없었다… 그녀들을 둘러싸고 있는 시간을 재현하려 하자 나의 기억력이 즉각 작동되었다. 그 당시 단엽비행기를 타고 영불해협을 건넜던 블레리오, '아비뇽의 처녀들'을 그린 피카소가 떠올랐다… 역사적 사실들의 소음이 머릿속에서 울렸다. 하지만 그 세 여성은 죽은 듯 꼼짝하지 않고 있어서 '샹젤리제 공원을 거니는 벨 에포크 시대의 우아한 여성들'이라는 제목이 붙은 미술관의 세 전시품을 연상시켰다. 그러면서 나는 그들을 내 소유로 만들려고, 내 상상의 정부로 만들려고 애썼다. 내가 에로틱한 방법으로 합성해서 그들의 육체를 만들어 내자 그들은 꼭 혼수상태에 빠진 사람에게 옷을 입혀서 그냥 서 있는 상태로 옮길 때처럼 뻣뻣하게 움직였다. 그리고 마비 상태의 느낌을 강조하려는 듯 어설프게 이뤄진 이 합성은 내 기억 속에서 얼굴을 곧바로 찌푸리게 하는 영상 하나를 끄집어냈다. 그것은 아무것도 걸치지 않은 채 드러나 있는 흐물흐물한 젖가슴, 내가 어느 날 역에서 보았던 죽은 한 술 취한 노파의 젖가슴이었다. 나는 그 구역질나는 장면을 떨치려고 고개를 저었다.

그래서 '세 우아한 여인', '포르 대통령과 그의 정부', '북부의 한 마을을 지나가는 늙은 병사'… 같은 제목이 붙은 미라와 밀랍상으로 가득 찬 박물관을 만드는 일은 포기해야만 했다. 나는 가방을 다시 닫았다.

나는 발코니 난간에 팔꿈치를 괸 채 초원을 비추는 황혼의 투명한 황금빛을 멍한 눈길로 바라보았다.

'그렇다면 그들의 아름다움은 도대체 무엇에 쓰였을까?'

꼭 그 석양빛처럼 날카로운 생각이 불현듯 또렷하게 머릿속에 떠올랐다.

'그래, 그들의 그 아름다운 젖가슴과 엉덩이, 그들의 젊은 육체를 너무나 잘 드러내 주는 옷은 도대체 어디에 쓰인 것일까? 그처럼 아름다웠는데 이제는 끝없이 펼쳐진 평원에 고립되어 먼지를 뒤집어쓴 채 졸고 있는 듯한 한 도시의 낡은 가방 깊숙한 곳에 파묻혀 있다니! 살아있을 당시에는 생각조차 못했을 이 사란짜에 말이다… 그녀들이 남긴 건 그러니까 꼭 파리-북경 자동차 경주대회를 언급한 신문지 뒷면처럼 상상하기 힘든 일련의 크고 작은 우연한 사건들을 겪으면서도 살아남아 유일하게 간직된 이 사진뿐이지. 그리고 심지어는 샤를로트 할머니조차 이제는 이 세 여성의 모습을 전혀 기억하지 못해. 그들과 살아있는 자들의 세계를 연결시켜 주는 마지막 끈을 보존하고 있는 사람은 이 지구상에서 오직 나뿐이야! 나의 기억력이야말로 그들이 완전히 결정적으로 잊히기 전에 마지막으로 은신하는 장소요, 최후로 머무는 곳이야. 어떻게 보자면 나는 그들이 사는 불안한 세계의, 그들의 아름다움이 아직도 빛을 발하는 그 좁은 샹젤리제 거리의 신이라고 할 수 있어…'

하지만 아무리 신이라고 해도 내가 그들에게 제공할 수 있는 것은 오직 꼭두각시로서의 삶뿐이었다. 내가 추억의 태엽을 감으면 이 세 우아한 여성들이 종종걸음을 치기 시작하고, 대통령이 마르그리트 스테넬을 껴안고, 도를레앙 공이 배신자의 단도에 찔려 쓰러지고, 늙은 병사가 긴 창을 움켜잡으며 자랑스럽게 가슴을 내밀었다….

나는 불안한 심정으로 생각했다.

'이 모든 열정, 고통, 사랑, 언어들이 도대체 어떻게 거의 아무런 흔적도 남기지 않는단 말인가? 너무나 아름답고 너무나 호감이 가는 여성들의 인생이 신문 한 장이 벌이는 곡예에 따라 좌우되는 이 세상의 법칙이라는 것은 또 얼마나 불합리한가? 정말이지, 만일 이 신문지 조각이 뒤집히지 않았더라면 난 영원히 묻힐 망각으로부터 그녀들을 구해 내지 못했을 거야. 이렇게 아름다운 여성이 사라진다는 건 정말이지 엄청난 실수야! 영원한 사라짐이야. 완전한 소멸이지. 그림자도 없이. 반짝임도 없이. 치명적으로…'

해가 저 먼 초원 너머로 뉘엿뉘엿 넘어가고 있는 중이었다. 하지만 대기는 차가운 여름밤의 수정처럼 맑고 투명한 빛을 오랫동안 간직하고 있었다. 숲 뒤편에서 울리는 뻐꾸기 열차의 기적 소리는 이 차가운 대기 속에서 더 크게 들렸다. 나뭇가지에 노란 잎사귀가 몇 장 매달려 있었다. 가장 먼저 노랗게 물든 나뭇잎들이었다. 꼬마 열차의 기적 소리가 다시 울렸다. 열차가 벌써 멀리까지 갔는지 소리가 아까보다 약해졌다.

바로 그 순간, 그 세 우아한 여성들의 추억으로 다시 돌아가던 내 머릿속에서 그 단순한 생각이, 조금 전 내가 몰두했었던 슬픈 생각의 마지막 메아리가 울렸다.

'하지만 그 여인들의 삶에는 서늘하고 투명한 그 가을 아침이, 그녀들이 잠시 걸음을 멈추고 사진기 앞에서 포즈를 취했던 그 낙엽 덮인 가로수 길이 있었어… 그래, 그들의 삶에는 청명한 가을 아침이 있었던 거야…'

이 짧은 몇 마디가 기적을 불러일으켰다. 왜냐하면 나는 별안간 내 오감을 통해 그 세 우아한 여인들의 미소가 정지시켜 놓았던 순간 속으로 들어갔던 것이다. 나는 그 순간의 가을 내음 풍기는 분위기 속에 놓이게 되었고, 낙엽에서 풍기는 향기는 내

콧구멍이 발랑거릴 만큼 진하고 얼얼했다. 나는 나뭇잎 사이로 비치는 햇살에 눈을 껌뻑거렸다. 사륜마차가 포장도로 위를 굴러가는 소리가 멀리서 들려왔다. 그리고 그 세 여인이 사진사 앞에서 포즈를 취하기 전에 꼭 시냇물이 졸졸 흐르듯 즐겁게 주고받는 말소리가 몇 마디 희미하게 들려왔다… 그렇다, 나는 치열하게, 충만하게, 그들의 시간을 살고 있었던 것이다!

그 가을 아침, 내가 그들 곁에 있다는 느낌의 효과가 너무나 커서 섬뜩하게 놀란 나는 나 자신을 그 빛에서 억지로 끄집어냈다. 그곳에 영원히 갇혀 있게 될까 봐 문득 너무나 겁이 났던 것이다. 나는 눈이 안 보이고 귀가 안 들리는 상태에서 방으로 돌아가 신문지를 꺼냈다….

사진의 표면이 꼭 축축하고 선명한 색깔의 전사화轉寫畵처럼 가볍게 떨리는 것 같았다. 사진의 평탄한 원근감이 별안간 깊어지면서 내 눈앞에서 멀어지기 시작했다. 어렸을 때 나는 이렇게 똑같은 그림 두 장이 천천히 접근하다가 합쳐져서 하나의 입체화를 만들어 내는 것을 주의 깊게 바라보곤 했었다. 우아한 세 여성의 사진이 내 앞에서 열렸다가 서서히 나를 둘러싸더니 내가 그 하늘 아래로 들어가도록 내버려 두었다. 넓은 노란색 잎사귀들이 달린 나뭇가지들이 내 위에 드리워져 있었다….

한 시간 전의 내 생각(완전한 망각, 죽음…)은 더 이상 아무 의미도 없었다. 모든 것이 침묵 속에서 너무나 환하게 반짝거렸다. 사진을 볼 필요조차 없었다. 눈을 감았더니 그 순간이 이미 내 가슴속에 들어와 있었다. 그러자 나는 여름의 한가로운 더위가 지나가고 난 뒤 그 세 여성이 가을의 서늘함과 계절에 어울리는 옷차림, 도시 생활의 즐거움, 그리고 이제 곧 이 같은 매력에 덧붙여질 비와 추위를 다시 발견할 때의 기쁨까지 느낄 수가 있었다.

조금 전까지만 해도 접근할 수 없었던 그녀들의 육체가 마른 나뭇잎의 짙은 향기와 햇살 반짝이는 엷은 안개 속에 잠겨 내 안에서 살고 있었다… 그렇다, 나는 여체가 새로이 가을을 맞이할 때의 그 미미한 떨림을, 즐거움과 불안이 뒤섞인 그 감정을, 그 차분한 애수를 그녀들에게서 느꼈다. 그 세 여성과 나 사이에는 이제 더 이상 아무런 장애물도 존재하지 않았다. 내가 느끼기에, 우리들의 융합은 그 어떤 육체적 소유보다 더 깊은 애정이 담겨 있었고 더 관능적이었다.

나는 이 가을 아침으로부터 빠져나와 거무스레한 하늘 아래 서 있었다. 이제 막 헤엄을 쳐서 큰 강을 건넌 사람처럼 기진맥진해 주변을 둘러보았으나 눈에 익은 물체들은 거의 눈에 띄지 않았다. 그렇지만 나는 온 길을 되돌아가 벨 에포크 시대의 그 세 산보객들을 다시 한 번 만나고 싶었다.

하지만 나는 내가 이제 막 체험한 마법을 여전히 잘 이해할 수가 없었던 것 같다. 나의 기억이 나도 모르는 사이에 과거의 전혀 다른 장면을 재창조했다. 나는 검은색 옷을 입은 어떤 잘생긴 남자가 호화로운 집무실 한가운데 서 있는 것을 보았다. 문이 살그머니 열리더니 얼굴을 베일로 가린 여자가 방 안으로 들어왔다. 그러자 대통령이 매우 연극적인 동작으로 그의 정부를 얼싸안았다. 그렇다, 그것은 엘리제궁의 연인들이 은밀히 만나는 너무나 놀라운 장면이었다. 내 기억에 의해 호출된 그들은 꼭 등장인물들이 처음부터 끝까지 서두르고 허둥대는 소극笑劇처럼 다시 한 번 그 장면을 상연함으로써 나의 요구에 응해 주었다. 하지만 그것으로는 충분하지가 않았다….

그 세 우아한 여성의 모습이 뒤바뀌는 걸 보면서 나는 다시 마법을 부릴 수 있으리라는 희망을 품게 되었다. 모든 걸 야기했던 그 너무나 간단한 문장이 금세 기억 속에 떠올랐다.

'그렇지만 이 세 여성의 삶에는 서늘하고 햇빛 밝은 그 가을 아침이 있었어….'

꼭 마법사의 제자처럼 나는 집무실의 어두운 창문 앞에 서 있는 그 멋진 수염의 남자를 다시 한 번 상상하면서 나지막한 목소리로 주문을 외웠다.

"그리고 그의 삶에는 그가 어두운 창문 앞에 서서 헐벗은 나뭇가지들이 살랑거리는 엘리제궁 정원을 바라보고 있던 어느 가을밤이 있었네…."

나는 시간의 경계가 어느 순간에 사라졌는지 알아차리지 못했다… 대통령은 물결치듯 흔들리는 나무들의 그림자를 물끄러미 바라보고 있었다. 그가 입술을 창문에 닿을락 말락 너무 가까이 갖다 대었기 때문에 그가 뿜어낸 김이 유리 위에 동그랗게 서렸다. 그는 창문에 서린 김을 보자 자신이 하고 있는 무언의 생각에 회답하려는 듯 고개를 가볍게 끄덕였다. 그는 몸에 걸친 옷이 이상하게 팽팽하다고 느꼈다. 자기 자신이 낯설게 느껴졌던 것이다. 그렇다, 그는 자기 자신이 외관상의 부동 상태에 의해 진정시켜야만 하는 낯설고 긴장된 존재라고 느끼는 것이다. 그는

유리창 뒤편의 습기 찬 어둠 속 어딘가에서 이제 곧 방 안으로

들어올 여인의 점점 더 은밀해져 가는 존재를 생각했다. 아니다, 생각했던 것이 아니라 느낀 것이다. 그는 천천히 나지막하게 음절을 하나씩 하나씩 또렷하게 발음했다.

"대통령… 엘리제궁…."

그리고 별안간 너무나 익숙한 이 단어들이 자기 자신과는 전혀 아무 관계도 없다고 생각했다. 그는 자기가 어느 한순간 차가운 방울들이 반짝거리는 베일을 쓴 여인의 따뜻하고 부드러운 입술에 또다시 마음이 흔들리는 남자가 될 것이라고 느꼈다….

나는 두드러지게 대조되는 그 감각을 잠시 내 얼굴 위에서 느낄 수 있었다.

이처럼 과거를 뒤바꾸는 마법을 부리고 나자 나는 흥분이 되기도 했고 동시에 몹시 피곤하기도 했다. 나는 발코니에 앉아 초원의 어둠을 멍하니 바라보며 헐떡거리듯 숨을 쉬었다. 아마도 나는 이 시간 연금술의 편집광이 된 모양이다. 제정신으로 돌아오자마자 나는 다시 주문을 외웠다.

"그리고 그 늙은 병사의 삶에는 겨울 낮이 있었네…."

그러자 콘키스타도르처럼 모자를 쓴 그 노인이 내 눈앞에 나타났다. 그는 긴 창에 몸을 의지한 채 걷고 있었다. 자신의 노쇠함, 그리고 자기가 죽더라도 이어질 전쟁, 이런 비통한 생각 때문에 바람을 맞아 빨갛게 달아오른 그의 얼굴이 또다시 딱딱하게 굳어 버렸다. 문득 그는 그 차가운 날의 흐릿한 대기 속에서 나무 타는 냄새를 맡았다. 상큼하기도 하고 약간 시큼하기도 한 그 냄새는 헐벗은 들판에 내린 서리의 냉기와 뒤섞였다. 노인은 겨울 공기를 한 입 가득 깊이 들이마셨다. 희미한 미소가 그의 근엄한 얼굴을 물들였다. 그는 눈을 살짝 찌푸렸다. 장작불 냄새 풍기는 차가운 바람을 탐욕스럽게 들이마신 것은 바로 그, 이 사람이었다. 이 사람. 바로 이곳. 지금. 이 하늘 아래서… 이제 곧 치르게 될 전투, 이 전쟁, 그리고 심지어는 자신의 죽음까지도 그에게는 하찮게 느껴졌다. 그렇다, 그런 것들은 비록 부지불식간이기는 했지만 그가 이미 함께했고 앞으로도 함께하게 될 길고 긴 운명의 한 부분에 불과했던 것이다. 그는 눈을 반쯤 감은 채 숨을 깊이 들이마시며 미소 지었다. 그는 자기가 살아가고 있는 지금 이 순간이 이미 예감했던 운명의 출발점이라고 생각한다….

샤를로트는 해질 무렵에야 돌아왔다. 나는 그녀가 이따금씩 오후 늦게 묘지에 가서 시간을 보낸다는 사실을 알고 있었다. 그녀는 피오도르의 무덤 앞 화단의 잡초도 뽑고, 물도 주고, 붉은 별 하나가 붙어 있는 비석도 닦았다. 해가 뉘엿뉘엿 기울기 시작하면 그녀는 그곳을 떠났다. 그녀는 천천히 걷다가 가끔씩 벤치에 앉아 쉬기도 하면서 사란짜 시를 관통해서 집으로 돌아왔다. 그런 날 밤이면 우리는 발코니에 나가지 않았다….

그녀가 들어왔다. 복도를 지나 부엌 안으로 걸어 들어오는 그녀의 발자국 소리를 듣자 나는 가슴이 두근거렸다. 내 행동에 대해 미처 생각해 볼 틈도 없이 나는 그녀가 젊었을 때의 프랑스에 대해 이야기해 달라고 부탁했다. 옛날처럼 말이다.

내가 조금 전에 머물렀던 순간은 아름다우면서 동시에 소름 끼치는 기묘한 광기의 시험이 아니었을까? 내 온몸이 그 빛나는 메아리를 여전히 느끼고 있었기 때문에 그 순간을 부인한다는 건 불가능한 일이었다. 나는 그 순간을 실제로 살았던 것이다! 하지만 나는 모순되고(두려움과 반항적인 양식이 뒤섞인) 교활한 성격의 소유자였기 때문에 발견을 부인하고, 그중 일부만 살짝 엿본 세계를 파괴해야만 했다. 나는 샤를로트가 젊었을 때의 프랑스에 관해서 듣는 사람 마음을 가라앉혀 주는 동화 같은 이야기를 들려주었으면 하고 바랐다. 나의 일시적인 광기를 잊도록 도와주는 사진처럼 친밀하고 평온한 추억 이야기 말이다.

그녀는 내 질문에 대해서 곧바로 응답하지는 않았다. 어떤 심각한 문제가 있어서 내가 그렇게 감히 우리의 습관을 깨뜨릴 수밖에 없었다는 사실을 그녀는 눈치챘을 것이다. 그녀는 우리가 수주일 전부터 나눈 그 모든 의미 없는 대화들을, 해질 무렵 이야기를 하는 우리의 전통을, 그해 여름에는 치르지 못한 어떤 의식을 생각하고 있었음에 틀림없다.

잠시 침묵을 지키고 난 그녀가 입가에 희미하게 미소를 띠면서 한숨을 내쉬었다.

"근데 무슨 얘기를 한다지? 네가 다 아는 얘기뿐이니 말이다… 잠깐, 대신 시를 한 편 읽어 주마…"

그래서 나는 내 인생에서 가장 놀라운 밤을 맞게 되었다. 샤를로트가 한참이나 찾았지만 책은 보이지 않았다. 평소에는 정돈하는 걸 좋아하고 형식을 중요시하는 그녀가 그날 밤에는 놀라우리만큼 거리낌 없이(우리는 그녀가 그런 식으로 사물의 질서를 뒤흔들어 놓는 걸 가끔씩 보곤 했다) 행동하는 바람에 그날 나는 결국 그녀와 함께 밤을 꼬박 새게 되었다. 책들이 마룻바닥 위에 차곡차곡 쌓였다. 책상 위에 올라가서 책꽂이의 위쪽 선반까지 다 뒤졌다. 책은 발견되지 않았다.

샤를로트가 눈이 어지러울 만큼 무질서하게 널린 책과 가구들 속에서 몸을 일으키며 이렇게 소리친 것은 새벽 두 시경의 일이었다.

"아이쿠, 이런 바보! 작년 여름에 너하고 네 누나에게 그 시를 읽어 주기 시작했었는데, 생각나니? 그러고 나서… 생각이 안 나네. 하여튼 첫 번째 절까지만 읽고 말았지. 그렇다면 분명히 거기 있을 거야."

이렇게 말하고 난 샤를로트가 몸을 숙여 발코니 문 가까이 있는 작은 찬장을 열자 밀짚모자 옆에 놓인 그 책이 눈에 들어왔다.

나는 양탄자 위에 앉아서 할머니가 읽어 주는 시에 귀를 기울였다. 바닥에 놓인 탁상 등이 그녀의 얼굴을 환하게 밝혀 주었다. 우리 두 사람의 그림자가 무서우리만큼 또렷하게 벽 위에 나타났다. 밤의 초원 지대에서 발원한 차가운 공기가 이따금씩 발코니 문을 통해 확 밀려 들어왔다. 샤를로트의 목소리는 몇 년 뒤에야 그 메아리를 들을 수 있는 노랫말의 음색을 갖고 있었다.

그녀의 목소리가 귀에 들려올 때마다
내 영혼은 이백 년씩 젊어진다네…
루이 13세 치하였네. 나는 본 듯하네
저녁놀에 노랗게 물든 초록색 언덕이 펼쳐지는 것을

돌로 쐐기를 박고 벽돌로 쌓은
불그스름하게 채색된 스테인드글라스가 있는

넓은 정원에 둘러싸인, 그 기슭을 휘감고
꽃들 사이로 흘러가는 강에 둘러싸인 성이 펼쳐지는 것을

검은 눈에 금발, 고풍스럽게 옷을 입은
어느 귀부인이 높은 창문에 서 있는 것을
전생에서였나
그녀를 본 적이 있지… 이제 기억나네!

이 특별한 날 밤, 우리는 더 이상 아무 말도 나누지 않았다. 잠이 들기 전 나는 한 세기 하고도 50년 전 우리 할머니의 나라에서 자신의 '광기'에 대해, 그 어떤 상식적인 현실보다 더 사실적인 이·꿈같은 순간에 대해 이야기할 만한 용기를 갖고 있었던 이 사람을 생각했다.

나는 다음 날 아침 늦게서야 잠이 깼다. 옆방은 벌써 질서를 되찾았다… 바람은 방향을 바꾸어 카스피 해의 더운 기류를 실어왔다. 어제의 추위가 아주 아득하게 느껴졌다.

정오 무렵, 우리는 약속이나 한 듯 초원으로 나갔다. 두 사람은 아무 말 없이 스탈린카 숲의 잡목림 가장자리를 따라 나란히 걸었다. 그리고 나서 우리는 잡초가 우거진 좁은 철로를 건넜다. 뻐꾸기 열차가 멀리서 날카로운 기적 소리를 울렸다. 작은 열차가 모습을 나타냈는데, 꼭 덤불처럼 우거진 꽃들 사이를 달려오는 것처럼 보였다. 기차가 가까이 다가오더니 우리가 서 있던 오솔길을 지나쳐 순식간에 더위의 장막 속으로 사라져 갔다. 샤를로트는 눈으로 기차를 뒤쫓다가 다시 걷기 시작하면서 나지막한

목소리로 중얼거리듯 말했다.

"어렸을 때 나도 저 뻐꾸기 열차랑 좀 비슷하게 생긴 기차를 가끔씩 타곤 했지. 그 기차는 자그마한 객차에 승객들을 싣고서 프로방스 지방을 오래도록 굽이굽이 가로질러 가곤 했단다. 우리는 거기 어디 사시는 이모네 집에 가서 며칠씩 지내곤 했지… 동네 이름은 잊어먹었다만. 기억나는 건 나지막한 야산 가득 쏟아지던 햇빛, 꼭 꾸벅꾸벅 졸고 있는 것 같은 작은 역에 기차가 설 때마다 울려 퍼지던 매미 소리뿐이야. 그리고 그 나지막한 언덕 위로는 라벤더 밭이 끝없이 펼쳐져 있었지… 그래, 태양, 매미들, 그리고 그 강렬한 푸른 빛깔, 또 바람에 실려 열린 창문으로 들어오는 향기…"

나는 아무 말 없이 옆에서 걷기만 했다. 앞으로는 '뻐꾸기 열차'가 우리 새 언어의 첫 번째 단어가 될 거라고 느꼈다. 말로 할 수 없는 것을 말하게 될 바로 그 언어.

이틀 뒤에 나는 사란짜를 떠났다. 기차가 출발하기 몇 분 전의 침묵이 답답하게 느껴지지 않은 건 이때가 생전 처음이었다. 나는 떠나는 사람이 자기 말을 못 들을까 봐 꼭 귀먹은 벙어리들처럼 몸짓으로 얘기하고 있는 사람들 속에 끼어 플랫폼에 서 있는 샤를로트를 창문 너머로 바라보았다. 샤를로트는 고요히 있다가 내 눈길과 마주치자 살짝 미소 지었다. 우리에게는 말이 필요 없었다.

Le Testament Français

11

그
해
가
을,

어머니가 '그냥 간단한 검사'만 받으면 된다며 병원에 입원했
다(부끄러운 얘기지만, 나는 어머니가 집을 비우자 너무 좋아했
다). 그리고 며칠이 지난 어느 날 오후, 학교에서 돌아오는 길에
나는 어머니가 죽었다는 소식을 들었다.

어머니가 입원한 다음 날부터 우리 집은 즐거운 자유방임의
분위기에 빠져들었다. 아버지는 새벽 한 시까지 텔레비전 앞에
앉아 있었다. 나로 말하자면, 이제 나도 어른들처럼 자유를 만끽
해야 되겠다며 귀가 시간을 아홉 시, 아홉 시 반, 열 시… 이런
식으로 조금씩 늦추었다.

나는 밤 시간을 로터리에서 보냈는데, 가을 황혼녘 이곳에 앉
아 조금만 상상력을 발휘하면 놀랍게도 서유럽의 어느 비 내리
는 대도시에 와 있는 듯한 착각에 빠져드는 것이었다. 이곳은 우
리 도시의 난소롭기만 한 넓은 도로들과는 달리 독특했다. 모든
길은 일단 여기서 만났다가 꼭 수레바퀴 살처럼 다시 퍼져 나갔
고, 이곳의 건물 정면은 사다리꼴 모양으로 절단되어 있었다. 마

차들이 충돌하지 않게끔 길이 서로 교차하는 이런 지형을 파리에 만들도록 나폴레옹이 지시했다는 사실을 나는 이미 알고 있었다….

어둠이 짙어질수록 나의 환상은 완전해졌다. 그 건물들 중 한 곳은 사란짜 무신론 박물관이며, 다른 건물들 안에는 사람들이 바글바글 모여 사는 공동 아파트라는 사실을 알고 있었지만 나는 조금도 방해를 받지 않았다. 나는 비 내리는 유리창에 노란색과 푸른색으로 그려진 수채화를, 기름 묻은 아스팔트 위에 비친 가로등 불빛을, 잎사귀가 다 떨어진 나무들의 그림자를 응시했다. 나는 혼자였고 자유로웠다. 행복했다. 프랑스어로 나 자신에게 속삭였다. 그 사다리꼴 건물들 앞에서는 이 언어가 너무나 자연스럽게 울렸다. 내가 그해 여름 발견한 마법이 어떤 우연한 만남으로 구체화될 것인가? 나와 마주친 여자들은 모두 다 내게 말을 해 보고 싶은 표정이었다. 나는 매일 밤 30분씩 시간을 벌어서 프랑스의 신기루를 쌓아 올렸다. 나는 더 이상 나의 시대에도, 내 나라에도 속해 있지 않았다. 어둠에 잠긴 그 작은 원형 광장에 서 있으면 나 자신이 너무나 낯설게 느껴졌다.

이제 태양은 내게 권태를 불러일으켰고, 낮은 나의 진정한 삶인 밤이 오기를 기다리는 쓸모없는 시간이 되어 버렸다….

그렇지만 내가 그 소식을 듣게 된 것은 반짝거리는 첫서리 때문에 앞이 잘 안 보여서 눈을 깜박이고 있던 한낮의 일이었다. 저희들끼리 모여 희희낙락거리며 내게 경멸에 가까운 적대감을 표시하던 아이들 중 하나가 내가 옆을 지나가자 이렇게 말하는 것이었다.

"너희들 얘기 들었냐? 쟤네 엄마 죽었대…."

나는 몇 명이 호기심 어린 눈길로 서로를 흘낏거리는 걸 놓치지 않았다. 나는 누가 그 말을 했는지 알았다. 우리 이웃집 아이였다….

그 아이가 너무나 무심하게 그 말을 했기 때문에 나는 어머니가 죽었다는, 도저히 상상할 수 없는 그 상황을 파악할 수 있을 만한 시간을 가질 수가 있었다. 최근 며칠 동안 일어난 사건들을 종합해 보았더니 앞뒤가 맞았다. 아버지가 자주 집을 비웠을 뿐만 아니라 거의 입을 열지 않았고, 이틀 전에는 누나까지 집에 왔던 것이다(대학에서 방학을 해서 온 줄 알았더니 이제 생각해 보니 그게 아니었다…).

내게 문을 열어 준 사람은 샤를로트였다. 그날 아침 사란짜에서 온 것이었다. 그러니까 그들은 다 알고 있었던 것이다! 그렇다면 나는 여전히 '당분간은 아무 말도 해서는 안 되는' 아이였던 것이다. 그리고 그 아이는 아무것도 모른 채 자기가 어른이라고, 자유롭다고, 신비한 존재라고 상상하면서 계속 자신의 '프랑스' 로터리에서 서성거리고 있었던 것이다. 어머니가 죽음으로 해서 나는 무엇보다도 그 같은 미망에서 깨어나게 되었다. 그러고 나자 부끄러운 생각이 들었다. 어머니가 사경을 헤매고 있을 때 나는 이기주의적인 만족을 느끼면서 자유를 누리게 되었다고 좋아하고, 무신론 박물관의 창문 아래서 파리의 가을을 머릿속에 그리고 있었다니!

그 슬픈 며칠과 장례식 날, 오직 샤를로트 한 사람만 눈물을 흘리지 않았다. 그녀는 무감각한 표정, 냉정한 시선으로 집안일을 도맡아 하고, 조문객들을 맞고, 다른 도시에서 온 친척들을 재우고 먹였다. 다른 사람들은 그녀의 냉담한 태도를 못마땅해 했다….

"언제든지 놀러 오너라."

샤를로트는 떠나면서 내게 이렇게 말했다. 나는 사란짜와 발코니, 낡은 프랑스 신문이 가득 들어 있는 가방을 머릿속에 그리며 고개를 끄덕였다. 나는 또다시 부끄러움을 느꼈다. 우리가 서로에게 동화를 들려주고 있는 동안에도 삶은 진짜 즐거움, 진짜 고통과 함께 이어져 어머니는 병마와 싸우느라 고통스러워하면서도 아무에게도 그 사실을 털어놓지 않은 채 묵묵히 일만 계속했고, 자기가 이미 죽을 운명이라는 걸 알면서도 단 한 마디 내색조차 하지 않았던 것이다. 그런데 그동안 우리는 벨 에포크 시대를 살았던 우아한 여인들에 대해서 얘기를 나누고 있었다니….

나는 샤를로트가 떠나는 걸 보며 남몰래 안도의 한숨을 내쉬었다. 나는 내가 어머니의 죽음에 알게 모르게 연루되어 있다고 느꼈다. 그렇다, 그냥 쳐다보고만 있는데도 줄 타는 사람이 줄 위에서 비틀거리거나 심지어는 줄에서 떨어지기까지 할 때 구경꾼이 느끼는 그런 막연한 책임감, 나는 그런 책임감을 느꼈다. 볼가 강가에 위치한 한 공업 도시에서 파리라는 도시의 윤곽을 식별해 낼 수 있도록 가르쳐 준 사람도 샤를로트였고, 과거의 환상(나는 이 속에서 멍한 눈으로 현실의 삶을 힐끔거렸었다) 속에 나를 가두어 놓은 사람 역시 그녀였다.

그리고 그 현실의 삶, 그것은 내가 장례식 날 무덤 밑바닥에 괴어 있는 걸 보며 몸서리를 쳤던 바로 그 물이었다. 부슬부슬

내리는 가을비를 맞으며 사람들은 물과 진흙투성이 속에 천천히 관을 내려놓았다….

현실의 삶은 또한 아버지의 누나인 고모가 등장하면서부터도 느껴지기 시작했다. 고모는 노동자들이 아침 다섯 시만 되면 일어나서 거대한 공장 문으로 몰려 들어가는 동네에서 살았다. 이 여인에게서는 러시아 생활의 강하고 힘찬 활력이 느껴졌다. 그 활력 속에는 잔인함, 동정, 취기, 무정부 상태, 저항할 수 없는 삶의 즐거움, 눈물, 자진해서 받아들인 노예 상태, 우둔한 완고함, 뜻밖의 섬세함… 같은 것이 기묘하게 뒤섞여 있었다. 나는 샤를로트의 프랑스에 가려서 전에는 보이지 않던 세계를 발견해 가면서 점점 더 크게 놀랐다.

고모는 아버지가 술을 입에 대지 않을까 몹시 걱정했는데, 그녀는 음주야말로 남자들에게는 치명적인 해악이라고 믿고 있었다. 그래서 그녀는 우리 집에 올 때마다 항상 잔소리를 퍼부었다.

"니꼴라이, 특히 그 쓴 술은 마시지 마라!"

쓴 술이란 건 바로 보드카였다. 아버지는 고모 말은 들은 척만 척 기계적으로 알았다고 대답하고 나서 힘차게 고개를 저으며 이렇게 단언하곤 했다.

"아냐, 아냐. 내가 먼저 죽게 될 거야. 확실해. 그걸 마시면…."

이렇게 말하고 나서 그는 손바닥을 대머리 위에 갖다 댔다. 아버지의 왼쪽 귀 위에 '구멍'이 하나 나 있다는 사실을(이 구멍은 얇고 반들반들한 피부로만 덮여 있어서 숨을 쉴 때마다 규칙적으로 맥박 쳤다) 나는 알고 있었다. 어머니는 아버지가 싸움판에 끼어들었다가는 누가 이 구멍을 손가락으로 한 번 탁 건드리기만 해도 죽을 거라며 항상 불안해했었다….

"정말이지, 그 쓴 술에는 손대지 마라…"

"안 마실 거야. 그럼 내가 먼저 죽을 텐데 뭘…"

아버지는 술을 입에 대지는 않았다. 그렇지만 고모의 충고가 나름대로의 근거가 있었음이 입증된 것은 전혀 엉뚱한 곳에서였다. 겨울 추위가 마지막으로 기승을 부리던 2월의 어느 날 밤, 아버지는 심장마비를 일으키는 바람에 눈 쌓인 골목길에서 쓰러지고 말았다. 우리 아버지가 눈 위에 쓰러져 있는 걸 발견한 의용대원들은 당연히 술주정뱅이라고 생각하고 그를 '술이 깰 만한 장소'로 데려갔다. 다음날 아침이 되어서야 그들은 자기들이 실수를 저질렀음을 깨달았다….

현실의 삶은 다시 한 번 오만하게 힘을 과시하며 나의 공상에 도전했다. 단 한 번의 소리로 충분했다. 아버지는 바깥이나 안이나 춥기는 매한가지인 덮개차로 옮겨졌고, 그의 시신을 테이블 위에 올려놓는 순간 쿵! 얼음덩어리가 나무와 부딪치는 소리가 났다….

나 자신에게 거짓말을 할 수는 없었다. 부모를 여의었다고 해서 가식 없는 생각들과 솔직한 고백들이 뒤죽박죽 섞여 있는 내 마음속 저 밑바닥에까지(내 영혼 속에까지) 치유할 수 없는 상처가 남은 건 아니었다. 그렇다, 내가 나 자신과 그렇게 은밀히 대면했을 때 그렇게까지 고통스럽지는 않았다는 사실을 나는 시인한다.

그리고 이따금씩 눈물을 흘리기는 했지만 내가 운 건 그들을 잃어서가 아니었다. 그것은 놀라운 진실을 깨달았을 때 느끼는 무력감의 눈물이었다. 살해되고, 팔다리가 잘려 나가고, '젊음을 잃어버린' 한 세대. 삶을 말살당한 수천만 명의 사람들. 싸움터에서 쓰러진 사람들은 최소한 영웅적인 죽음을 맞이할 특권을 가지고 있다. 하지만 살아남았다가 전쟁이 끝나고 10년이나 20년 뒤에 세상을 떠난 사람들은 아주 '정상적으로', '나이가 들어서' 죽는 것 같았다. 아버지의 귀 위에서 피가 맥박 치는 그 오목한 자국을 보기 위해서는 그에게 아주 가까이 다가가야만 했다. 전쟁이 일어난 날 아침, 붕붕거리는 이상한 별들로 가득 메워진 하늘 아래 어두컴컴한 창문 앞에서 꼼짝하지 않고 있던 그 아이가 어머니였다는 사실을 깨닫기 위해서는 그녀를 아주 잘 알아야만 했다. 또한 허겁지겁 감자 껍질을 먹다가 목이 막힐 뻔했던 그 깡마르고 창백한 사춘기 소녀가 어머니였다는 사실을 깨닫기 위해서도….

나는 안개처럼 뿌연 눈물 너머로 그들의 삶을 바라보았다. 6월의 어느 무더운 날 저녁, 동원이 해제된 아버지가 고향으로 돌아오고 있었다. 그는 숲과 강, 굽은 도로 등 모든 걸 다 알아보았다. 그리고 그 낯선 장소, 양쪽의 이즈바들이 모두 다 불에 타 버린 그 검은 길도. 그렇지만 살아있는 건 아무것도 없었다. 그의 귀 위쪽에서 피가 격렬하게 맥박 치는 소리에 맞추어 뻐꾸기 한 마리가 지저귈 뿐.

그 얼마 전 대학 입학시험에 합격하여 대학생이 된 어머니는 경멸스러운 표정으로 자신을 둘러싸고 있는 사람들 앞에서 무감각하고 냉정한 표정으로 화석처럼 미동도 하지 않고 있었다. 그녀가 저지른 '범죄'를 심판하기 위해서 당 위원회가 소집되었던 것이다. 그녀는 '세계주의'에 반대하여 투쟁하는 시대에 샤를로트의 국적, 그러니까 자기 어머니의 '프랑스 국적'이야말로 엄청나게 큰 결함이라는 사실을 알고 있었다. 그녀는 시험을 보기 전 써 넣는 질문지에 떨리는 손으로 '어머니 국적 : 러시아'라고 기록했었다….

그리고 너무나 다르기도 하고 너무나 비슷하기도 한 이 두 존재는 훼손된 청춘기에 우연히 만났다. 그리고 우리가, 누나와 내가 태어났고, 전쟁이 일어났고, 도시가 불탔고, 수용소가 생겼지만 그래도 삶은 계속되었다.

그렇다, 내가 눈물을 흘린 것은 그들이 침묵 속에서 참고 견디었기 때문이었다. 그들은 아무도 원망하지 않았고, 보상을 요구하지도 않았다. 그들은 살아가면서 우리를 행복하게 해 주려고 노력했다. 평생 동안 아버지는 동료들과 함께 고압선을 오르락내리락하며 볼가 강과 우랄산맥 사이의 한없이 넓은 공간을 누비고 다녔다. 중죄를 지었다는 이유로 대학에서 쫓겨난 어머니는 다시 한 번 시도해 볼 용기를 내지 못했다. 그녀는 우리 도시의 커다란 공장들 중 한 곳에서 번역사로 일했다. 이 기술적이고 비개성적인 프랑스어가 프랑스 국적을 가졌다는 그녀의 죄를 면해 주기라도 할 수 있을 것처럼 말이다.

나는 평범하기도 하고 특별하기도 한 이 두 사람의 삶을 보면서 막연한 분노가 가슴속에서 치밀어 오르는 것을 느꼈다. 누구에 대한 분노인지는 몰랐다. 아니다, 알고 있었다. 그것은 샤를로트에 대한 분노였다! 그녀의 프랑스 세계가 너무나 평온하다는 데 대한 분노였다. 그 상상 속의 과거가 쓸데없이 세련되기만 했다는 데 대한 분노였다. 세기 초의 신문지 조각에 실린 세 여인을 생각하다니, 사랑에 빠진 대통령의 심경을 재현하려고 애쓰다니, 이게 도대체 무슨 미친 짓이란 말인가? 그러면서도, 한겨울에 머리가 깨져 피가 흐르자 딱딱한 얼음 조각을 갖다 대어 지혈함으로써 자신의 목숨을 구할 수 있었던 그 병사를 잊어버리다니. 인간들의 으깨진 살덩어리로 가득 찬 객차들 사이를 조심조심 빠져나가던 그 기차 덕분에, 샤를로트와 그녀의 아이들을 싣고 가서 러시아에서 가장 깊숙한 오지에 숨겨 놓은 그 기차 덕분에 내가 이렇게 존재하게 되었다는 사실을 잊어버리다니….

"2천만 명이 죽었기 때문에 당신은 살아남을 수 있었습니다!"

그전만 해도 나는 이 선전 문구에 무관심했었다! 그렇다, 애국심을 고취시키려는 이 상투어가 문득 새롭고 비통한 의미로 내게 다가왔다. 그리고 매우 개인적인 의미로도 다가왔다.

러시아라는 나라가 꼭 긴 겨울을 보내고 겨울잠에서 깨어난 한 마리 곰처럼 내 안에서 깨어난 것이다. 냉혹하고, 아름답고, 부조리하고, 유일한 러시아. 그 음울한 운명 때문에 다른 세계와 대립하는 러시아.

그렇다, 어머니와 아버지의 죽음 앞에서 내가 눈물을 흘렸던 것은 러시아의 존재를 느꼈기 때문이었다. 그리고 내 심장에 이식된 프랑스가 때때로 내게 큰 고통을 주었기 때문이었다.

아버지의 누나인 고모 역시 자신도 모르는 사이 나의 이 같은 급변에 기여했다….

그녀는 사람들이 바글거리는 노동자 촌의 공동 아파트를 떠나게 된 걸 기뻐하면서 내 동생뻘인 두 아들을 데리고 우리 아파트로 들어왔다. 그녀는 우리에게 그전까지 생활했던 흔적들을 지워 버리고 다른 식으로 생활하라고 강요하지는 않았다. 아니, 그녀는 그냥 힘닿는 데까지 열심히 살아 보려고 했을 뿐이었다. 그러면서 우리 가족의 독창성―우리 어머니가 번역한 기술 분야의 프랑스어만큼이나 프랑스에서 멀리 떨어지고 눈에도 거의 띄지 않는 프랑스적인 것―은 저절로 소멸되어 갔다.

고모는 스탈린 시대 사람이었다. 스탈린이 죽은 지 20년이 지났으나 그녀는 변하지 않았다. 그녀가 이 총사령관을 열렬히 숭배했다는 말이 아니다. 고모의 첫 남편은 개전 초기 벌어진 살육전에서 목숨을 잃었다. 고모는 남편이 누구 때문에 재앙을 맞았는지 알고 있었고, 자기 말에 귀를 기울이려는 사람이 있으면 아무나 붙잡고 그 이야기를 했다. 결혼식을 올리지 않은 채 두 아이 아버지가 된 두 번째 남편은 수용소에서 8년을 살았다. 그녀 말에 따르면 "그가 입을 너무 헤프게 놀리는 바람에"라는 것이었다.

아니다, 그녀의 '스탈린주의', 그것은 특히 말하고 옷 입고 다른 사람들을 똑바로 쏘아보는 그녀 나름의 방식을 가리켰다. 마치 여전히 전시여서 "우리의 군대는 영웅적이며 치열한 전투를 벌인 끝에 키에프 시를 수복했고… 스몰렌스크 시를 수복했고…"라고 말하는 음울하고 비장한 목소리가 라디오에서 언제 어느 때 흘러나올지 모른다는 듯 그렇게 말이다. 그러면 사람들은 꼼짝하지 않고 서서 자기 나라 군대가 모스크바를 향해 밀물처럼 전진하는 모습을 상상하는 것이었다… 그녀는 이웃 사람들이 눈썹을 움직여 한 집을, 지난밤 한 가족 전부가 검은색 승용차에 실려 간 집을 가리키며 말없이 눈길을 교환했던 그 시절처럼 그렇게 살았다….

그녀는 늘 커다란 갈색 숄과 올이 굵고 낡은 모직 외투 차림이었다. 그리고 겨울에는 바닥이 두꺼운 구두를, 여름에는 펠트 천으로 된 장화를 신고 다녔다. 나는 그녀가 설사 군용 외투를 걸치고 군화를 신고 다녔더라도 전혀 놀라지 않았을 것이다. 그리고 그녀는 꼭 전시에 무기 공장의 생산 라인에서 탄피를 다루는 것처럼 그렇게 큼지막한 손으로 잔을 식탁 위에 올려놓았다….

내가 드미트리치라고 성으로만 부르는 아이들 아버지는 가끔씩 우리 집을 찾아왔고, 그럴 때면 우리 집 부엌에서는 그의 쉰 목소리가 메아리쳤다. 그 목소리는 몇 년이 흐른 것 같이 길게 느껴지는 긴 겨울이 지나고 나서부터는 서서히 활기를 띠어 가기 시작했다. 고모도 그렇고 나도 그렇고 더 이상 잃을 게 없었기 때문에 걱정할 것도 없었다. 그들은 공격적이고 절망적이며 신랄한 어조로 무슨 얘기든지 다 했다. 드미트리치는 술을 꽤 많이 마셨지만 눈은 변함없이 맑았고, 이따금씩 수용소에서 쓰는 거친 욕설을 더 잘 내뱉으려는 듯 턱을 점점 더 세게 악물었다. 내게 처음으로 보드카를 먹인 사람이 바로 그였다. 그리고 내가 그 눈에 안 보이는 러시아를, 철조망과 망루로 둘러싸인 이 대륙을 상상할 수 있게 된 것도 드미트리치 덕분이었다. 이 금단의 나라에서는 가장 간단한 단어조차도 위험스러운 의미를 띠면서 내가 크고 두꺼운 술잔에 따라 마셨던 그 '쓰디쓴' 술처럼 그렇게 목구멍을 태워 버리는 듯했다.

어느 날, 그는 타이가 한가운데 일 년 중 열한 달은 얼음이 얼어 있는 작은 호수가 있었다는 이야기를 했다. 그런데 수용소 소장이 이 호수 바닥을 묘지로 바꾸어 놓았다는 것이다. 항상 꽁꽁 얼어 있는 땅을 파는 것보다는 그게 더 쉬운 일이었기 때문이었다. 수용소에 갇힌 사람들이 한꺼번에 열두어 명씩 죽어 갔던 것이다….

"가을 무렵 어느 날 한 번 가 본 적이 있었는데 한 열서너 명 정도를 물속에 내팽개쳐 놓았더라구. 그런데 거기 얼음에 구멍을 뚫어 놓았더란 말야. 그래서 그전에 죽은 사람들을 보게 되었지. 물론 옷은 다 회수했으니까 다들 아무것도 걸치지 않았어. 우와! 얼음 밑에 있어서 그런지 근데 하나도 안 썩었더라구. 꼭 '콜로데'를 잘라 놓은 것 같더라니까!"

우리 집 식탁 위에도 한 접시 놓여 있던 냉동육을 가리키는 이 '콜로데'는 이때부터 얼음과 살덩어리, 그리고 죽음이 날카로운 음향 속에 응결된 무시무시한 단어로 변해 버렸다.

그들이 이렇게 밤중에 증언을 계속하는 동안 내가 가장 고통스러웠던 것은 그런 비밀스런 이야기들을 들으며 러시아에 대해 어찌할 수 없는 사랑을 느꼈다는 사실이었다. 나의 이성은 보드카의 취기와 싸우면서 반항했다.

'정말 무시무시한 나라야! 악, 고문, 고통, 자기 훼손은 이 나라 국민들이 좋아하는 소일거리지. 그렇지만 난 이 나라를 사랑하 잖아? 내가 이 나라를 사랑하는 건 이 나라가 불합리해서야. 이 나라가 부조리하기 때문이라고! 바로 여기에 그 어떤 논리적 추 리로도 간파할 수 없는 보다 큰 의미가 있어…'

이 사랑은 영원히 계속되는 격렬한 아픔이었다. 내가 발견한 러시아가 그 음울한 모습을 점점 더 많이 보여 주면 보여 줄수 록 이 애착은 더욱더 폭력적이 되어 갔다. 러시아를 사랑한다는 것은 사람들의 눈을 가리고, 귀를 틀어막고, 생각을 차단하는 일 이었다.

어느 날 밤, 나는 고모와 드미트리치가 베리아에 대해서 하는 얘기를 들었다….

옛날에 나는 우리 집 손님들이 나누는 대화를 듣고 이 무시무 시한 이름 속에 무엇이 숨겨져 있는지 알게 되었다. 그들은 경멸 스러워하며 이 이름을 발음했으나, 한편으로 외경심도 느껴졌다. 나는 너무 어렸기 때문에 이 독재자의 삶 속에 존재하는 그 불 안하고 어두운 지대를 이해할 수가 없었다. 다만 그것이 어떤 인 간적 약점과 관련되어 있다는 것만을 눈치챘을 뿐이었다. 그들 은 그에 관해 언급할 때는 목소리를 낮추었고, 내가 옆에 있는 걸 보면 즉시 부엌에서 쫓아내곤 했다….

그 이후 세 사람이 부엌에 모였다. 세 명의 어른. 어쨌든 고모 와 드미트리치는 내게 감출 게 없었다. 그들이 이야기를 시작하 면 자욱한 푸른색 담배 연기 너머로, 쥐기 너머로 유리창에 선 팅을 한 대형 승용차가 내 눈앞에 나타났다. 자동차는 위압적일 정도로 컸지만 꼭 손님을 찾아 돌아다니는 택시처럼 보였다. 자동차는 거의 멈춰 서 있는 것처럼 음험하게 느릿느릿 돌아다니다가 누군가를 붙잡으려는 듯 별안간 쏜살같이 달려가곤 했다. 나는 호기심을 느끼며 그 차가 모스크바 거리를 오가는 모습을 관찰했다. 문득 나는 그 검은 승용차가 왜 그러고 다니는지를 알아차렸다. 여자들을 쫓아다니는 것이었다. 아름답고 젊은 여성들을 말이다. 자동차는 여자들의 발걸음에 맞추어 따라가면서 불투명한 유리창을 통해 그들을 관찰했다. 그러다가 여자들을 놓아주는 것이었다. 아니면, 드디어 어떤 결정을 내린 듯 그들을 쫓아 교차로로 달려 들어갔다….

드미트리치로서야 내 눈치를 볼 필요가 없었다. 그는 아무런 주저 없이 무슨 얘기든지 다 했다. 자동차 뒷좌석에는 땅딸막한 체격에 머리가 벗겨지고 살찐 얼굴에 코안경을 걸친 한 인물이 타고 있었다. 그는 마음에 드는 여체를 골랐다. 그러고 나면 그의 부하들이 지나가는 여자를 불러 세우는 것이었다. 굳이 이유를 댈 필요조차 없는 시대였다. 그는 여자들을 자기 집으로 끌고 가서 욕을 보였다. 여자들은 술과 위협, 고문으로 인해 기진맥진한 상태에서 강간당하는 것이었다….

드미트리치는 이 여자들이 그 뒤에 어떻게 되었는지에 대해서는 말하지 않았다(그도 거기까지는 알지 못했다). 어쨌든 그들을 다시 본 사람은 아무도 없었다.

나는 며칠씩이나 잠을 자지 못했다. 눈을 감은 채 이마에 땀을 흘리며 창문 앞에만 서 있었다. 나는 베리아를, 그리고 단 하룻저녁밖에는 살지 못한 그 여자들을 생각했다. 뇌가 타 버리는 것 같았다. 입안에서는 시디신 쇳내가 느껴졌다. 검은 승용차가 따라갔던 그 젊은 여성의 아버지 혹은 약혼자 혹은 남편의 모습이 눈앞에 떠올랐다. 그렇다, 짧은 시간이나마 내가 견딜 수 있는 한 나는 그들의 입장이 되어 그들처럼 불안해하고, 그들처럼 눈물 흘리고, 그들처럼 하릴없이 분노하고, 그들처럼 체념했다. 왜냐하면 이 여인들이 어떻게 사라졌는지 모르는 사람은 아무도 없었던 것이다! 내 배가 심한 통증을 일으키며 경련했다! 나는 작은 창을 열고 가장자리에 쌓여 있는 눈을 모아서 얼굴을 문질렀다. 타는 듯한 느낌이 가라앉나 싶었지만 그것도 잠시뿐이었다. 이번에는 자동차의 검은색 유리창 뒤에 웅크리고 앉아 있는 그 남자가 눈앞에 나타났다. 그의 코안경에 여자들의 실루엣이 반사되어 나타났다. 그는 여자들을 선별하고 어림해 보고 그들의 매력을 평가했다. 그러고 난 다음 선택하는 것이었….

그리고 나는 나 자신을 혐오했다! 왜냐하면 나는 여자들을 노리는 그자에게 감탄하지 않을 수가 없었던 것이다. 그렇다, 그 코안경을 낀 인물의 힘 앞에서 넋을 잃고 경탄하는 누군가가 내 속에 존재하고 있었다. 모든 여자가 다 그의 소유였다니! 그는 끝없이 펼쳐진 모스크바를 하렘이라고 생각하면서 산책하는 기분으로 돌아다녔던 것이다. 그런데 나를 가장 매혹시켰던 것은 그의 무관심한 태도였다. 그는 누군가로부터 사랑받고 싶다는 욕구를 느끼지도 않았고, 국민들이 그런 자기를 어떤 감정으로 느낄 것인지에 대해서도 개의치 않았다. 그는 여자를 고르고, 욕정을 품고, 바로 그날 손아귀에 넣었다. 그러고 나서는 그 여자를 잊어버렸다. 그리고 그의 귀에 들려오는 온갖 고함 소리와 통곡, 눈물, 투덜거림, 불평, 애원, 욕설은 강간의 흥취를 돋우는 양념에 불과했다.

　나는 네 번째 불면의 밤이 시작되려는 순간 의식을 잃었다. 실신을 하기 직전, 강간당한 그 여성들 중 한 명이 자기가 절대 그곳을 마음대로 떠나지 못할 것이라는 사실을 문득 깨달은 순간 그녀의 머릿속에 떠올랐을 생각이 내 뇌리를 스치고 지나갔다. 그녀의 취기와 고통, 혐오를 꿰뚫고 지나간 그 생각이 내 머릿속에서 울리며 나를 방바닥에 쓰러뜨렸다.

　다시 정신을 차렸을 때 나는 내가 다른 사람이 되어 있는 걸 느꼈다. 더 침착해지고 더 강건해진 것이었다. 수술을 받고 나서 다시 걷는 연습을 하는 환자처럼 나는 한 마디 한 마디 천천히 되뇌었다. 모든 것을 다시 정리해야만 했다. 나는 어둠 속에서 내가 새사람이 되었음을 증명해 줄 수 있을 짧은 문장들을 중얼거렸다.

　"그러므로 내 안에는 그 강간에 대해서 깊이 생각할 수 있는 누군가가 있다. 내가 그에게 입을 다물고 있으라고 명령할 수는 있지만, 그는 여전히 거기 머물러 있다. 그렇기 때문에 원칙적으로 모든 것이 다 허용된다. 이 사실을 가르쳐 준 것은 베리아다. 그리고 러시아가 나를 매료시킨 것은 러시아에는 선에도, 악에도 한계가 없기 때문이다. 특히 악에는 한계가 없다. 러시아라는 나라 때문에 나는 그 여체 사냥꾼을 부러워하게 되었다. 나를 증오하게 되었다. 그리고 땀에 젖은 살덩어리에 짓눌려 상처 입은 그 여인과 만나게 되었다. 그리고 그녀가 마지막으로 한 생각, 그 추악한 성교에 뒤이어지는 죽음에 대한 생각을 느낄 수 있게 되었다. 그리고 그녀와 동시에 죽기를 갈망하게 되었다. 왜냐하면

베리아에게 감탄하는 그 분신을 자기 속에 지닌 채 살아갈 수는 없기 때문이다…"

그렇다, 나는 러시아인이었다. 이제 나는 그게 무얼 의미하는지를 어렴풋하게나마 깨닫게 되었다. 고통으로 인해 일그러진 그 모든 존재들을, 불타 버린 그 마을들을, 벌거벗은 시신들로 메워진 그 꽁꽁 언 호수를 자신의 영혼 속에 지니고 다니는 것. 그 음탕한 폭군에게 강간당한 여인들의 체념에 공감하는 것. 그리고 자기 자신도 그 범죄에 동참한 것이나 마찬가지라고 느끼며 전율하는 것. 그리고 이 모든 과거의 이야기들을 재현해서 그것들로부터 고통과 불의, 죽음을 뿌리 뽑으려는 격렬한 욕망을 느끼는 것. 그렇다, 모스크바의 길거리를 어슬렁거리는 그 검은색 승용차를 붙잡아서 거대한 손바닥으로 부숴 버리는 것. 그러고 나서 그 젊은 여성이 자기 집 문을 열고 계단을 올라가는 모습을 숨죽이고 지켜보는 것… 역사를 다시 쓰는 것. 세상을 정화시키는 것. 악을 몰아내는 것. 자신의 가슴을 이 모든 사람의 피난처로 제공해서 언젠가는 그들을 악으로부터 해방된 세상으로 다시 내보내는 것. 그렇지만 우선은 그들을 괴롭히는 고통을 함께 나누는 것. 그러한 시도가 실패할 때마다 자신을 혐오하는 것. 헛소리를 할 때까지, 기절을 할 때까지 이 약속을 지키는 것. 심연의 가장자리에서 평범하게 살아가는 것. 그렇다, 바로 이것이 러시아였다.

이렇게 해서 나는 젊은 시절에 겪기 마련인 정신적 혼란 속에서 내 새로운 정체성에 매달리게 되었다. 바로 이 새로운 정체성이 나의 삶 자체가 되었다. 내가 프랑스에 대해 갖고 있던 환상을 영원히 지워 버리리라 생각되는 바로 그 삶 말이다.

이 삶은 곧 그것의 주요한 특징(매일매일의 판에 박힌 일과 때문에 우리가 보지 못하는)을, 그런 삶은 도저히 존재할 수 없다는 특징을 드러내 보여 주었다.

그전까지만 해도 나는 책 속에서 살았다. 나는 사랑의 음모라든가 전쟁의 논리에 따라 이 인물 저 인물 옮겨 다녔다. 하지만 날씨가 너무나 따뜻해서 고모가 우리 집 부엌 창문을 열어 놓았던 3월 어느 날 밤, 나는 이런 삶 속에는 아무런 논리도, 아무런 일관성도 존재하지 않는다는 사실을 깨달았다. 그리고 어쩌면 오직 죽음만이 예측 가능하다는 사실도 깨달았다.

그날 밤, 나는 우리 부모가 내게 감추고 한 번도 해 주지 않았던 이야기를 듣게 되었다. 중앙아시아에서 벌어진 그 베일에 싸인 사건. 샤를로트, 무장한 남자들, 그들의 다툼, 그들이 내지르는 고함 소리. 내가 옛이야기에 대해서 간직하고 있는 건 오직 어린 시절의 희미한 기억뿐이다. 어른들이 하는 말은 너무나 애매모호해서 도대체 무슨 얘기들을 하는지 확실히 알아들을 수가 없었다!

그런데 이번에는 그들이 너무나 분명하게 얘기를 했기 때문에 나는 눈이 어지러웠다. 고모는 김이 모락모락 나는 감자를 접시에 쏟아 부으면서 드미트리치 옆에 앉아 있던 한 손님에게 너무나 태연한 목소리로 말했다.

"물론 거기 사람들은 우리랑 똑같이 살지 않아요. 아시겠지만, 그 사람들은 하루에 다섯 번씩 자기들 신에게 기도를 올린답니다! 심지어는 식탁도 없이 식사를 한대요. 그래요, 땅바닥에서 말예요. 어쨌든 양탄자는 깔겠죠. 게다가 수저도 없이 손가락으로 밥을 먹는다니까요!"

손님은 대화에 활기를 불어넣기 위해서인 듯 점잖은 목소리로 이렇게 반박하고 나섰다.

"아! 우리랑 똑같이 살지 않는다는 건 좀 과장된 얘깁니다. 작년 여름에 타슈켄트에 한번 가 본 적이 있지요. 음, 여기랑 그렇게까지 다르지는 않습니다…."

"아니 그럼, 그 사람들이 사는 사막에 가 보셨단 말예요? (고모는 좋은 이야깃거리가 생겨서 저녁 식사가 활기차고 흥겨워지게 된 것을 기뻐하며 더 큰 소리로 물었다.) 그래, 그 사막에 가 보셨다는 거죠? 예를 들자면 쟤 할머니 되시는 분은(고모는 나를 턱으로 가리켰다), 그 쉐를… 슈를… 간단히 말해서 그 프랑스 할머니는 거기서 기가 막힌 일을 당하셨다고요. 우리 소련 정부와는 아무 상관도 없는 그 산적들이 그 양반을 붙잡아다가, 그 양반이 아직 새파랗게 젊었을 때였는데, 글쎄, 강제로 욕을 보였대요. 꼭 짐승처럼 말예요! 한 놈씩 한 놈씩 돌아가면서 그랬다는 거지 뭐예요? 아마 예닐곱 명 됐나 봐요. 그런데도 '우리랑 다르지 않다'고 말씀하시는 거예요? 그리고 나서 그놈들이 그 할머니 머리에 대고 총을 쐈대요. 천만다행으로 그 살인마가 조준을 잘못했나 봐요. 그리고 그놈들은 그 양반을 마차로 데려간 농부를 꼭 양의 목을 자르듯 그렇게 목을 베어 죽여 버렸다는군요. 그런데도 '우리랑 다르지 않다고' 말씀하세요…?"

그때 드미트리치가 끼어들었다.

"아니, 그렇지 않아. 이봐요, 당신은 지금 먼 옛이야기를 하고 있는 거야!"

그러고 나서 그들은 보드카를 마시고 음식을 먹으며 계속 이런저런 이야기를 나누었다. 열려 있는 창문 너머의 우리 집 안마당에서 아이들 노는 소리가 평화롭게 들려왔다. 밤공기는 푸르고 온화했다. 그들은 내가 숨을 죽인 채 의자 위에 꼼짝하지 않고 앉아 있다는 것을, 더 이상 아무것도 보고 있지 않다는 것을, 그들이 나누는 대화의 의미를 이해하지 못하고 있다는 것을 깨닫지 못한 채 이야기에 열중했다. 결국 몽유병 환자 같은 걸음걸이로 부엌을 떠나 길거리로 나선 나는 그 맑은 봄날 저녁과는 화성인보다 더 무관하게 녹아내리는 눈 속을 걸어갔다.

아니다, 나는 그 이야기를 듣고도 두려워하지 않았다. 이처럼 아무렇지도 않게 말해지는 그 이야기는 일상적인 단어들과 동작들을 둘러싼 바위처럼 두꺼운 껍질을 결코 뚫고 나올 수 없으리라. 그 사건의 날카로움은 오이 피클을 집어 드는 굵은 손가락들에 의해서, 보드카를 벌컥벌컥 들이마시는 우리 집 손님의 목 위를 왔다 갔다 하는 목젖의 움직임에 의해서, 안마당에서 아이들이 병아리처럼 즐겁게 질러대는 소리에 의해서 무뎌졌다. 그것은 꼭 내가 언젠가 두 대의 자동차가 충돌한 고속도로 위에서 본 적이 있는 사람의 팔처럼 보였다. 떨어져 나간 팔 하나를 어떤 사람이 신문지 조각에 싸서 든 채 구급차가 도착하기를 기다리고 있었다. 피가 뚝뚝 떨어지는 살덩어리에 인쇄체 활자들과 사진들이 달라붙어 있어서 도저히 사람의 팔이라고는 믿을 수가 없었다….

아니다, 오히려 내 마음을 뒤흔들어 놓은 것은 삶의 실재 같지 않음이었다. 한 주일 전에 나는 베리아의 수수께끼에 대해서, 욕을 당하고 살해된 여자들이 득실거리는 그의 하렘에 대해서 알게 되었다. 그런데 이제는 그 젊은 프랑스 여성(나는 이 여성이 샤를로트라는 사실을 도저히 받아들일 수가 없었다)이 사막에서 강간을 당했다는 것이다.

이건 한꺼번에 너무 지나치다. 이 같은 지나침이 나를 당혹스럽게 만들었다. 근거가 없고, 터무니없이 명백한 이 일치가 내 생각을 혼란에 빠뜨렸다. 소설 같았으면 모스크바 한복판에서 여자들이 납치당하는 그 흉악한 이야기 다음에는 여러 페이지에 걸쳐 독자들이 정신을 되찾을 만한 여유를 주었을 텐데. 독자는 독재자를 때려눕히는 영웅이 출현하리라는 기대를 할 수도 있으리라. 하지만 인생은 주제의 일관성 따위는 개의치 않는다. 그 내용물을 아무렇게나 뒤죽박죽 쏟아 놓을 뿐이다. 인생은 서투르기 때문에 우리가 갖고 있는 동정심의 순수성을 망가뜨리고, 우리의 정당한 분노를 문제 삼는다. 삶이란 사실 대충 써 놓은 끝없는 초고 같은 것이어서 사건들은 잘못 배열되어 서로 겹치고, 등장인물들은 그 숫자가 너무 많아 말을 할 수도, 고통을 느낄 수도, 서로 사랑하거나 미워할 수도 없다.

나는 이 두 비극적인 이야기 사이에서 몸부림쳤다. 베리아, 그리고 이자가 쾌락의 신음을 마지막으로 내지름과 동시에 최후를 맞은 그 젊은 여성들. 모래밭 위에 내던져져 얻어맞고 고문당해서 도저히 알아볼 수 없게 변해 버린 젊은 샤를로트. 나는 어떤 기묘한 무감각 상태에 사로잡혔다. 나는 그처럼 둔한 무관심 상태에 빠진 나 자신에 실망했고, 그런 나 자신을 원망했다.

바로 그날 밤 나는 이런 생각을 했다. 삶이라는 것이 앞뒤가 잘 안 맞기 때문에 오히려 위안이 된다는 지금까지의 내 생각은 잘못된 게 아닐까? 반쯤은 제정신인 몽상 속에서 신문지에 둘둘 말린 사람의 팔이 다시 눈앞에 떠올랐다… 아니다, 그 팔은 그처럼 평범하게 포장되어 있어서 훨씬 더 소름끼쳤다! 도저히 있음직하지 않은 현실은 허구를 능가한다. 나는 피투성이가 된 피부에 착 달라붙어 있는 작은 물집들의 환영을 떨쳐 버리려고 머리를 흔들었다. 사막의 반투명한 대기 속에 새겨져 있던 또 다른 또렷한 환영이 아무 방해도 받지 않은 채 별안간 내 눈에 박혔다. 그것은 허탈한 상태로 모래 위에 쓰러져 있는 한 젊은 여체의 환영이었다. 야수처럼 그녀에게 덤벼든 남자들이 격렬하게 경련하고 있었지만 여체는 꼼짝도 하지 않았다. 뚫어지게 응시하고 있노라니 천장이 푸른색으로 변했다. 너무나 고통스러웠기 때문에 나는 내 가슴속에 윤곽이 그려지는 것처럼 느꼈다. 목덜미 아래의 베개가 꼭 모래처럼 단단하고 까칠까칠했다….

왜 별안간 그런 행동을 했는지 나 자신도 모른다. 처음에는 조금 주저주저하면서, 그러고 나서는 인정사정없이 내 뺨을 사납게 후려치기 시작한 것이다. 내 생각의 움푹 들어간 늪에서 그 여체를 바라보며 즐기고 있는 누군가가 내 속에 있다고 느꼈던 것이다….

나는 눈물에 젖어 부어오른 얼굴의 끈적끈적한 표면이 혐오감을 불러일으킬 때까지 내 뺨을 후려쳤다. 내 가슴속에 웅크리고 있는 또 다른 누군가가 완전히 입을 다물 때까지… 그러고 나서 나는 불안으로 인해 몸부림치다가 떨어뜨린 방석에 발이 걸리는 바람에 균형을 잃고 비틀거리면서 창문 쪽으로 다가갔다. 가느다란 초승달이 하늘에 홈을 새겨 놓았다. 별들이 꼭 마당을 가로질러 가는 몽유병자의 발밑에서 삐걱거리는 얼음처럼 쨍그랑거렸다. 차가운 공기를 쐬었더니 부어오른 얼굴이 좀 가라앉는 것 같았다.

"나는 러시아인이야."

나는 문득 낮은 목소리로 이렇게 중얼거렸다.

12

내

가

치

유

된 것은 아직 순결하면서도 관능적인 그 젊은 육체 덕분이었
다. 그렇다, 4월의 어느 날, 나는 내가 청춘기의 가장 고통스런 겨
울로부터, 그 겨울의 불행으로부터, 그 겨울의 사자들로부터, 그
리고 그 겨울에 알게 된 새로운 사실들의 중압으로부터 드디어
해방되었다고 느꼈다.

하지만 가장 중요한 것은 내게 이식된 프랑스가 더 이상 존재
하지 않는 것처럼 보였다는 사실이었다. 마치 내가 내 가슴속에
들어 있는 이 제2의 심장을 질식시키는 데 성공하기라도 한 것
처럼 말이다. 이 심장이 마지막 숨을 내쉰 그날은 내게 있어서
유령들이 나타나지 않는 삶의 시작을 의미하는 4월의 그 오후와
정확히 일치했다….

나무 아래에 놓인 거친 솜씨로 짠 소나무 테이블 앞에 서 있
는 그녀의 뒷모습이 눈에 들어왔다. 남자 교관 한 사람이 그녀의
동작을 지켜보면서 가끔씩 손바닥에 꽉 쥐고 있던 초시계를 들
여다보곤 했다.

열다섯 살쯤 되었을까, 나랑 동갑으로 보이는 그 소녀의 몸이 햇살 속에 푹 잠겨 있어서 나는 눈이 부셨다. 그녀는 지금 가장 빠른 시간 내에 경기관총을 분해했다가 다시 결합하는 시합을 벌이고 있었다. 도시 내 여러 학교가 참가한 교련 경연대회가 열리고 있는 중이었다. 우리는 자기 차례가 되면 테이블 앞에 서서 교관의 신호를 기다리고 있다가 칼라슈니코프 경기관총 앞으로 달려가서 그 무거운 쇳덩어리를 분해했다. 분해된 부품들은 테이블 위에 펼쳐졌다가 잠시 후 역순으로 제자리를 되찾았다. 검은 용수철을 땅에 떨어뜨리는 아이도 있었고, 조립 순서를 혼란스러워하는 아이도 있었다… 그녀로 말하자면, 처음에 나는 그녀가 테이블 앞에서 몸을 위아래로 흔들며 춤을 추는 줄 알았다. 분해 결합하는 동안, 재킷과 카키색 치마를 입고 적갈색 고수머리에 작업 모자를 쓴 그녀의 몸이 꼭 물결치듯 움직였다. 미끌미끌한 부품들을 대단히 능숙하게 다루는 걸 보니 연습을 꽤 많이 했음에 틀림없었다.

나는 깜짝 놀라서 그녀를 주시했다. 그녀의 모든 것이 너무나 꾸밈이 없었고 너무나 생기에 넘쳤다! 엉덩이는 두 팔의 움직임에 따라 가볍게 너울거렸다. 탄탄해 보이는 금빛 다리도 보일 듯 말 듯 떨렸다. 그녀는 자기 자신의 날렵한 동작에서 어떤 즐거움을 느끼고 있었고, 그래서 그처럼 예쁘고 실팍진 엉덩이를 율동감 있게 흔들어대는 것 같은 불필요한 동작도 취할 수가 있었을 것이다. 그렇다, 그녀는 춤을 추고 있는 것이었다. 굳이 그녀의 얼굴을 보지 않더라도 그녀가 미소 짓고 있으리라는 짐작을 할 수 있었다.

나는 처음 본 그 갈색 머리 여학생을 사랑하게 되었다. 물론 그 사랑의 감정이라는 것은 무엇보다도 벌써 무르익을 대로 무르익은 상반신과는 대조될 만큼 아직 어리고 연약해 보이는 그녀의 허리를 보며 느끼는 극도의 육체적 욕망, 육욕적인 호기심에 다름 아니었다… 나는 차례가 되어 경기관총을 분해 조립하려는 순간 별안간 팔다리가 마비되어 3분 넘게 시간을 잡아먹는 바람에 성적이 바닥으로 처져 버렸다… 하지만 나는 그녀의 몸을 껴안고, 그녀의 매끄러운 구릿빛 살결을 손가락으로 어루만져 보고 싶은 욕망을 넘어서서 뭐라 말로 표현할 수 없는 새로운 행복을 느꼈다.

숲가에 놓여 있는 투박한 나무 테이블, 태양, 그리고 덤불숲 어둠 속 잔설 내음. 모든 것이 완전무결할 정도로 단순했다. 그리고 환하게 빛났다. 아직은 풋내 나는 여성다움을 지닌 그 육체처럼. 나의 욕망처럼. 교관의 지시처럼. 과거의 그 어떤 그림자도 그 순간의 투명함을 흐려 놓지는 못했다. 나는 숨을 쉬고, 욕망을 느끼고, 기계적으로 지시를 따랐다. 그리고 나는 겨울 내내 내 머릿속에 응고된 고통스럽고 혼란스러운 생각들의 덩어리가 흩어지는 것을 느끼자 형용할 수 없을 만큼 기뻤다… 그 갈색 머리 소녀는 경기관총 앞에서 가볍게 허리를 흔들고 있었다. 밝은 햇살이 그녀의 엷은 재킷을 비추자 몸의 윤곽이 환히 드러났다. 불이 붙어 이글거리는 듯 새빨간 그녀의 머리털이 모자 위에서 나선 모양으로 감겨 있었다. 마르그리트 스테넬, 이자보 드 바비에르… 그로테스크한 이름들이 꼭 우물 밑바닥에서처럼 흐릿하고 음울하게 머릿속에서 메아리쳐 울렸다. 내 삶이 한때는 그 먼지투성이 유골들로 이루어져 있었다니, 믿을 수가 없었다. 나는 햇빛도, 욕망도 없이 책의 어스름 속에서 살았던 것이다. 유령의 나라를, 망령들이 득실거리는 옛 프랑스의 신기루를 찾아서….

교관이 초시계를 모두에게 보여 주면서 즐거운 고함을 내질렀다. "1분 15초가 나왔습니다!" 최고 기록이었다. 갈색 머리 소녀가 고개를 돌리더니 환하게 웃었다. 그리고 모자를 벗으며 머리를 흔들었다. 그녀의 머리칼이 태양 아래서 붉게 타오르면서 주근깨가 꼭 불똥처럼 튀어 올랐다. 나는 그만 두 눈을 질끈 감아 버리고 말았다.

그리고 이튿날 난생처음으로 나는 칼라슈니코프 경기관총을 힘주어 잡고 그것이 내 어깨 위에서 신경질적으로 진동할 때의 그 독특한 관능적 쾌감을 맛보았다. 합판으로 만든 표적에 벌집처럼 구멍이 뚫리는 걸 멀리서 바라볼 때도 그 같은 쾌감을 느낄 수 있었다. 그렇다, 총의 연속적인 진동, 그것의 남성적인 힘을 통해서 나는 극도의 관능을 느낀 것이다.

더더구나, 처음 일제사격을 하는 순간 머리가 윙윙거리는 듯한 침묵으로 가득 메워졌다. 내 왼쪽에 있는 학생이 먼저 사격을 하는 바람에 귀가 멍해졌다. 꼭 초인종이 울리듯 귓속에서 쉴 새 없이 타닥거리는 소리, 속눈썹 속으로 쏟아져 들어오는 무지갯빛 햇살, 몸 밑의 흙에서 풍기는 강렬한 동물 냄새—나는 행복의 절정을 만끽했다.

왜냐하면 드디어 나는 삶으로 되돌아오고 있었던 것이다. 나는 삶의 의미를 발견했다. 총을 쏘고, 열 지어 행군하고, 알루미

늄 도시락에 든 수수죽을 먹는 이 질서 정연한 행동의 행복한 단순함 속에서 살아가는 것. 다른 사람들이, 최후의 목표가 무엇인지 아는 사람들이, 관대하게도 우리의 책임감으로 인한 중압을 제거함으로써 우리를 가볍고 투명하고 순수하게 만들어 주는 사람들이 이끄는 집단적인 움직임 속에 이끌려 가는 것. 이 목표 역시 단순하고 고유하다. 조국을 방어하는 것이다. 나는 어서 빨리 이 거창한 목표에 매진하려고, 놀라울 만큼 무책임한 집단인 내 친구들과 어울리려고 서둘렀다. 나는 연습용 수류탄을 던졌고, 방아쇠를 당겼고, 텐트를 쳤다. 즐겁게. 행복에 넘쳐서. 건전하게. 그리고 온종일 우연히 오래된 신문 더미에서 보게 된 세 여인의 삶과 죽음에 관해 곰곰 생각하며 초원 지대 가장자리의 한 낡은 집에서 시간을 보내곤 했던 그 사춘기 소년이 이따금 머리에 떠오를 때마다 나도 모르게 깜짝깜짝 놀라곤 했다. 누군가가 나에게 그 몽상가를 소개시켜 주었더라도 나는 분명히 그를 알아보지 못했으리라. 나 자신조차도 알아보지 못했으리라….

그 다음 날, 교관은 우리를 데리고 가서 전차 종대가 도착하는 장면을 구경시켜 주었다. 처음에는 회색 구름 같은 것이 지평선상에 나타나더니 점점 더 커졌다. 그러고 나더니 강력한 진동이 우리 구두창을 울렸다. 땅이 흔들렸다. 그리고 구름이 노란색으로 변하면서 높이높이 솟아오르더니 해를 가려 버렸다. 전차의 무한궤도가 내는 금속성 굉음에 뒤덮여 다른 소리는 하나도 안 들렸다. 첫 번째 포신이 먼지의 벽을 꿰뚫자 부대장의 전차가 불쑥 나타났고, 이어서 두 번째, 세 번째… 전차가 나타났다. 그리고 전차들은 급커브를 그리며 정렬한 다음 멈추어 섰다. 그러자 전차 궤도는 풀들을 통째로 뽑아내면서 훨씬 더 요란하게 덜거덕거렸다.

제국의 군사력에 매료된 내 눈앞에 지구의 모습이 떠오르자 나는 이 전차들이(우리 전차들이!) 지각을 벗겨내 버릴 수도 있겠다는 상상을 했다. 명령 한 번만 내리면 될 것이다. 이런 생각을 하면서 나는 전에 없는 자부심을 느꼈다….

또 나는 포탑에서 나오는 군인들의 차분한 남성다움에 매료되었다. 그들은 꼭 하나의 단단하고 튼튼한 물체에서 잘라 내어 다듬어 놓은 듯 모두 다 비슷해 보였다. 그들이라면 겨우내 나를 몹시 괴롭혔던 그 우울한 생각에 절대 굴하지 않으리라. 아니다, 내 마음속에 괴어 있던 그 모든 질척질척한 폐수는 그들이 수행하는 명령만큼이나 단순하고 직접적인 그들 생각의 맑은 흐름 속에서는 단 한순간도 머물러 있지 않으리라. 그들의 삶이 너무나 부러웠다. 그들의 삶은 그곳, 태양 아래 한 점 그늘도 없이 드러나 있었다. 그들의 힘, 그들의 몸에서 풍기는 남성적 체취, 먼지를 뒤집어쓴 그들의 군용 점퍼. 그리고 어딘가에 있을 그 갈색 머리 소녀의, 성숙한 여인이나 다름없는 그 사춘기 소녀의, 그 사랑의 약속의 존재. 내겐 오직 한 가지 바람뿐이었다. 언젠가는 전차의 좁은 포탑에서 빠져나와 그 무한궤도 위로, 그리고 다시 무른 땅 위로 뛰어내린 다음 미래를 약속한 여인을 향해 기분좋게 지친 걸음걸이로 걸어가는 것.

바로 이 삶, 내가 항상 그 주변에서 살았던 소련 특유의 삶이 나를 열광시켰다. 이 삶의 느긋하고 집단주의적인 일과를 받아들이는 것이야말로 하나의 명쾌한 해결책이 아닐까? 다른 사람들과 똑같이 사는 것이다! 전차를 몰고, 그러고 나서 제대하면 볼가 강변에 서 있는 큰 공장의 기계들 속에서 강철을 만들고, 토요일이 되면 운동장에 가서 축구 경기를 보는 것. 그리고 무엇보다도, 이 평온하고 예측 가능한 나날들의 연속이 하나의 커다란 구세적 계획으로 언젠가는 우리들 모두를 영원히 행복하게 해 주고, 우리의 사고를 투명하게 만들어 주며, 엄격히 평등하게 만들어 줄 그 공산주의로 장식되어 있다는 사실을 아는 것.

바로 그때 전투기들이 우리 머리 위로 나타나더니 숲의 나무들 꼭대기를 스칠 듯 말 듯 날아갔다. 전투기들이 세 대씩 편대를 이루어 비행할 때마다 꼭 하늘이 금방이라도 폭발해서 우리들 위로 와르르 쏟아져 내릴 것만 같았다. 마치 파도가 한 차례씩 밀려드는 것처럼 전투 편대가 굉음과 함께 공기를 가르며 쇄도할 때마다 내 뇌가 절단되는 것 같았다.

나중에 밤의 침묵 속에서 나는 풀이 뿌리째 뽑혀져 나간 자국이 여기저기 꼭 짙은 줄무늬처럼 나 있는 텅 빈 평원을 오랫동안 응시했다. 나는 이렇게 중얼거렸다.

"언젠가 한 아이가 이곳에 서서 저 안개 자욱한 지평선 위에 전설의 도시가 서 있다고 상상한 적이 있었지… 이제 그 아이는 없다. 나는 치유된 것이다."

그 잊지 못할 4월 어느 날 이후로 학교의 소사회가 나를 받아들였다. 그들은 새 신도라든가 열성적인 재개종자, 혹은 광신적인 회개자를 대할 때처럼 친절하고 관대하게 나를 맞았다. 나도 그랬다. 나는 내가 앞으로는 결코 특이한 행동을 하지 않을 것이라는 사실을 그들에게 보여 주려고 애썼다. 내가 그들과 다른 사람이 아니라는 사실을 보여 주려고 애썼다. 게다가 나는 그동안 그들과 어울리지 않고 따로 논 데 대한 대가를 치르기 위해서라면 뭐든지 다 할 각오가 되어 있었다.

더더구나 그동안 이 소사회 자체도 변화가 있었다. 어른들의 세계를 점점 더 잘 모방하게 되면서 여러 그룹으로 갈라졌던 것이다. 그렇다, 꼭 사회 계급이 나뉘듯 말이다! 모두 세 그룹이 있었다. 이 세 그룹은 어제까지만 해도 너 나 할 것 없이 함께 모여 놀았던 이 청소년들의 미래를 이미 예고하는 듯했다. 이제는 '프롤레타리아' 그룹이 생겼다. 숫자가 가장 많은 이들은 대부분 거대한 하항 이곳저곳의 작업장에서 노동력을 제공하는 노동자 가족 출신이었다. 또 하나는 수학을 아주 잘해서 장차 '테크노크라트'가 될 아이들로 이루어진 그룹이 있었는데, 이들은 처음에는 프롤레타리아들과 어울리면서 그들의 지배를 받았지만 서서히 톱클래스를 형성하면서 그들과 구분되었다. 가장 폐쇄적이고 또 가장 제한적이기도 한 마지막 그룹에는 앞으로 '인텔리겐차' 계급을 형성하게 될 엘리트들이 속해 있었다.

나는 이 세 그룹 모두에 속하게 되었다. 모두가 중개자로서의 내 존재를 인정한 것이다. 그 누구도 나를 대신할 수 없을 것이라는 생각을 한 적도 있었다. 프랑스… 덕분에 말이다!

왜냐하면 나는 프랑스로부터 벗어났으면서도 프랑스 이야기를 떠벌리고 다녔던 것이다. 여러 해 전부터 모아 놓은 일화들을 나를 받아준 아이들에게 해 줄 수 있다는 사실이 기뻤다. 그들은 내 이야기를 들으며 재미있어 했다. 지하 묘지에서 벌어진 전투, 금값을 주어야 먹을 수 있는 개구리다리 요리, 사랑을 사고파는 데 열중하는 파리의 모든 거리들―이런 내용으로 이야기를 하다 보니 나는 타고난 이야기꾼이라는 명성을 얻게 되었다.

나는 말을 하면서 내가 완전히 치유되었다고 느꼈다. 그전에 나를 과거의 현기증 나는 느낌 속으로 밀어 넣었던 광기의 발작이 더 이상 되풀이되지 않았던 것이다. 프랑스는 단순한 이야깃거리가 되었다. 그것은 재미도 있었고, 학교 친구들에게는 이국적이었고, '프랑스식 사랑'을 묘사하면 흥분도 되었지만, 결국 우리가 쉬는 시간에 뻐끔담배를 피우면서 나누는 우스운 음담패설과 거의 다를 게 없는 한낱 이야깃거리였다.

얼마 지나지 않아서 나는 듣는 사람의 기호에 따라 내 프랑스 이야기에 양념을 곁들여야 한다는 사실을 깨달았다. 같은 이야기라도 '프롤레타리아'에게 하느냐, '테크노크라트'에게 하느냐, 아니면 '인텔리겐차'에게 하느냐에 따라 그 어조가 달라졌다. 이야기꾼으로서의 내 재능에 자부심을 갖고 있던 나는 장르에 변화를 주고, 스타일을 적합하게 바꾸고, 단어를 선별했다. 그래서 '프롤레타리아' 부류의 환심을 사기 위해서는 대통령과 마르그리트의 말도 많고 탈도 많았던 열렬한 연애 사건에 관해 장황하게 사설을 늘어놓았다. 한 남자가, 그것도 일국의 대통령이 너무 진하게 사랑을 나누다가 목숨을 잃다니. 이 장면 하나만으로도 그들은 황홀경에 빠졌다. '테크노크라트'들로 말하자면, 우여곡절을 거듭하는 심리적 음모에 더 큰 흥미를 보였다. 그들은 마르그리트가 그렇게 엄청난 섹스 스캔들을 일으키고 난 뒤 어떻게 되었는지 알고 싶어했다. 그래서 나는 롱생이라는 이름의 막다른 골목에서 벌어진 두 건의 수수께끼 같은 살인 사건에 관해서, 마르그리트의 남편은 커튼 여닫는 끈으로 목이 졸려 살해당하고 그의 장모는 그녀 자신의 틀니에 질식당해 살해된 채 발견된 그 무시무시한 5월 어느 날 아침에 관해서 이야기했다… 나는 직업 화가였던 이 남편에게 관청 쪽에서 주문이 폭주했으며, 그의 아내는 고관들과의 친분 관계를 계속 유지했다고 밝히는 것도 잊지 않았다. 또 다른 소문에 의하면 고인이 된 펠릭스 포르의 후계자들 가운데 한 사람인 어느 장관이 그녀의 남편에게 현장을 들켰다고도 한다….

'인텔리겐차'들로 말하자면, 이런 주제에 대해서 별다른 관심을 보이는 것 같지 않았다. 무관심을 드러내기 위해서 가끔 하품까지 하는 아이들도 있었다. 그들은 말장난을 하기 위한 핑계를 찾아내는 순간 이 위장된 냉정함을 포기해 버렸다. 프랑스 대통령 '포르'는 금방 말장난의 희생자가 되었다. '포르에게 주다'는 러시아어로 '자기 라이벌에게 점수를 주다'를 의미했다. 짐짓 무관심한 척하는 웃음이 터졌다. 누군가가 다시 한 번 만사 귀찮다는 듯 짧게 한번 웃으며 내뱉었다. '포르는 정말 뛰어난 포워드야!' 축구의 전위를 암시하는 말이었다. 또 다른 아이는 일부러 바보 같은 표정을 지으며 여닫는 작은 창인 포르토츄카에 대해서 이야기했다… 나는 이 한정된 집단 내에서 쓰이는 언어가 거의 대부분 뒤틀린 난어들과 말장난에 가까운 수수께끼, 과장되고 우스꽝스런 문장들, 회원들만 알고 있는 표현들로 이루어져 있다는

사실을 깨달았다. 나는 그들의 언어가 우리를 둘러싸고 있는 세

계를, 해가 뜨고 바람이 부는 세계를 필요로 하지 않는다는 사실을 확인하며 감탄과 불안이 섞인 감정을 느꼈다. 얼마 지나지 않아 나는 이 언어의 마법사들을 모방할 수 있게 되었다….

나의 이런 급격한 변화를 마뜩찮아 하던 인물이 딱 한 사람 있었는데, 누군가 하면 옛날에 함께 낚시를 하러 다녔던 바로 그 게으름뱅이 파슈카였다. 그는 이따금씩 우리 그룹으로 다가와서는 우리가 하는 얘기에 귀를 기울이다가 내가 프랑스 이야기를 하기 시작하면 의심에 찬 표정으로 나를 뚫어지게 바라보곤 했다.

어느 날, 다른 때보다 더 많은 아이들이 내 주위에 모여들었다. 내 이야기가 특별히 더 재미있었던 모양이었다. 나는(죽을죄란 죽을죄는 다 저질렀다는 이유로 고발되어 파리에서 살해된 그 불쌍한 스피발스키의 소설을 요약한 것이었는데) 망해 가는 짜르의 제국을 도망치느라 거의 텅 빈 열차 안에서 긴 밤을 보낸 두 연인 이야기를 했다. 이튿날 그들은 영원한 작별을 했다….

이번에는 프롤레타리아의 아들들과 미래의 기술자들, 인텔리겐차, 이 세 계급 모두가 내 이야기에 귀를 기울였다. 나는 죽은 마을들과 불탄 다리들 위를 날아가듯 달리는 그 밤기차의 한쪽 구석에서 두 연인이 열렬하게 포옹하는 대목을 묘사했다. 그들은 열심히 내 얘기에 귀를 기울이고 있었다. 연인과 함께 대통령궁에 있는 프랑스 대통령보다는 이 기차 안의 연인들을 상상하는 게 그들로서는 분명히 더 쉬운 일이었으리라… 그리고 말장난의 애호가들을 만족시키기 위해서 나는 기차가 한 시골 도시에 정차했다는 이야기도 했다. 남자 주인공이 창문을 내리고 철로 옆을 지나가는 몇 안 되는 사람들에게 그곳 이름을 물었다.

하지만 그에게 도시 이름을 가르쳐 줄 수 있는 사람은 아무도 없었다. 이름이 없는 도시였던 것이다! 외국인들이 사는 도시였던 것이다. 만족스런 탄성이 탐미주의자들의 입에서 흘러나왔다. 그리고 나는 사랑에 미친 우리 승객들의 정처 없는 사랑에 관해 다시 이야기하기 위해 플래시백을 능란하게 구사, 열차 안으로 되돌아갔다… .

바로 그 순간, 파슈카의 헝클어진 머리칼이 아이들 머리 위로 불쑥 솟아올라 왔다. 그는 잠시 귀를 기울이더니 투박한 저음으로 간단히 내 목소리를 덮어 버리면서 투덜거렸다.

"자, 이렇게 하니까 만족스럽냐? 이 엉터리 바보들이 원하는 건 그저 그런 얘기뿐이라니까! 네 거짓말에 혹해서 벌써 침을 질질 흘리고 있잖아!"

감히 혼자 나서서 파슈카의 말에 반론을 제기하며 맞설 만한 아이는 아무도 없었다. 하지만 여러 명이 모이면 없는 용기도 생기는 법. 분노의 투덜거림이 그의 말에 응답했다. 아이들을 진정시키기 위해서 나는 타협적인 어조로 또박또박 말했다.

"아니, 그렇지 않아. 이건 네가 말하듯 그런 엉터리 같은 얘기가 아냐, 파슈카! 이건 자전소설이라고. 이 사람은 혁명이 일어난 뒤에 실제로 자기 애인이랑 같이 러시아에서 도망쳤다가 파리에서 피살됐거든…"

"그럼 왜 넌 역에서 일어난 일은 얘기 안 하는 거야, 응?"

나는 멍하니 입만 벌리고 있었다. 이제 생각해 보니 그 이야기를 이 게으름뱅이 친구에게 한 번 해 준 적이 있었다. 매일 아침 이 두 연인은 눈에 파묻힌 흑해 연안의 한 도시에 있는 레스토랑에서 만나곤 했다. 그들은 성에로 뒤덮인 창문 앞에서 뜨거운 차를 한 잔 마셨다… 세월이 흐른 뒤 그들은 파리에서 다시 만났고, 아침의 그 몇 시간이 그들 삶의 모든 숭고한 사랑보다 더 소중했노라고 서로에게 고백했다. 그렇다, 그 흐린 잿빛 아침, 농무를 알리는 그 둔한 경적 소리, 그리고 역사의 살인적인 태풍을 함께 맞았던 그들의 존재….

파슈카가 말하는 건 바로 이 역 레스토랑이었다… 종소리가 울린 덕분에 나는 궁지에서 벗어날 수 있었다. 내 이야기를 듣던 아이들이 담배를 끄고 교실로 우르르 몰려 들어갔다. 그리고 나는 어리둥절한 심정으로 나의 그 어떤 화법으로도(내가 '프롤레타리아들'에게 말할 때 쓰는 화법으로도, '테크노크라트들'의 화법으로도, 심지어는 '인텔리겐차들'이 몹시 좋아하는 그 언어의 묘기로도), 아니, 나의 그 어떤 언어로도 시대의 심연 가장자리에서 그 눈 쌓인 아침의 신비로운 매혹을 재현할 수는 없으리라 생각했다. 그 아침의 빛, 그 아침의 침묵… 더더구나 우리 반 친구들은 그 순간에 대해서는 아무런 흥미도 느끼지 않을 것이다! 그건 너무나 하잘것없는 순간인 것이다. 에로틱한 유혹도 없고, 음모도 없고, 말장난도 없는 것이다.

집으로 돌아가던 나는 내가 급우들에게 사랑에 빠진 대통령 이야기는 했으면서도 그가 엘리제궁의 어두운 창문 앞에서 아무 말 없이 무엇인가를 살피고 있었다는 얘기는 단 한 번도 한 적이 없었다는 사실을 기억해 냈다. 혼자서 가을밤을 마주보고 있는 그, 그리고 이 비 내리는 어두운 세상 어딘가에 있을, 안개 속에서 반짝거리는 베일로 얼굴을 가린 한 여인. 하지만 만일 내가 가을밤의 이 물에 젖은 베일에 대해 이야기한들 도대체 누가 내 말에 귀를 기울일 것인가?

그 뒤로도 두세 번 파슈카는 나를 새로운 친구들에게서 떼어 놓으려고 여전히 서투른 시도를 했다. 어느 날, 그는 볼가 강으로 낚시질하러 가자고 내게 제안했다. 나는 모든 급우들 앞에서 조금은 경멸스러운 표정을 지으며 그의 제안을 거절했다. 그는 아이들 앞에서 뭔가 머뭇머뭇거리며 잠시 그렇게 혼자 서 있었는데, 딱 벌어진 체격에도 불구하고 이상하리만큼 허약해 보였다… 또 한 번은 집으로 돌아가는 길에 따라와서는 스피발스키의 책을 갖다 달라고 부탁하는 것이었다. 나는 그렇게 하겠다고 약속했다. 그 다음 날, 나는 이 약속을 까맣게 잊어먹고 말았다….

나는 새로운 집단적 즐거움에, '쾌락의 산에 너무 깊이 몰두해 있었던 것이다.

우리 도시에서는 볼가 강이 내려다보이는 야산 꼭대기에 자리 잡은 이 거대한 야외 댄스플로어를 그렇게 불렀다. 우리들 중에서 춤추는 법을 아는 사람은 거의 없었다. 우리가 리듬에 맞추어 허리를 흔드는 건 사실 오직 한 가지 목적, 그러니까 여체를 안고, 만지고, 손아귀에 넣기 위해서였다. 매일 밤 산으로 올라가는 우리들에게는 계급도, 파벌도 더 이상 존재하지 않았다. 타오르는 욕망을 이겨 내지 못해 극도로 흥분되어 있다는 점에서 우리는 모두 똑같았다. 휴가 나온 군인들은 자기들끼리 따로 놀았다. 나는 질투를 느끼며 그들을 관찰했다.

어느 날 밤, 누가 나를 부르는 소리가 들렸다. 목소리는 나뭇가지 뒤에서 들려오는 것 같았다. 고개를 들어 보았더니 거기 파슈카가 있었다! 정사각형 모양의 댄스플로어는 높은 나무 울타리로 둘러싸여 있었다. 울타리 뒤편에는 야생식물들이 자라고 있었는데, 그것은 말하자면 그냥 방치된 공원과 숲의 중간 지대에 자리 잡은 잡목림이라고 할 수 있었다. 울타리 뒤쪽의 굵은 단풍나무 가지 위에 그가 앉아 있었다….

나는 서투른 춤 솜씨 때문에 내 파트너의 젖가슴에 부딪치고 나서 이제 막 댄스플로어에서 나온 참이었다… 그렇게 다 큰 처녀랑 춤을 추어 보기는 생전 처음이었다. 그녀의 등에 놓인 내 손바닥이 축축하게 젖어 있었다. 그런데 악단이 별안간 장식음을 넣는 통에 나는 착각을 해서 잘못된 동작을 취했고, 그 바람에 내 가슴이 그녀의 가슴에 가 부딪쳤다. 고압전선에 감전이라도 된 듯 눈앞이 아득해졌다! 그녀의 부드럽고 탄력 있는 젖가슴이 내 마음을 뒤흔들어 놓았다. 나는 춤을 추는 상대의 아름다운 얼굴 대신 반짝거리는 타원형의 물체만 바라보면서 음악은 듣지도 않은 채 계속해서 발만 굴렀다. 악단이 연주를 중단하자 그녀는 몹시 기분이 상한 듯 아무 말 없이 사라져 버렸다. 나는 꼭 얼음판 위를 걷듯 춤추는 남녀들 사이로 슬그머니 미끄러져 들어가 플로어를 가로질러 밖으로 나왔다.

혼자 있으면서 호흡을 가다듬고 정신을 되찾아야만 할 것 같았다. 나는 댄스플로어 옆으로 나 있는 오솔길을 따라 걸었다. 볼가 강 쪽에서 불어오는 바람이 불타듯 뜨거운 이마를 식혀 주었다. 문득 이런 생각이 들었다.

'근데 내 파트너가 일부러 내게 몸을 부딪쳐 온 건 아닐까?'

그렇다, 어쩌면 내 파트너는 나로 하여금 자신의 풍만한 젖가슴의 탄력을 느끼게 함으로써 순진하고 수줍은 나로서는 그 진짜 의미를 알 수 없는 신호를 보내려고 했던 것인지도 몰랐다. 그렇다면 나는 일생일대의 기회를 놓쳐 버린 것인지도 모를 일이었다!

잔을 깨뜨리고 나서 그 순간적인 어둠이 모든 걸 원래의 모습으로 되돌려 놓기를 바라며 두 눈을 꼭 감는 아이처럼 나는 눈썹을 찌푸렸다. 악단은 왜 같은 곡을 다시 한 번 연주하지 않았고, 왜 나는 파트너를 다시 찾아가서 같은 동작을 되풀이하지 않았을까? 나는 한 여체가 그처럼 너무나 은밀하게 접근해 있으면서 동시에 돌이킬 수 없을 만큼 멀리 떨어져 있다는 사실을 지금까지도 결코 느끼지 못했고 앞으로도 결코 느끼지 못하리라….

나뭇가지 속에 몸을 감춘 파슈카의 목소리가 내 귀에 들려온 것은 이 같은 감정적 혼란의 와중에서였다. 눈을 들었다. 그가 굵은 가지 위에 반쯤 드러누운 채 나를 보며 미소 지었다.

"자, 올라와! 네가 앉을 만한 자리를 만들어 줄게."

그가 다리를 펴며 말했다.

파슈카는 도시에서는 서투르고 굼떴지만 자연 속으로만 나가면 바로 사람이 달라졌다. 나뭇가지 위에 앉아 있는 그는 꼭 밤 사냥을 나가기 전에 휴식을 취하고 있는 커다란 고양이처럼 보였다….

다른 상황에서라면 나는 그의 초대를 무시해 버렸을 것이다. 하지만 그가 너무나 엉뚱한 자세를 취하고 있는데다가 나 또한 현장에서 범죄를 저지르다 들킨 것 같은 느낌에 사로잡혀 있었다. 그는 꼭 내 흥분된 생각을 나뭇가지 위에서 엿본 것 같았다! 그가 내게 손을 내밀었고, 나는 그 옆으로 기어 올라갔다. 그 나무는 영락없는 관측소였다.

위에서 보니 서로 얼싸안은 채 물결치듯 움직이고 있는 수많은 남녀의 모습이 전혀 다른 모양을 하고 있었다. 한편으로는 우스꽝스러워 보이기도 했고(그 자리에서 발을 구르고 있는 그 모든 사람들!), 또 한편으로는 그들 모두가 어떤 논리에 따라 움직이고 있는 것 같기도 했다. 남녀의 몸들이 서로 착 달라붙은 채 빙글빙글 돌다가 춤이 끝나면 서로 떨어지곤 했고, 이따금씩은 노래가 여러 곡 끝날 때까지 계속 밀착되어 있기도 했다. 나는 플로어 위에서 이루어지는 온갖 자질구레한 감정의 유희를 나뭇가지 위에서 한눈에 내려다보며 파악할 수가 있었다. 경쟁, 도발, 배신, 첫눈에 반하기, 결별, 해명, 시작되려고 했다가 주의를 게을리하지 않는 질서 요원에 의해 재빨리 진정되는 싸움. 그리고 특히 음악의 장막과 춤의 의식을 뚫고 나가는 그 욕망. 나는 파도처럼 넘실거리는 사람들 속에서 내가 조금 전에 젖가슴을 살짝 건드렸던 그 아가씨를 발견했다. 잠시 나는 이 파트너에게서 저 파트너로 옮겨 다니는 그녀의 궤적을 지켜보았다….

요컨대 나는 그 같은 선회가 무엇인가를 은밀하게 내게 상기시킨다고 느꼈다. '인생!' 어떤 소리 없는 목소리가 별안간 내게 이렇게 암시했고, 내 입술은 그 말을 조용히 되풀이했다. '인생…' 욕망에 따라 움직이면서도 무수한 가식으로 그 욕망을 감추는 육체들의 뒤섞임. 인생….

'그런데 난 지금 이 순간 어디 있는 거지?'

나 자신에게 이렇게 묻는 순간, 나는 이 질문에 대한 대답이야 말로 모든 걸 결정적으로 설명하게 될 놀라운 진리를 탄생시킬 것이라는 생각이 들었다.

오솔길에서 고함 소리가 울렸다. 집으로 돌아가는 반 친구들 이었다. 나는 나뭇가지를 붙잡고 뛰어내릴 준비를 했다. 쓰디쓴 체념이 밴 파슈카의 목소리가 별다른 확신 없이 울렸다.

"기다려! 이제 조명이 꺼지면 하늘에 온통 별이 가득할 거야! 더 높이 올라가면 궁수자리도 볼 수 있을 거라고…"

나는 그의 말을 듣고 있지 않았다. 나는 밑으로 뛰어내렸다. 굵은 나무뿌리가 여기저기 드러나 있는 땅에 발바닥이 닿는 순 간 몹시 아팠다. 나는 쉴 새 없이 손짓을 하며 멀어져 가고 있는 반 친구들을 따라잡으려고 뛰어갔다. 어서 빨리 예쁜 가슴을 가 진 내 파트너 얘기를 하고, 그들의 의견을 듣고, 귀가 먹먹할 만 큼 큰 소리로 떠들고 싶었다. 나는 다시 진짜 삶 속으로 돌아가 려고 서둘렀다. 나는 잔인한 쾌감을 음미하며 조금 전 머릿속에 떠올랐던 그 기묘한 질문을 패러디했다.

"지금 나는 어디 있지? 나는 어디 있었지? 나뭇가지 위, 그 바 보 같은 파슈카 옆에 있었어. 진짜 인생의 가장자리에 서 있었 지!"

엉뚱한 우연에 의해(소설가들이 꼭 무슨 심각한 결점이라도 되듯 그렇게 열심히 찾아나니는 믿기 어려운 반복들이 현실을 구성하고 있다는 사실을 나는 이미 알고 있었다) 우리는 다음

날 다시 만났다. 밤에는 감상적이며 비밀스런 이야기를 흥분된

어조로 심각하게 나누며 자기 영혼의 무척 내밀한 밑바닥까지 서로에게 드러내 보여 주었다가 다음 날 아침 일상적이며 회의적인 햇빛 속에서 다시 만났을 때는 왠지 거북해하는 두 친구처럼 말이다.

나는 이제 겨우 오후 여섯 시여서 아직 닫혀 있는 댄스플로어 주위를 서성거리고 있었다. 무슨 일이 있더라도 전날 밤 함께 춤을 추었던 그 아가씨의 첫 번째 파트너가 되고 싶었다. 할 수만 있다면 시간을 뒤로 돌려놓고 엎질러진 물을 다시 주워 담고 싶었다.

파슈카가 공원의 덤불 속에서 불쑥 나타나더니 나를 보자 잠시 망설이다가 다가와 인사를 했다. 낚시도구를 들고 있었다. 그는 겨드랑이에 끼고 있던 둥글고 검은 빵을 한 조각씩 뜯어내더니 맛있게 씹어 먹었다. 꼭 무슨 나쁜 짓을 하다가 현장에서 들킨 것 같은 느낌이었다. 그는 내 얼굴을 뚫어지게 바라보더니 깃이 넓게 벌어진 내 연한 색깔 와이셔츠와 그 당시 유행하던 나팔바지를 위아래로 훑어보았다. 그러고 나서 잘 있으라는 듯 고개를 끄덕이더니 가 버렸다. 나는 안도의 한숨을 내쉬었다. 그런데 파슈카가 별안간 몸을 돌리더니 좀 거친 목소리로 이렇게 소리치는 것이었다.

"이리 와 봐, 네게 보여 줄 게 있어! 자, 어서 와. 후회는 안 할 거야…"

만일 그가 가만히 서서 내 대답을 기다리고 있었더라면 나는 아마 더듬거리며 거절했을 것이다. 하지만 그는 나는 쳐다보지도 않은 채 제 갈 길을 가고 있었다. 나는 마지못해 그를 따라갔다.

우리는 볼가 강 쪽으로 내려가서 거대한 크레인과 작업장, 골 함석으로 지은 창고가 있는 하항을 따라 걸어갔다. 우리는 하류 쪽으로 더 가서 낡은 거룻배와 녹슨 철 구조물, 기다란 썩은 나무껍질이 피라미드 모양으로 산더미처럼 쌓여 있는 넓은 공터 안으로 들어갔다. 파슈카는 낚싯줄과 그물을 그 벌레 먹은 나무 줄기 밑에 숨겨 놓은 다음 이 배에서 저 배로 건너뛰었다. 그곳엔 안 쓰이는 부두도 한 곳 있었고, 몇 개 있는 부교는 우리가 걸어가자 출렁거리면서 밑으로 가라앉았다. 그런데 나는 파슈카를 따라가면서도 언제 우리가 뭍을 떠나 물 위에 떠 있는 이 작은 폐선까지 왔는지 알 수가 없었다. 나는 부서진 난간을 꼭 붙잡고 정크 선처럼 생긴 배 안으로 건너뛴 다음 다시 뱃전을 넘어 축축한 뗏목 배 위에 걸터앉았다….

드디어 우리는 꽃이 만발한 딱총나무들로 뒤덮인 가파른 강둑 사이 수로에 닿았다. 양쪽 둑 사이로 펼쳐진 수면은 뱃전이 스칠 정도로 무질서하게 맞붙어 있는 낡은 선박들의 선체에 가려 보이지 않았다….

우리는 작은 배의 노 젓는 사람이 앉는 가로장 위에 자리를 잡았다. 건너편에는 화재의 흔적이 남아 있는 큰 거룻배의 옆구리가 높이 솟아 있었다. 길게 목을 내밀어 올려다보았더니 저 위 높은 곳, 거룻배의 갑판 위 선실 옆에 빨랫줄이 매어져 있었다. 색 바랜 천 조각들이 나부끼고 있었다. 벌써 몇 년 전에 누군가가 널어 놓은 속옷들이었다….

무덥고 안개 자욱한 저녁이었다. 강물에서 올라오는 냄새가 딱총나무에서 풍기는 무미건조한 향기와 뒤섞였다. 이따금씩 배가 멀리 볼가 강 위를 지나갈 때마다 물결이 우리가 있는 수로까지 느릿느릿 연속적으로 밀려오곤 했다. 우리가 타고 있던 배가 거룻배의 검은색 뱃전에 가 부딪치면서 흔들리기 시작했다. 물속에 반쯤 잠긴 그 묘지가 온통 활기를 띠었다. 로프가 삐걱거리는 소리, 부교 아래에서 강물이 요란하게 출렁이는 소리, 갈대들이 살랑거리는 소리가 들려왔다.

"이 현장舷牆, 이거 굉장한데!"

나는 이렇게 소리쳤는데, 사실대로 말하자면 이 현장이라는 단어가 선박의 한 부분을 가리키는 용어라는 사실만 막연히 알고 있을 뿐 정확한 의미는 알지 못했다.

파슈카는 좀 당혹스러운 눈길로 나를 흘낏 바라보더니 무슨 말인가를 하려다가 그만두었다. 나는 일어나서 '쾌락의 산'으로 돌아가려고 서둘렀다… 그런데 별안간 이 친구가 내 옷소매를 힘껏 잡아당겨 앉히더니 신경질적인 목소리로 속삭이듯 말하는 것이었다.

"기다려! 그 사람들이 오고 있어!"

발자국 소리가 들려왔다. 처음에는 강둑의 축축한 찰흙 위를 저벅저벅 걸어오는 구두 발자국 소리가, 이어서 선교의 마루 판자를 똑똑 두드리는 것 같은 소리가 났다. 마지막으로 건너편 거룻배의 갑판 위에서 망치질을 하는 것처럼 금속성 소리가 났다… 그리고 곧바로 숨을 죽인 듯한 목소리가 배 안에서 우리들 귀에까지 들려왔다.

파슈카가 벌떡 일어서더니 거룻배 뱃전 쪽으로 바싹 다가섰다. 그제서야 나는 거룻배에 현창舷窓이 세 개나 있다는 사실을 깨달았다. 현창의 깨진 유리 대신 안쪽에서 합판 조각을 대 놓았다. 합판은 온통 가느다란 칼자국투성이였다. 내 친구는 현창에 몸을 착 갖다 붙이더니 따라하라고 손을 흔들었다. 나도 뱃전을 따라 길게 뻗어 있는 철제 돌출부에 매달린 채 왼쪽 현창에 몸을 밀착시켰다. 가운데 현창만 비어 있었다.

작은 틈새를 통해 본 광경은 평범하기도 했고 동시에 놀랍기도 했다. 머리와 옆모습, 상반신만 보이는 한 여인이 테이블에 팔꿈치를 괴고 있는 것 같았는데, 두 팔은 나란히 놓여 있었고 두 손은 고정되어 있었다. 그녀의 얼굴은 조는 것처럼 보일 만큼 평온해 보였다. 오직 그녀가 지금 이 시간 거룻배 안에 와 있다는 사실만이 놀랍게 느껴질 뿐이었다. 요컨대… 그녀는 눈에 안 보이는 상대방의 말에 계속해서 동의를 하는 듯 연한 색깔의 곱슬머리를 가볍게 끄덕이고 있었다.

나는 현창에서 몸을 떼고 파슈카를 흘낏 쳐다보았다. 당혹스러웠던 것이다.

'도대체 뭐 볼 게 있다는 거야?'

하지만 그는 페인트칠이 비늘 모양으로 벗겨진 거룻배 표면에 두 손바닥을 착 갖다 붙이고 이마는 합판에 밀착시킨 채 꼼짝하지 않았다.

그래서 나는 옆쪽 현창으로 자리를 옮겨 합판에 뚫린 틈 속으로 머리를 들이밀었다….

우리 작은 배는 침몰해서 그 혼잡한 수로의 밑바닥으로 가라앉는 반면 거룻배의 뱃전은 하늘로 솟아오르는 것처럼 느껴졌다. 나는 이제 막 내 눈을 어지럽힌 장면을 시야 속에 가두어 두려고 애썼다.

그것은 벌거벗은 여인의 하얗고 육중한 엉덩이였다. 그렇다, 여전히 옆모습만 보이는 무릎 꿇은 여인의 둔부, 그녀의 두 다리, 무시무시할 정도로 굵은 그녀의 허벅지, 그리고 틈새의 시야 때문에 잘린 그녀의 등 윗부분. 엄청나게 큰 그 엉덩이 뒤쪽에는 군인 한 사람이 역시 무릎을 꿇고 앉아 있었는데, 바지 단추는 끌러져 있었고 상의도 구겨져 있었다. 그는 여인의 허리를 붙잡더니 그 살덩어리 속으로 빨려 들어가고 싶다는 듯 자기 쪽으로 끌어당겼다가 온몸을 격렬하게 흔들면서 다시 밀어내곤 했다.

우리가 타고 있던 작은 배가 발 아래로 꺼져 들어가기 시작했다. 배 한 척이 볼가 강을 거슬러 올라가자 물결이 우리 수로 안으로 밀려 들어왔던 것이다.

그 바람에 나는 균형을 잃고 말았다. 그래서 떨어지지 않으려고 왼쪽으로 한 걸음 옮기다 보니 첫 번째 현창 옆으로 가 있게 되었다. 나는 이마를 현창의 쇠 창틀에 바싹 갖다 붙였다. 곱슬머리에 무심하고 졸린 듯한 얼굴의 여인이, 내가 맨 처음 본 여인이 그 틈 사이로 나타났다. 흰색 점퍼를 입은 그녀는 식탁보처럼 생긴 것 위에 팔을 괸 채 계속해서 알았다는 듯 머리를 가볍게 끄덕이며 자기 손가락을 건성으로 살펴보고 있었다….

그 첫 번째 현창. 그리고 두 번째 현창. 눈에 잠이 가득한 그 여인, 그녀가 입고 있는 옷, 그리고 너무나 정상적인 그녀의 머리 모양. 그리고 그 또 다른 여인. 똑바로 서 있는 그 벌거벗은 엉덩이, 그 옆의 야위어 보이는 남자가 빨려 들어가 있는 그 하얀 살덩어리, 그 살찐 허벅지, 허리의 육중한 움직임. 내 어린 머릿속에서는 그 어떤 관계도 이 두 영상을 연결시킬 수가 없었다. 여체의 이 윗부분을 아랫부분과 결합시킨다는 게 불가능했던 것이다!

너무나 흥분되어 있었기 때문에 내 눈에는 거룻배의 뱃전이 별안간 옆으로 길게 늘어난 것처럼 보였다. 나는 꼭 악어처럼 납작 엎드린 채 여인의 벌거벗은 모습이 보이는 현창으로 자리를 옮겼다. 그녀는 여전히 거기 있었지만, 힘차게 움직이던 둥그스름한 살덩어리는 더 이상 움직이지 않았다. 정면으로 보이는 군인은 무기력하고 서투른 동작으로 단추를 잠그고 있는 중이었다. 그리고 첫 번째 군인보다 키가 더 작은 또 다른 군인 한 사람이 그 하얀 엉덩이 뒤에서 무릎을 꿇었다. 그의 동작은 아까와는 반대로 신경질적이고 무언가 두려운 듯 빨리 이루어졌다. 그가 자신의 배로 하얗고 육중한 엉덩이를 밀어내며 몸부림치기 시작했을 때 그의 모습은 첫 번째 군인의 그것과 영락없이 똑같았다. 이들의 행동에는 아무 차이가 없었다.

눈앞이 캄캄해지면서 두 눈이 따끔거리기 시작했다. 다리에 힘이 쭉 빠졌다. 그리고 녹슨 철 구조물에 밀착되어 있던 심장은 그 깊고 숨 가쁜 메아리로 배 전체를 진동시켰다. 물결이 다시 연속적으로 밀려오자 작은 배가 뒤흔들렸다. 거룻배의 뱃전이 다시 수직을 이루었고, 그 바람에 도마뱀처럼 민첩하던 나는 균형을 잃고 첫 번째 현창 쪽으로 미끄러져 갔다. 흰 블라우스를 입은 여인이 손을 살펴보며 기계적으로 고개를 끄덕이고 있었다. 나는 그녀가 손톱에 칠한 매니큐어를 지우려고 다른 손톱으로 문지르고 있는 모습을 보았다….

그들의 발자국 소리가 이번에는 반대 방향으로 울렸다. 갑판에 망치질을 하는 것 같은 구두 발자국 소리, 선교의 마루 판자를 두드리는 소리, 물렁물렁한 찰흙을 밟고 가는 소리. 파슈카는 나를 보지도 않은 채 우리가 타고 있던 작은 배의 뱃전을 뛰어 넘더니 반쯤 물에 잠긴 부교 위로, 그리고 다시 부두 위로 뛰어 올랐다. 나도 꼭 줄 타는 봉제 인형처럼 활기 없이 몇 번 뛰어올라 그의 뒤를 따라갔다.

강둑으로 올라간 그는 털썩 주저앉더니 구두를 벗고 바지를 무릎까지 걷어 올린 다음 긴 갈대줄기를 헤치며 물속으로 들어갔다. 좀개구리밥을 밀어낸 그는 멀리서 들으면 고뇌의 외침으로 생각할 수도 있을 쾌감의 신음을 내지르며 오랫동안 물을 얼굴에 끼얹었다.

그것은 그녀의 인생에서 특별한 날이었다. 6월의 어느 날 밤, 그녀는 난생처음 자신의 어린 친구들 중 한 사람에게, '쾌락의 산'에 있는 댄스플로어에서 발을 구르며 춤을 추던 그 남자들 중 한 사람에게 자신을 주었다.

그녀는 무척 가냘픈 편이었다. 용모로 말하자면, 남의 눈에 거의 안 띌 만큼 별다른 특징이 없었다. 머리칼도 햇빛 아래서 봐야 연한 적갈색이라는 걸 알 수 있었다. '쾌락의 산' 댄스플로어에서 돌아가는 조명이나 가로등의 푸르스름한 광채 아래서 보면 평범한 금발로 보였다.

나는 겨우 며칠 전에 이 사랑의 관례라는 것을 알게 되었다. 나는 댄스플로어에 득실거리는 사람들 속에서 그룹들이 형성되는 것을 보았다. 청소년들은 몸부림치고 흥분하면서 어지럽게 돌아가다가 때로는 어리석을 정도로 단순해 보이고 또 때로는 놀라울 만큼 신비롭고 심오해 보이는 것, 그것 사랑에 입문하기 위해 다시 흩어진다.

그녀는 이 그룹들 중 하나에서 제외되었음에 틀림없다. 다른 사람들처럼 그녀도 '쾌락의 산' 비탈을 뒤덮은 덤불 속에 숨어서 몰래 술을 마셨다. 그러고 나서 그녀의 작은 그룹에서 아이들이 하나둘씩 짝을 지어 흩어지기 시작했을 때 그녀는 수학적 우연이 상대를 제공하지 않는 바람에 혼자 남게 되었다. 짝을 찾은 친구들은 모두 다 어디론가 사라져 버렸다. 그녀는 이미 술에 취한 상태였다. 그녀는 원래 알코올에 익숙하지 않았지만 다른 친구들에게 지지 않고 싶기도 했고, 또 그날의 불안을 이겨 내고 싶기도 해서 과하다 싶을 정도로 많이 마셨던 것이다… 그녀는 온통 초조한 흥분에 뒤덮인 자신의 육체를 도대체 어떻게 주체해야 될지 몰라 하며 산꼭대기로 되돌아갔다. 하지만 조명은 이미 꺼진 상태였다.

이 모든 사실을 나는 나중에서야 이해하게 될 것이다… 그날 밤 내가 본 것은 단순히 희끄무레한 가로등 밑에서 뱅뱅 돌며 밤의 공원 모퉁이를 서성거리던 한 사춘기 소녀였을 뿐이다. 꼭 불빛을 보고 모여드는 부나비처럼 말이다. 나는 그녀의 걸음걸이를 보고 깜짝 놀랐다. 마치 줄 타는 사람처럼 경쾌하면서도 긴장된 발걸음으로 걸어 나오는 것이었다. 나는 그녀의 동작 하나하나를 보고 그녀가 취기와 싸우고 있다는 것을 알았다. 표정이 굳어 있었다. 그녀의 온 존재가 단 한 가지 노력에 동원된 것이다—쓰러지지 말아야지, 내가 술에 취해 있다는 걸 눈치채지 못하도록 해야지, 검은 나무들이 흔들리지 않을 때까지 이 둥근 가로등 불빛 아래서 계속 돌아야지.

나는 그녀를 향해 걸어갔다. 나는 둥글고 푸른 가로등 불빛 아래로 들어갔다. 그녀의 몸(검은색 치마, 얇은 블라우스)이 별안간 나의 모든 욕망을 집중시켰다. 그렇다, 그녀는 그 즉시 내가 늘 욕망했던 바로 그 여인이 되었던 것이다. 가쁜 숨을 몰아쉬는 그녀의 연약한 모습에도 불구하고, 취기 때문에 몽롱해진 그녀의 표정에도 불구하고, 분명히 내 마음에 안 들었겠지만 그 당시의 내 눈에는 너무나 아름다워 보였던 그녀의 육체와 얼굴의 모든 것에도 불구하고 말이다.

가로등 아래서 뱅뱅 돌고 있던 그녀는 나와 부딪치자 눈을 들었다. 나는 여러 가지 표정이, 두려움과 분노와 미소가 연속적으로 그녀의 얼굴 위를 스쳐 지나가는 걸 보았다. 결국은 미소가 자리를 잡았는데, 그것은 내가 아닌 다른 사람에게 지어 보이는 듯 희미한 미소였다. 그녀가 내 팔짱을 꼈다. 우리는 산을 내려갔다.

처음에 그녀는 쉴 새 없이 얘기를 했다. 그녀의 술 취한 어린 목소리는 일정할 수가 없었다. 속삭이는 듯하다가도 거의 소리를 지르다시피 하기도 했다. 내 팔에 매달린 그녀는 이따금씩 발을 헛디디면 욕설을 내뱉다가 재미있다는 듯 재빨리 손바닥을 입술에 갖다 댔다. 아니면, 별안간 화난 표정을 지으며 내게서 몸을 떼내었다가 잠시 후에 다시 내 어깨에 몸을 기대기도 했다. 나는 나의 동행이 이미 오래전부터 준비해 온 러브신을 연출하고 있는 중이라는 사실을 눈치챘다. 그것은 자기가 만만한 여자가 아니라는 걸 상대방에게 보여 주려는 연기였다. 하지만 술에 취해 있던 그녀는 이 짧은 막간극의 속편을 혼동했다. 반면에 서투른 연기자인 나도 이 여성의 존재에 접근하는 게 별안간 가능해졌다는 사실에, 그리고 무엇보다도 이 여성이 자신의 육체를 놀라울 만큼 쉽게 내게 제공하려 한다는 사실에 어안이 벙벙해서 계속 입을 다물고 있었다. 나는 오랜 감정의 추이와 수많은 언약, 교묘한 연애의 유희를 거친 뒤에서야 이처럼 자신을 허락하는 것이라고 항상 믿어 왔던 것이다. 나는 자그마한 여자의 젖가슴이 내 팔에 짓눌려진다고 느끼는 순간 침묵을 지켰다. 그러자 내 밤의 동행은 횡설수설하면서 이 대담한 유령의 접근을 거부했고, 자기가 토라졌다는 사실을 보여 주려고 잠시 동안 뺨을 부풀렸으며, 그러고 나자 자기는 나른한 눈길이라고 믿었겠지만 사실은 그냥 포도주와 흥분으로 인해 몽롱해졌을 뿐인 눈길로 상상의 연인을 감쌌다.

나는 우리가 사랑을 나눌 만한 유일한 장소로, 여름이 시작될 무렵 파슈카랑 같이 창녀와 군인들을 훔쳐보았던 그 물 위에 떠 있는 배로 그녀를 데려갔다.

어두웠기 때문에 길을 잘못 들어섰음에 틀림없었다. 잠든 것처럼 보이는 작은 배들 사이를 오랫동안 헤매던 우리는 난간이 받침대가 부러진 채 물 속에 처박혀 있는 일종의 낡은 나룻배 위에서 걸음을 멈추었다.

그녀가 돌연 입을 다물었다. 술이 서서히 깨는 모양이었다. 나는 어둠 속에서 긴장한 채 기다리고 있는 그녀를 마주보며 꼼짝하지 않고 있었다. 도대체 어떻게 해야 될지 알 수가 없었다. 나는 무릎을 꿇은 채 마룻바닥을 더듬으며 때로는 다 닳아빠져 엉켜 있는 밧줄을, 또 때로는 마른 해초 다발을 주워서 강물 속에 집어던졌다. 그러다가 나는 우연히 그녀의 다리를 가볍게 건드리게 되었다. 내 손가락이 살짝 스치자 그녀의 살에 소름이 돋았다….

그녀는 끝까지 아무 말도 하지 않았다. 마음은 다른 곳에 가 있는 사람처럼 두 눈을 꼭 감은 채 몸을 가늘게 떨면서 자신을 내게 맡기고 있을 뿐이었다… 내가 성급하게 구는 바람에 몹시 아팠던 모양이었다. 나는 오랫동안 그 행위를 꿈꾸어 왔지만 실제로는 허둥대면서 서투른 동작만 되풀이했을 뿐이었다. 사랑이란 성급하고 신경질적인 발굴 작업이나 다름없는 게 아닐까? 양쪽 무릎과 팔꿈치가 꼿꼿이 세워져 있었다.

쾌락이란 꼭 차가운 바람을 맞는 성냥불, 손가락을 태운 다음 눈 속에 맹점 하나만 남겨 놓고 꺼져 버리는 불과도 같았다.

나는 그녀에게 키스를 하려고 애썼다(그럴 땐 키스를 해야 된다는 생각이 들었다). 나는 그녀가 자기 입술을 세게 깨물고 있다는 걸 입으로 느낄 수가 있었다….

그런데 나를 가장 경악시킨 것은 그 직후에는 그녀의 입술도, 활짝 열린 블라우스 속의 젖가슴도, 그녀가 재빨리 끌어내린 치마 밑 가느다란 다리도 내게 더 이상 필요하지 않았다는 사실이다. 나는 그녀의 육체에 무관심해졌다. 그녀의 육체가 쓸모없어진 것이다. 나를 휩싸는 나른한 육체적 만족감, 그걸로 충분했다.

'왜 아직까지 저렇게 반쯤 벌거벗고 누워 있는 것일까?'

이렇게 생각하니 짜증이 났다. 등에 닿은 판자에서는 울퉁불퉁한 감촉이 느껴졌고, 손바닥은 가시가 박혀서 타는 듯 화끈거렸다. 바람에서는 괸 물의 무거운 냄새가 났다. 물이 괴어서 썩는 고약한 냄새가 바람에 실려 왔다.

그 밤의 막간에 잠시 모든 걸 다 잊고 깜빡 잠이 들었던 모양이다. 배가 다가오는 걸 보지 못했던 것이다. 눈을 뜨는 순간, 그 거대한 백색 형체가 빛을 반짝이며 이미 우리 머리 위로 올라와 있었다. 나는 우리 은신처가 녹슨 표류물들이 어지러이 널려 있는 수많은 작은 만들 중 한 곳에 깊숙이 자리 잡은 줄 알았다. 하지만 실제로는 그 반대였다. 우리는 날이 어두워서 방향 분간을 못했기 때문에 거의 강 한가운데로 돌출된 곳의 끝부분에 자리 잡았던 것이다… 불을 환하게 켜고 볼가 강을 천천히 내려오던 그 정기 여객선이 별안간 우리가 타고 있던 낡은 나룻배 위로 불쑥 솟아오르더니 세 층으로 된 갑판을 하나씩 차례로 선보였다. 사람들의 실루엣이 어두운 하늘을 배경으로 또렷하게 드러났다. 맨 위 갑판 위에서 환한 조명을 받으며 사람들이 춤을 추고 있었다. 정열적인 탱고가 저 위에서 울려 퍼지다가 우리를 감쌌다. 더 은은한 조명을 받는 선실 유리창은 우리로 하여금 그 아늑한 분위기에 빠져들도록 하려고 살그머니 몸을 기울이는 것처럼 보였다… 여객선이 지나가면서 만들어 내는 물결이 너무나 세었기 때문에 우리가 타고 있던 배가 반쯤 회전하더니 현기증이 날 만큼 빠르게 미끄러져 갔다. 훤하게 밝혀지고 음악이 흘러나오는 그 여객선은 꼭 우리를 우회해서 돌아가는 것 같았다…

바로 그 순간 그녀가 내 손을 꼭 움켜쥐더니 몸을 바싹 갖다 붙였다. 그녀 몸의 팔딱거리듯 뜨거운 밀도는 꼭 덜덜 떨고 있는 새처럼 내 손바닥 안에 완전히 응축될 수 있을 것 같았다. 그녀의 팔, 그녀의 허리는 내가 언젠가 물속에서 미끌미끌한 줄기들을 몸에 둘둘 말아 가면서 땄던 그 한 아름의 수련처럼 나긋나긋했다….

하지만 여객선은 이미 어둠 속으로 사라져 가고 있었다. 메아리처럼 울리던 탱고 음악 소리도 희미해졌다. 아스트라칸을 향해 항해하는 여객선은 어둠도 함께 싣고 갔다. 우리 나룻배 주위의 하늘은 아직 어렴풋한 빛으로 가득 채워져 있었다. 하루가 조심스레 시작되려는 시간에 그 넓은 강 한가운데의 축축한 나룻배 위에 앉아 있는 우리 두 사람! 참으로 기묘한 광경이었다. 그러면서 하항의 윤곽이 강둑 위에서 점점 더 또렷하게 드러나기 시작했다.

그녀는 나를 기다리지 않았다. 나를 쳐다보지도 않은 채 이쪽 배에서 저쪽 배로 건너뛰기 시작했던 것이다. 그녀는 퇴장하자마자 곧 다시 등장하는 어린 발레리나처럼 부끄러워하면서 서둘러 도망쳐 버렸다. 나는 폴짝폴짝 뛰며 도망치는 그녀의 모습을 가슴 졸이며 지켜보았다. 물에 젖은 나무 위에서 발을 헛디디면 부서진 선교에서 미끄러져 두 배 사이로 퐁당 가라앉아 버릴지도 몰랐기 때문이다. 내 강렬한 시선이 아침 안개를 뚫고 나가서 그렇게 곡예를 벌이는 그녀를 제지한 모양이었다.

잠시 후 나는 강둑 위를 걷고 있는 그녀의 모습을 보았다. 그녀가 걸어가자 모래가 침묵 속에서 부드럽게 아삭아삭 부서졌다… 15분 전만 해도 너무나 가까이 느껴졌던 한 여자가 멀어져

가고 있었다. 전혀 새로운 고통이 느껴졌다. 한 여자가 우리를 결합시켰던 그 눈에 안 보이는 끈을 풀고 떠나가는 것이다. 그리고 그녀는 그곳 인적 없는 강둑 위에서 하나의 놀라운 존재로, 내가 사랑하고 있지만 다시 나와는 무관해져 잠시 후에는 다른 사람들에게 말하고 미소 지으며… 살아갈 한 여자!

내가 뒤에서 뛰어오는 소리를 듣고 그녀가 돌아다보았다. 나는 그녀의 창백한 얼굴을, 그녀의 연하디연한 적갈색 머리칼을 보았다. 그녀는 웃지도 않고 아무 말도 없이 나를 바라보고만 있었다. 조금 전 축축한 모래가 그녀의 발에 밟혀 사각거렸을 때 그녀에게 무슨 말을 하려고 했었는지 더 이상 생각이 안 났다. '사랑해'라는 말은 거짓말이라고 생각하니 절대 입에 담지 않았으리라. 내게는 오히려 그녀의 구겨진 검은 치마가, 어린애처럼 가느다란 두 팔이 이 세상에서 말해지는 모든 '사랑해'보다 훨씬 더 많은 걸 의미했다. 오늘이나 내일 또 만나자고 그녀에게 제의한다는 건 있을 수 없는 일이었다. 우리의 밤은 오직 한 번으로 그쳐야만 했다. 우리 배 위로 지나가던 그 여객선처럼, 우리의 순간적인 잠처럼, 꾸벅꾸벅 조는 듯한 넓은 강의 서늘함 속에 누워 있던 그녀의 육체처럼 말이다.

나는 그녀에게 그 말을 하려고 했다. 그녀의 발에 밟힌 모래의 사각거림에 대해, 강둑 위에 서 있던 그녀의 외로운 모습에 대해, 그날 밤 수련 줄기를 연상시켰던 그녀의 가냘픔에 대해. 나는 샤를로트의 발코니에 대해서도, 우리가 초원에서 보낸 저녁 시간에 대해서도, 어느 가을 아침 샹젤리제 거리를 산책하던 세 명의 우아한 여성들에 대해서도 역시 이야기해야겠다고 생각하며 한

없이 행복해했다….

그녀의 얼굴이 경멸스러우면서 동시에 불안한 표정을 함께 지으며 경련했다. 입술도 가볍게 떨렸다.

"너 어디 아픈 거 아냐?"

그녀는 '쾌락의 산' 위에서 여자들이 성가시게 구는 남자들을 매몰차게 대할 때의 그 약간 콧소리가 섞인 말투로 내 말을 자르며 물었다.

나는 꼼짝하지 않고 서 있었다. 그녀는 하항의 맨 앞에 있는 건물 쪽으로 올라가더니 그것의 거대한 그림자 속으로 곧 사라졌다. 노동자들이 작업장 문 앞에 나타나기 시작했다.

며칠 뒤, '쾌락의 산'에서의 밤 모임에서 나는 학교 친구들이 바로 옆에 내가 있다는 사실을 모르고 나누는 얘기를 듣게 되었다. 그들의 소그룹에 속해 있는 여학생들 중 한 명이 자기 파트너가 사랑하는 법도 제대로 모르더라고 불평을 늘어놓았다는 것이었다(그들은 이 개념을 훨씬 더 노골적으로 표현했다). 그녀는 파트너의 행동을 상세한 부분까지 코믹하게 묘사한 것 같았다 ("우스워서 죽을 뻔했대." 그들 중 하나가 이렇게 말했다). 나는 에로틱한 장면이 등장하기를 기대하며 그들의 말에 귀를 기울이고 있었다. 그런데 별안간 경멸받는 그 파트너의 이름이 언급되었다. 프란츠즈… 그것은 내가 가장 자랑스럽게 생각했던 내 별명이었다. '프란츠즈'는 프랑스 사람을 가리키는 러시아어였다. 그들의 웃음을 통해 나는 두 친구 사이에 비밀협정을 맺는 것처럼 조용히 나누는 이야기를 듣게 되었다.

"오늘 밤 춤추고 나서 그애를 맡는 게 어때? 우리 둘이서만 말야, 알겠지?"

나는 그들이 그녀 이야기를 하고 있다는 사실을 눈치챘다. 나는 구석진 곳에서 나와 출구로 걸어갔다. 그들이 나를 보았다.

"프란추즈! 프란추즈!…"

그 속삭이는 듯한 외침이 잠시 나를 따라오더니 음악이 시작되자마자 사라져 버렸다.

다음 날, 나는 아무에게도 알리지 않고 사란짜로 향했다.

13

나
는
내
안

에 들어 있는 프랑스를 파괴하기 위해 대초원 속에서 길을 잃고 졸고 있는 듯한 그 작은 도시로 갔다. 나를 현실 세계에서는 살 수 없는 이상한 돌연변이로 만들어 놓은 샤를로트의 프랑스와 결별해야만 했다.

이 파괴는 나의 온갖 저항을 가장 잘 표현해 줄 마음속에서의 긴 외침으로, 분노의 울부짖음으로 표현될 수밖에 없었다. 울부짖음은 아무 말 없이 터져 나왔다. 샤를로트의 차분한 눈길이 내게 쏠리자마자 말이 쏟아져 나오리라. 얼마 동안 나는 침묵 속에서 소리쳤다. 오직 혼란스럽고 얼룩덜룩한 영상들만 파도처럼 밀려들었을 뿐이다.

창에 커튼을 쳐 놓은 검은색 대형 승용차 안 어슴푸레한 어둠 속에서 반짝거리던 코안경이 눈앞에 떠올랐다. 베리아가 밤을 함께 보낼 여체를 고르고 있었다. 또한 늘 미소를 잃지 않고 평화스러운 얼굴인 길 건너편 집의 퇴역 장교는 발코니에서 꼭 새가 지저귀는 것 같은 라디오 소리에 귀를 기울이며 꽃에 물을 주고 있었다. 그리고 우리 집 부엌에서는 두 팔이 온통 문신투성이인 한 남자가 벌거벗겨진 시신들로 가득 찬 얼어붙은 호수에 관해 이야기하고 있었다. 그런데 나를 사란짜로 태우고 가는 삼등 열차 칸의 사람들은 아무도 이 비통한 패러독스를 눈치채지 못하고 있는 것 같았다. 그들은 계속 살아가고 있었다. 평화롭게.

고함이라도 질러 이 영상들을 샤를로트에게 쏟아붓고 싶었다. 나는 그녀의 대답을 기다리고 있었다. 그녀가 자기 생각을 설명해 주었으면, 자기 행동을 정당화해 주었으면 싶었다. 그 프랑스적 감수성을(그녀 자신의 감수성을) 내게 전해 줌으로써 내가 두 세계의 중간에서 고통스럽게 살아가도록 운명 지은 사람이 바로 그녀였던 것이다.

나는 '구멍'이, 생명이 맥박 치는 작은 분화구가 머리에 나 있었던 아버지에 대해서 그녀에게 말하리라. 그리고 축제일 전날 밤 별안간 울리는 초인종이 불러일으키는 공포감을 우리에게 물려준 어머니에 대해서도 말하리라. 두 고인에 대해서 이야기하리라. 무의식중에 나는 우리 부모보다 더 오래 산다며 샤를로트를 원망했다. 어머니 장례식 때 침착하게 행동했었다며 그녀를 원망했다.

그리고 그녀가 사란짜에서 너무 유럽식으로 산다며, 분별 있고 정결하게 생활한다며 그녀를 원망했다. 나는 그녀에게서 의인화된 서유럽 세계를, 러시아 사람들이 가라앉히기 힘든 악감을 품고 있는 그 합리적이고 냉철한 서유럽 세계를 발견했다. 문명의 요새에서 우리 야만인들의 불행을(우리 나라 사람들이 수백만 명씩이나 목숨을 잃은 전쟁, 서유럽이 우리 대신 그 시나리오를 썼던 혁명…) 오만하게 내려다보고 있는 바로 그 유럽 말이다… 내 청년기의 반항에서는 이 타고난 불신감이 큰 몫을 차지했다.

나는 내게 이식된 이 프랑스가 이미 축소되었다고 생각했으나, 그것은 여전히 내 안에 존재하면서 내가 보지 못하도록 했다. 그것은 현실을 둘로 나누어 놓았다. 서로 다른 두 개의 현창을 통해서 내가 엿보았던 그 여인의 육체처럼 말이다. 한쪽에는 너무나 평범하고 침착한 흰 블라우스 차림의 여인이 있었고, 또 다른 쪽에는 살덩어리를 효과적으로 움직여서 몸의 나머지 부분을 거의 쓸모없이 만들어 버리는 엄청나게 큰 엉덩이가 있었다.

그렇지만 나는 그 두 여인이 사실은 한 사람에 불과하다는 사실을 알고 있었다. 꼭 분열된 현실처럼 말이다. 사람 눈을 속여 실제로 존재하는 듯한 느낌을 불러일으키는 신기루처럼 이 세계를 둘로 나누어 놓음으로써 흡사 술에 취한 것 같이 내 시야를 흐려 놓은 것은 바로 이 프랑스에 대한 환상이었다….

고함이 목구멍을 따라 올라오고 있었다. 영상들이 내 눈 속에서 점점 더 빨리 소용돌이치면서 말로 바뀌었다. '액셀을 밟아! 저 여자를 따라잡으란 말야! 한번 봐야겠어…'라고 운전사에게 웅얼거리는 베리아, 산타클로스 차림으로 섣달 그믐 밤에 체포된 우리 피오도르 할아버지, 까맣게 타 버린 우리 아버지의 마을, 내가 사랑했던 소녀의 가느다란 팔(어린애의 팔처럼 푸르스름한 정맥이 드러나 보이는), 짐승처럼 우뚝 버티고 서 있는 엉덩이, 누군가가 자기 육체의 아랫부분을 소유하는 동안 손톱으로 빨간 매니큐어를 벗겨 내고 있는 여인, 자그마한 퐁네프 가방,

'베르됭', 그리고 내 청춘을 망가뜨려 놓은 프랑스의 그 온갖 잡동사니들!

   사란짜 역에 내린 나는 잠시 플랫폼에 머물러 있었다. 습관적으로 샤를로트의 모습을 찾았다. 그러고 나서야 나는 내가 바보짓을 했음을 깨닫고 내심 화가 치밀어 올랐다. 이번에는 아무도나를 기다리고 있지 않았다. 할머니는 내가 찾아오리라고는 생각도 못했을 것이다! 게다가 이번에 내가 타고 온 기차는 매년 여름 나를 이 도시에 태워다 주었던 그 기차와는 아무 상관도 없었다. 나는 아침이 아닌 저녁에 사란짜에 도착했다. 그리고 믿을수 없을 만큼 긴, 이 작은 시골 역에 비해서는 너무나 길고 거대한 이 열차는 육중하게 시동을 걸더니 타슈켄트를 향해, 러시아제국의 아시아 쪽 변방을 향해 다시 떠났다. 우르겐취, 부카라, 사마르칸트… 앞으로 통과할 정차 역들의 이름이 머릿속에서 울려 퍼지자 나는 모든 러시아인들에게는 고통스러우면서도 심오한 의미로 다가오는 동양에의 유혹을 느꼈다.
   이번에는 모든 게 다 달랐다.
   문이 열려 있었다. 그때만 해도 낮에는 아파트 문을 잠가 놓지않았다. 나는 꼭 꿈속에서처럼 문을 밀고 들어갔다. 나는 이 순간을 너무나 또렷하게 상상했었기 때문에 샤를로트에게 무슨 말을 해야 될지, 그녀에게 어떤 비난을 퍼부을 것인지 한 단어 한단어를 훤히 다 알고 있다고 생각했다….
   그렇지만 나에게는 친구 목소리만큼이나 귀에 익은 문소리가 찰칵하고 들려오는 순간, 샤를로트의 아파트 안을 항상 떠돌아다니는 은은하고 기분 좋은 냄새를 들이마시는 순간 나는 그 단어들이 머릿속에서 빠져나가 버린 걸 알았다. 미리 준비했던 고함 소리의 몇몇 단편들만이 아직 귓속에서 울리고 있었다.

"베리아! 한가히 글라디올러스에 물을 주고 있는 그 노인! 둘로 나뉜 그 여인! 잊힌 전쟁! 욕을 당한 할머니! 낡은 프랑스 신문 스크랩이 가득 들어 있으며 꼭 죄수가 쇠공과 쇠사슬을 끌고 다니듯 내가 끌고 다니는 그 무거운 시베리아 가방! 프랑스 여성인 당신은 지금도 이해하지 못하고 앞으로도 영원히 이해할 수 없을 우리 러시아! 비열한 두 녀석이 '맡게 될' 내 사랑하는 소녀!"

내가 들어가는 소리를 듣지 못했나 보다. 샤를로트는 발코니 문앞에 앉아 있었다. 얼굴은 무릎 위에 펼쳐진 밝은색 옷 위로 기울여져 있었고, 바늘은 반짝거렸다(이유는 잘 모르겠으나, 내 기억 속에서 샤를로트는 항상 레이스 달린 옷깃을 꿰매고 있었다)….

그녀의 목소리가 들려왔다. 그것은 노래라기보다는 느린 음송, 한숨 돌릴 때마다 중단되고 소리 없는 생각의 흐름으로 박자를 맞추는 듣기 좋은 웅얼거림에 가까웠다. 그렇다, 그것은 반은 흥얼거리고 반은 낭송하는 노래였다. 너무 더워서 온몸이 무기력해지는 밤에 들려오는 그녀의 노래는 꼭 하프시코드의 가냘픈 울림마냥 청량한 느낌을 불러일으켰다. 귀를 기울이고 있던 나는 순간적으로 내가 지금껏 한 번도 들어 본 적이 없는 외국어를, 내게 아무것도 의미하지 않는 언어를 듣고 있는 게 아닌가 하는 느낌이 들었다. 잠시 후 나는 그게 프랑스어라는 걸 알았다… 샤를로트는 이따금 한숨을 내쉬면서, 초원의 무한한 침묵이 그녀가 음송하듯 부르는 노래의 두 절 사이에 끼어들도록 내버려 두면서 아주 천천히 나지막하게 흥얼거리고 있었다.

　그것은 내가 아주 어렸을 때 벌써 매혹되었으며, 이제는 그녀
에 대한 나의 온갖 원한이 집중되어 있는 바로 그 노래였다.

　침대 네 모퉁이에

　협죽도 꽃다발…

'그래, 맞아! 바로 저 프랑스 특유의 감상벽이 내 삶을 가로막
고 서 있는 거야!'

나는 분노를 느끼며 이렇게 생각했다.

　거기서 우리는 잠을 자리

　이 세상이 끝날 때까지…

안 돼! 나는 더 이상 듣고 있을 수 없었다!

　나는 방으로 들어가 일부러 퉁명스럽게 러시아어로 내가 왔음
을 알렸다.

　"저 왔어요! 깜짝 놀라셨죠?"

　그런데 놀랍게도, 또 실망스럽게도 샤를로트가 차분한 눈길로
나를 올려다보는 것이었다. 나는 매일매일 고뇌와 불안, 위험을
다스림으로써 획득하게 되는 완벽한 자제력을 그녀의 눈 속에서
읽을 수 있었다.

　그녀는 조심스러우면서도 평범하게 느껴지는 질문을 통해 내
274 275 가 나쁜 소식을 전하러 오지는 않았다는 사실을 확인한 다음,

현관으로 나가 고모에게 전화를 걸어 내가 여기 와 있다고 알려 주었다. 그런데 나는 샤를로트가 자기랑은 너무나 다른 고모에게 아무 스스럼없이 얘기하는 걸 보고 다시 한 번 놀랐다. 그녀의 목소리, 조금 전까지만 해도 나지막하게 프랑스 노래를 흥얼거리던 그 목소리가 약간 거친 억양을 띠었다. 그녀는 단 몇 마디로 모든 걸 다 설명하고 해결하여 나의 가출을 우리의 정기적인 만남으로 바꿔 놓았다. 나는 그녀의 말에 귀를 기울이며 생각했다.

'우리를 모방하려고 애쓰시는군! 우리를 흉내 내시는 거야!'

그러나 샤를로트의 침착함과 완벽할 정도로 러시아적인 목소리는 나의 반감을 한층 더 악화시켜 놓았을 뿐이었다.

나는 그녀의 말 한 마디 한 마디를 꼬투리 잡기로 마음먹었다. 그중 하나는 내 감정을 폭발시킬 것이다. 우리가 제일 좋아하는 디저트인 '불드네주'를 먹으라고 샤를로트가 권하면, 나는 그녀가 갖고 있는 프랑스의 온갖 값싼 장신구들을 비난하고 나설 것이다. 그게 아니고, 그녀가 우리가 옛날에 저녁 시간을 보낼 때의 분위기를 되살리려고 애쓰며 자기 어린 시절에 대해, 그렇다, 센 강변에서 개털 깎아 주는 사람들에 대해 얘기하면….

하지만 샤를로트는 입을 꼭 다물고 있었다. 그리고 내게 별다른 관심을 안 보이는 것이었다. 마치 나의 존재가 저녁 시간의 분위기를 조금도 깨뜨리지 않았다는 듯 말이다. 때때로 내 시선과 마주칠 때마다 미소를 지어 보이곤 했지만, 그러고 나면 다시 얼굴이 무표정해지는 것이었다.

나는 저녁 식사가 너무나 간소해서 놀랐다. '불드네주'도, 우리가 어렸을 때 먹었던 맛있는 음식도 없었다. 검은 빵과 연한 차가 샤를로트의 평상시 식사라는 사실을 확인하는 순간 나는 깜짝 놀랐다.

식사가 끝나자 나는 발코니에서 그녀를 기다렸다. 똑같은 꽃장식, 여전히 무더운 안개 아래로 끝없이 펼쳐진 대초원. 그리고 두 그루의 장미나무 사이로 보이는 바쿠스 여제관 얼굴의 석상. 석상을 층층대 난간 너머로 던져 버리고, 꽃을 잡아 뜯어 버리고, 고함을 질러 평원의 정적을 깨 버리고 싶은 욕구가 문득 느껴졌다. 그래, 이제 곧 샤를로트가 작은 의자 위에 앉아 무릎 위에 천 조각을 올려놓으면….

그녀가 모습을 나타냈지만 낮은 의자 위에 앉지 않고 내 옆의 층층대 난간에 몸을 기대고 섰다. 옛날에 누나와 나는 그렇게 나란히 서서 초원이 천천히 어둠 속에 잠기는 광경을 바라보며 할머니 이야기에 귀를 기울이곤 했었다.

그렇다, 그녀는 균열이 생긴 나무 난간에 팔꿈치를 괸 채 투명한 연보랏빛을 띤 끝없는 초원을 응시했다. 그러더니 내 얼굴은 보지도 않은 채 나와 나 아닌 어떤 다른 사람에게 말을 하듯 그렇게 아득한 표정을 지으며 생각에 잠긴 목소리로 문득 말하기 시작했다.

"음, 참 이상하지… 일주일 전에 어떤 여자를 묘지에서 만났단다. 그 사람 아들이 네 할아버지가 계시는 줄에 묻혀 있다더구나. 우리는 그들에 관해, 그들의 죽음에 관해, 전쟁에 관해 대화를 나눴지. 무덤들을 앞에 놓고 무슨 말을 더 할 수 있겠니? 그 사람 아들은 전쟁이 끝나기 한 달 전에 부상을 입었다더구나. 우리 군대는 이미 베를린을 향해 진격 중이었단다. 그 여자는 아들이 한 주일만 더, 아니 사흘만 더 병원에 남아 있게 해 달라고 하루도 빠짐없이 기도했단다… 신자였든지, 아니면 아들을 기다리는 동안 신자가 되었겠지. 그 사람 아들은 마지막 전투 때 베를린에서 전사를 했다더구나. 베를린 거리에서는 벌써… 그 여자는 아무 꾸밈없이 이런 얘기를 하더구나. 기도를 올린 얘기를 할 때 눈물을 흘렸는데, 그 눈물조차 그렇더라… 근데 그 여자 얘기를 들으며 내가 무슨 생각을 한 줄 아니? 옛날 우리 병원의 한 부상병이 떠올랐단다. 그 군인은 전선으로 돌아가는 게 무서워 매일 밤 거즈로 상처를 찢어 놓았단다. 나는 그 광경을 우연히 보게 되어 병원장에게 얘기했지. 우리는 그 부상병에게 깁스를 해 주었고, 그는 얼마 뒤 완쾌되어 다시 전선으로 나갔지… 그래, 그 당시에는 그런 모든 일이 너무나 명백하고 또 지극히 당연하게 느껴졌지. 그런데 지금은 뭐가 뭔지 잘 모르겠어… 그래, 이렇게 나이를 먹다 보니 불현듯 모든 걸 다시금 생각하게 되는구나. 넌 바보 같다고 생각할지 모르겠다만 난 가끔씩 이런 의문이 든단다. '그런데 내가 그 젊은 군인을 죽음으로 내몬 게 아닐까?' 아마도 러시아의 깊숙한 곳 어디엔가 그 군인이 가능하면 오래 병원에 남아 있게 해 달라고 매일같이 기도했던 어떤 여인이 있었을지도 몰라. 그래, 묘지에서 만난 그 여자처럼 말이다. 모르겠어… 그 어머니의 얼굴이 잊히지 않는구나. 그래, 사실이 아니겠지만 지금 생각해 보니 그녀의 목소리에서 나를 비난하는 기미가 느껴졌던 것 같기도 해. 이 모든 걸 나 자신에게 어떻게 설명해야 될지 알 수가 없구나…"

그녀는 말을 멈추더니 눈을 동그랗게 뜬 채 오랫동안 움직이지 않고 있었는데, 눈의 홍채에 희미하게 노을빛이 고여 있는 것처럼 보였다. 나는 그녀를 비스듬히 바라볼 뿐 고개를 돌릴 수도, 팔의 위치를 바꿀 수도, 엇갈린 손가락들을 풀 수도 없었다….

"네 침대를 정리해 놓아야겠다."

그녀는 발코니를 떠나며 마침내 이렇게 말했다.

몸을 일으킨 나는 놀라움 속에서 주변을 둘러보았다. 샤를로트의 작은 의자, 청록색 갓이 달린 전등, 우울한 미소를 띠고 있는 바쿠스의 여제관 석상, 밤의 초원 위에 매달려 있는 작은 발코니, 이 모든 것이 별안간 금방이라도 무너질 듯 불안정해 보였다! 나는 내가 이 덧없는 무대를 파괴하고 싶은 욕망을 느꼈었다는 사실을 기억해 내며 당황스러워했다… 마치 내가 아주 먼 거리에서 지켜보고 있기라도 한 것처럼 발코니는 조그마해졌다. 그렇다, 그것은 조그마해졌고, 무방비 상태가 되어 버렸다.

다음 날, 타는 듯 뜨겁고 건조한 바람이 사란짜에 몰아쳤다. 태양이 쨍쨍 내리쬐는 길모퉁이에 별안간 먼지 섞인 회오리바람이 일었던 것이다. 바람이 휩쓸고 지나가자 이번에는 귀청이 터질 것 같은 폭음이 들려왔다. 중앙 광장에서 군악대가 연주를 시작하자 무더운 바람이 휙 불면서 그 소란스럽고 화려한 행진곡을 부분부분 샤를로트의 집까지 싣고 왔다. 그러고 나자 별안간 다시 침묵이 자리 잡았고, 모래가 유리창에 부딪쳐 싸각거리는 소리와 파리 한 마리가 흥분해서 윙윙대는 소리가 들려왔다.

사란짜로부터 수 킬로미터 떨어진 곳에서 군 작전이 벌어지는 첫

날이었다.

우리는 오랫동안 걸었다. 처음에는 도시를, 그러고 나서는 초원을 가로질러 갔다. 샤를로트는 전날 밤 발코니에서처럼 여전히 차분하고 초연한 목소리로 말을 했다. 그녀의 이야기는 군악대의 즐거운 소음 속으로 녹아들었고, 그러고 나서 바람이 문득 멎자 그녀의 말소리는 태양과 침묵의 공백 속에서 이상할 만큼 또렷하게 울렸다.

그녀는 전쟁이 끝나고 나서 2년 뒤 모스크바에 잠깐 머물렀던 이야기를 들려주었다… 5월의 어느 맑은 날 오후, 그녀는 모스크바 강 쪽으로 내리막을 이루는 프레스니아 구역의 복잡하게 얽힌 골목길을 걸으면서 자기가 전쟁과 공포, 그리고 감히 스스로 인정하지는 못했지만 피오도르의 죽음까지도, 아니, 그의 부재로 인한 일상적인 강박감까지도 다 극복하고 이제는 회복기에 들어섰다는 생각을 했다… 길모퉁이를 돌아서는 순간 옆을 지나가던 두 여인이 나누는 대화가 들려왔다.

"사모바르…"

그중 한 사람이 그렇게 말했다. 그 말을 들은 샤를로트는 생각했다.

'거기에다 좋은 옛날 차를 끓여 마시는 모양이군…'

나무로 된 가건물들과 가두 매점들, 두꺼운 판자로 쌓아 올린 담장들이 늘어서 있는 시장 앞의 광장으로 나서는 순간 그녀는 자기 생각이 틀렸음을 깨달았다. 두 다리가 다 없는 한 남자가 일종의 바퀴 달린 상자 위에 앉아 하나밖에 안 남은 팔을 내밀며 그녀 쪽으로 다가왔던 것이다.

"이봐요, 예쁜 아줌마, 이 상이군인에게 1루블만 적선합쇼."

샤를로트는 본능적으로 그 낯선 남자를 피했는데, 그가 방금 땅속에서 나온 사람처럼 보였기 때문에 더더욱 그러했다. 바로 그 순간 그녀는 시장 주변에 팔다리를 잃은 군인들이, 바로 그 '사모바르'들이 득실거린다는 사실을 깨달았다. 그들은 고무 타이어가 끼워진 작은 바퀴가 달려 있기도 하고 그냥 볼베어링만 달려 있기도 한 상자를 굴려 가며 외출 나온 사람들에게 접근해 돈이나 담배를 구걸하는 것이었다. 주는 사람도 있었고, 서둘러 지나가 버리는 사람도 있었으며, 욕을 퍼부으며 꼭 도덕 선생님 같은 말투로 "국가가 벌써 너희들을 먹여 살리고 있잖아… 이건 부끄러운 일이야!"라고 한 마디 덧붙이는 사람들도 있었다. 사모바르들은 거의 대부분 젊은 사람들이었고, 한눈에 알 수 있을 만큼 술에 취한 사람들도 있었다. 모두들 약간 광적이라고 느껴질 만큼 눈매가 날카로웠다… 서너 개의 상자가 샤를로트를 향해 쏜살같이 달려왔다. 군인들은 막대기를 광장의 다져진 흙에 꽂아 놓은 채 온몸을 뒤틀기도 하고 격렬하게 흔들기도 했다. 힘들기야 하겠지만 그 모습은 꼭 놀이를 하는 것처럼 보였다.

걸음을 멈춘 샤를로트는 지갑에서 지폐 한 장을 급히 꺼내 맨 처음 다가온 군인에게 주었다. 그 군인은 돈을 받을 수가 없었다. 하나뿐인 왼손에 손가락이 없었던 것이다. 그는 지폐를 상자 바닥에 쑤셔 넣더니 별안간 몸을 흔들면서 손가락이 없는 손을 샤를로트 쪽으로 내밀어 그녀의 발목에 갖다 댔다. 그리고 광기와 적대감이 서린 눈길로 그녀를 올려다보는 것이었다….

그녀로서는 그 이후에 벌어진 일을 파악할 만한 시간조차 없었다. 그녀는 두 팔이 멀쩡한 또 다른 상이군인이 첫 번째 외팔이 상이군인 옆에 불쑥 나타나더니 구깃구깃한 지폐를 상자 안에서 끄집어내는 것을 보았다. 샤를로트는 "오!"라고 외치며 다시 지갑을 열었다. 하지만 방금 그녀의 발을 어루만졌던 그 군인은 포기한 듯 공격자에게 등을 돌리더니 맨 꼭대기가 하늘로 열려 있는 몹시 가파른 좁은 골목길을 올라가고 있었다… 샤를로트는 어떻게 해야 할지 몰라서 그냥 그렇게 서 있었다. 군인을 따라가서 다시 돈을 줄까? 또 다른 사모바르들이 상자를 굴리며 그녀 쪽으로 다가오고 있었다. 그녀는 끔찍한 불안을 느꼈다. 두려움, 부끄러움도 느껴졌다. 쉰 목소리로 외쳐대는 짧은 고함이 광장 위를 떠돌던 단조로운 웅성거림을 뚫고 들려왔다.

샤를로트는 급히 고개를 돌렸다. 그 장면은 번개보다 더 빨리 일어났다. 팔이 하나밖에 없는 그 상이군인이 볼베어링이 귀청이 터질 듯 따닥거리는 소리를 내며 구르는 상자를 타고 비탈진 골목길을 쏜살같이 내려오고 있었다. 손가락이 없는 그의 손이 땅바닥을 여러 번 밀어내면서 이 미친 듯한 하강을 제어했다. 그리고 칼 한 자루가 뒤틀리고 찡그려진 그의 입안, 이빨 사이에서 위아래로 흔들리고 있었다. 방금 전 그에게서 돈을 빼앗아 간 상이군인은 간신히 자신의 지팡이를 움켜잡았다. 외팔이의 상자가 그의 상자와 충돌했다. 피가 튀었다. 샤를로트는 또 다른 사모바르 두 사람이 머리를 흔들며 적의 몸을 난자하고 있는 외팔이 상이군인을 향해 달려가는 것을 보았다. 또 다른 칼들이 이빨 사이에서 번쩍거렸다. 여기저기서 울부짖는 소리가 들려왔다. 상자들이 서로 부딪쳤다. 행인들은 이 전투가 전면전으로 번지자 너무나 놀라 감히 끼어들 엄두를 내지 못했다. 또 다른 상이군인 하나가 전속력으로 비탈길을 내려오더니 턱 사이에 면도날을 끼운 채 무시무시하게 뒤엉켜 있는 팔다리 없는 몸들 속으로 돌진했다… 샤를로트는 다가가려고 애썼으나 싸움은 거의 땅바닥에서 벌어지고 있었다. 개입하려면 엎드려서 기어 다녀야 할 판이었다. 민병들이 어느새 날카로운 목소리로 외쳐대며 달려오고 있었다. 구경꾼들이 수런거리기 시작했다. 서둘러 자리를 뜨는 사람들도 있었다. 싸움이 어떻게 끝나는지 보려고 플라타너스 그늘 속으로 물러나 있는 사람들도 있었다. 한 여인이 허리를 숙여 서로 엉켜 있는 사모바르들 중 한 사람을 끌어내더니 울음섞인 목소리로 거듭 말하는 것이었다.

"애야! 다신 여기 안 오겠다고 약속했잖니! 약속했잖니!"

그러고 나서 그녀는 마치 아이를 데려가듯 팔다리가 없는 그 남자를 데려갔다. 샤를로트는 외팔이 상이군인이 아직 거기 있는지 보려고 애썼다. 민병 한 사람이 그녀를 밀어냈다….

우리는 똑바로 걸어서 사란짜를 벗어났다. 군악대가 연주하는 요란한 행진곡은 초원의 침묵 속으로 사라졌다. 들려오는 거라곤 풀들이 바람에 살랑거리는 소리뿐이었다. 그리고 이 무한한 빛과 열기의 공간 속에서 샤를로트의 목소리가 다시 한 번 침묵을 깨뜨렸다.

"아니야, 그 사람들은 도둑맞은 돈 때문에 싸운 게 아니었어, 아니! 사람들은 다 알고 있었지! 그들이 그렇게 싸운 건… 삶에 복수를 하기 위해서였던 거야. 삶의 잔인함과 어리석음에 대해서 말야. 그리고 그들의 머리 위로 펼쳐진 그 5월 하늘에 대해서… 그들은 꼭 누군가에게 도전하려는 듯 서로 싸웠어. 그래, 그 봄 하늘과 불구가 된 몸을 단 하나의 삶 속에 뒤섞어 놓은 누군가에게 도전하려는 듯 말이다…"

"스탈린요? 하느님요?"

나는 이렇게 물어볼 뻔했으나, 초원의 공기가 단어들을 발음하기 까다롭고 어렵게 만들었다.

우리가 그렇게까지 멀리 가 본 것은 처음이었다. 사란짜는 이미 오래전부터 지평선 위를 떠다니는 안개 속에 묻혀 버렸다. 우리는 반드시 그 정처 없는 짧은 여행을 해야만 했다. 모스크바에 있는 어떤 작은 광장의 그림자가 내 등 뒤에 드리워져 있는 것 같은 느낌이 들었다….

결국 우리는 철로 제방에 도착했다. 태양과 하늘 말고는 아무런 지표가 없는 이 무한한 공간 속에서 철로는 초현실적인 경계선처럼 보였다. 이상하게도, 철로를 건너자 지형이 바뀌었다. 우리는 몇 개의 협곡과 바닥에 모래가 쌓여 있는 거대한 단층의 가장자리를 따라가다가 계곡으로 내려가야만 했다. 버드나무 덤불 사이로 불현듯 반짝거리는 물이 나타났다. 우리는 마주보며 미소를 짓고는 동시에 외쳤다.

"수므라다!"

수므라는 볼가 강의 먼 지류로서 광활한 대초원 속에 숨어 있어서 여간해서는 눈에 띄지 않았는데, 그나마 그 존재가 알려지게 된 것은 이 큰 강으로 흘러들기 때문이었다.

우리는 저녁 때까지 버드나무 아래서 시간을 보냈다… 돌아오는 길에 샤를로트는 하던 이야기를 마쳤다.

"당국에서는 결국 고함을 질러대며 싸움을 일삼는 이 광장의 상이군인들에 대해서 진력을 내기 시작했단다. 무엇보다도 그들 때문에 위대한 승리의 이미지가 훼손되어 가고 있었지. 사람들이 군인들을 좋아하는 건 그들이 용감하거나, 아니면 항상 미소를 띠고 있거나… 명예를 위해 죽기 때문이란다. 그런데 이들은… 간단히 말하자면 어느 날 트럭이 여러 대 나타나더니 민병들이 사모바르들을 그들의 상자에서 들어내어 짐 싣는 칸에 집어던졌단다. 짐마차에 장작을 집어던지듯 말이지. 모스크바에 사는 어떤 여자 말로는 그들을 북쪽의 호수에 있는 섬으로 데려갔다더구나. 미리 나병 환자 수용소를 개조해 놓았다는 거였어… 가을에 난 그곳에 관해 알아보려고 했었지. 거기 가서 일할 수 있을 거라고 생각했거든. 하지만 봄에 갔더니 그곳 사람이 말하길 섬에는 상이군인이 한 명도 없고 나병 환자 수용소도 영원히 문을 닫았다고 하더구나… 무척 아름다운 곳이었지. 소나무가 끝없이 펼쳐져 있고 넓은 호수에 특히 공기가 너무너무 맑았어…."

한 시간가량 걷고 난 뒤에 샤를로트가 나를 보고 결코 밝다고 할 수 없는 미소를 살짝 지어 보였다.

"기다려라. 잠깐 앉았다 가야겠다…."

그녀가 마른 풀 위에 앉더니 두 다리를 폈다. 나는 기계적으로 몇 걸음 걸어가다가 돌아다보았다. 나는 수수한 흰색 공단 원피스를 입은 흰 머리의 여인을, 흑해에서 몽고까지 펼쳐져 있으며 '대초원'이라는 이름으로 알려진 그 무한한 공간 속의 땅바닥에 앉아 있는 여인을 다시 한 번 바라보았다. 마치 내가 놀랄 만큼 멀거나 높은 곳에 서 있는 것 같은 느낌이었다. 우리 할머니… 뒤로 멀찌감치 물러서서 그녀를 바라보고 있다는 그런 느낌, 나는 그 전날만 해도 신경과민으로 인한 일종의 착시라고 생각했었던 그 느낌을 도대체 뭐라고 설명해야 할지 알 수 없었다. 샤를로트에게는 일상적인 체험이었음에 틀림없는 그 극심한 이역의 느낌이 내게도 느껴졌다. 꼭 우주에서 방향을 잃어버린 것 같은 느낌. 그녀는 그곳 보랏빛 하늘 아래 있었다. 이 지구상에, 엷은 보라색 풀밭 속에, 저녁 별 아래 완전히 혼자인 것처럼 보였다. 그리고 그녀의 프랑스, 그녀의 청춘은 그 희끄무레한 달보다 더 멀리 떨어져 있었다. 다른 은하계에, 다른 하늘 아래 버려져 있었다….

그녀가 얼굴을 들었다. 눈이 여느 때보다 더 커 보였다. 그녀가 프랑스어로 말했다. 이 언어의 울림이 멀고 먼 은하계에서 오는 마지막 메시지처럼 진동했다.

"자, 애야, 때때로 난 내가 이 나라 생활을 전혀 이해하지 못하는 것 같은 생각이 든단다. 그래, 난 여전히 이방인인 것 같아. 여기서 산 지가 거의 반세기가 다 되어 가는데 말이다. 그 '사모바르들'… 난 이해할 수가 없어. 그들이 싸우는 걸 보고 낄낄대며 웃는 사람들이 있더라니까!"

그녀가 일어나려고 했다. 나는 재빨리 달려가 손을 내밀었다. 그녀가 웃으며 내 팔을 잡았다. 그런데 내가 허리를 숙이고 손을 내미는 동안 그녀는 내가 놀랄 정도로 단호하고 진지한 말투로 짧게 몇 마디 중얼거렸다. 내가 그 단어들을 기억하게 된 건 마음속으로 그것들을 러시아어로 번역했기 때문이었던 것 같다.

그 단어들은 하나의 긴 문장을 이루었던 반면, 샤를로트의 프랑스어는 모든 걸 단 하나의 영상으로 압축했다. 큰 소나무 줄기에 등을 기댄 채 나무들 뒤로 흘러가는 물결을 물끄러미 바라보고 있는 외팔이 사모바르….

내 기억이 간직하고 있는 러시아 번역문에서 샤를로트는 변명하듯 이렇게 덧붙였다.

"그렇지만 때때로 나는 내가 이 나라를 러시아 사람들보다 더 잘 이해하고 있다는 생각을 한단다. 그 군인의 얼굴을 아주 오랫동안 마음속에 간직해 왔기 때문에… 호숫가에 서 있는 그의 고독을 느꼈기 때문에…."

그녀가 일어서더니 내 팔에 의지해 천천히 걸었다. 나는 어제 사란짜에 온 그 공격적이며 신경질적인 사춘기 소년이 내 몸속에서, 내 숨 속에서 사라져 버린 것을 느꼈다.

우리의 여름은, 내가 샤를로트의 집에서 마지막으로 보내게 될 여름은 이렇게 시작되었다. 이튿날 아침, 나는 내가 결국 나 자신으로 돌아갔다는 느낌과 함께 잠에서 깨어났다. 격렬하면서도 잔잔한 고요함이 내 몸 안 가득 깊이 퍼져 나갔다. 내가 프랑스 사람인가, 러시아 사람인가를 놓고 발버둥 칠 필요가 이제는 없어졌다. 나는 나 자신을 받아들인 것이다.

우리는 거의 하루도 빠짐없이 수므라 강으로 가서 낮 시간을 보냈다. 커다란 물통과 빵, 치즈를 들고 아침 일찍 출발했다. 저녁에 차가운 바람이 불어오기 시작하면 집으로 돌아왔다.

자주 다니다 보니 길이 그렇게까지 멀게 느껴지지는 않았다. 태양만 떠 있을 뿐인 대초원의 단조로운 풍경 속에서 수많은 기준점과 표지물을 발견해 금방 익숙해졌다. 운모가 멀리서 햇빛에 반짝거리는 화강암 덩어리. 작은 사막처럼 보이는 모래 띠. 가시덤불로 뒤덮여 있어 돌아가야 하는 지역. 사란짜가 시야에서 사라지고 나면 곧 철로 제방이 지평선 위로 모습을 드러내고, 이어서 반짝이는 철로가 나타날 것이라는 사실을 우리는 알고 있었다. 그리고 일단 이 경계선을 통과하면 이미 강에 도착한 거나 마찬가지였다. 대초원에 길고 가파른 구덩이들을 파 놓은 협곡 뒤에서부터 벌써 강의 존재가 느껴지는 것이었다. 꼭 우리가 오기를 기다리고 있는 것 같았다….

샤를로트는 책을 한 권 들고 강가 버드나무 그늘 아래 자리를 잡았다. 나는 지칠 때까지 별로 깊지도 넓지도 않은 강을 몇 번씩 왔다 갔다 하며 헤엄도 치고 잠수도 했다. 한 사람이 겨우 드러누워 넓은 바다 한가운데 무인도에라도 와 있는 것 같은 기분을 만끽할 수 있을 만큼 작고 무성한 풀로 뒤덮인 작은 섬들이 강을 따라 죽 늘어서 있었다….

그러고 나면 나는 모래밭에 누워 한없이 깊은 초원의 침묵에 귀를 기울였다… 우리의 대화는 자연스럽게 시작되었다. 수므라 강이 햇빛을 받아 졸졸 흐르는 소리에서, 긴 버드나무 잎사귀의 살랑거리는 소리에서 발원하는 듯했다. 샤를로트는 펼쳐진 책 위에 두 손을 올려놓은 채 강 저 너머 태양이 쨍쨍 내리쬐는 평원 쪽을 바라보면서 이야기를 시작하곤 했는데, 때로는 내 질문에 대답을 해 주기도 했고 또 때로는 내가 무슨 질문을 할 것인지 미리 알고 이야기하기도 했다.

풀들이 가뭄과 무더위로 인해 한 포기 두 포기 말라 가던 초원 한가운데서 보낸 그 긴 여름날 오후, 나는 샤를로트의 삶 중에서 그전까지만 해도 사람들이 내게 감추고 알려 주지 않았던 한 시기에 대해 알게 되었다. 그리고 어린 내 머리로는 도저히 이해가 가지 않았던 사실도 알게 되었다.

나는 '베르됭'이라고 불리는 그 작은 조약돌을 그녀의 손바닥에 슬그머니 놓고 간 그 제1차 대전 때의 병사가 실제로는 그녀의 첫사랑, 첫 남자였다는 사실을 알게 되었다. 하지만 그들이 만난 것은 성대한 행진이 있었던 1919년 7월 14일이 아니라 그로부터 2년 뒤, 샤를로트가 러시아로 떠나기 몇 달 전의 일이었다. 또 나는 이 병사가 우리가 순진한 상상력을 발휘해서 꾸며 냈던 그 콧수염 기르고 훈장이 가슴 위에서 반짝거리는 영웅과는 거리가 한참 멀다는 사실도 알게 되었다. 그는 좀 마른 체격에 얼굴이 창백했으며 슬픈 눈매를 갖고 있었다. 그는 자주 잔기침을 하곤 했다. 그의 폐는 최초의 가스전 당시 까맣게 타 버렸다. 그리고 그가 행진을 하다가 대오에서 나와 샤를로트에게 '베르됭'을 내민 것도 아니었다. 그가 이 부적을 그녀에게 건네준 것은 그녀가 모스크바로 떠나는 날 기차역에서였다. 그는 곧 그녀를 다시 만나게 될 것이라고 굳게 믿었다.

어느 날 샤를로트는 강간당한 일에 대해서 이야기했다… 그녀의 차분한 목소리는 '물론 넌 무슨 일이 있었는지 벌써 알고 있겠지… 이젠 네게도 비밀이 아닐 테니까…'라고 암시하는 듯했다. 나는 짐짓 태연한 목소리로 "네, 그래요, 그래요"라고 짤막하게 되풀이해서 대답함으로써 그 같은 암시를 받아들였다. 나는 이야기가 다 끝나고 난 뒤 일어서면서 또 다른 샤를로트를, 욕을 당한 여인의 지워지지 않는 표정이 담긴 또 다른 얼굴을 보게 될까 봐 몹시 두려웠다. 하지만 내 뇌리에 들어와 박힌 것은 무엇보다도 그 빛나는 광채였다.

상당히 두껍고, 특히 사막 한가운데여서 무척 더워 보이는 긴 외투를 입고 머리에 터번을 두른 남자. 두 개의 면도날처럼 째진 눈, 땀으로 번들거리는 둥근 얼굴의 구릿빛 피부. 젊은 남자다. 그는 초초한 동작으로 혁대를 더듬어 총 반대쪽에 매달려 있는 구부러진 단검을 움켜잡으려고 애쓴다. 이 몇 초의 시간이 한없이 길게 느껴진다. 왜냐하면 사막과 조급하게 행동하는 이 남자는 그녀 시야의 아주 작은 부분을 통해, 속눈썹 사이의 좁은 틈새로 보였던 것이다. 옷은 찢기고 머리칼은 헝클어져 모래 속에 반쯤 파묻힌 채 바닥에 쓰러져 있는 이 여인은 꼭 이 텅 빈 풍경 속에 영원히 삽입된 것처럼 보인다. 붉은 핏줄기가 그녀의 왼쪽 관자놀이에서 흘러나온다. 하지만 그녀는 살아있다. 총알은 그녀의 머리칼 아래 살을 찢어 놓은 다음 모래 속에 박힌다. 남자는 무기를 잡으려고 몸을 비틀어 꼰다. 그는 죽음이 한층 더 육체적인 것이 되기를, 목이 잘리고 피가 콸콸 흘러나와 모래를 적시기를 바랐다. 하지만 그가 조금 전 긴 옷자락을 활짝 벌려 놓은 채 죽은 듯 꼼짝하지 않고 있는 여자의 몸 위에서 허우적대고 있을 때 그가 찾는 단도는 반대쪽으로 미끄러졌다⋯ 그는 표정에 아무 변화가 없는 여자 얼굴을 증오에 찬 눈길로 힐끗거리면서 화가 난 듯 혁대를 잡아당긴다. 별안간 말 울음 소리가 들려온다. 그가 몸을 돌린다. 그의 동료들이 말을 모는 소리가 멀리서 들려오나 싶더니 그들의 실루엣이 하늘을 배경으로 지평선상에 또렷하게 드러난다. 이상하게도 그는 문득 자기가 혼자가 된 것 같은 느낌이 든다. 저녁노을 비치는 사막에는 오직 그와 죽어 가는 그 여인뿐인 것이다. 그는 분한 듯 침을 뱉더니 꼼짝하지 않고 있는 여인을 뾰족한 구두로 한번 걷어찬 뒤 스라소니처럼 민첩하게 말 위에 올라탄다. 말발굽 소리가 사라지자 여인은 천천히 눈을 뜬다. 그리고 그녀는 꼭 숨 쉬는 법을 잊어버린 사람처럼 서투르게 호흡하기 시작한다. 공기에서 돌과 피 냄새가 난다…

샤를로트의 목소리가 버드나무 가지가 부드럽게 살랑거리는 소리와 뒤섞였다. 그녀가 입을 다물었다. 나는 그 젊은 우즈베키스탄 남자의 분노에 대해 생각했다.

'그자로서는 무슨 일이 있더라도 그녀를 죽여서 생명 없는 육체로 만들었어야 했겠지!'

그러면서 나는 이미 남성적인 것이 되어 버린 직관을 통해 그게 꼭 잔인하고 안 하고의 문제는 아니라는 사실을 깨달았다. 사랑의 행위가 끝나고 겨우 몇 분만 지나면 방금 전까지만 해도 욕정을 품었던 육체가 별안간 쓸모없어져 버릴 뿐만 아니라 적의가 느껴질 만큼 보기도 싫고 만지기도 혐오스러워지는 것이다. 배 위에서 밤을 함께 보낸 소녀가 생각났다. 사실이었다. 더 이상 내게 욕정을 불러일으키지 않는디며, 내게 실망을 주었다며, 내 어깨에 몸을 밀착시킨다며 그녀를 원망했었던 것이다… 그리고 내 생각을 끝까지 밀고 가면서, 나를 불안하게 만들면서 동시에 나를 유혹하는 이 남성적인 이기주의를 공공연히 드러내면서 나는 혼자 중얼거렸다.

"정말이지 여자들은 사랑을 나누고 난 다음에는 빨리 사라져야 해!"

그리고 나는 초조하게 단검을 찾는 그 손을 다시 상상했다.

나는 샤를로트 쪽으로 몸을 돌리며 불쑥 몸을 일으켰다. 나는 몇 달 전부터 나를 괴롭혀 왔으며 마음속으로 수없이 되풀이했던 그 질문, '사랑이란 게 뭔지 단 한 마디로, 단 한 문장으로 말해 주세요! 그게 뭐죠?'라는 질문을 그녀에게 던지려고 했다.

하지만 내가 훨씬 더 논리적인 질문을 던질 것이라고 짐작한 샤를로트가 먼저 물었다.

"근데 너, 내가 어떻게 해서 살아난 줄 아니? 아니, 누가 날 구해 준 줄 아니…? 그 얘긴 아직 안 들었지?"

나는 그녀를 바라보았다. 아니다, 강간당했던 이야기를 하면서도 그녀의 표정에는 전혀 아무 변화가 없었다. 버드나무 잎사귀들 사이로 어른거리는 그림자와 햇살이 그녀의 얼굴을 살짝 스치고 지나갔을 뿐이었다.

그녀의 목숨을 구해 준 것은 '사이가'라는, 꼭 코끼리 코를 짧게 잘라 놓은 것처럼 엄청나게 큰 콧구멍과 (이와는 놀랄 만한 대조를 이루는) 겁 많고 온순한 큰 눈을 가진 영양이었다. 샤를로트는 사이가들이 떼를 이루어 사막을 뛰어다니는 광경을 여러 번 본 적이 있었다… 결국 몸을 일으키는 데 성공한 그녀의 눈에 모래언덕을 천천히 기어 올라가는 사이가의 모습이 비쳤다. 샤를로트는 아무 생각 없이 본능적으로 사이가의 모습을 지켜보았다. 그 짐승이야말로 심한 기복을 이루며 끝없이 펼쳐진 사막에서 유일한 표지였다. 꼭 꿈속에서처럼(자홍색 대기의 공허한 느낌 때문에 더더욱 그랬다) 그녀는 그 짐승에게 다가가는 데 성공했다. 사이가는 도망가려 하지 않았다. 샤를로트는 흐릿한 황혼 빛 속에서 모래 위의 검은 반점들을 보았다. 핏자국이었다. 주저앉았다가 머리를 격렬하게 흔들면서 다시 땅을 박차고 일어난 사이가는 후들거리는 긴 다리로 서서 탱고를 추듯 앞뒤로 몸을 흔들더니 다시 이리저리 깡충깡충 뛰어다녔다. 그리고 다시 넘어졌다. 큰 부상을 당한 모양이었다. 그녀를 죽이려고 했던 자들에 의해? 그럴지도 몰랐다. 사막의 봄밤은 몹시 추웠다. 샤를로트는 몸을 움츠려 짐승의 등에 밀착시켰다. 사이가는 더이상 움직이지 못했고, 온몸을 떨고 있었다. 꼭 인간이 한숨을 내쉬듯, 뭐라고 속삭이듯 그렇게 씨익씨익 거친 숨을 내쉬었다. 추위와 고통으로 인해 온몸이 마비된 샤를로트는 고집스레 뭔가를 말하려고 애쓰는 이 중얼거림을 듣고 여러 번 잠에서 깨어나곤 했다. 그녀는 한밤중에 그렇게 한번 깨어났다가 아주 가까운 모래 속에서 별똥 하나가 반짝거리는 것을 보고 당황했다. 하늘에서 별이 떨어졌나… 샤를로트는 발광점 쪽으로 몸을 숙였다. 사이가가 눈을 커다랗게 뜨고 있는 것이었다. 그리고 금방이라도 사라져 버릴 것 같은 찬란한 성좌가 눈물 그득한 그 안구 속에 반사되어 있었다… 그녀는 자신에게 생명을 준 그 존재의 심장이 언제 멈추었는지 알지 못했다… 아침이 되자 사막은 서리로 반짝거렸다. 샤를로트는 꼭 수정 가루를 뿌려 놓은 듯한 그 짐승의 시신 앞에 잠시 서 있었다. 그리고 나서 사이가가 그 전날 넘어가지 못했던 모래언덕을 느릿느릿 기어 올라갔다. 모래 언덕 꼭대기까지 올라간 그녀는 아침 대기 속으로 울려 퍼져 나가도록 탄성을 외쳤다. 아침의 첫 햇살처럼 장밋빛을 띤 호수가 발밑에 펼쳐져 있었던 것이다. 사이가가 원했던 것은 바로 이 호수의 물이었다… 샤를로트는 그날 저녁 호숫가에서 사람들에게 발견되었다.

해질 무렵 사란짜의 거리를 걸어가며 그녀는 자신의 이야기에 다음과 같이 감동적인 에필로그를 덧붙였다.

그녀는 들릴락 말락 한 목소리로 말했다.

"네 할아버지는 이 일을 단 한 번도 언급하지 않았단다. 단 한 번도… 게다가 그분은 네 삼촌을 자기 피붙이나 다름없이 사랑했지. 아니, 어쩌면 그 이상으로 사랑했는지도 몰라. 아내가 욕을 당해서 낳은 아이가 첫아들이라는 사실을 받아들인다는 건 한 남자로서는 힘든 일이야. 너도 알다시피 세르게이가 식구들 중 아무도 안 닮았기 때문에 그건 더더욱 힘든 일이었을 거야. 아냐, 그분은 단 한 번도 그런 얘길 한 적이 없었단다…"

그녀의 목소리가 가볍게 떨리는 게 느껴졌다. 나는 그냥 이렇게만 생각했다.

'할머니는 피오도르 할아버지를 사랑했어. 할머니에게 그토록 큰 고통을 안겨 준 이 나라가 할머니의 나라가 될 수 있었던 건 할아버지 덕분이야. 그리고 할머니는 이 나라를 한층 더 사랑하셔. 할아버지 없이 오랜 세월을 지내신 뒤에 말이야. 할머니는 이 밤의 초원에서, 러시아의 이 광활함 속에서 할아버지를 사랑하시는 거야. 할머니는 그분을 사랑하셔…'

사랑은 그 고통스러운 단순함 속에서 내게 새로운 모습을 드러내었다. 설명할 수 없는 것, 표현할 수 없는 것, 얼음에 뒤덮인 사막 한가운데서 상처 입은 짐승의 눈 속에 반사되었던 그 별들처럼.

어쩌다가 저지른 실언이 한 가지 어리둥절한 진실을 내게 드러내었다. 내 프랑스어가 예전 같지 않다는 것이다….

그날, 샤를로트에게 한 가지 질문을 던지는 순간 단어가 꼬여 버렸다. 프랑스어에 많이 등장하는 그 단어 쌍들 중의 하나와, 혼동하기 쉬운 단어 한 쌍과 마주치게 된 것이다. 그렇다, 그것은 '징수관percepteur-가정교사précepteur'라든가 '수여하다décerner-분간하다discerner' 같은 종류의 쌍둥이들이었다. 내가 옛날에 말실수를 해서, 가령 '사치luxe-음란luxure' 만큼이나 위험한 단어 쌍을 입에 올리면 누나는 나를 놀려댔고, 샤를로트는 슬쩍 바로잡아 주었다….

이번에는 굳이 할머니가 나서서 적절한 단어를 슬쩍 귀띔해 줄 필요가 없었다. 순간적인 망설임 끝에 나 스스로 알아서 수정했던 것이다. 하지만 내가 외국어를 말하고 있다는 뜻밖의 새로운 사실은 그 순간적인 망설임보다 훨씬 더 충격적이었다!

그렇다면 내가 반항했던 몇 개월의 시간은 그 나름의 흔적을 남겨 놓은 것이다. 그렇다고 해서 내가 그 뒤로 프랑스어로 의사표현을 하는 데 어려움을 느꼈던 건 아니었다. 하지만 큰 변화가 일어났다. 어렸을 때 나는 샤를로트가 말하는 언어의 음들과 함께 휩쓸려 다녔다. 나는 풀밭의 그 반짝거리는 빛이, 그 진하고 향기롭고 선명한 광채가 왜 때로는 남성형으로 존재하면서 '쯔베톡tsvetok'라는 이름을 부여받아 바삭거리고 연약하고 투명한 신원을 갖게 되는지, 왜 또 때로는 부드럽고 물렁물렁하고 여성적인 아우라에 휩싸여 '윈느 플뢰르(une fleur 한 송이 꽃)'가 되는지 그 이유는 생각하지도 않은 채 그 음들 속에서 유영했었다.

나중에 나는 춤의 테크닉에 관해 질문을 받자 즉시 수많은 다리를 (그전에는 본능적으로 움직였는데) 되는 대로 움직이기 시작했다는 노래기 이야기를 생각했다.

내 경우, 그렇게까지 절망적인 건 아니었다. 하지만 실언을 한 이후로 '테크닉'의 문제를 무시할 수 없게 되었다. 이제 프랑스어는 내가 말을 하면서 그 효과를 측정하는 하나의 도구가 되었다. 그렇다, 그것은 내게 속해 있지 않은, 내가 이따금씩 이 행위의 낯섦을 깨달았을 때조차 사용하는 도구였던 것이다.

나의 발견은 비록 뜻하지 않은 것이기는 했지만 문체에 대한 날카로운 직관을 내게 가져다주었다. 나는 생각했다. 사용되고 연마되고 개선되는 이 도구로서의 언어, 그게 곧 문학작품 아닐까? 그해 내내 급우들이 들으면서 재미있어 했던 프랑스의 일화들이야말로 소설가들이 사용하는 언어의 첫 번째 밑그림이라는 사실을 나는 느꼈다. 나로 말하자면 때로는 '프롤레타리아들'을, 또 때로는 '탐미주의자들'을 즐겁게 해 주려고 그 언어를 조작하지 않았던가? 문학이란 용암처럼 분출해서 세계를 용해시키는 이 언어들 앞에서 영원토록 경탄하는 행위이다. 우리 '할머니'의 언어인 프랑스어는 바로 이 탁월한 경탄의 언어라는 사실을 나는 알게 되었다.

그렇다, 초원 속에 고립된 이 작은 강가에서 특별한 하루를 보낸 뒤로 나는 다른 사람과 프랑스어로 대화를 나누다가도 아주 오래전의 놀라운 장면 하나를 이따금 기억하게 될 것이었다. 눈을 크게 뜬 한 백발의 노부인과 그녀의 손자가 태양이 쨍쨍 내리쬐는 텅 빈 초원 한가운데 앉아서 이 세상에서 가장 자연스럽게 프랑스어로 이야기를 나누는 장면… 나는 이 장면을 떠올리며 내가 프랑스어로 말을 한다는 사실에 놀라워했다. 이윽고 나는 더듬거리다가 내 프랑스어를 고양이들에게 주기라도 한 듯 입을 다문다. 이상하게도, 혹은 너무나 논리적으로 바로 이 순간 두 언어 사이에 있으면서 나는 내가 그 어느 때보다 더 강렬하게 보고 느낄 수 있다고 믿는다.

아마도 바로 그날 나는 '징수관percepteur' 대신 '가정교사 précepteur'라고 발음함으로써 침묵에 싸인 이 '두 언어 사이의 공간'으로 들어갔고, 또 샤를로트의 아름다움에도 주목하게 된 것 같다….

처음에 나는 이 아름다움의 관념이라는 것이 존재하지 않는다고 생각했다. 그 당시 러시아의 50대 여성들은 '바부슈카'로, 아름다움은 물론이요 여성다움을 갖추고 있다고 상상하기는 더더구나 어려운 존재로 변해 버렸다. 그러므로 '우리 할머니는 아름답다'라고 주장한다는 것은….

그렇지만 그 낭시 예순넷 아니면 예순다섯 살이었을 샤를로트는 아름다웠다. 그녀는 가파르고 모래투성이인 수므라 강변 아래쪽에 자리를 잡고 버드나무 아래서 책을 읽고 있었는데, 버드나무 가지는 꼭 머리에 쓰는 헤어네트처럼 그늘과 햇빛으로 그녀의 옷을 뒤덮었다. 그녀는 은빛 머리칼을 한데 모아 목덜미에 올려놓았다. 그리고 이따금 살짝 미소 지으며 나를 바라보곤 했다. 나는 그 얼굴 속의, 너무나 수수한 그 흰 원피스 속의 무엇이 아름다움(이 아름다움의 존재를 인정해야 될지 어떨지 나는 혼란스러웠다)을 발산하는지 이해하려 애썼다.

아니, 샤를로트는 '나이처럼 안 보이는 여성'은 아니었다. 그녀의 얼굴 생김새도 끝없이 주름살과 싸우며 살아가는 여성들의 '잘 관리된' 얼굴에서 볼 수 있는 수척한 아름다움을 갖추고 있지는 않았다. 그녀는 굳이 자신의 나이를 숨기려고 애쓰지 않았다. 하지만 나이를 먹는다고 해서 그녀가 쪼그라들면서 얼굴이 초췌해지고 몸이 수척해진 건 아니었다. 나는 은빛으로 반짝이는 그녀의 머리칼과 얼굴선, 살짝 그을린 두 팔, 느릿느릿 흘러가는 수므라 강의 강물에 거의 닿을락 말락 한 두 맨발을 눈길로 감쌌다… 그리고 그녀가 입고 있는 원피스의 꽃무늬 옷감과 햇빛이 만들어 내는 얼룩진 그늘 사이에 또렷한 경계가 없다는 사실을 확인하며 뜻밖의 즐거움을 느꼈다. 그녀의 몸의 윤곽은 찬란한 대기 속으로 서서히 흡수되었고, 두 눈은 마치 수채화처럼 하늘의 뜨거운 섬광과 뒤섞였으며, 책장을 넘기는 손가락의 움직임은 긴 버드나무 가지의 너울거림 속으로 끼어 넣어졌다… 그렇다면 그녀의 아름다움에 관한 수수께끼를 감추고 있었던 건 바로 이 같은 녹아듦이었다!

그렇다, 그녀의 얼굴과 육체는 나이를 먹는 게 두려워서 긴장하고 있었던 게 아니라 햇빛과 바람, 초원의 쓰디쓴 향기, 버드나무 숲의 서늘함을 흡수했던 것이다. 그리고 그녀의 존재는 이 인적 없는 공간에 어떤 놀라운 조화를 부여했다. 샤를로트가 거기 존재하는 순간, 열기로 인해 타 버릴 것 같은 평원의 단조로움 속에 뭐라 표현하기 어려운 어떤 일치가 이루어졌다. 듣기 좋게 졸졸거리는 강물 소리, 축축한 진흙에서 풍기는 시큼한 냄새와 마른 풀이 발산하는 진한 향기, 나뭇가지 아래서 이루어지는 빛과 그림자의 유희. 하루하루, 한 해 한 해, 한 시대 한 시대의 불분명한 연속 속 모방할 수 없는 유일한 순간….

지나가지 않는 한 순간.

나는 샤를로트의 아름다움을 발견했다. 그리고 거의 동시에 그녀의 고독도 발견했다.

바로 그날, 나는 강가에 누운 채 할머니가 소풍에 가져온 책에 관해 이야기하는 소리에 귀를 기울이고 있었다. 말실수를 한 뒤부터 나는 대화를 따라잡는 동시에 그녀가 프랑스어를 다루는 방법도 관찰해야 했다. 나는 그녀의 문체를 내가 읽고 있는 작가들의 그것과, 또한 드물게 우리 나라로 들어오는 프랑스 신문의 그것과 비교했다. 나는 그녀가 사용하는 프랑스어의 특색과 그녀가 선호하는 표현들, 그녀의 개인적인 통사법, 그녀의 어휘, 그리고 심지어는 그녀의 문장에 흔적을 남긴 시간의 고색—'벨 에포크' 시대의 색조까지 전부 다 알고 있었다….

이번에는 이런 언어학적 관찰보다 더 놀라운 생각 한 가지가 머릿속에 떠올랐다.

'할머니의 이 스타일은 반세기가 넘도록 완전히 고립된 채 거의 말해지지 않고 꼭 나무 한 그루 풀 한 포기 자라지 않는 절벽에서 악착같이 자라나는 식물처럼 그 본질과는 무관한 현실에 뿌리박고 살아온 거야…'

그렇지만 샤를로트의 프랑스어는 농밀하고 순수한 놀라운 활기를, 포도주가 익어 가면서 얻게 되는 그 호박색 투명함을 간직하고 있었다. 그 문체는 시베리아의 눈보라 속에서도, 중앙아시아 사막의 불타듯 뜨거운 모래 속에서도 살아남았다. 그리고 그것은 끝없이 펼쳐진 초원 속의 이 강가에서도 여전히 울려 퍼진다….

그때 내 눈에는 이 여인의 고독이 애절하고 일상적이며 단순한 모습으로 비쳤다.

'할머니에게는 함께 얘기할 사람이 없어. 프랑스어로 얘기할 사람이 아무도 없는 거야….'

나는 이렇게 생각하다가 깜짝 놀랐다. 문득 나는 우리가 매년 여름 함께 보냈던 그 몇 주의 시간이 샤를로트에게 무엇을 의미했을지 깨달았다. 그 프랑스어가, 내게 너무나 자연스럽게 느껴지는 그 문장들의 직조가 내가 떠나자마자 즉시 일 년 내내 고정되어 러시아어와 책장 넘기는 소리, 침묵으로 바뀌리라는 사실을 깨달았다. 그리고 나는 눈에 파묻힌 사란짜의 어두운 거리를 혼자 걷고 있는 샤를로트의 모습을 상상했다….

다음 날, 나는 할머니가 동네의 주정뱅이이자 말썽꾸러기인 가브릴리치와 얘기를 나누고 있는 모습을 보았다. 바부슈카들의 벤치는 비어 있었다. 아마도 이 남자가 나타나자 다들 돌아가 버린 모양이었다. 아이들은 포플러나무 뒤에 숨어 있었다. 동네 사람들은 창가에 서서 흥미로운 표정으로 이 장면을 지켜보고 있었다. 이 이상한 프랑스 여인이 감히 그 괴물에게 접근한 것이었다. 나는 할머니의 고독에 대해서 다시 한 번 생각했다. 눈꺼풀이 자꾸 따끔거렸다.

'바로 저게 할머니의 삶이야. 저 안마당, 저 주정뱅이 가브릴리치, 여러 가족이 콩나물시루처럼 한데 모여 사는 마당 건너편의 저 거대한 검은 이즈바…'

샤를로트가 집 안으로 들어왔는데, 숨을 좀 가쁘게 헐떡거리기는 했지만 얼굴에는 미소가 어려 있었고 두 눈에서는 기쁨의 눈물이 흘렀다.

그녀는 꼭 한 언어에서 다른 언어로 옮겨 갈 시간이 없다는 듯 러시아어로 말했다.

"응, 가브릴리치가 전쟁 얘기를 했는데 네 아버지랑 같은 전선에서 스탈린그라드를 방어했다는구나. 그 얘기를 자주 했단다. 볼가 강가에서 치른 전투 얘기도 하더라. 야산 하나를 독일군한테서 탈환하려고 싸웠단다. 그 사람 얘기로는 불길에 싸인 전차들과 갈기갈기 찢긴 시신들, 피로 얼룩진 땅이 그렇게 처참하게 뒤엉켜 있는 모습은 그때 처음 보았다더라. 저녁 때 보니까 그 야산에 살아남아 있는 사람은 열두어 명밖에 안 되었다고 하더구나. 그 사람은 너무나 목이 말라서 볼가 강으로 내려갔단다. 그런데 강가에서 너무나 잔잔한 강물과 흰 모래, 갈대밭, 그리고 어디선가 나타나서 다가오는 어린 물고기들을 봤다는 거야. 어릴 적 고향 마을에서처럼…"

그녀의 이야기에 귀를 기울이면서 나는 그녀가 고독하게 살아가는 이 러시아라는 나라가 이제는 더 이상 그녀의 '프랑스인다운 특성'에 대해서 적대감을 표하지 않는 것 같다고 생각했다. 눈매가 사나운 그 키 큰 주정뱅이 남자, 가브릴리치는 그 어느 누구에게도 자기 감정을 토로할 엄두를 내지 못했으리라. 사람들은 코웃음치며 말할 것이었다. 스탈린그라드를 방어했다고? 전쟁이라고? 게다가 아닌 밤중에 홍두깨라더니, 갈대밭에 물고기는 뭐야? 동네 사람들은 아마 그의 말을 들어 보려고도 하지 않을 것이었다. 주정뱅이가 무슨 재미있는 얘기를 할 수가 있겠는가? 그런 그가 샤를로트에게는 그런 얘기를 한 것이다. 상대가 자기를 이해해 준다는 신뢰감, 확신과 함께. 그는 바로 이 순간부터 공짜 구경을 할 수 있게 되기를 기대하면서 그를 지켜보는 동네 사람들보다는 이 프랑스 여인을 더 가깝게 느끼기 시작한 것이다. 그는 마음속으로 이렇게 투덜거리며 검은색 눈으로 그들을 지켜보았다.

'꼭 서커스 구경 온 사람들처럼 다들 모였군….'

문득 그는 샤를로트가 장바구니를 들고 지나가는 걸 보았다. 그는 일어나 인사했다. 잠시 후, 그는 환해진 얼굴로 이야기했다.

"그런데 샤를로타 노르베르토브나, 아시겠지만 우리 발밑에는 흙이 있는 게 아니라 잘게 다져진 고기가 있지요. 전 전쟁이 시작된 뒤로는 단 한 번도 흙을 본 적이 없답니다. 그러다가 독일 놈들을 쫓아내 버린 날 밤 볼가 강 쪽으로 내려갔었지요. 그런데 거기서… 어떻게 말씀드려야 할지…."

이른 아침, 우리는 집에서 나와 그 검은색 이즈바 옆을 지나가고 있었다. 그 집은 둔한 웅성거림으로 벌써부터 활기에 넘쳤다.

프라이팬에서 기름이 타닥거리며 튀는 소리, 남녀가 싸우는 소리, 여러 대의 라디오에서 흘러나오는 목소리와 음악 소리… 나는 냉소적으로 얼굴을 찡그리고 눈썹을 치켜 올리면서 샤를로트를 힐끗 쳐다보았다. 그녀는 내가 왜 미소 짓는지 금방 알아차렸다. 하지만 그녀는 잠에서 깨어난 그 커다란 개미집에 대해 관심이 없어 보였다.

우리가 초원으로 들어서고 나서야 그녀는 이렇게 프랑스어로 말했다.

"지난겨울에 가브릴리치가 나타나기만 하면 제일 먼저 도망가는 나이 든 프로시아 있잖니, 그 바부슈카에게 약을 가져다준 적이 있단다… 그날은 굉장히 추웠지. 그런데 그 사람들 사는 이즈바 문이 아무리 애써도 안 열리는 거야…"

샤를로트는 이야기를 계속했고, 나는 점점 더 커지는 놀라움과 함께 그녀의 단순한 말에 음성과 냄새, 그리고 안개에 가려진 빛이 섞여 있음을 느꼈다… 그녀가 문손잡이를 흔들자 문에 붙어 있던 얼음이 깨지면서 문이 날카로운 마찰음과 함께 힘겹게 열렸다. 그녀는 커다란 나무집 내부의, 세월에 검게 변한 계단 앞에 섰다. 그녀가 발걸음을 떼자 계단이 애처로운 비명을 내질렀다. 복도에는 낡은 가구들이며 벽을 따라 높게 쌓은 큰 상자들, 자전거들, 그 동굴 같은 공간을 예상 밖의 각도로 관통하는 흐릿한 거울들이 꽉 들어차 있어서 발 디딜 틈이 없었다. 불탄 나무에서 나는 냄새가 짙은색 벽 사이를 떠돌다가 샤를로트가 외투자락 속에 담아 간 추위와 뒤섞였다… 할머니가 그녀를 본 건 2층 복도 끝에서였다. 한 젊은 여인이 아기를 품에 안은 채 소용돌이 모양의 얼음으로 뒤덮인 창문 앞에 서 있었다. 고개를 앞으로 조금 숙인 채 꼼짝하지 않고 그녀는 복도 모퉁이를 차지하고 있는 커다란 난로의 열려진 문 속에서 춤추듯 이글거리는 불꽃을 바라보고 있었다. 성에로 뒤덮인 창문 뒤로 푸르고 투명한 겨울 어스름이 서서히 사라져 가고 있었다…

샤를로트가 잠시 침묵을 지키다가 좀 더듬거리면서 말을 이었다.

"음, 물론 그건 환상이었지… 하지만 그 여자 얼굴은 너무나 창백하고 섬세했어… 꼭 유리창을 뒤덮고 있는 얼음꽃 같았지. 그래, 그 여자 얼굴 모습은 꼭 그 서리 장식에서 떨어져 나온 것 같았어. 그처럼 연약한 아름다움은 한 번도 본 적이 없었단다. 그래, 꼭 얼음 위에 그려진 성모상 같았다니까…"

우리는 아무 말 없이 오랫동안 걸었다. 요란하게 울어대는 낭랑한 매미 소리와 함께 초원이 서서히 우리들 앞에 그 모습을 드러냈다. 매미는 귀가 따갑도록 울어대고 날은 찌는 듯 무더웠건만 내 폐 속에서는 그 커다란 검은색 이즈바의 얼음처럼 차가운 공기가 느껴졌다. 성에로 뒤덮인 창문, 푸르게 반짝거리는 얼음 결정, 아기를 안고 있는 젊은 여인이 눈앞에 떠올랐다. 샤를로트는 프랑스어로 말했다. 프랑스어가 그 어둡고 무겁고 너무나 러시아적인 삶으로서 내게 항상 두려움을 불러일으켰던 그 이즈바 속으로 뚫고 들어간 것이다. 그리고 그 심연 속의 창문 하나가 환하게 불이 밝혀졌다. 그렇다, 그녀는 프랑스어로 말했다. 러시아어로 말할 수도 있었으리라. 그렇게 했더라도 그 순간은 완벽하게 재현되었으리라. 그러니까 일종의 중개어가 존재했던 것이다. 보편어가 말이다! 나는 내 말실수 덕분에 발견할 수 있었던 그 '두 언어 사이'를, '경탄의 언어'를 다시 생각했다….

그리고 바로 그날 처음으로 '그런데 이 언어를 글로 써서 표현할 수 있지 않을까?'라는 고무적인 생각이 내 뇌리를 스치고 지나갔다.

샤를로트와 함께 수므라 강가에서 시간을 보내던 어느 날 오후, 나는 자신도 모르게 그녀의 죽음에 대해서 생각했다. 아니, 오히려 그 반대로 그녀의 죽음의 불가능성에 대해서 생각했는지도 모르겠다….

그날은 특히 무더웠다. 샤를로트는 신발을 벗어던지고 옷을 무릎까지 걷어올린 채 물속을 걸어 다녔다. 나는 작은 섬들 중 한 곳으로 기어올라 그녀가 강을 따라 걷는 모습을 바라보고 있었다. 다시 한 번 그녀와 흰 모래밭, 그리고 초원이 아주 멀리 있는 것처럼 느껴졌다. 그렇다, 내가 꼭 열기구의 바구니 속에 매달려 있는 듯한 기분이었다. 우리는 우리가 무의식중에 이미 과거 속에 위치시키는 장소와 얼굴들을 이런 식으로 인지한다(나는 이 점을 훨씬 나중에야 깨달았다). 그렇다, 나는 그 환상의 꼭대기에서, 젊은 나의 모든 힘들이 지향하는 그 미래에서 그녀를 바라보고 있었다. 그녀는 꼭 사춘기 소녀처럼 그렇게 꿈을 꾸듯 무심히 물속을 걸어 다니고 있었다. 그녀의 책은 버드나무 아래 풀밭 위에 펼쳐져 있었다. 샤를로트의 삶 전체가 눈부신 섬광처럼 눈앞에 떠올랐다. 플래시가 계속해서 팍팍 터지는 것 같았다. 세기 초의 프랑스, 시베리아, 사막, 그리고 다시 끝없이 쌓인 눈, 전쟁, 사란짜… 살아있는 사람의 삶을 이런 식으로 처음부터 끝까지 검토해 보고 "이 삶은 끝났군"이라고 말할 기회는 단 한 번도 가져보지 못했다. 샤를로트의 삶 속에는 오직 그 사란짜와 초원만이 남게 될 것이다. 그리고 죽음이.

나는 나의 작은 섬에서 일어나 수므르 강의 흐름 속을 천천히 걷고 있는 그 여인을 응시했다. 그리고 이렇게 속삭이듯 중얼거리는 순간 문득 낯선 즐거움이 내 폐를 가득 채웠다.

"아냐, 저분은 돌아가시지 않을 거야."

이처럼 차분한 확신, 바로 그해 어머니 아버지가 세상을 떠났기 때문에 더더구나 납득하기 힘든 이 확신은 도대체 어디서 비롯되는 것일지 나는 알고 싶었다.

하지만 내 머릿속에 떠오른 건 논리적인 설명이 아니라 눈이 어지러울 정도로 무질서하게 쇄도하는 순간들이었다. 상상 속의 파리, 햇살 비추고 안개 자욱한 아침. 라벤더 향기와 함께 열차 안으로 밀려들어 오는 바람. 따뜻한 밤의 대기를 뚫고 들려오는 뻐꾸기 열차 기적 소리. 그 무시무시한 전쟁의 밤, 이리저리 흩날리는 첫눈을 바라보던 샤를로트, 그 아득한 순간. 그리고 이 현재의 순간, 백발에 흰 스카프를 쓴 호리호리한 여인, 끝없이 펼쳐진 초원 한가운데를 흐르는 맑은 강물 속을 한가히 걸어 다니고 있는 한 여인….

나는 이런 장면들이 순간적이면서 동시에 일종의 영원성을 부여받았다고 생각했다. 나는 한 가지 사실을 확신하며 의기양양해했다. 신비하게도 이런 장면들이 샤를로트의 죽음을 불가능한 것으로 만들어 놓았다는 점이다. 검은 이즈바 안의 성에 낀 유리창 앞에 서 있던 젊은 여인과의 만남(얼음 위의 성모상!), 갈대밭과 어린 물고기와 야간전투가 등장하는 가브릴리치의 이야기, 그렇다, 그녀가 죽지 않으리라는 확신을 준 것은 짧은 섬광과도 같은 바로 이 두 장면이었다. 그리고 가장 큰 경이, 그것은 그 점을 증명해 보여 주고 설명하고 추론할 필요가 전혀 없었다는 사실이다. 나는 버드나무 아래 그녀가 가장 좋아하는 장소로 돌아가려고 강가로 올라가는 샤를로트의 모습을 바라보면서 꼭 그것이 하나의 분명한 사실이라도 되는 양 마음속으로 되풀이해서 말했다.

"아냐, 이 모든 순간들은 결코 사라지지 않을 거야…"

내가 가까이 다가가자 할머니가 눈을 들며 말했다.

"자, 오늘 아침에 너 주려고 보들레르가 쓴 짧은 시의 서로 다른 번역본을 두 부 복사했단다. 읽어 줄 테니 들어 보렴. 재미있을 거야…"

샤를로트가 시를 읽어 주면서 꼭 수수께끼를 풀 때처럼 나를 위해 찾아내기를 좋아하는 희귀한 문체들 중 한 가지가 등장할 거라 생각한 나는 내가 프랑스 문학에 대해 가지고 있는 지식을 보여 주고 싶어 안달하며 정신을 집중시켰다. 그때만 해도 보들레르가 쓴 그 시 한 편이 나를 진정으로 해방시키리라는 생각은 꿈에도 하지 못했다.

사실 여성이라는 존재는 그해 여름 몇 달 동안 자기 자신을 내 모든 감각에 강요하면서 끝없이 나를 압박했다. 나 자신도 몰랐지만 그때 나는 첫 번째 성애의 경험으로부터 그 이후로 넘어가는 고통스러운 과도기를 통과하는 중이었다. 이것은 순결함에서 최초의 성관계로 이어질 때보다 더 힘든 과정이었다.

이상한 일이지만, 사란짜처럼 고립된 도시에도 한눈에 파악하기 어려울 만큼 매우 다양하고 복잡한 모습을 한 여성이 존재했다. 대도시에서보다 더 은밀하게, 더 조심스럽게, 하지만 더욱더 도발적으로. 예를 들자면 언젠가 먼지 자욱하고 태양이 뜨겁게 내리쬐는 텅 빈 거리에서 마주친 소녀처럼. 그녀는 키도 크고 몸매도 멋졌으며, 시골 사람 특유의 건강미가 있었다. 블라우스가 그녀의 풍만하고 둥근 가슴에 착 달라붙어 있었다. 미니스커트는 터질 듯 무르익은 그녀의 엉덩이를 그대로 드러냈다. 반들거리는 흰색 뾰족구두를 신고 있어서인지 걷는 게 좀 위태로워 보였다. 화장을 하고 유행하는 옷차림으로 인적 없는 거리에 나타나 부자연스럽게 걸어가는 그녀의 모습에서 초현실적인 분위기가 풍겼다. 하지만 특히 거의 동물적이라고 해도 될 만큼 너무나 관능적이고 풍만한 그녀의 육체를, 그녀의 움직임을 보라! 아무 소리 안 들리는 무더운 오후에. 꾸벅꾸벅 졸고 있는 것 같은 이 작은 도시에서. 왜일까? 무슨 목적에서였을까? 나는 힐끗 되돌아볼 수밖에 없었다. 그렇다, 반들거리는 튼튼한 구릿빛 장딴지, 넓적다리, 걸을 때마다 경쾌하게 움직이는 엉덩이의 두 반구를 바라보지 않을 수 없었다. 그렇다면 저 육체가 누워서 다리를 벌리고 또다른 육체를 받아들이게 될 방이, 침대가 이 죽은 도시 사란짜 어딘가에 있을 것 아닌가? 이런 생각이 들자 나는 당혹스러웠다. 이 명백한 생각을 하면서 나는 한없이 경악했다. 이 모든 일은 얼마나 자연스러운가! 또 동시에 얼마나 터무니없는가!

혹은, 어느 날 밤 유리창에 나타났었던 여인의 포동포동한 팔. 무거운 나뭇가지들로 뒤덮여 있던 좁고 구불구불한 거리. 그리고 커튼을 쳐서 어두운 방을 가리던 둥글고 새하얀 팔. 그런데 나는 내가 도대체 어떤 직관을 발휘해서 그 동작에서 좀 흥분되고 서두르는 기색을 느꼈는지, 여인의 그 드러난 팔이 커튼을 내린 방의 내부를 그렇게 상상했는지 알 수가 없었다… 나는 그 팔의 매끈하고 차가운 느낌까지도 내 입술 위에서 느꼈다.

이런 만남이 한 번씩 되풀이될 때마다 내 머릿속에서는 어떤 목소리가 집요하게 요구하곤 했다. 그 미지의 여인들을 당장 유혹해서 내 것으로 만들어야 해! 그들의 살덩어리를 가지고 내가 그동안 꿈꾸어 온 육체의 묵주를 만들어야 해! 왜냐하면 한 번 놓친 기회는 곧 한 번의 패배, 한 번의 돌이킬 수 없는 손실, 다른 육체들은 오직 부분적으로밖에는 메꿀 수가 없는 하나의 공백이나 다름없으니까! 이런 순간 나는 도저히 흥분하지 않을 수가 없었다!

샤를로트와 함께 이런 주제에 접근하리라고는 아예 생각지도 못했다. 하물며, 거룻배 속의 둘로 나뉜 여인, 혹은 술에 취해 춤추던 소녀와 함께 보낸 밤에 대해 이야기한다는 건 더욱이나 어림없는 일이었다. 그녀 자신은 나의 괴로움을 눈치챘을까? 분명히 그랬을 것이다. 현창 너머로 보이던 창녀라든가 낡은 나룻배 위의 갈색 머리 소녀를 실제로 상상할 수 없었음에도 불구하고, 그녀는 '내가 어느 정도까지' 사랑을 체험했는지 꽤 정확하게 식별해 낸 것 같았다. 이런저런 질문을 던지고, 이리저리 둘러대고, 몇 가지 미묘한 주제들에 대해서는 짐짓 무관심한 척하고, 심지어는 침묵을 지킴으로써 나는 풋내기 연인인 나 자신의 초상화를 그려 내고 있었던 셈이다. 하지만 나는 그 점을 깨닫지 못했다. 어떤 동작들을 아무리 감추려고 애써도 그 자체의 그림자가 벽에 드리워진다는 사실을 잊어버리고 있는 사람처럼 말이다.

그리하여, 샤를로트가 보들레르에 관해 하는 말에 귀를 기울이다가 그가 쓴 시의 첫 번째 연을 들으니 그 여인의 존재가 어렴풋이 그려지기 시작했고, 나는 그게 그냥 우연의 일치에 불과하다고 생각했다.

두 눈 감았네, 어느 무더운 가을밤
그대 뜨거운 가슴 향기를 들이마시면
멋진 해안이 눈앞에 펼쳐지네
지루한 태양빛에 눈부시게 빛나는…

할머니는 번역문을 인용해야 되기 때문에 프랑스어와 러시아어를 섞어 가며 계속 말했다.

"브루소프 판에는 첫 행이 '어느 가을밤 두 눈을 감고…'라고 시작되는 데 반해 발몽 판에는 '찌는 듯 무더운 어느 여름밤 두 눈을 감고…'라고 시작되지. 내 생각으로는 두 판 모두 보들레르를 너무 단순화해 놓은 것 같아. 왜냐하면 너도 알다시피 보들레르의 시에서 이 '무더운 가을밤'은 아주 특별한 순간이거든. 그래, 계속해서 비가 내리고 삶의 불행이 연이어지는 가운데 마치 한 줄기 빛처럼, 하나의 은총처럼 문득 이 무더운 저녁이 찾아온 거야. 이 두 가지 번역본은 보들레르의 시상詩想을 잘못 표현해 놓은 것 같아. '어느 가을밤'이나 '어느 여름밤'은 너무 밋밋하고 영혼도 깃들어 있지 않아. 반면 보들레르의 시에서 이 순간은 마치 늦가을의 그 포근한 날들처럼 마법을 부리지…."

샤를로트는 많은 분야에서 폭이 무척 넓은 자신의 지식을 감추고 과시하지 않으려고 했기 때문에 주석을 달 때도 일부러 아마추어인 척했다. 하지만 이제 내 귀에 들려오는 것은 때로는 러시아어를 쓰고 때로는 프랑스어를 쓰는 그녀 목소리의 억양뿐이었다.

여성의 육체에 대한, 어디나 따라다니면서 그 무궁무진한 다양성으로 나를 괴롭히는 여성에 대한 강박관념은 어느새 사라지고 이제는 마음이 아주 편안해졌다. 내 마음은 그 '무더운 가을밤'처럼 투명했다. 그리고 사랑을 나누고 나서 나른한 행복을 만끽하며 누워 있는 한 아름다운 여체를 서글프게 천천히 응시할 때의 차분함. 그 육체의 광택은 계속해서 추억과 향기와 빛으로 바뀐다….

강물이 불어나더니 천둥 비바람이 우리 있는 곳까지 밀어닥쳤다. 우리는 강물이 벌써 버드나무 뿌리 사이에서 출렁거리는 소리를 들으며 몸을 떨었다. 하늘이 보라색으로, 검은색으로 변했다. 초원이 비죽비죽 솟아오르더니 일순간에 앞이 안 보이는 납빛 풍경으로 변했다. 맵고 시큼한 냄새가 첫 번째 소나기의 냉기와 함께 우리 몸에 스며들었다. 그러자 샤를로트는 우리가 펴놓고 점심을 먹었던 냅킨을 접으며 발표를 마쳤다.

"하지만 번역의 진짜 패러독스가 존재하는 건 끝 부분, 마지막

행이란다. 브루소프 판이 보들레르를 넘어선 거야! 그래, 보들레르는 '그대 뜨거운 가슴 향기'에서 태어난 그 섬의 '뱃노래'에 대해 말하고 있지. 그런데 브루소프는 그걸 번역하면서 '여러 언어로 소리치는 뱃사람들의 목소리'를 듣고 있는 거야. 놀라운 건 러시아어가 단 하나의 형용사로 그걸 전달할 수 있다는 사실이야. 여러 언어로 된 이 외침은 약간 역겨울 정도로 낭만적인 '뱃노래'보다 훨씬 더 생기 넘친다는 사실을 인정해야 될 거야. 자, 우리가 저번에 했던 얘기가 있지. 산문을 번역하는 사람은 작가의 노예이고, 시를 번역하는 사람은 작가의 라이벌이라고. 그런데 이 시에서는…."

그 문장을 끝맺을 시간조차 없었다. 강물이 내 옷과 종이 몇 장, 샤를로트의 신발 한 짝을 싣고 우리 발밑으로 흘러가고 있었던 것이다. 소낙비가 하늘을 뒤덮고, 이어서 초원을 덮쳤다. 우리는 아직 남아 있는 거나마 건져 내려고 부랴부랴 달려갔다. 나는 강물에 떠내려가다가 다행히 버드나무 가지에 걸린 내 바지와 점퍼를 겨우 움켜잡았고, 샤를로트의 신발도 간신히 건져 냈다. 그러고 나서 번역시를 베껴 놓은 종이도 건져 냈다. 종이들은 빗물에 젖는 바람에 잉크로 얼룩진 작은 공으로 변해 버리고 말았다….

우리는 우리가 두려워하고 있다는 사실조차 깨닫지 못했다. 귀청이 터질 듯 사납고 요란한 천둥소리 때문에 미처 무슨 생각을 할 여유가 없었던 것이다. 갑작스런 호우가 우리를 우리 몸의 떨리는 경계선 안에 고립시켜 놓았다. 우리는 오싹한 날카로움과 함께 우리의 벌거벗은 가슴이 하늘과 땅을 뒤섞어 놓은 그 폭우

속에 잠기는 걸 느꼈다.

　몇 분 뒤 해가 났다. 우리는 강둑 꼭대기에서 초원을 응시했다. 초원은 헤아릴 수 없이 많은 무지갯빛 불꽃을 발하고 몸을 가볍게 떨며 숨을 내쉬고 있는 것처럼 보였다. 우리는 미소를 지으며 눈길을 교환했다. 흰색 숄을 잃어버렸기 때문에 샤를로트의 젖은 흑갈색 머리칼은 땋아 늘인 머리처럼 뭉쳐진 채 어깨 위로 흘러내렸다. 그녀의 눈썹에 맺힌 작은 빗방울들이 보석처럼 반짝이고 있었다. 빗물에 흠뻑 젖은 그녀의 원피스가 살에 착 달라붙어 있었다.

　'할머니는 아직 젊으셔. 그리고 너무나 아름다우셔. 온갖 고초를 다 겪으셨지만 그럼에도 고우셔.'

　우리들에게 복종하지 않고 그 가차 없는 솔직함으로 우리를 난처하게 만들지만 숙고된 말에 의해 검열당하는 내 안의 본능적인 목소리가 그렇게 선언했다.

　우리는 철로 제방 앞에서 걸음을 멈추었다. 긴 화물열차가 멀리서 다가오고 있었던 것이다. 열차는 숨을 헐떡거리며 잠시 우리 길을 가로막은 채 그 자리에 서 있기 일쑤였다. 선로 변경 장치나 신호기의 조종을 받는 게 틀림없는 이 장애물을 볼 때마다 우리는 재미있어 했다. 열차는 먼지를 잔뜩 뒤집어쓴 채 꼭 거대한 벽처럼 우뚝 서 있었다. 두터운 열파가 태양에 노출된 열차 벽면에서 밀려왔다. 그리고 초원의 침묵은 기관차가 기적을 울릴 때만 깨졌다. 그럴 때마다 나는 기차가 출발할 때까지 기다리지 않고 그 밑으로 미끄러져 들어가 철로를 건너고 싶은 유혹을 느끼곤 했다. 샤를로트는 방금 기적 소리가 들렸다고 말하면서 나를 붙잡았다. 이따금 정말 너무 오래 기다린다는 생각이 들 때면 우리는 화물열차 바닥으로 기어 올라갔다가 다시 철로 반대편으로 내려갔다. 이 몇 초 동안 우리는 한편으로는 조마조마하면서도 또 한편으로는 너무나 즐거웠다. 만일 열차가 다시 출발해서 우리를 미지의 세계로 데려가면 어떡하지, 환상의 세계로?

이번에는 더 이상 기다릴 수가 없었다. 옷이 온통 빗물에 젖어 있었으므로 어두워지기 전에 집으로 돌아가야만 했다. 내가 먼저 올라가서 발판 위로 올라온 샤를로트에게 손을 내밀었다. 바로 그 순간 열차가 움직이기 시작했다. 우리는 열차 바닥을 가로질러 뛰어갔다. 나 혼자였더라면 뛰어내릴 수 있었을 것이다. 하지만 샤를로트는… 우리는 바람이 점점 더 세차게 불어 들어오는 벽 구멍 앞에 서 있었다. 우리가 걸어 다니던 길이 초원의 광활함 속으로 사라져 버렸다.

아니, 사실 우리는 조금도 불안하지 않았다. 어떤 역이든지 나타나면 열차가 서리라는 사실을 알고 있었던 것이다. 어쩌면 샤를로트는 이 뜻밖의 모험을 하게 되어 만족스러운 것 같기도 했다. 그녀는 다시 천둥 치고 비바람이 불면서 소란스러워지는 벌판을 바라보고 있었다. 그녀의 머리칼이 바람을 맞아 나부끼다가 얼굴 위로 흩어졌다. 그녀는 때때로 머리를 재빠르게 뒤로 넘겼다. 해가 났는데도 가끔씩 보슬비가 내렸다. 샤를로트가 그 반짝이는 비의 장막 저편에서 미소 짓고 있었다.

초원 한가운데서 이리저리 흔들리던 그 열차 안에서 별안간 벌어진 일은 꼭 어떤 그림을 오랫동안 관찰하다가 어느 순간 그 교묘하고 복잡하게 얽힌 선들 속에 숨겨져 있는 사람이나 물체의 형태를 발견하는 어린아이의 놀라움과 흡사했다. 그리고 그는 그 그림의 아라베스크 문양이 새로운 의미를, 새로운 삶을 얻었다는 사실을 알게 된다….

나의 내적 지각도 마찬가지였다. 별안간 보인 것이다! 아니, 그렇다기보다는, 무지갯빛 영상으로 가득 찬 그 순간을 내가 과거에 머물렀던 다른 순간들과 결합시키는 그 빛나는 끈을 내 모든 존재로 느낀 것이다. 오래전의 어느 날 밤 샤를로트와 함께 들었던 우수 어린 뻐꾸기 열차 기적 소리, 그리고 내 상상의 세계 속에서 햇살 비추는 안개에 감싸여 있던 파리의 아침, 내 첫사랑 소녀와 함께 나룻배에서 밤을 보내는데 여객선이 서로 얼싸안고 있는 우리들 위로 불쑥 모습을 드러냈던 그 순간, 그리고 벌써 다른 삶처럼 느껴지는 내 어린 시절의 밤 모임… 그 순간들은 이렇게 연결되어 그 자체의 리듬과 공기, 태양을 가진 독특한 세계를 만들어 냈다. 거의 또 다른 행성이라고 할 수 있었다. 커다란 잿빛 눈을 가진 이 여인의 죽음을 상상할 수조차 없는 행성. 한 여인의 육체가 일련의 꿈꾸어 온 순간들 속에 반사되는 행성. 다른 사람들이 내 '경탄의 언어'를 이해할 수 있게 될 행성.

우리가 탄 열차가 달리는 동안 펼쳐진 세계, 이 세계가 바로 그 행성이었다. 그렇다, 기차가 결국 멈추어 선 역, 이 역이 바로 그 행성이었다. 소나기에 씻긴 텅 빈 플랫폼, 이 플랫폼이 바로 그 행성이었다. 일상적인 걱정거리를 갖고 지나가는 행인들, 이 행인들이 바로 그 행성이었다. 하지만 달라 보이는 세계, 이 세계가 바로 그 행성이었다.

샤를로트가 열차에서 내리는 걸 도와주며 나는 도대체 뭐가

'달라 보이는지'를 이해하려 애썼다. 그렇다, 이 다른 행성을 보기 위해서는 독특하게 행동해야 했다. 그런데 어떻게?

"자, 뭘 좀 먹으러 가자."

할머니는 깊은 생각에 빠져 있는 내게 이렇게 말하고 나서 역 근처의 식당으로 향했다.

식당은 텅 비어 있었고, 식탁 위에는 식기류도 놓여 있지 않았다. 우리는 열려 있는 창문 근처에 자리를 잡았는데, 그곳에서는 나무들이 죽 늘어선 광장이 보였다. 건물 정면에는 늘 그렇듯 당과 조국, 평화를 찬양하는 슬로건이 쓰인 긴 현수막이 걸려 있었다… 웨이터가 다가오더니 무뚝뚝한 목소리로 천둥 때문에 전기가 나가 식당 문을 닫았노라고 말했다. 그 말을 듣자마자 나는 자리에서 일어나려고 했으나 샤를로트는 프랑스어에서 빌려온 걸로 알고 있는, 다소 유행에 뒤지지만 러시아인들을 감동시키는 표현을 써 가며 예의를 갖추어 계속 부탁했다. 남자는 잠시 망설이더니 당황한 게 역력한 표정을 지으며 사라졌다.

그는 놀랍도록 소박한 식사를 가져다주었다. 둥글게 자른 소시지 열두어 개, 소금물에 절였다가 아주 얇게 자른 커다란 오이 한 개가 담긴 접시였다. 그런데 특히 그는 우리 앞에 포도주 한 병을 올려놓았다. 나는 그런 식으로 식사를 해 본 적이 한 번도 없었다. 웨이터는 우리 두 사람이 어떤 사이일까 궁금하기도 하고, 또 자기 생각에도 그렇게 소박한 음식을 내놓기가 좀 저어했나 보다. 미소를 짓더니 조금 전에 우리를 대했던 태도를 사과하려는 듯 더듬거리면서 날씨 얘기를 몇 마디 하고는 가 버리는 것이었다.

식당 안에는 우리 두 사람뿐이었다. 창문을 통해 불어 들어오는 바람이 젖은 나뭇잎 냄새를 풍겼다. 황혼녘의 하늘에서는 회색과 보라색이 섞인 구름이 층층이 흘러가고 있었다. 이따금씩 자동차 바퀴들이 축축한 아스팔트 길 위에서 마찰음을 내곤 했다. 포도주를 한 모금씩 마실 때마다 그 소리들과 색깔들은 새로운 밀도를 부여받았다. 나무들의 차가운 무거움, 빗물에 씻긴 눈부신 유리창, 건물 정면에 걸린 구호들의 붉은색, 자동차 바퀴들의 축축한 마찰음, 아직 소란스러운 하늘. 나는 우리가 그 텅 빈 식당 안에서 체험하고 있는 것들이 현재의 순간으로부터, 그 역으로부터, 그 낯선 도시로부터, 그곳의 일상생활로부터 조금씩 분리되어 간다고 느꼈다….

무거운 나뭇가지, 건물 정면의 길고 붉은 반점들, 축축한 아스팔트, 타이어의 마찰음, 회색과 보라색이 섞인 하늘. 나는 샤를로트 쪽으로 고개를 돌렸다. 그녀는 더 이상 거기 있지 않았다….

그리고 그곳은 더 이상 드넓은 초원 한가운데 고립된 어느 외진 도시의 기차역 앞 식당이 아니었다. 그곳은 파리의 어느 한 카페였다. 그리고 창문 밖은 어느 봄날 저녁이었다. 아직 비바람이 몰아치는 회색과 보라색 하늘, 축축한 아스팔트 길 위에서 들려오는 자동차 바퀴의 마찰음, 마로니에 나무들의 청량한 풍성함, 광장 건너편 식당에 쳐 놓은 블라인드의 붉은 색깔. 그리고 20년 뒤, 이 색계를 이제 막 식별해 내고, 되찾은 순간의 현기증을 이제 막 추체험한 나. 내 앞에 앉은 한 젊은 여성은 우아하되 그다지 심각하지 않은 프랑스식 대화를 끊임없이 나누고 있다.

나는 그녀의 웃음 띤 얼굴을 바라보고, 가끔씩 고개를 끄덕여가며 그녀가 하는 말에 장단을 맞추어 준다. 그 여성은 나랑 아주 가까운 사이다. 나는 그녀의 목소리와 사고방식을 좋아한다. 나는 그녀의 몸이 조화를 갖추고 있다는 걸 알고 있다….

'그런데 20년 전 초원 지대 한가운데의 그 텅 빈 역 안에서 보낸 그 순간에 대해서 말해도 되지 않을까?'

나는 나 자신에게 이런 질문을 던지면서도 내가 그렇게 하지 않으리라는 걸 잘 알고 있었다.

20년 전의 그 저녁 시간, 샤를로트가 벌써 자리에서 일어나 열린 창문의 반사광에 자기 모습을 비춰보며 머리를 매만지고 나자 우리는 출발한다.

"그분이 머리도 백발이고 사시기도 오래 사셨지만 아직 그렇게 고우신 건 그 모든 빛과 아름다움의 순간들이 그분의 두 눈과 얼굴, 몸으로 스며들었기 때문이지요…."

감히 입 밖에 내지 못했던 이 말이 포도주의 기분 좋은 신맛과 함께 내 입술 위에서 지워진다.

샤를로트가 역을 나섰다. 나는 말로 표현할 수 없는 계시에 도취된 채 그녀를 따라갔다. 그리고 초원에 밤이 찾아왔다. 내 어린 시절의 사란짜에서 벌써 20년 동안 계속되어 온 그 밤이.

10년 뒤 나는 외국으로 나가기 전에 몇 시간 동안 샤를로트를 다시 만났다. 저녁 늦게 도착해서 아침 일찍 다시 모스크바로 떠나야만 했다. 살을 에듯 추운 어느 늦가을 밤이었다. 샤를로트에게 있어 그것은 그녀가 평생 동안 지켜본 모든 출발에 얽힌, 모든 작별의 밤들에 얽힌 불안한 추억들을 한꺼번에 모아 놓은 밤이었다… 우리는 뜬눈으로 밤을 지새웠다. 그녀가 차를 끓이러 가면 나는 이상하게 작아 보이면서도 눈에 익은 물건들이 변함없이 제자리를 지키고 있어서 큰 감동을 주는 그녀의 아파트 안을 천천히 걸어 다니곤 했다.

내 나이 스물다섯 살 때의 일이었다. 나는 여행을 앞두고 몹시 흥분되어 있었다. 나는 내가 이번에 오랫동안 떠나 있을 거라는 사실을 이미 알고 있었다. 이번 유럽 체류는 예정된 2주일보다 훨씬 더 오래 연장될지도 몰랐다. 나는 생각했다. 나의 출발이 고요한 우리 동토의 제국을 동요시킬 것이고, 모든 사람들이 오직 나의 망명만을 화제로 삼을 것이며, 내가 국경 저편에서 첫 동작을 취하고 처음으로 입을 여는 그 순간부터 새로운 시대가 열리리라. 내가 만나게 될 새로운 얼굴들과 꿈에 그리던 눈부신 풍경들이 줄지어 눈앞을 지나갔고, 앞으로 맞이하게 될 위험에 대한 흥분된 기대 때문에 벌써부터 온몸이 떨렸다.

나는 젊은 사람 특유의 우쭐한 이기심을 발휘해 약간 들뜬 어조로 그녀에게 물었다.

"근데 할머니, 할머니께서도 외국에 나가실 수 있을 것 같은데요? 예를 들자면 프랑스 같은 데 말예요… 그러고 싶지 않으세요, 네?"

그녀의 표정은 변하지 않았다. 그냥 눈을 내리깔았을 뿐이었다. 물 끓이는 주전자에서 나는 쉭쉭 소리, 눈 결정이 검은 유리창을 때리는 땡그랑 소리가 들려왔다.

드디어 그녀가 피곤한 미소를 지으며 말했다.

"1922년도에 시베리아에 갈 때 난 그중에서 절반, 아니 3분의 1은 걸어서 갔단다. 여기서부터 파리 정도 거리는 될 거야. 네가 타고 간다는 비행기가 나한테는 전혀 필요가 없을 것 같구나…."

그녀가 나를 똑바로 쳐다보며 다시 미소 지었다. 나는 그녀가 쾌활한 어조로 말했지만 사실 그 목소리에 쓸쓸함이 깊이 배어 있음을 느꼈다. 나는 당황해서 담배를 한 개비 집어 들고 발코니로 나갔다….

그녀에게 있어 프랑스라는 나라가 과연 무얼 의미하는지를 내가 결국 깨달았다고 믿게 된 것은 바로 그곳, 초원의 얼음처럼 차가운 어둠 위에서였다.

Le Testament Français

14

내가
  샤
  를
  로
트의 프랑스를 완전히 잊어버릴 뻔한 것은 바로 이 프랑스에서
였다….

　그해 가을, 20년이라는 세월이 나를 사란짜에서 보낸 시간과
분리시켜 놓았다. 우리 라디오 방송이 마지막으로 러시아어 방
송을 한 그날, 비로소 나는 이 시간 간격(이 통한의 '20년')을 의
식했다. 그날 저녁 편집실을 떠나면서 나는 그 독일 도시와 눈에
덮인 채 잠들어 있는 러시아 사이에 끝없이 펼쳐진 무한한 공간
을 떠올렸다. 그 전날까지만 해도 우리들 목소리가 울려 퍼졌던
그 모든 밤의 공간이 방송 전파의 희미한 지글거림 속으로 사라
져 버린 듯했다… 우리 방송국의 반체제적이며 전복적인 목표가
달성된 것이다. 눈에 덮여 있던 제국은 잠에서 깨어나 외부 세계
를 향해 문을 열었다. 이 나라는 이제 곧 이름과 체제, 역사, 경
계선을 바꾸게 될 것이다. 또 다른 나라가 태어날 것이다. 더 이
상 우리들은 없어도 되었다. 방송국은 문을 닫았다. 동료들은 일

부러 떠들썩하고 다정하게 작별을 나누고 각자 자기 갈 길로 떠나갔다. 현지에서 새로운 인생을 계획하는 사람들도 있었고, 짐을 챙겨서 미국으로 가려는 사람들도 있었다. 그들을 20년 전의 눈보라 속으로 데려가게 될 귀향을 꿈꾸는 가장 덜 현실적인 사람들도 있었다… 환상을 품고 있는 사람은 아무도 없었다. 방송국만 사라지는 게 아니라 우리 시대 그 자체도 함께 사라진다는 사실을 우리는 알고 있었다. 우리가 말하고 쓰고 생각하고 싸우고 옹호했던 모든 것, 우리가 사랑하고 미워하고 두려워했던 모든 것, 이 모든 것들이 그 시대에 속해 있었다. 우리는 마치 골동품 진열실의 밀랍 인형들처럼, 붕괴된 제국의 유물들처럼 이 빈자리 앞에 남겨졌다.

파리로 가는 열차 안에서 나는 사란짜에서 멀리 떨어져 보낸 그 20년 세월에 어떤 이름을 붙여 보려고 애썼다. 존재 방식으로서의 망명? 그저 짐승처럼 살아가는 데 필요했던 시간? 헛되이 보낸 반평생? 나에게는 이 세월의 의미가 애매모호하기만 할 뿐 확실히 파악되지 않았다. 그리하여 나는 그 세월을 급작스런 환경 변화가 가져다준 추억('지난 20년 동안 나는 온 세상을 다 보았지!' 나는 이렇게 생각하면서 유치한 자부심을 느꼈다)이라든가 사랑했던 여인들의 육체… 같이 사람들이 인생의 확실한 가치라고 여기는 것으로 바꿔 놓으려 애썼다.

하지만 추억은 여전히 흐릿했고 여체들은 이상할 정도로 무기력했다. 아니, 때때로 그것들은 마네킹의 강렬하고 험상궂은 눈처럼 어스레한 기억으로부터 떠오르곤 했다.

아니다, 그 세월은 내가 이따금 그 목적지를 발견하는 데 성공하곤 했던 한 차례의 긴 여행에 불과했다. 나는 어떤 장소를 떠나거나 벌써 길을 나섰을 때, 아니면 도착해서 내가 왜 다른 나라가 아닌 바로 그 나라에 바로 그 도시에 바로 그날 가 있었는지를 설명해야만 했을 때 그 목적지를 꾸며 내었다.

그렇다, 그것은 어딘지 모르는 곳에서 출발하여 또 다른 모르는 곳으로 가는 여행이었다. 내가 머무르는 장소가 나를 지배하고 나를 그 유쾌하고 일상적인 관례 속에 가두어 두려는 순간 나는 즉시 그곳을 떠나야만 했다. 이 여행은 어느 낯선 도시에 도착했다가 그 외관이 이제 겨우 눈앞에서 아른거리기 시작할 무렵 그 도시를 떠난다는 단 두 번의 시제만을 갖고 있었다…6개월 전 뮌헨에 도착해 역을 빠져 나오면서 나는 우선 새로 일하게 될 라디오 방송국에서 되도록 가까운 호텔을 찾고, 그 다음에 다시 아파트를 구해야겠다는 실리적인 생각을 했었다….

그날 아침, 파리에서, 나는 내가 드디어 돌아왔다는 순간적인 환상을 느꼈다. 기차역에서 멀지 않은 어떤 거리, 안개 자욱한 그 아침에 아직 잠에서 완전히 깨어나지 않은 그 거리에서 나는 열려 있는 창문을 통해, 테이블 위에 켜 놓은 전등과 낡은 나무 서랍장, 벽에서 살짝 들뜬 그림이 있는 소박하고 일상적이며(하지만 내게는 신비로운!) 평화로운 느낌을 풍기는 방의 내부를 본 것이다. 살짝 엿본 그 내밀하고 포근한 풍경이 문득 오래전부터 보아 온 듯 눈에 익었기에 더욱더 격렬하게 전율이 끼쳐 왔다. 계단을 올라가서 문을 두드린 다음 아는 얼굴이 나타나면 내가 누구인가를 알려야지… 나는 어느 방랑자의 쇠약해진 감정만을 드러낼 뿐인 이 재회의 느낌을 서둘러 떨쳐 버렸다.

삶은 빠르게 고갈되었다. 시간은 정체되어 그 이후로는 오직 축축한 아스팔트 길 위에서 닳아 없어지는 구두 뒤축으로만, 외풍이 아침부터 저녁까지 호텔 복도로 끌고 들어오는 연속적인 소음(이제 곧 귀에 익게 될)으로만 측정되었다. 내 방의 창문은 붕괴되어 가는 건물 쪽에 면해 있었다. 벽지를 발라 놓은 한쪽 벽이 건물 잔해 속에 서 있었다. 그 착색된 벽면에 고정된 틀 없는 거울 하나가 하늘의 섬세하고 아득한 깊이를 반사했다. 매일 아침 커튼을 젖힐 때마다 나는 이번에도 그 거울이 하늘을 비추고 있을지 궁금해하곤 했다. 매일 아침 맛보는 긴장감 역시 내가 점점 더 익숙해져 가고 있던 정체된 시간에 리듬을 부여했다. 그리고 심지어 언젠가는 그 삶과 결별해야 하리라는, 나를 아직도 그 가을날 그리고 그 도시와 연결시켜 주는 그 어떤 것을 부숴 버리고 스스로 목숨을 끊어야 하리라는 생각, 이런 생각까지도 곧 하나의 습관이 되어 버렸다… 그리하여 어느 날 아침 건물 잔해가 무너지는 둔중한 소리가 들려오고 커튼 너머 벽이 서 있던 자리가 먼지를 일으키며 공터로 변하면… 그런 생각은 꼭 경기를 끝내는 훌륭한 방법처럼 보일 것이다.

며칠 뒤 그 생각이 났다… 나는 이슬비가 촉촉이 내리는 어느 큰 거리의 벤치에 앉아 있었다. 겁에 질린 한 아이가 어떤 어른과 내 가슴속에서 소리 없는 대화를 나누는 것처럼 느껴졌다. 역시 불안한 표정의 어른은 짐짓 명랑한 말투로 뭐라고 이야기하면서 아이를 안심시키려 애쓰는 중이었다. 그 목소리는 내가 자리에서 일어나 카페로 가서 포도주를 한 잔 마시며 따뜻한 곳에서 한 시간은 머물 수 있을 것이라고 말하며 용기를 돋워 주었다. 아니면, 습하기는 하지만 훈훈한 지하철 속으로 내려가도 될 거야. 정 안 되면, 숙박비는 없지만 호텔에서 어떻게 하룻밤 더 지내도록 해 볼 수도 있을 거고. 아니면, 큰길 모퉁이의 약국에 들어가 가죽 의자에 앉아 입 다문 채 꼼짝 안 하고 있다가 사람들이 모여들면 나지막한 목소리로 이렇게 속삭이든지.

"날 이 빛과 따뜻함 속에 단 일 분이라도 가만 좀 내버려 두세요. 곧 나갈 거예요. 약속할게요…."

큰 거리 위를 떠돌던 살을 에듯 차가운 공기가 액화되더니 줄기차게 가랑비가 내렸다. 자리에서 일어났다. 용기를 불어넣어 주던 목소리도 침묵을 지켰다. 불타듯 뜨거운 솜털구름이 내 머리를 둘러싸고 있는 것 같았다. 나는 어린 소녀의 손을 잡고 걸어가는 한 행인을 일부러 피해서 갔다. 아이가 내 시뻘건 얼굴을 보고, 내가 추워서 온몸을 바들바들 떨고 있는 모습을 보고 겁먹을까 봐 걱정되었던 것이다… 길을 건너다가 인도 가장자리에 부딪치는 바람에 두 팔이 줄타기 곡예사처럼 흔들렸다. 자동차 한 대가 브레이크를 밟아 가까스로 나를 피했다. 차 문이 내 손을 살짝 스친 것 같았다. 운전사는 거칠게 차창을 내리더니 욕설을 퍼부었다. 그의 찡그린 얼굴은 보았으나, 그가 하는 말은 이상하리만큼 희미하고 느리게 들려왔다. 같은 순간 이런 생각이 그 단순함으로 나를 현혹시켰다.

'내게 필요한 건 바로 이거야. 이런 충격, 훨씬 더 격렬한 금속과의 충돌이라고. 머리와 목구멍, 가슴이 부서질 정도의 이런 충격을 원해. 이 충격, 그리고 즉각적이며 결정적인 침묵을 원해.'

호각 소리가 내 얼굴을 화끈거리게 만드는 그 뜨거운 안개를 뚫고 몇 차례 들려왔다. 터무니없게도 나는 경찰이 필사적으로 날 쫓아오는 거라고 생각했다. 그래서 걸음을 재촉하다가 그만 물에 흠뻑 젖은 잔디밭에서 방향을 잃고 말았다. 내 시야가 부서지더니 수많은 절단면을 드러냈다. 나는 한 마리 짐승이 되어 땅속으로 숨어 버리고 싶었다.

활짝 열려 있는 정문 너머로 펼쳐져 있는 넓은 가로수 길의 안개 자욱한 공간이 나를 빨아들였다. 꼭 두 줄로 늘어선 나무들 사이에서, 해질녘의 흐릿한 대기 속에서 헤엄을 치고 있는 듯한 기분이었다. 가로수 길은 금세 날카로운 호각 소리로 가득 찼다. 방향을 바꾸어 더 좁은 길로 들어갔다가 미끌미끌한 대리석 판 위를 미끄러질 듯 달려간 다음 다시 기묘하게 생긴 회색 입방체들 사이로 뛰어 들어갔다. 결국 나는 그 입방체들 중 하나의 뒤쪽에 힘없이 쭈그리고 앉았다. 호각 소리는 잠시 더 울리다가 곧 잠잠해졌다. 멀리서 철문 삐걱거리는 소리가 들려왔다. 나는 작은 구멍투성이인 입방체의 벽면에서 몇 개의 단어를 읽었으나 처음에는 그 의미를 깨닫지 못했다.

'영구 불하됨. 제○호. 연도 18○○년'

나무들 뒤쪽 어딘가에서 호각 소리가 울리더니 대화가 이어졌다. 수위 두 사람이 가로수 길을 걸어 올라가고 있었다.

나는 천천히 몸을 일으켰다. 그리고 병의 초기 증상인 피로와 무기력감을 통해 내 입술에 엷은 미소가 떠오르는 걸 느꼈다.

'조롱도 이 세상사의 본질 속에 포함되어야 해. 중력의 법칙과 똑같은 자격으로 말야…'

묘지의 문이 다 닫혔다. 나는 그 가족 묘지를 빙 돌아서 앞쪽으로 갔다. 유리문이 힘없이 열렸다. 내부는 상당히 넓어 보였다. 바닥은 먼지가 내려앉고 낙엽이 몇 장 떨어져 있을 뿐 깨끗하고 건조했다. 더 이상 서 있을 수 없었다. 처음에는 앉았다가 다시 길게 드러누웠다. 어둠 속에서 머리가 나무로 된 어떤 물체를 살짝 스쳤다. 만져 보았다. 기도대였다. 기도대의 색 바랜 벨벳 위에 목을 올려놓았다. 이상한 일이었다. 꼭 누군가가 방금 거기 무릎을 꿇기라도 한 것처럼 표면이 따뜻했다….

처음 이틀간은 빵을 사거나 세수를 할 때만 나의 은신처에서 나왔다. 그러고 나면 즉시 돌아가서 길게 드러누워 미열이 있는 무감각 상태 속에 잠겨 있다가 폐문을 알리는 호각 소리가 들릴 때만 잠시 깨어났다. 정문이 안개 속에서 삐걱거리면 세계는 내가 두 팔을 십자가 모양으로 벌려 만질 수 있었던 그 구멍 뚫린 돌담으로, 문에 끼워진 반투명 유리의 빛으로… 포석 아래서, 내 몸 아래서 들려오는 듯한 낭랑한 침묵으로 축소되었다….

나는 연이어지는 세월의 흐름 속에 금세 얽혀 들어갔다. 기억나는 건 오직 그날 오후에 결국 내 상태가 조금 나아졌다는 것뿐이었다. 나는 태양이 다시 나타나자 눈살을 찌푸리며 천천히 걸어서… 집으로 돌아갔다. 집이라고? 그렇다, 나는 그렇게 생각했다. 그런 생각을 하고 있는 나 자신을 문득 깨닫고 웃기 시작하다가 별안간 숨이 막히는 바람에 계속 기침을 해대자 지나가던 사람들이 돌아다보았다. 경의를 표할 만큼 유명한 인물의 무덤이 없었기 때문에 묘지 안에서도 방문객의 발길이 가장 뜸한 구역에 있는 백 년도 더 된 그 가족묘가 내 집이라니! 나는 내가 이 '집'이라는 단어를 어린 시절 이후로는 써 보지 않았다고 생각하며 망연자실했다….

이날 오후, 내가 머무는 가족묘를 환히 밝혀 주는 가을 햇빛을 받으며 나는 벽에 고정된 대리석 명판 위의 비명들을 읽었다. 그곳은 벨발과 카스틀로 가문의 작은 예배당이었다. 그리고 대리석에 새겨진 간결한 비문은 그들 가문의 역사를 개략적으로 서술했다.

나는 아직 몸이 너무 허약했다. 그래서 비문을 한두 개쯤 읽은 다음 대리석 위에 앉아 현기증 때문에 머리가 지끈거리는 걸 느끼며 간신히 숨을 내쉬곤 했다. '1837년 9월 27일 보르도에서 출생. 1888년 6월 4일 파리에서 운명.' 내게 현기증을 불러일으킨 것은 아마도 이 날짜들이었을 것이다. 나는 환각에 사로잡힌 사람처럼 예리하게 그들의 시대를 포착했다. '1849년 3월 6일 출생. 1901년 12월 12일 신의 부르심을 받음.' 이 두 날짜 사이의 시간은 소문으로, 실루엣으로, 역사와 문학을 뒤섞는 움직임으로 가득 차 있었다. 고통스러울 만큼 생생하고 구체적이고 또렷한 영상들이 쏟아져 나왔다. 삯마차에 올라타는 귀부인의 긴 드레스 자락이 구겨지는 소리가 들려올 것만 같았다. 그녀는 살아가고 사랑하고 고통스러워하면서 저 하늘을 바라보고 이 공기를 들이마셨던 모든 이름 없는 여인들의 지나간 세월을 그 간단한 동작 속에 응축시켜 놓았다… 나는 검은 예복을 입은 그 명사의 딱딱하고 경직된 자세가 만져지는 듯했다. 태양, 한 지방 도시의 드넓은 광장, 연설, 새로운 공화당원 표장… 전쟁, 혁명, 우글대는 군중, 축제, 이 모든 것이 용해되어 일순 하나의 목소리로, 한 곡의 노래로, 한 발의 예포로, 한 편의 시로, 하나의 감각으로 고정되었다. 그러자 시간이 출생 일자와 사망 일자 사이에서 다시 흐르기 시작했다. '1861년 8월 26일 비아리츠에서 출생. 1922년 2월 11일 벨센느에서 운명.'

나는 비명을 하나씩 천천히 읽어 나갔다. '황후 용기병 부대장. 사단장. 프랑스 군 소속 역사가. 아프리카, 이탈리아, 시리아, 멕시코. 총독. 참사원 분과위원장. 여류 작가. 전 상원 상서. 제 224보병대 중위. 종려나무 무공훈장. 프랑스를 위해 목숨 바치다…' 그것은 언젠가 세계 곳곳에서 빛을 발했던 한 제국의 유령들이었다. 가장 최근의 묘비명은 또한 가장 짧기도 했다. '프랑수아, 1952년 11월 2일… 1969년 5월 10일.' 열여섯 살, 더 이상 다른 말이 필요 없는 나이였다.

나는 돌바닥에 앉아 눈을 감았다. 그 모든 삶의 밀도가 가슴속에서 생생하게 느껴졌다. 그러면서 내 생각을 명확히 서술하겠다는 생각은 아예 해 보지도 않은 채 그냥 이렇게 중얼거렸다.

"그들이 살아있을 때의, 그리고 세상을 떠났을 때의 분위기가 어떠했는지 난 느낄 수 있어. 그리고 1861년 8월 26일의 비아리츠에서 그 인물이 탄생했을 때의 미스터리도 느낄 수 있어. 백 년 전 바로 그날, 그리고 다른 곳도 아닌 바로 이 비아리츠에서 출생했다는 사실, 그건 정말 불가해한 개인적 특징이야. 그리고 1969년 5월 10일 숨진 그 얼굴의 허약함도 느낄 수 있어. 이 허약함은 나 자신이 강렬하게 체험했던 적이 있는 어떤 감정처럼 느껴져… 이 같은 미지의 삶들이 내게는 아주 가깝게 느껴진단 말야."

나는 한밤중에 그곳을 떠났다. 그쪽 돌담은 높지 않았다. 하지만 외투 아랫부분이 담 위에 둘러놓은 철책에 걸리고 말았다. 그 바람에 하마터면 아래로 곤두박질칠 뻔했다. 어둠 속에서 가로등의 푸른 눈이 의아스러운 듯 쳐다보고 있었다. 나는 두텁게 쌓인 낙엽 위로 떨어졌다. 오랜 시간 추락해서 어느 낯선 도시에 착륙한 것 같은 느낌이 들었다. 그 밤 시간, 그곳의 집들은 어느 버려진 도시의 기념물들과 흡사해 보였다. 그곳 공기에서는 습한 숲의 냄새가 풍겼다.

　나는 인적이 끊긴 큰길을 내려가기 시작했다. 그런데 내가 걸어가는 길은 모두 내리막이었다. 꼭 나를 그 불투명한 대도시의 밑바닥으로 더 깊숙이 밀어 넣으려는 듯 말이다. 어쩌다 한 번씩 마주치곤 했던 자동차들은 이 도시에서 도망치려는 듯 전속력으로 앞을 향해 달려갔다. 내가 지나가자 두꺼운 판지로 몸을 덮고 있던 한 부랑자가 몸을 뒤척였다. 그가 머리를 내미는 순간 길 건너편 가게의 진열창이 그를 환히 밝혀 주었다. 아프리카 남자였는데, 두 눈에 일종의 체념에 가까운 평온한 광기가 가득 서려 있었다. 그가 뭐라고 말했다. 나는 허리를 굽혔으나 무슨 말인지 도통 알아들을 수가 없었다. 자기 나라 말을 한 것 같았다… 그가 이불 삼아 덮고 있는 판지들은 무슨 뜻인지 알 수 없는 글자투성이였다.

　센 강을 건너는데 하늘이 흐릿해지기 시작했다. 그 조금 전부터 나는 꼭 몽유병 환자처럼 걷고 있었다. 회복기의 기분 좋은 신열은 사라졌다. 집들이 드리운 짙은 그림자 속을 걸어가고 있는 듯한 느낌이었다. 현기증이 일어나면서 시야가 안쪽으로 휘어지더니 내 주위를 휘감았다. 강변을 따라, 그리고 섬 위에 아파트 건물들이 차곡차곡 쌓아 올려 있는 모습은 꼭 조명이 꺼진 어둠 속의 거대한 영화 세트처럼 보였다. 내가 왜 묘지를 떠났을까? 그 이유가 떠오르지 않았다.

나무 구름다리 위에서 나는 몇 번씩이나 돌아다보았다. 등 뒤에서 발자국 소리가 들려오는 것 같았다. 아니면 내 관자놀이에서 맥박이 뛰는 소리였을까? 꼭 미끄럼틀을 탈 때처럼 나를 끌고 들어간 구불구불한 골목 안에서 그 소리가 점점 더 크게 메아리쳤다. 별안간 몸을 확 돌렸다. 긴 외투를 입은 여인이 둥근 천장 아래로 들어가는 모습이 얼핏 눈에 띈 것 같았다. 나는 벽에 몸을 기댄 채 힘없이 서 있었다. 손바닥을 짚는 순간 벽이 무너지고 창문들이 주택들의 희끄무레한 정면 위로 굴러 떨어지면서 세상이 붕괴되었다….

꼭 마법을 부린 듯, 거무스름해진 금속판 위에 새겨져 있던 단어 몇 개가 불쑥 떠올랐다. 나는 그 단어들의 메시지에 매달렸다. 언제 어느 때 취기나 광기에 빠져들지 모르는 한 남자가 평범하긴 하지만 그가 한계를 넘어서지 못하도록 붙잡아 둘 만큼 완전한 논리를 갖춘 어떤 금언에 매달리듯 그렇게… 그 작은 금속판은 지면에서 일 미터 위에 고정되어 있었다. 나는 거기 새겨진 비문을 서너 번 읽었다.

'고수면高水面, 1910년 1월'

…그것은 하나의 추억이 아니라 삶 그 자체였다. 아니, 나는 회상하는 것이 아니라 체험하는 것이었다. 너무나 보잘것없어 보이

는 느낌들. 어느 여름날 저녁, 공중에 매달린 발코니의 나무 난간에서 느낀 더위. 쌉쌀하고 매콤한 풀 향기. 멀리서 들려오는 우울한 기관차 기적 소리. 꽃에 둘러싸인 한 여인의 무릎 위에 펼쳐진 책의 책장 넘어가는 소리. 그녀의 백발. 그녀의 목소리… 그리고 책장 넘어가는 소리와 목소리는 이제 긴 버드나무 가지들이 살랑거리는 소리와 뒤섞였다. 이미 나는 대초원의 햇살 가득한 광활한 공간 외진 곳의 강가에서 살고 있었다. 너무나 젊어 보이는 백발의 여인이 물속을 천천히 걸으며 투명한 명상에 잠겨 있었다. 그리고 그 젊다는 느낌은 나를 열차 바닥에 태우고 빗물과 햇빛이 반짝거리는 평원 저 너머로 데려갔다. 내 앞에 앉은 그 여인이 이마의 젖은 머리칼을 뒤로 넘기며 미소 지었다. 그녀의 눈썹이 저녁놀을 받아 무지갯빛으로 빛났다….

'고수면, 1910년 1월'. 안개 자욱한 침묵의 소리가, 작은 배가 지나갈 때마다 출렁거리는 물소리가 들려왔다. 한 소녀가 이마를 유리창에 갖다 댄 채 거기 희미하게 반사된 물에 잠긴 거리를 바라보고 있었다. 나는 세기 초 파리의 넓은 아파트에서 이 조용한 아침을 너무나 생생하게 살았다… 그리고 그 아침은 가을 나뭇잎들이 금빛으로 물든 어느 가로수 길의 자갈 삐걱거리는 소리와 함께 또 다른 아침으로 이어졌다. 긴 검은색 실크 드레스 차림에 베일과 깃털이 달리고 테가 넓은 모자를 쓴 세 여인이 흡사 그 순간과 그 순간의 태양, 그리고 덧없는 한 시대의 분위기를 안고 가기라도 하듯 멀어져갔다… 또 다른 아침이 있었다. 샤를로트(이제는 그녀를 알아볼 수 있다)가 어린 시절 한 남자와 함께 시끌벅적한 뇌이의 거리를 걸어가고 있다. 샤를로트는 좀 막연한 즐거움을 느끼며 안내자 역할을 하고 있다. 나는 하나하나의 포석 위에서 투명한 아침 햇살을 식별해 내고, 나뭇잎 하나하나의 떨림을 보고, 그 남자의 눈에 비친 낯선 도시와 샤를로트의 눈에 너무나 익숙한 길거리 풍경을 상상해 낼 수 있을 것 같았다.

바로 그 순간, 나는 어릴 적부터 내가 샤를로트의 아틀란티스 덕분에 영원한 순간들의 그 신비로운 조화를 일별할 수 있었다는 사실을 깨달았다. 나도 모르는 사이에 그 순간들은 그 이후로 눈에도 안 보이고 인정하기도 어려운 또 다른 삶의 형태를 나의 삶 옆에 그려 놓은 것이다. 그렇기 때문에 종일 의자 다리를 만들거나 나무판자에 대패질을 하는 목수는 레이스 모양의 대팻밥이 마룻바닥에 송진이 반짝거리는 아름다운 장식품을 만들어 놓는다는 사실을 깨닫지 못하는 것이다. 그 밝은 투명함은 오늘은 연장들이 차곡차곡 높이 쌓여 있는 좁은 창문을 통해 한 줄기 햇살을 받아들이고, 내일은 눈의 푸르스름한 광택을 포착한다.

바로 이런 삶이야말로 본질에 가깝다는 사실을 이제야 나는 깨달았다. 그 방법은 아직 모르겠으나, 그 삶을 내 속에서 꽃피워야 한다. 조용한 기억 작업을 통해 이 순간들의 모든 단계를 배워야 한다. 관례적인 일상적 동작들 속에서, 무기력하고 평범한 단어들 속에서 그것들의 영원성을 간직하는 법을 배워야 한다. 이 영원성을 의식하며 살아야 한다….

정문이 닫히기 직전 묘지로 돌아갔다. 환한 밤이었다. 나는 문지방에 앉아 이미 오래전에 필요 없게 된 주소록에 글을 쓰기 시작했다.

　내 사후의 상황은 이 본질적인 삶을 발견하기 위해서 뿐만 아니라 그런 삶을 앞으로 창조해야 될 어떤 스타일로 기록하고 재현하기 위해서도 이상적이다. 아니, 오히려 이 스타일은 앞으로 내 생활 방식이 되리라. 나의 삶은 바로 종이 위에서 다시 태어나는 그 순간들에 다름 아니리라…

　종이가 부족했기 때문에 나의 선언은 얼마 안 있어 중단될 것이다. 글을 쓴다는 것은 내 계획을 위한 매우 중요한 행위였다. 나는 오직 죽기 직전에, 혹은 사후에 창조된 작품들만 시간의 시련을 이겨 낼 수 있으리라는 확신 또한 품게 되었다. 나는 어떤 사람들의 간질을, 또 다른 사람들의 천식과 코르크 붙인 방을, 또 어떤 사람들의 지하 묘소보다 더 깊은 유배를 인용했다… 이 신앙고백의 과장된 어조는 곧 사라지게 되어 있었다. 그것은 내가 그 다음 날 마지막 남은 돈으로 사게 될 그 '초안지' 철로 대체될 것이며, 나는 그 첫 장에 아주 간단히 이렇게 쓸 것이다.

　샤를로트 르모니에: 전기 초고.

　그런데 바로 그날 아침 나는 벨발 가문과 카스틀로 가문의 가족묘를 영원히 떠나게 되었다… 한밤중에 잠에서 깨어났다. 엉뚱하고 당치도 않은 한 가지 생각이 꼭 예광탄처럼 머리를 스치고 지나갔다. 나는 그 생각이 과연 현실적인지 헤아려 보려고 큰 소리로 발음해 보았다.

"샤를로트 할머니가 아직 살아계시는 건 아닐까…?"

나는 그분이 꽃으로 뒤덮인 작은 발코니로 나가 고개를 숙인 채 책 읽고 있는 모습을 상상하며 경악했다. 꽤 오래전부터 사란 짜 소식을 듣지 못했다. 그렇다면 그분은 지금도 계속 예전처럼, 내 어렸을 때처럼 살아가고 계실지도 모른다. 지금은 여든이 넘으셨겠지만, 내 기억 속의 그분은 조금도 달라지지 않았다. 내게 그분은 늘 한결같았다.

바로 그 순간 그 꿈이 내 기억 속에 나타났다. 이제 막 나를 깨운 건 아마 그 꿈의 광채였는지도 몰랐다. 할머니를 프랑스로 모셔오자….

한 떠돌이가 가족 묘지의 돌바닥에 누워서 생각해 낸 이 계획 이 비현실적이라는 건 너무나 분명한 사실이었으므로 나는 그걸 실현시키려고 애쓰지도 않았다. 당분간은 자질구레한 생각을 하지 않고 그 터무니없는 희망을 간직한 채 하루하루 살아가기로 결심했다. 그 희망 덕분에 살아가는 것이다.

그날 밤에도 잠을 이룰 수가 없었다. 외투로 몸을 감싸고 밖으로 나갔다. 포근한 늦가을 날씨가 북풍으로 바뀌었다. 낮게 깔린 구름이 조금씩 연한 회색으로 바뀌는 걸 바라보고 서 있었다. 언젠가 샤를로트가 웃지도 않고 농담처럼 거대한 러시아를 가로질러 가는 여행도 했는데 걸어서 프랑스까지 가는 게 무슨 대수겠느냐고 말했던 기억이 떠올랐다….

처음에 오랫동안 떠돌아다니며 비참한 생활을 할 때 내가 품었던 터무니없는 꿈이 바로 이 서글픈 무모함과 거의 흡사하리

라. 나는 어두운 겨울 아침 이른 시간에 검은 옷을 입고 어느 작은 국경도시로 들어가는 한 여인을 상상하리라. 그녀의 외투 자락에는 진흙이 묻어 있을 것이고, 그녀의 큼지막한 숄은 차가운 안개에 젖어 있으리라. 그녀는 어느 좁은 광장 모퉁이의 카페 문을 밀고 들어가 창가 난로 옆에 자리를 잡으리라. 여주인이 그녀에게 차 한 잔을 가져다주리라. 그러면 그 여인은 유리창 너머 뼈대를 나무로 만든 집들의 정면을 바라보며 들릴락 말락 한 목소리로 중얼거리리라.

"프랑스야… 내가 프랑스로 돌아왔어… 평생을 다른 곳에서 살다가… 이제 돌아온 거야…"

15

책
방
에
서

나온 나는 도시를 가로질러 걷다가 햇살 가득한 가론 강 위에 놓인 다리를 건넜다. 옛날 영화들을 보면 주인공이 단 몇 초만에 몇 년씩 건너뛰곤 하는데, 이건 아주 오래전부터 써 온 트릭이다. 줄거리가 끊기면서 '2년 뒤'라든가 '3년의 세월이 흘렀다'처럼 당당하고 솔직해서 언제나 내 마음에 들었던 자막이 검은 화면에 나타나는 것이다. 하지만 지금 누가 이렇게 유행에 뒤떨어진 방법을 사용하려고 하겠는가?

그렇지만 찌는 듯 무더운 어느 시골도시 한가운데 자리 잡은 그 텅 빈 책방에 들어갔다가 선반에서 내가 최근에 쓴 책을 발견하는 순간 나는 바로 그런 느낌을 받았다. '3년이 지나갔군.' 공동묘지, 벨발 가문과 카스틀로 가문의 가족묘. 그리고 이제는 '프랑스 신작 소설'이라는 게시판 아래 놓여 있는 그 얼룩덜룩한 표지의 책….

저녁 무렵 나는 랑드(프랑스 남서부 해안 지방)의 숲에 도착했다. 소나무로 뒤덮인 그 기복이 심한 지방 너머에서 영원토록 무언가를 기다리고 있는 바다의 존재를 느끼며 이틀 정도, 아니면 그보다 더 오랫동안 걷고 싶었다. 이틀 낮, 이틀 밤… '전기 초고' 덕분에 나의 시간은 놀라운 밀도를 획득했다. 나는 샤를로트의 과거 속에서 살고 있음에도 불구하고 현재를 그처럼 강렬하게 느껴 본 적은 결코 없었던 것 같다! 솔잎 사이로 보이는 모퉁이의 하늘에, 마치 호박이 분출하듯 석양빛을 환하게 받고 있는 숲속 빈터에 아주 독특한 입체감을 부여해 주는 것은 바로 그 옛 풍경이었다….

아침에 다시 길을 가는데(그 전날 밤에는 보지 못했는데 소나무 줄기에서 송진이, 그 지방에서 쓰는 단어를 사용하자면 '젬'이 비 오듯 쏟아지고 있었다) 서점 안쪽에 있는 '동유럽 문학' 선반이 특별한 이유도 없이 머릿속에 떠올랐다. 그곳에는 내가 처음에 썼던 책들이 레르몬토프와 나보코프의 책들 사이에 꼭 끼어 있어서 하마터면 현기증을 동반한 과대망상증에 걸릴 뻔했다. 내 쪽에서 보면 그것은 순전한 문학적 조작의 결과였다. 왜냐하면 그 작품들은 직접 프랑스어로 쓰였다는 이유로 출판사들로부터 거절당했기 때문이다. 나는 "프랑스어로 글을 쓰기 시작한 이상한 러시아 사람이었던" 것이다. 그래서 나는 될 대로 되라는 심정으로 가공의 번역자 한 사람을 만들어 내 그 원고를 러시아어 번역이라고 소개하면서 보냈다. 이 원고는 번역의 질 덕분에 받아들여지고, 출판되고, 호평받았다. 나는 처음에는 씁쓸하게, 나중에는 미소 지으며 '프랑스-러시아'가 내게 내린 저주가 아직 풀리지 않았구나, 생각했다. 어렸을 때는 내게 이식된 프랑스적 특성을 숨겨야 했지만 이제는 내가 러시아인이라는 사실을 비난

받아야 하는 것이다.

저녁이 되어 밤을 보낼 채비를 갖춘 나는 '초고'의 마지막 페이지들을 다시 읽었다. 그리고 그 전날 밤 간단히 메모해 놓은 부분에 이렇게 썼다.

광장을 사이에 두고 샤를로트가 사는 아파트와 마주하고 있는 이즈바에 사는 두 살짜리 소년이 죽었다. 소년의 아버지가 붉은 천을 두른 길쭉한 장방형 상자를 낮은 층계 난간에 기대어 놓는 모습이 보인다. 작은 관이었다! 꼭 인형처럼 작은 관이 내게 두려움을 불러일으킨다. 나는 살아있는 아이를 상상할 수 있는 장소, 이 하늘 아래, 이 땅 위의 어느 장소를 당장 찾아내야만 한다. 나보다 훨씬 더 어린 한 존재의 죽음을 보며 나는 온 세상을 의심한다. 샤를로트한테 달려간다. 그녀는 내가 불안해한다는 걸 느끼고 놀랍도록 짧게 말한다.

"우리 가을에 철새 날아다니는 거 본 적 있지?"

"네, 마당에서 날아다니다가 어디론가 가 버렸어요."

"맞아. 새들은 멀고 먼 나라 어딘가를 계속 날아다니고 있지. 우리의 눈에 그 새들이 안 보이는 건 단지 우리 시력이 너무 약하기 때문이야. 죽은 사람들도 마찬가지란다…."

비몽사몽간에 나뭇가지들이 내는 소리를 들은 것 같은데, 그 소리는 다른 때보다 더 크고 지속적이었다. 바람이 단 한순간도 멈추지 않고 계속 부는 듯했다. 아침에 나는 그게 바다가 낸 소리라는 사실을 알게 되었다. 그 전날 너무 피곤했던 나머지 파도가 몰아치는 모래언덕이 침식 중인 숲 경계선에서 자신도 모르게 걸음을 멈추었던 것이다.

나는 오전 내내 그 인적 없는 해변에서 바닷물이 아주 조금씩 차오르는 광경을 바라보았다… 바닷물이 밀려 나가기 시작하자 나는 다시 길을 떠났다. 축축하면서도 단단한 모래밭 위를 맨발로 걸어 남쪽으로 내려갔다. 누나와 내가 어릴 때 '퐁네프 가방'이라고 불렀으며 종이에 쌓인 작은 조약돌이 들어 있던 가방이 생각났다. 그 안에는 '페캉'과 '베르됭', 그리고 '비아리츠'가 들어 있었는데 우리는 그걸 보며 어느 미지의 도시들을 떠올린 게 아니라 그 돌의 이름이라고 생각했었다… 열흘이나 열이틀쯤 바다를 따라 걷다 보면 그 도시에 닿으리라. 그 아주 작은 부분이 러시아 초원 지대 어느 외진 곳에서 떠돌고 있는 그 도시에.

16

사

란

짜

 소식을

처음으로 듣게 된 것은 9월에 알렉스 본드라는 사람을 통해서
였다⋯.

이 본드 씨는 러시아 사업가로서 그 당시 서유럽의 모든 큰 도
시에서 주목받기 시작한 '새로운 러시아' 세대의 특징을 잘 보여
주는 인물이었다. 이들은 대부분 무의식중에 자신을 탐정소설
주인공이나 50년대 공상과학 이야기의 외계인과 동일시하여 이
름을 미국식으로 바꾸었다. 처음 만났을 때 나는 일명 알렉세이
본다르첸코(통 제조공이라는 뜻. 프랑스어 '톤늘리에'도 같은 뜻임)라고
불리는 이 알렉스 본드에게 이름을 중간에서 자르지 말고 프랑
스식 이름인 알렉시스 톤늘리에로 바꾸라고 충고했다. 그는 사업
을 하는 데 발음하기 편한 짧은 이름이 얼마나 이로운지 미소
한번 안 띠우고 설명해 주었다⋯ 이 본드라든가 콘드라트, 페드
같은 이름을 통해 러시아를 이해한다는 게 점점 어려워지는 듯
한 느낌이었다⋯.

　　　모스크바에 갈 일이 있었던 그는 내 부탁의 감상적인 측면에

감동했고 사란짜에 한번 들러 보겠다고 약속했다. 사란짜에 가서 거리를 걷고 샤를로트를 만난다는 것이 내게는 다른 행성을 여행하는 것보다도 이상한 일처럼 낯설게 느껴졌다. 알렉스 본드는 그의 표현대로 '다음 기차가 올 때까지 남는 시간'을 이용해 그곳에 갔다. 그리고 그는 내게 있어 샤를로트가 어떤 존재인지는 눈치채지 못하고 그게 무슨 휴가를 다녀온 사람들이 서로에게 들려주는 소식이라도 되는 양 전화에 대고 이렇게 말했다.

"어휴, 그런데 그 사란짜라는 곳은 정말이지 벽촌 중의 벽촌이더군요. 선생 덕분에 그렇게 깊은 시골까지 들어가 봤습니다. 길이란 길은 전부 다 초원으로 이어지더군요. 그리고 또 끝없이 펼쳐져 있는 그 초원은… 할머니께서는 잘 지내고 계시니 걱정 안 하셔도 됩니다. 그래요, 아직도 무척 활동적이시라는군요. 제가 찾아갔을 때는 댁에 안 계시더군요. 이웃에 사는 여자 말로는 어디 모임에 참석하러 가셨다더군요. 그 근처에 지은 지 2백 년이나 된 엄청나게 크고 낡은 이즈바가 한 채 있는데 그걸 허물지 못하도록 후원회인가 뭔가를 결성했답니다. 그래서 선생 할머니께서… 아닙니다, 직접 만나 뵙지는 못했지요. 무슨 일이 있어도 그날 밤에는 다음 기차를 타고 모스크바로 올라가야 했기 때문에 말이죠. 하지만 메시지는 남기고 왔어요… 선생께서도 할머니를 만나러 갈 수 있습니다. 이제는 누구나 들어갈 수 있거든요. 허허허! 사람들 말로는 이젠 철의 장막이 여과기에 불과하다더군요…."

내가 갖고 있는 건 망명자임을 증명하는 서류와 '소련을 제외한 모든 국가'에 입국할 수 있는 여행 허가서뿐이었다. '새 러시아' 측과 교섭을 하고 난 다음 날 나는 귀화 절차에 대해 알아보려고 파리 경찰서에 갔다. 자꾸만 떠오르는 그 생각을 내 안에서 침묵시키려고 애쓰면서.

'이제부터는 시계와 눈에 안 보이는 경쟁을 벌어야 할 거야. 할머니께서 언제 어느 때 돌아가실지 모르는 연세시니까.'

바로 이런 이유 때문에 나는 글을 쓰고 싶지도, 전화를 하고 싶지도 않았다. 몇 개의 평범한 단어들 때문에 내 계획이 어긋날지도 모른다는 미신에 가까운 두려움이 들었던 것이다. 빠른 시일 내에 프랑스 여권을 받아가지고 사란짜로 가서 샤를로트와 며칠 저녁 함께 이야기를 나눈 다음 파리로 모셔와야만 했다. 나는 이 모든 계획이 마치 꿈을 꾸듯 용이하게 순식간에 이루어질 것이라고 생각했다. 그런데 별안간 모든 게 엉클어지면서 나는 나의 움직임을 방해하는 접착성 물질(시간) 속에서 헤어날 수가 없게 되었다.

제출하도록 요구받은 서류들을 보니 안심이 되었다. 만들기가 불가능한 서류도 없었고, 관료적인 함정에 빠질 일도 없었던 것이다. 단지 의사에게 진찰을 받으러 갔을 때만 어떤 고통스런 느낌을 받았을 뿐이었다. 그렇지만 진찰은 5분 만에 끝났다. 요컨대 너무 피상적이었다. 나의 건강 상태는 프랑스 국적에 부합하는 것으로 판명되었던 것이다. 나를 청진하고 난 의사는 두 다리를 곧게 편 상태에서 허리를 숙여 손가락으로 지면을 만지라고 말했다. 시키는 대로 했다. 내가 지나치게 열심히 해서 어떤 불편한 분위기가 조성되었나 보다. 의사가 거북스런 표정을 짓더니

중얼거렸다.

"고마워요. 좋습니다."

내가 허리 숙이는 동작을 되풀이할까 봐 겁나는 모양이었다. 나의 태도 중에는 아주 사소한 부분이 가장 일상적인 상황의 의미를 바꿔 놓는 경우가 종종 있었다. 하얀 직사광선이 비치는 좁은 진찰실 안에 두 남자가 있다. 그중 한 사람이 별안간 허리를 숙이더니 손가락을 거의 다른 사람의 발에 닿을 만큼 지면에 갖다 댄 채 상대방이 인정해 줄 때까지 그런 동작을 취하고 있는 것이다.

길거리로 나온 나는 그런 식의 신체검사를 통해 포로들을 분류하는 수용소를 떠올렸다. 하지만 극도로 과장된 이런 식의 비교만으로는 내 불안감을 설명할 수 없었다.

나는 요구된 서류들을 갖추면서도 그처럼 열의를 보였다. 그것들을 넘겨보면서 다시 열의를 느낀 것이다. 나는 누군가를 설득시키려는 이 욕구가 어디서나 존재한다는 사실을 깨달았다. 그리고 물론 질문지에는 그런 항목이 없었지만, 나는 내가 먼 프랑스 혈통이라는 사실을 언급했다. 그렇다, 혹시 이의가 제기될지도 모른다고 예상하고 모든 회의적인 태도를 사전에 불식시키기 위해 샤를로트를 언급한 것이다. 그런데 이제는 내가 어떻게 보면 그녀를 배신했다는 느낌을 떨쳐 버릴 수가 없게 되었다.

여러 달을 기다려야 했다. 기한이 정해졌다. 늦어도 5월까지는 결정되는 것이다. 그러자 훨씬 더 비현실적인 이 봄날은 즉시 특별한 빛에 잠기면서 달의 주기에서 분리되었고, 그 고유의 리듬에 따라 고유의 환경에서 살아가는 하나의 세계를 형성했다.

내게 그것은 준비하는 시간이었을 뿐만 아니라 특히 샤를로트와 오랫동안 침묵의 대화를 나누는 시간이기도 했다. 이제는 그녀의 눈으로 길거리를 보며 걷는 듯한 느낌이 들었다. 포플러나무들이 돌풍이 불어온다는 소식을 서로 다급하게 귓속말로 전하는 것처럼 보이는 그 텅 빈 강변을 그녀의 시선으로 바라보는 듯한 느낌이 들었다. 시골 같은 정적 속에 소박한 행복과 수수한 삶에 대한 유혹이 감춰져 있는 파리 한가운데 그 낡고 작은 광장의 돌바닥에서 울리는 소리를 그녀의 귀로 듣는 것 같은 느낌이 들었다.

나는 프랑스에서 보낸 그 3년 내내 내 계획이 단 한 순간도 중단되지 않고 느리지만 신중하게 진행되었다는 사실을 깨달았다. 나의 꿈은 검은 옷을 입고 어느 국경도시를 걸어서 통과하는 한 여인의 그 어렴풋한 영상으로부터 보다 더 실제적인 영상으로 옮아갔다. 역으로 할머니를 마중 나가 할머니가 파리에서 체류하는 동안 머물게 될 호텔로 모셔 가는 내 모습을 상상했다. 그러자 나의 가장 음울하고 불행했던 시절은 끝나 버렸고, 나는 할머니가 호텔 방보다 더 편안해하실 실내를 상상하기 시작했다….

책이라는 것이 상품이 되어 버린 세계 속으로 첫걸음을 내디딜 때 겪기 마련인 이 잔인한 불행과 모욕을 내가 견뎌 낼 수 있었던 것은 바로 이 꿈 덕분이었는지도 모른다. 책은 진열대 위에 늘어놓고 경매에 부쳐 헐값으로 팔아넘기는 상품이 되어 버렸다. 나의 꿈은 해독제였고, '전기 초고'는 피난처였다.

그렇게 기다리며 보낸 몇 달 동안 파리의 지형이 바뀌었다. 서로 다른 색깔을 각 구에 칠해 놓은 어떤 지도에서처럼 내 눈에 비친 이 도시는 샤를로트의 존재에 의해 뉘앙스를 부여받는 다양한 색조들로 가득 메워졌다. 이른 아침 햇빛 가득한 침묵 속에 그녀 목소리의 메아리가 간직되어 있는 거리들. 산책을 끝낸 그녀가 피곤해하며 자리 잡는 카페 테라스들. 그녀가 바라보면 어렴풋한 추억의 은은한 고색으로 변하는 건물 파사드, 스테인드글라스.

이 이상적인 지형은 각 구의 채색 모자이크 위에 수많은 하얀색 점들을 남겼다. 우리는 최근에 세워진 대담한 양식의 건축물들을 본능적으로 피해 다니리라. 샤를로트는 파리에서 아주 짧은 시간만 보내리라. 그 모든 새로운 피라미드들, 유리 탑과 아치들을 눈에 익힐 시간조차 없으리라. 그것들의 실루엣은 어떤 낯선 미래 속에 고정되겠지만, 그렇더라도 그 미래가 우리가 산책하는 영원한 현재를 중단시키지는 못하리라.

나는 내가 사는 구역을 샤를로트가 보는 것도 원하지 않다… 약속 장소에 나타난 알렉스 본드가 놀리듯 소리쳤다.

"세상에, 여긴 프랑스가 아니라 아프리카로군요!"

그러고 나서 그는 열변을 토하기 시작했는데, 나는 그의 장황하고 지루한 연설을 들으며 그 수많은 '새로운 러시아인들'을 떠올렸다. 모든 게 다 언급되었다. 서유럽의 퇴보와 백인이 지배하는 유럽의 멀지 않은 종말, 새로운 야만인들("우리 슬라브족들도 거기 포함되지요." 그는 공정을 기하기 위해 이렇게 덧붙였다)의 침략, '그들의 퐁피두센터를 깡그리 태워 버릴' 제2의 마호메트,

그리고 '민주적이고 지나치게 정중한 그들의 인사법을 완전히 폐지시킬' 제2의 칭기즈칸. 유색인들이 우리가 앉아 있던 테라스 앞을 계속 지나가는 광경을 보고 영감을 받은 그는 묵시론적 예언, 야만인들의 싱싱한 피를 받아먹고 다시 태어나는 유럽에 대한 희망, 전면적인 인종 전쟁의 가능성, 그리고 혼혈에의 믿음…에 대해 장황하게 이야기했다. 그는 이런 문제에 대해 깊은 관심을 갖고 있었다. 그는 피부가 흰색이고 유럽식 문화에 젖어 있기 때문에 자기가 때로는 빈사 상태인 유럽에 가깝다고 느끼다가도 또 때로는 새로운 혼족에 가깝다고 느끼기도 하는 모양이었다.

"뭐라고 말씀하셔도 상관없습니다만 아무리 그래도 외국인들이 너무 많은 건 사실이에요!"

그는 방금 자기가 바로 그들에게 구대륙을 구원해 달라고 부탁했다는 사실을 까맣게 잊어버린 채 연설을 마쳤다….

꿈속에서 산보를 할 때 나는 샤를로트가 직접 보면 정신적으로 불안해할지도 모른다고 생각해 이 거리를 일부러 피해 갔다. 이곳 사람들이 샤를로트의 감수성에 거슬릴지도 모른다는 이유로 그랬던 건 아니었다. 전형적인 의미의 이민자인 그녀는 항상 매우 다양한 민족과 문화, 언어 속에서 살아왔다. 그녀는 이 제국이 시베리아에서 우크라이나에 이르는, 북 러시아에서 초원지대에 이르는 지역에 뒤섞어 놓은 온갖 다양한 인종들에 익숙했다. 전시에 그녀는 죽음에 직면해 있다는 점에서 절대 평등한, 꼭 수술받은 육체들처럼 가식 없이 평등한 그들을 병원에서 만났다.

아니다, 파리의 이 구시가에 사는 새로운 주민들은 결코 샤를로트를 당황하게 만들지 못할 것이다. 내가 그분을 그 거리에 데려가고 싶지 않아 했던 것은 프랑스어 단어를 단 한 마디도 듣지 않고 이곳을 지나갈 수도 있기 때문이었다. 어떤 사람들은 이 이국정서 속에서 신세계의 전망을 보았고, 또 어떤 이들은 재난의 징후를 보았다. 그렇지만 우리가 찾고 있는 것은 건축학적으로든 인간적으로든 이국정서가 아니었다. 우리 시대에는 환경 변화가 훨씬 더 급격하게 이루어진다는 게 내 생각이었다.

샤를로트가 다시 발견할 수 있도록 준비하고 있는 파리는 불완전했을 뿐만 아니라 어찌 보면 환상적이기까지 했다. 할아버지가 침대에 누워 두꺼운 커튼 뒤에서 남쪽의 눈부신 햇빛과 미모사 꽃송이를 볼 수 있었다는 나보코프의 이야기가 생각났다. 노인은 봄의 햇살을 받으며 자기가 지금 니스에 와 있다고 믿었다. 자기가 지금 한겨울의 러시아에서 죽어 가고 있다는, 그 태양이 사실은 딸이 자기에게 행복한 환상을 불러일으키기 위해 커튼 뒤에 켜 놓은 전등이라는 생각은 아예 해 보지도 않았다….

샤를로트는 내가 짜 놓은 일정을 지켜 가면서 모든 걸 다 보게 되리라. 그녀는 커튼 뒤의 전등에 속아 넘어가지 않으리라. 그녀는 도저히 뭐라고 설명할 수가 없는 몇몇 현대 조각품들을 보고 내게 눈을 빠르게 깜박이리라. 관찰된 작품의 단조로운 도발성을 한층 더 강조해 줄 뿐인 대단히 섬세하고 예리한 유머로 가득 찬 그녀의 해설이 귀에 들려오는 것 같았다. 그녀는 또한 내가 피해 가려고 애쓸 동네에, 내가 사는 동네에 가 볼 것이다… 그녀는 내가 옆에 없는 틈을 타 혼자 그곳에 가서 세계대전 당시의 한 병사, 어렸을 때 우리가 '베르됭'이라고 불렀던 작은 조약돌을 자신에게 주었던 병사가 살고 있던 에르미타주 거리의 집을 찾을 것이다….

나는 또한 내가 무슨 수를 써서라도 책 이야기는 절대 안 하리라는 사실을 알고 있었다. 그럼에도 나는 우리가 밤늦도록 그것도 자주 책 이야기를 하리라는 사실도 알고 있었다. 프랑스가 사란짜의 초원에 어느 날 문득 나타난 것은 책 때문이었던 것이다. 그렇다, 그것은 무엇보다도 책의 나라, 단어들로 구성된 나라로서, 이 나라의 큰 강은 마치 시를 낭송하듯 흘러갔으며, 이 나라 여성들은 알렉산드르의 운율에 맞추어 울었고, 남자들은 중세의 음유시인들처럼 말싸움을 벌였다. 어렸을 때 우리는 그 나라의 문학을 통해, 한편의 소네트로 표현되고 작가에 의해 다듬어진 그 나라의 언어 자료들을 통해 프랑스를 발견했다. 우리의 가족 신화는 샤를로트가 여행을 할 때마다 늘 낡은 표지에 색바랜 금박 책배의 작은 책 한 권을 들고 다녔다는 사실을 증언했다. 자신을 프랑스와 연결시켜 주는 마지막 끈으로서 말이다. 아니면 언제 어느 때라도 마법을 부릴 수 있어서 그랬는지도 모르겠다.

"내 기꺼이 주고 싶은 노래가 있네…"

시베리아의 눈 덮인 사막에서는 이 시행들이 '귀돌이 박히고 붉그스레한 스테인드글라스가 달린 벽돌의 성'을 얼마나 많이 만들어 냈던가? 우리는 프랑스와 프랑스 문학을 혼동했던 것이다. 그리고 그 한 단어 한 단어, 그 한 행 한 행, 그 한 절 한 절이 우리를 변함없는 아름다움의 순간 속으로 데려간 바로 이 마법,

이 마법이야말로 진정한 문학이었다.

나는 이런 종류의 문학이 프랑스에서는 죽었다는 말을 샤를로트에게 하고 싶었다. 그리고 내가 작가가 되어 은둔 생활을 한 뒤부터 탐독했던 수많은 책들 가운데서 그녀가 시베리아의 한 이즈바에서 손에 들고 있으리라 상상되는 책 한 권을 찾아보려고 애썼지만 헛일이었다는 말도 하고 싶었다. 그렇다, 펼쳐져 있는 책, 그녀의 눈에서 반짝이는 눈물….

나는 이렇게 상상 속에서 샤를로트와 대화를 나누다가 다시 사춘기 소년으로 돌아갔다. 이미 오래전 삶의 현실에 억눌려 사라졌던 나의 팔팔하고 과격한 성향이 되살아났다. 또다시 나는 절대적이며 유일한 작품을 찾았고, 그 아름다움으로 세계를 재창조할 수 있을 책을 꿈꾸었다. 그러자 옛날 사란짜의 발코니에서 그랬던 것처럼 미소와 함께 내 질문에 대답해 주는 이해심 많은 할머니의 목소리가 들려왔다….

"너, 책이 너무나 무거워서 삐걱거리던 러시아의 그 좁은 아파트 아직도 생각나니? 그래, 침대 밑, 부엌, 현관, 그리고 심지어는 천장에 닿을 정도로 책들이 가득가득 쌓여 있었지. 하룻밤만 읽고 그 다음 날 아침 정각 여섯 시에 꼭 돌려주기로 하고 빌렸는데 도대체 어디다 놓아 두었는지 찾을 수 없었던 책들도 있었고. 그리고 타자기에 카본지를 대서 한꺼번에 여섯 부씩이나 베낀 책들도 있었어. 근데 우리가 받은 여섯 번째 복사본은 도저히 읽을 수가 없어서 '맹인용'이라고 불렀지… 음, 그래, 비교를 한다는 건 어려운 일이지. 러시아에서는 작가가 신이나 다름없단다. 사람들은 그에게 최후의 심판과 천국을 동시에 기대하지. 너, 책값 얘기는 한 번도 들어 본 적이 없지? 그래, 책에는 값이 없기 때문이야! 양말은 사지 않고 한겨울에 발이 얼어붙도록 내버려 둘 수가 있지만 책은…."

샤를로트는 러시아에서의 이 책 숭배가 이제는 한갓 추억에 불과하다는 사실을 내게 이해시켜 주려는 듯 말을 멈추었다.

'그런데 그 유일한 책, 절대적인 책이란 도대체 뭘까? 최후의 심판과 천국을 동시에 보여 주는 책?'

다시 사춘기 소년으로 돌아간 내가 마음속으로 속삭였다.

내가 상상력으로 꾸며 낸 할머니의 대화는 이 열기 어린 속삭임과 동시에 중단되었다. 나는 자기 자신과 이야기를 하다가 들킨 사람처럼 부끄러워하면서 있는 그대로의 내 모습을 보았다. 작고 어두운 방 안에서 쉴 새 없이 요란한 몸짓을 하고 있는 남자. 벽돌담에 맞닿아 있어서 커튼도, 덧문도 필요 없는 거무스름한 창문. 세 걸음이면 가로질러 갈 수 있을 만큼 공간이 협소해 낡은 타자기, 전기 버너, 의자들, 선반들, 샤워기, 책상, 유령처럼 벽에 걸려 있는 옷가지 등등 별의별 물건들이 다 서로 들러붙고 겹쳐지고 뒤엉켜 있었다. 그리고 종이와 원고지, 책이 여기저기 굴러다니는 이 혼잡한 실내에서는 일종의 매우 논리적이면서도 광적인 분위기가 풍겼다. 유리창 밖에서는 비 오는 겨울밤이 시작되었고, 탄식과 환희가 뒤섞인 아랍 노래(벌집처럼 다닥다닥 붙어 있는 고옥들 위를 떠다니는)가 흘러나온다. 그리고 낡아빠진 밝은색 외투를 입은(날이 무척 춥다) 남자가 있다. 그는 얼음처럼 차가운 방에서 타자기를 칠 때 끼는 장갑을 낀 채 한 여인에게 말을 하고 있다. 그는 확신에 차 유일하고 절대적인 작품에 관해 그녀에게 묻는다. 행여 유치해 보이지는 않을까, 혹은 우스 꽝스러울 만큼 비장해 보이지는 않을까 하는 두려움 따위는 갖고 있지 않다. 그녀는 그에게 대답해 주려고 한다….

잠자리에 들기 전에 나는 이런 생각을 했다. 갖고 있는 몇 권의 낡은 책이야말로 시베리아에서는 축소판 프랑스나 다름없다고 생각하는 샤를로트는 프랑스에 오게 되면 그 문학이 어떤 운명을 맞았는지 알아보려고 애쓸 것이다. 그리고 나는 어느 날 밤 그녀가 살고 있는 아파트에 들어서다가 샤를로트가 읽고 있는 책 한 권이 책상 모서리나 창턱 위에 펼쳐져 있는 것을 보게 될 것이다. 책을 들여다보던 내 시선은 다음 문장에 가 멈추게 될 것이다.

그해 겨울, 가장 푸근했던 아침이었다. 꼭 4월 초순처럼 해가 비추었다. 서리가 녹고, 젖은 풀이 이슬을 머금은 듯 반짝거렸다… 다시는 찾아오지 않을 그날 아침, 나는 시간이 흐르면 흐를수록 더욱 진해지기만 하는 우수를 느끼며 겨울 구름 아래서 수많은 것들을 떠올리느라 그 오래된 정원과 그 그늘 아래서 내 삶의 방향을 결정했었던 아치 모양의 포도 덩굴을 잊어버리고 말았다… 어떻게 하면 이렇게 아름답게 살아갈 수 있을 것인가? 내가 알고 싶었던 것은 바로 이 물음에 대한 대답이었다. 이 고장의 깨끗함, 투명함, 심오함, 그리고 물과 돌과 빛이 만나서 이루어 내는 기적, 이런 것들이야말로 유일한 인식이며 제1의 도덕률이다. 이 같은 조화는 환상이 아니다. 그것은 실재이며, 그 앞에서 나는 언어의 필요성을 느낀다….

17

결

혼

식

전

날 밤의 젊은 약혼자들, 혹은 방금 이사를 마친 사람들은 판에 박힌 일상에서 벗어날 수 있게 되었다며 너무나 행복해한다. 앞으로도 며칠 동안 계속될 축제 분위기, 혹은 집 안이 완전히 정리될 때까지의 즐거운 무질서 상태가 그들 삶의 경쾌하고 활기 넘친 질료 자체가 되어 앞으로도 영원히 지속되리라 생각하는 것이다.

나 역시 그렇게 도취되어 몇 주 동안을 기다렸다. 그동안 살던 작은 방에서 나와 나는 집세를 4, 5개월치밖에 낼 수 없다는 사실을 알고 있으면서도 아파트를 빌렸다. 그거야 별로 중요하지 않았다. 샤를로트가 살게 될 방의 창문 앞에는 4월의 하늘을 반사하는 푸른색과 회색 지붕이 넓게 펼쳐져 있었다… 빌릴 수 있는 건 다 빌렸고, 가구와 커튼, 양탄자, 그리고 전에 살던 집에서는 없이 지냈던 온갖 자질구레한 살림살이는 돈을 주고 샀다. 그런데도 아파트는 없는 게 많아 잠은 매트 위에서 잤다. 장차 할머니가 쓰게 될 방만 그럭저럭 지낼 만해 보였다.

5월이 가까워지면 가까워질수록 나의 그 유쾌한 무분별함, 낭비벽은 더욱더 심해져 갔다. 나는 골동품 가게에서 너무나 평범해 보이는 이 방에 어떤 영혼을 불어넣을 수 있을 것 같아 보이는 작은 골동품들을 사들이기 시작했다. 한 골동품 가게에서 나는 탁상 등을 하나 발견했다. 가게 주인이 내게 보여 주려고 등에 불을 켜는 순간 전등갓의 불빛 속에 샤를로트의 얼굴이 떠올랐다. 그걸 사지 않고 가게 문을 나설 수는 없었다. 나는 책등에 가죽을 댄 고서들을 선반에 빽빽하게 꽂아 놓았는데, 그것은 세기 초에 나온 일러스트 잡지들이었다. 매일 밤 나는 그렇게 꾸며 놓은 방 한가운데 놓인 원탁 위에 여섯 개짜리 유리잔과 낡은 풀무, 옛날 우편엽서… 등 전리품을 늘어놓았다.

샤를로트는 사란짜를 오랫동안 떠나 있으려고 하지 않을 것이다, 더더구나 피오도르의 무덤을 오랫동안 내버려 두려고 하지 않을 것이다, 이렇게 급조된 박물관이나 호텔에서 불편해하지는 않을 것이다, 라고 생각했지만 소용없었다. 사들이고, 보충하는 일을 더 이상 그만둘 수가 없는 것이었다. 인간이란 잃어버린 순간을 재현하는 기술인 기억의 마법에 입문했다 할지라도 여전히 과거에 숭배했던 물체에 대해 강한 애착을 갖기 때문이다. 신의 의지에 따라 기적을 행할 수 있는 능력을 얻은 뒤로는 오히려 자신의 능란한 손놀림과 자신의 분별력을 흐트러뜨리지 않을 장점을 지닌 이중 바닥으로 된 가방을 더 신뢰하는 마법사처럼 말이다.

그런데 나는 알고 있었다. 지붕에 반사되는 그 푸르스름한 빛이야말로 진짜 마법이라는 것을, 샤를로트가 도착한 다음 날 아침 일찍 창문을 열었을 때 저 너머 하늘을 배경으로 드러날 어렴풋한 스카이라인이야말로 진짜 마법이라는 것을. 그리고 그녀가 길모퉁이에서 만난 누군가와 나누게 될 첫 번째 프랑스어의 울림이야말로 진짜 마법이라는 것을….

샤를로트와 만날 날이 가까워 오던 어느 날 저녁, 나는 자신도 모르게 기도를 올렸다… 아니, 정식으로 기도를 올린 건 아니었다. 지칠 줄 모르고 신에게 맞서는 전투적이며 종교적인 무신론의 세례를 받으며 자라났기 때문에 그런 기도는 단 한 줄도 배우지 못했다. 아니, 오히려 그것은 어설프고, 막연하고, 누구를 향한 것인지 알 수 없는 일종의 간절한 기원이라고 할 수 있으리라. 나는 나를 이 엉뚱한 행위의 현행범으로 체포한 다음 서둘러서 이 행위를 조롱했다. 나는 내가 과거에 무신론자였으므로 볼테르의 콩트에 등장하는 그 선원처럼 이렇게 외칠 수도 있으리라 생각했다.

"나는 일본을 네 번 여행하면서 그때마다 십자가 위를 걸어 다녔다네!"

나는 나 자신을 이교도로, 우상숭배자로 간주했다. 그렇지만 내가 나 자신을 이런 식으로 조롱했다고 해서 내 가슴속 깊은 곳에서 들려오던 그 희미한 속삭임이 중단된 건 아니었다. 그 목소리의 억양은 꼭 어린아이의 그것처럼 들렸다. 꼭 내가 이름 없는 상대와 거래를 하고 있는 것 같았다. 이번 만남이 성사되기만 한다면, 그 순간들을 되찾을 수만 있다면 앞으로 20년만 더, 아니 15년만 더, 좋다, 10년만 더 살겠다는 것이다….

일어나서 옆방 문을 열었다. 봄날 밤의 어슴푸레한 달빛에 잠긴 그 방 역시 은밀한 기다림으로 가슴 설레는지 잠을 못 이루고 있는 듯했다. 낡았지만 산 지는 이틀밖에 안 되는 그 부채조차도 아주 오래전부터 작고 낮은 책상 위에, 유리창으로 흘러드는 희미한 달빛 속에 놓여 있었던 것처럼 보였다.

행복한 하루였다. 5월 초에 계속되는 그 활기 없고 단조로운 휴일들 중 어느 하루. 아침에 나는 현관 벽에 커다란 외투 걸이를 설치했다. 옷을 아무리 못 걸어도 열 벌 정도는 걸 수 있었다. 우리가 여름에 과연 그걸 필요로 하게 될지 어떨지, 그런 생각은 아예 해 보지도 않았다.

샤를로트가 머무르게 될 방의 창문은 여전히 열려 있었다. 이제는 지붕의 은빛 표면 사이로 여기저기 연초록 잎이 막 돋아나기 시작한 나무들이 꼭 작은 섬들처럼 떠 있다.

그날 아침, '초고'에 짧은 단편 하나를 또 덧붙였다. 언젠가 사란짜에서 샤를로트는 제1차 세계대전이 끝난 뒤 파리에서 어떻게 살았는지 내게 이야기해 준 적이 있었다. 아무도 예측하지 못했지만 결과적으로는 두 대전 사이의 중간기에 해당된 그 전후의 나날들은 뭔가 몹시 가식적인 분위기였다고 한다. 가식적인 환희, 너무나 쉽게 이루어지는 망각. 이상한 일이지만, 전시에 신문에서 읽었던 광고들이 자꾸만 그녀의 머릿속에 떠올랐다. '석탄 없이 따뜻하게 지내세요!'라는 광고 문안 옆에는 '종이 공'을 이용하는 방법이 설명되어 있었다. 혹은 '주부 여러분, 불 없이 세탁을 하세요!' 같은 광고가 있었다. 그리고 심지어는 이런 광고도 있었다. '가정주부 여러분, 절약하세요! 불 없이도 찌개를 끓일 수 있답니다!' … 알베르틴을 만나러 시베리아로 돌아갔을 때 샤를로트는 그녀와 함께 파리로 돌아가서 전쟁 이전의 프랑스 모습을 다시 볼 수 있게 되기를 바랐다….

이렇게 몇 줄 적으면서 나는 내가 이제 곧 샤를로트에게 수많은 질문들을 던지고, 여러 가지 자질구레한 걸 확인하고, 가령 우리 집 앨범에 등장하는 그 예복 차림의 남자가 누구인지, 왜 그 사진이 반이나 잘려 나갔는지 알아낼 수 있을 거라 생각했다. 그리고 벨 에포크 시대의 사람들 사이에 끼여 있어서 옛날에 내가 의아하게 생각했던 그 솜저고리 차림의 여인이 누구인지도 알 수 있게 되리라.

나는 오후 늦게 집을 나서다가 편지함 속에서 그 봉투를 발견했다. 크림색 봉투에 경찰국 주소가 인쇄되어 있었다. 나는 인도 한가운데 선 채 한참 걸려 봉투를 서투르게 찢었다….

특히 마음이 어떤 소식을 이해하고 싶어하지 않을 때는 눈이 마음보다 빨리 움직이는 법이다. 그리고 그렇게 주저주저하는 짧은 순간, 눈은 흡사 지적 능력이 그 전하려는 말의 의미를 파악할 준비를 갖추기도 전에 그걸 바꿀 수 있다는 듯 단어들의 완벽한 연쇄를 깨뜨리려 애쓴다.

글자들이 눈앞에서 깡총깡총 뛰어다니더니 토막 난 단어들과 찢어진 문장들을 내게 쏟아부었다. 그러고 나서 꼭 박자를 맞추듯 굵은 글씨로 띄엄띄엄 인쇄된 중요한 단어가 머리에 무겁게 와 박혔다. '기각됨.' 그리고 설명 문구들이 뒤이어 나타나더니 내 관자놀이에서 맥박 치는 피와 뒤섞였다. '귀하의 상황이 ~와 일치하지 않기 때문에…', '귀하의 경우 ~을 구비하지 않았으므로…' 나는 최소한 15분쯤 미동도 없이 그 편지를 뚫어져라 응시하고만 있었다. 결국 나는 내가 어디를 가려고 했는지조차 잊어버린 채 그저 앞으로 걷기 시작했다.

그때까지만 해도 샤를로트 생각은 나지 않았다. 처음 몇 분간 나를 가장 고통스럽게 했던 것은 의사를 찾아갔을 때의 기억이었다. 그렇다, 도대체 왜 머리가 바닥에 닿을 때까지 허리를 숙이며 열성을 보였을까? 이제 생각해 보니 그럴 필요가 없었다. 그리고 그 얼마나 모욕적인 행동이었던가?

다시 집으로 돌아오면서야 나는 내게 무슨 일이 일어났는지를 확실히 깨달았다. 웃옷을 외투 걸이에 걸었다. 안쪽 문 너머로 샤를로트가 쓰게 될 방이 보였다… 그러니까 내 계획을 좌절시킬지도 모르는 건 시간(TEMPS, 오, 이 대문자들은 아무리 조심해도 지나치지가 않다!)이 아니라 종이 한 장에 몇 문장으로 타이핑된 그 신중한 공무원의 결정이었다. 나로서는 절대 알 수가 없는 사람, 오직 내가 기재한 귀화 신청서로만 나를 알고 있는 어떤 사람. 사실 나는 이 사람을 상대로 그 어설픈 기도를 올렸어야만 했다….

그 다음 날 나는 청원서를 보냈다. 회신에서 사용된 단어를 빌려 쓰자면 '재심 청원서'였다. 지극히 사적인(사실 나는 이런 편지를 쓰고 싶지 않았다), 그처럼 우둔하리만큼 오만하면서도 동시에 간절한 애원조의 편지를 써 본 건 이때가 처음이었다.

시간의 흐름이 더 이상 느껴지지 않았다. 5월, 6월, 7월. 골동품과 옛 느낌으로 채워 넣은 아파트, 내가 공연히 관장 노릇을 하고 있는 그 폐쇄된 박물관. 그런데 내가 기다리는 여인은 그곳에 없었다. '초고'로 말하자면, 귀화를 거부당한 뒤로는 단 한 줄도 덧붙이지 않았다. 나는 내가 무슨 일이 있어도 이루어지기를 바라고 있던 그 만남, 우리의 만남에 따라 이 원고의 본질이 결정된다는 사실을 알고 있었다.

그리고 그 몇 달 동안 나는 오직 한 가지 꿈만 되풀이해서 꾸다가 한밤중에 깨어나곤 했다. 긴 검은색 외투를 입은 한 여인이 침묵에 싸인 어느 겨울 아침 어느 작은 국경도시에 들어왔다.

그것은 오래전부터 해 온 놀이였다. 예를 들자면 '가증스러운'처럼 극단적인 특성을 표현하는 형용사를 선택한다. 그 다음에는 매우 비슷하면서 동시에 약간 덜 강하게 똑같은 특성을 표현하는 동의어를, 예를 들자면 '소름끼치는' 같은 형용사를 찾아낸다. 이처럼 미세한 약화가 되풀이되다 보면 그 다음에는 '눈뜨고 볼 수 없는' 같은 단어가 등장한다. 그리고 '지긋지긋한', '참기 힘든', '마음에 안 드는'…처럼 일정한 특성을 표현하는 작은 계단을 하나씩 하나씩 내려가게 된다. 결국에는 그냥 '나쁜'이라는 단어에 도달하고, 다시 '보잘것없는', '별로 좋지는 않은', '그냥 괜찮은'을 거쳐 '적당한', '만족스러운', '그럴듯한', '적절한', '유쾌한', '좋은' 순으로 다시 비탈길을 오르기 시작한다. 그 뒤에 다시 열두어 개의 단어를 거쳐 '주목할 만한', '뛰어난', '탁월한'에 도달하는 것이다.

내가 8월 초에 사란짜에서 받은 소식들도 이와 비슷한 변화를 겪었던 것 같다. 처음에는 알렉스 본드에게 전달된(그는 자신의 모스크바 전화번호를 샤를로트에게 남기고 왔다) 이 소식과 작은 소포는 이 사람 저 사람 손을 거치면서 오랫동안 여행을 했던 것이다. 그럴 때마다 그 비극적 의미는 감소되고 감동도 약해졌다. 그래서 내가 잘 모르는 그 사람은 쾌활한 어조로 전화에 대고 내게 이렇게 알렸다.

"자, 선생께 전해 드리라는 소포를 하나 받았습니다. 보낸 사람이… 누군지는 모르겠습니다만 어쨌든 그 돌아가셨다는 여자 친척분이 아닌가 싶군요… 러시아에 사시는 분 말입니다. 아마 소식은 들으셨겠지요. 그래요, 그분이 선생께 유언을 남기셨군요. 그리고…."

그 사람은 농담처럼 '유산'이라고 말하고 싶었을 것이다. 그런데 실수로 인해, 특히 영어를 주로 쓰는 '새로운 러시아인들'에게서 빈번히 나타나는 그 언어상의 부정확함으로 인해 '유언'이라고 말한 것이다.

나는 파리에서 제일 좋은 호텔들 중 한 곳에서 그를 오랫동안 기다렸다. 소파 양쪽에 걸려 있는 거울들의 얼음처럼 차가운 공백은 나의 시선과 생각을 가득 메운 공허와 완벽하게 일치했다.

처음 보는 그 인물은 모든 사람에게 미소 짓는 것 같기도 하고 그 누구에게도 미소 짓지 않는 것 같기도 한 키 크고 멋진 금발 머리 여성을 먼저 내보낸 다음 엘리베이터에서 나왔다. 어깨가 딱 벌어진 또 다른 남자가 그들의 뒤를 따랐다.

"발 그리그입니다."

그 낯선 인물은 나와 악수를 나누며 이름을 밝힌 다음 동행들을 소개했다.

"여기는 저의 변덕스러운 통역 아가씨이고, 이쪽은 제 충실한 경호원이올시다."

나는 내가 바에 초대받아 갈 수밖에 없으리라는 사실을 알고 있었다. 밸 그리그의 말을 들어 주는 것이야말로 그가 수고해 준 데 대해 감사하는 방법이 될 수 있는 것이다. 그가 이 호텔의 안락함과 '국제 사업가'라는 자신의 새로운 지위, 그리고 자신의 '변덕스러운 통역'의 아름다움을 한껏 즐기기 위해서는 내가 필요했다. 그는 자신의 성공과 러시아의 재난에 대해서 얘기했는데, 이 두 가지 주제 사이에 우스꽝스런 인과관계가 존재한다는 사실은 눈치채지 못한 것 같았다. 이런 이야기를 아마도 귀가 닳도록 들었을 여자 통역은 눈을 뜬 채 잠이 든 것처럼 보였다. 경호원은 자신의 존재를 증명이라도 하려는 듯 들어오고 나가는 사람들을 뚫어지게 바라보고 있었다. 문득 이런 생각이 들었다.

'이 세 사람에 대해서 무얼 느끼는지 설명하는 것보다는 화성인들에 대해서 뭘 느끼는가를 설명하는 게 더 쉽겠군….'

나는 지하철 안에서 소포를 열어 보았다. 알렉스 본드의 명함이 바닥으로 떨어졌다. 애도의 말과, 소포를 내게 직접 전해 주지 못해서 미안하다는 말이 적혀 있었다. 특히 샤를로트의 별세 일자가 적혀 있었다. 지난해 9월 9일이었다!

나는 지하철이 어느 역을 통과하는지도 모르고 멍하게 앉아 있다가 종착역에서야 겨우 정신을 차렸다. 지난해 9월… 알렉스 본드는 1년 전 8월 사란짜에 갔었다. 그 몇 주일 뒤에 나는 귀화 신청을 했다. 샤를로트가 숙어 가고 있던 바로 그즈음이었다. 그렇다면 나의 모든 결정, 나의 모든 계획, 기다림으로 점철된 그 몇 달은 그녀의 삶 이후에 위치하는 것이다. 그녀의 삶 바깥에 위치하는 것이다. 그렇게 막을 내린 삶과는 아무 관련도 없이 이루어진 것이다… 소포는 이웃에 사는 여인이 보관하고 있다가 봄이 되어서야 본드에게 전해졌다. 샤를로트는 포장지에 자필로 이렇게 썼다.

'이 소포를 알렉세이 본다르첸코 씨에게 전해 주시고, 알렉세이 본다르첸코 씨는 수고스러우시겠지만 제 손자에게 다시 좀 전해 주세요.'

나는 종착역에서 다른 지하철로 갈아탔다. 소포를 여는 순간 나는 결국 나의 계획을 무산시킨 것은 공무원의 결정이 아니었다고 생각하며 쓸쓸한 위안을 느꼈다. 그것은 시간이었던 것이다. 가혹하리만큼 아이러니컬하고, 계략과 모순을 발휘함으로써 자신의 절대적인 힘을 영원토록 우리에게 과시하는 시간 말이다.

소포 속에 들어 있는 것은 클립으로 묶어 놓은 20여 장의 원고지뿐이었다. 작별의 편지가 들어 있으리라 짐작했던 나는 더더구나 샤를로트가 엄숙한 표현을 쓴다거나 수다를 떠는 스타일이 아니라는 사실을 알고 있었기 때문에 웬 편지가 그렇게 긴지 이해되지 않았다. 그걸 전부 다 읽어 볼 엄두가 나지 않아서 처음 몇 장만 넘겨 보았지만 '네가 이 글을 읽고 있을 때쯤이면 난 이미 이 세상에 없을 거야' 같은 표현(나는 이런 글귀가 나타날까 봐 내심 걱정하고 있었다)은 그 어디에도 보이지 않았다.

사실 첫 부분만 읽어 보았을 때는 그게 누구에게 쓴 편지인지 얼른 짐작이 가지 않았다. 한 줄 한 줄, 한 문단 한 문단 빠르게 읽어 내려가면서 나는 그게 우리 사란짜 생활과는, 우리의 '프랑스-아틀란티스'와는, 그리고 샤를로트라면 내게 암시해 줄 수도 있었을 그 절박한 목적과는 아무 상관없는 이야기가 아닐까 하는 짐작이 들었다….

지하철에서 내린 나는 집으로 곧장 올라가지 않고 공원 벤치에 앉아 계속 멍한 상태로 편지를 읽어 내려갔다. 그제야 나는 샤를로트의 이야기가 우리와는 아예 상관이 없다는 사실을 깨달았다. 그녀는 세련되고 꼼꼼한 필체로 한 여인의 삶을 기록해 놓았다. 부주의했더라면 나는 할머니가 그 여인을 어떻게 해서 알게 되었는지 설명해 놓은 부분을 건너뛰었으리라. 하기야 그건 별로 중요하지 않았다. 그런 인생 이야기는 결국 또 한 여인의 운명이었고, 스탈린 시대의 그 비극적인 운명들(어린 우리에게 큰 충격을 안겨 주었고, 그로 인한 고통이 그 이후로는 완화되었던) 중 하나였기 때문이다. 러시아 부농의 딸이었던 그 여인은 어렸을 때 서부 시베리아의 늪지대로 유배되었다. 그리고 전쟁이 끝나자 그녀는 '반 집단농장 선전죄'로 고발되어 수용소에 갇히게 되었다… 나는 꼭 이미 외워서 다 알고 있는 책을 읽을 때처럼 그렇게 꼼꼼하게 편지를 읽어 내려갔다. 수용소 죄수들이 베어서 넘어뜨리자 눈 속에 파묻히는 삼나무들, 간수들이 매일같이 아무렇지도 않게 자행하는 가혹 행위, 질병, 죽음. 그리고 무기라든가 비인간적인 노동 부담의 위협 아래 이루어지는 강요된 사랑, 술 한 병으로 사는 사랑… 이 여인이 낳은 아이는 제 어미의 고통을 덜어 주었다. 이 '여성 수용소'에는 이런 탄생을 위한 가 건물이 별도로 마련되어 있었다. 이 여인은 징세의 긴장 완화로 베풀어질 사면을 몇 달 앞두고 트랙터에 치여 죽었다. 아이가 두 살 반이 되어 갈 무렵의 일이었다….

비가 내리는 바람에 나는 벤치에서 일어나야만 했다. 나는 샤를로트의 편지를 웃옷 속에 집어넣고 '우리의' 집으로 달려갔다. 그건 너무나 전형적인 이야기였다. 자유화의 징후들이 하나둘씩 나타나자 모든 러시아인들은 검열당했던 과거를 기억의 깊은 은신처에서 *끄*집어내기 시작했다. 그런데 그들은 역사가 그 수없이 많은 작은 강제수용소들을 필요로 하지 않는다는 사실을 이해하지 못했다. 표준이라고 인정된 거대한 수용소 한 곳으로 충분했다. 샤를로트는 자신의 증언을 내게 보내면서 다른 사람들처럼 해방되었다는 사실에 도취되어 어떤 착각에 빠졌음에 틀림없다. 이 편지가 아무 쓸모도 없다는 사실이 가슴 아프게 느껴졌다. 나는 시간이라는 것이 얼마나 경멸적이고 무관심한지 다시 한 번 느꼈다. 아이와 함께 수용소에 갇혀 있던 이 여인은 오직 몇 장 안 되는 이 편지로만 기억된 채 완전히 잊히려 하고 있다. 그런데 샤를로트 자신은?

문을 밀었다. 외풍이 확 불어오자 열려 있던 덧문이 쾅 하는 둔탁한 소리와 함께 흔들렸다. 할머니 방으로 들어가서 창문을 닫았다….

그녀의 삶을 생각했다. 너무나 다른 두 시대를, 나폴레옹 시대만큼이나 예스럽고 전설적인 시대인 세기 초, 그리고 세기 말, 밀레니엄의 말이 연결된 삶. 혁명과 전쟁, 실패한 유토피아, 그리고 성공을 거둔 공포정치. 그녀는 이런 것들의 본질을 자기 삶의 고통과 기쁨 속에서 집약시켰다. 그렇지만 이 생생하고 감동적인 체험은 이제 곧 망각 속으로 빨려 들어갈 것이다. 여자 죄수와 그녀의 아들이 갇혀 있던 그 작은 강제수용소처럼 말이다.

나는 잠시 샤를로트의 창가에 서 있었다. 여러 주 동안 나는 그녀가 이 풍경을 바라보고 있는 모습을 상상했었다…

그날 밤 나는 샤를로트의 편지를 끝까지 읽어 보기로 결심했다. 왠지 마음이 꺼림칙했던 것이다. 수용소에 갇힌 그 여인이, 수용소에서 자행되는 잔혹 행위가, 그 냉혹하고 더럽혀진 세계에 잠시나마 평온한 순간을 가져다준 그 아이가 다시 생각났다… 샤를로트는 그 여인이 죽어 가고 있는 병원을 방문해도 좋다는 허가를 받을 수 있었던 모양이다…

손에 들고 있던 원고지가 별안간 얇은 은박지로 변했다. 그렇다, 그 종이가 차갑고 가냘픈 소리를 내며 금속성 광택으로 내 눈을 어지럽혔다. 선 하나가 번득였다. 눈을 아프게 찌르는 전구 필라멘트처럼. 여기까지는 러시아어로 쓰여 있었으나, 샤를로트는 러시아어에 더 이상 자신이 없다는 듯 바로 이 줄부터는 프랑스어를 사용하기 시작했다. 혹은, 프랑스어를 쓰게 되면, 또 다른 시대의 이 프랑스어를 쓰게 되면 이제부터 그녀가 하게 될 이야기에 대해 내가 어느 정도 초연한 태도를 갖게 될 수 있을 거라는 듯 말이다.

"마리아 스테파노브나라고 불리우는 이분이 네 어머니란다. 그분은 가능하면 오랫동안 네게 아무 말도 하지 말아 달라고 부탁했단다…"

작은 봉투 하나가 이 마지막 장에 클립으로 끼워져 있었다. 봉투를 열었다. 한눈에 알아볼 수 있는 사신 한 장이 그 안에 들어 있었다. 귀마개를 내린 큼직한 샤프카를 쓰고 솜저고리를 걸친 여인. 단추 옆에 꿰매어 붙인 흰색 사각형 천에 번호가 쓰여 있었다. 그녀의 품에는 꼭 누에고치처럼 생긴 털옷을 입은 아기가 안겨 있었다….

그날 밤 나는 내가 태어나기 이전의 기억(어렸을 때 나는 그것이 내 프랑스 조상들로부터 물려받은 것이라고 생각하면서 무척 자랑스러워했었다)이라고 믿었었던 영상을 기억 속에서 다시 발견했다. 나는 그것이야말로 내가 프랑스인의 뿌리를 조상들로부터 물려받은 증거라고 생각했었다. 햇살 가득한 어느 가을날, 숲 가장자리, 눈에 보이지 않는 여인의 존재, 너무나도 맑은 공기, 빛나는 공간 저 너머에서 물결치듯 흔들리는 가느다란 거미줄… 이제 생각해 보니 그 숲은 사실 끝없이 펼쳐진 타이가였고, 푸근한 늦가을 날씨는 아홉 달이나 지속되는 시베리아의 겨울로 바뀌기 직전이었다. 내가 프랑스에 대해 품고 있던 환상 속에 나타났던 가느다란 은빛 거미줄은, 사실은 녹슬 시간조차 없었던 새 철조망에 불과했다. 나는 어머니랑 같이 '여성 수용소'의 관할구역을 산책하곤 했었다… 그것이 내 어린 시절의 첫 번째 추억이었다.

이틀 뒤에 나는 아파트를 떠났다. 그 전날 집주인이 들러서 나의 타협안을 받아들였다. 내가 몇 달 동안 모아 놓은 가구들과 골동품들을 전부 다 그에게 넘겨주는….

나는 뜬눈으로 밤을 새우다시피 하고 새벽 네 시에 이미 일어나 있었다. 바로 그날 여느 때처럼 걸어서 여행하기로 결심하고 배낭을 꾸렸다. 아파트에서 나오기 전 샤를로트의 방을 마지막으로 둘러보았다. 이른 아침의 잿빛에 잠긴 그 방의 침묵은 이제 더 이상 박물관을 연상시키지 않았다. 아니, 그 방은 더 이상 사람이 사는 곳으로 보이지 않았다. 나는 잠시 망설이다가 창턱 위에 놓여 있던 낡은 책 한 권을 집어 들고 나왔다.

거리는 아직 잠에서 깨어나지 않았는지 인적이 없었다. 얼마쯤 걸어 나가자 거리가 차츰 형태를 갖추었다.

나는 배낭 속에 넣어 가지고 다니던 '초고'를 떠올렸다. 어젯밤 머릿속에 떠올랐던 단상들을 오늘 밤이나 내일쯤 덧붙여 넣어야겠다고 생각했다. 사란짜의 할머니 집에서 마지막 여름을 보냈을 때의 일이었다… 그날 샤를로트는 초원 한가운데로 난 길을 이용하는 대신 전쟁 물자가 여기저기 버려져 있는 숲 속(주민들은 이곳을 '스탈린카'라고 불렀다)으로 들어갔다. 나는 주저주저하면서 그녀를 따라갔다. 스탈린카 숲에서는 잘못하다가 지뢰를 밟을 수도 있다는 소문을 들었던 것이다… 샤를로트가 넓은 숲 속 빈터 한가운데서 걸음을 멈추더니 속삭였다.

"봐라!"

우리 무릎까지 올라오는 나무 서너 그루가 눈에 띄었다. 톱니 모양으로 생긴 커다란 잎사귀, 땅속에 박힌 가느다란 줄기에 매달려 있는 덩굴손. 작은 단풍나무일까? 어린 까막까치밥나무 관목일까? 샤를로트가 왜 그렇게 좋아하는지 이해할 수가 없었다.

그녀가 결국 내게 말해 주었다.

"이건 포도나무란다. 진짜 포도나무 말이다."

"아, 그래요…?"

새로운 사실을 알게 되었지만 그렇다고 해서 내가 큰 호기심을 느낀 건 아니었다. 특별히 눈을 끌 만한 게 없을 만큼 평범해 보이는 이 식물을 그녀 조국의 포도주 숭배와 연관시키지 못했던 것이다. 우리는 스탈린카 한가운데 자리 잡은 샤를로트의 비밀의 포도밭 앞에 잠시 그렇게 서 있었다….

그 포도밭을 생각하면서 나는 참기 힘든 고통과 깊은 환희를 동시에 느꼈다. 내가 그처럼 깊은 환희를 느꼈다는 사실이 처음에는 부끄러웠다. 샤를로트는 세상을 떠났고, 알렉스 본드 얘기에 따르면 스탈린카 자리에는 경기장이 세워졌다고 한다. 완전한, 결정적인 사라짐을 이보다 더 확실하게 증명할 수 있는 증거는 존재할 수 없으리라. 하지만 환희가 앞섰다. 환희는 숲 속 빈터 한가운데서 체험했던 그 순간으로부터, 초원에서 불어오는 바람으로부터, 이제 생각해 보니 잎사귀 아래 작은 포도송이가 매달려 있었던 그 네 그루의 포도나무 앞에 서 있는 그녀의 고요한 침묵으로부터 비롯되었다.

걸으면서 나는 이따금씩 솜저고리를 입은 그 여인의 사진을 들여다보곤 했다. 그때서야 나는 나를 양자로 들인 가족의 앨범에 등장하는 인물들의 표정과 그녀의 그것이 어떤 점에서 희미하게나마 닮았는지 깨달을 수 있었다. 그것은 샤를로트의 그 마법적인 표현 'petite pomme!' 덕분에 드러난 그 은은한 미소였다. 그렇다, 수용소 담장을 배경으로 사진을 찍은 그 여인은 마음속으로 그 수수께끼 같은 음절을 발음했었음에 틀림없다… 나는 잠시 걸음을 멈추고 그녀의 두 눈을 응시했다. 그러면서 이렇게 중얼거렸다.

'나보다 더 젊은 나이인 이 여인이 내 어머니라는 생각에 익숙

해져야 해.'

나는 사진을 챙겨 넣고 계속 걸었다. 그리고 샤를로트를 생각하자 그녀의 존재는 꾸벅꾸벅 졸고 있는 듯한 그 거리 속에서 내밀하지만 자연스럽고 분명하게 드러났다.

이제 내게 부족한 것은 그 사실을 표현할 수 있는 단어들뿐이었다.

기억은 하나의 추억이 아니라 삶 자체이다

"글쓰기가 단지 단어와 문체, 그리고 문장들의 연쇄로만 요약되는 것은 아니다. 글쓰기는 무엇보다도 관점이다."

이 책의 작가 안드레이 마킨의 말이다. 마킨에게 글을 쓴다는 것은 곧 번뜩이는 직관과 섬세한 언어 작업을 통해 우리가 체험하지는 않았지만 우리 안에서 또는 우리 눈앞에서 되풀이되는, 어떤 이야기 또는 어떤 과거와 조우하는 일이다. 과거를 글로 표현한다는 것은 곧 과거를 재현하는 일이고, 때로는 그것을 변모시키는 일이다. 또한 시간 개념을 소거함으로써 인간 역사에 너무 자주 흔적을 남기는 악을 없애려는 시도이기도 하다. 작가의 이 같은 '관점'의 표현이 『프랑스 유언』이다. 이 작품에서 화자가 글쓰기를 통한 기억 작업으로 불러낸 환상과 자신의 현실적 삶 그리고 역사와 인간의 분열상들은 봉합되고 화해하게된다. 그래서 화자는 실제적 삶의 공간으로서 프랑스의 거리를 걷게 되는 것이다.

작가란 숙명적으로 영적인 혹은 금욕주의적인 문학적 탐구라는 매우 야심 찬 사명을 수행해야 하는 존재이다. 그런 점에서 마킨은 도스토옙스키나 톨스토이 등 러시아의 위대한 고전 작가들과 맥이 닿아 있다고 말할 수 있을 것이다.

『프랑스 유언』은 마킨이 갖고 있는 이 같은 문학관의 산물이다. 화자에게 프랑스는 매혹의 대상인 동시에 배척의 대상이다. 모순으로 가득 찬 이 양면적 삶이 이 작품의 주요한 줄거리 중 하나를 이룬다. 화자가 물려받은 프랑스의 유산은 그가 성인이 될 때까지 끌고 다녀야 할 짐인 동시에 이상화된 선망의 대상으로 그려진다. 동경하지만 또 다른 나라(러시아)에 완전히 접근하기 위해서는 파괴해야만 하는 나라(프랑스) 사이에 끼여 있는 화자의 이 같은 이원성, 이 같은 이중 분열은 러시아에서 태어났지만 프랑스어로 글을 쓰는 작가 자신에게서도 드러난다. 작가의 삶을 구성하는 한 가지 일화는 이 점에서 의미심장하다. 프랑스에 정착하여 귀화한 마킨은 자신의 초고가 거절당하는 것을 지켜봐야만 했던 것이다.

『프랑스 유언』이 가진 매력은 무엇보다 부정하려야 부정할 수 없는 탁월한 수준의 문체에 있지만 복합적인 구조, 즉 순환적인 동시에 선조적인 서술 방식에서도 눈부시게 빛을 발한다.

작품은 4부로 이루어져 있다. 제1부와 제2부는 화자와 그의 누나가 시베리아에서 보내는 어린 시절을 따라간다. 여름이면 외할머니 댁에 가서 지내던 일. 그들에게 프랑스어로 쓰인 책을 읽어 주고, 자신이 파리에서 지낸 어린 시절을 옛날이야기처럼 들려주는 할머니. 1910년에 대홍수가 나는 바람에 거대한 호수로 변한 파리, "프랑스-아틀란티스" 펠릭스 포르 대통령의 여러 가지 일화와 니콜라스 2세 러시아 황제의 프랑스 방문. 어느 날 샤를로트가 발견한 "퐁네프 가방" 그리고 그 안에 들어 있는 보물. 할머니의 외삼촌인 벵상이 샤를로트에게 그것에 대한 관심을 불러일으킨 사진과 신문 삽화….

여기서부터 샤를로트가 파리에서 보낸 어린 시절과 그녀의 삶에 관한 이야기가 선조적으로 그려진다. 그녀가 시베리아의 보이아르스크 변두리 이즈바에서 보낸 가난한 청소년기, 그녀가 이 도시 총독의 딸에게 가르쳤던 프랑스어 수업, 노르베르와 결혼하고 파리와 러시아를 계속 왔다 갔다 하는 그녀의 어머니 알베르틴. 제1차 세계대전이 끝날 무렵 만난 첫사랑은 그녀의 손바닥에 "베르됭"을 쥐어주고, 1921년에는 적십자 단원으로 러시아로 돌아가며, 7~8년 뒤에는 어머니 알베르틴과 재회한다. 이 일화는 샤를로트와 피오도로의 결혼으로 종결된다.

화자와 그의 누나에게 어린 시절의 시간은 곧 그들의 삶이 이중 분열되는 시간으로 드러난다. 프랑스라는 이 아틀란티스의 사자使者인 샤를로트는 프랑스어라는 언어로써 이상화된 과거가, 사물에 대한 두 번째 관점이 나타나도록 만든다. 선조적이지만 플래시백이 종종 등장하는 이 에피소드는 제2부에서 진행되는데, 여기서는 제2차 세계대전 중에 간호사가 된 샤를로트 이야기, 그녀의 남편 피오도르의 실종과 귀향에 관한 이야기, 열네 살이 된 화자의 이야기가 동시에 전개된다. 여름밤 발코니에서는 이야기가 계속되지만, 샤를로트의 프랑스는 그 아우라를 잃기 시작한다.

제3부에서는 화자의 "유년기에 조종을 울린" 아틀란티스의 전

설적인 시간이 막을 내리고 다시 러시아가 등장한다. 화자는 열네 살을 지나면서 훌쩍 자라 현실의 삶으로 돌아온다. 결국 그는 "내가 러시아 사람이라고 느껴진다."라고 말한다. 그렇게 되기 위해서는 "망령들이 득실거리는 옛 프랑스의 신기루"를 흩뜨려야 하고, "그의 가슴속에 들어 있는 이 제2의 심장"을 질식시켜야 했다. 이 몽상가 소년은 러시아 청소년이 되어 현실의 삶과 여자, 창녀, 파슈카와의 우정에 몰두하면서 또래집단에 동화된다. 급우들은 수상쩍은 조상을 가진 이 이상한 아이를 더 이상 경계하지 않는다.

제4부에서는 20년이란 세월이 흘러 화자의 독일에서의 언론 활동에 이어 파리와 페르라셰즈 묘지에서의 생활이 등장한다. 그리고 화자는 오랫동안 잊고 있었던 샤를로트를 프랑스로 돌아오게 만들겠다는 계획을 세우게 된다.

『프랑스 유언』의 이야기들이 병렬적으로 전개되고 회상 장면이 등장하는 등 선조적 줄거리를 가진 작품이기도 하지만, 또한 탁월한 순환적 구조를 갖춘 작품이기도 하다. 이 소설의 첫 장면에 "보지 말았어야 했을 사진 한 장"이 등장한다. 독자들은 이것이 풀어야 할 비밀이라는 것을 금세 눈치채고 이 비밀이 풀리기를 오랫동안 기다린다. 그리고 이 비밀은 작품 말미에 파리에서 풀린다. 사진에 등장하는 젊은 여성은 화자의 어머니였던 것이다. 그가 프랑스에 대해 품고 있던 생각이 환상이었음이 드러나면서 작품은 순환적으로 종결된다. 그렇기는 하지만 독자들은 어른이 되어 파리에 도착한 화자가 프랑스의 유산이 존재하지 않는데도 불구하고 결국은 프랑스를 다시 발견하고 프랑스를 실제로 체험하는 것을 보게 된다.

『프랑스 유언』은 화자의 이야기일 뿐만 아니라 그의 할머니 샤를로트 르모니에의 삶에 관한 이야기다. 이 여성 존재의 삶을 지켜보는 것은 곧 프랑스의 역사에 대한 증언뿐만 아니라 20세기 러시아의 역사에 대한 증언을 만나는 일이다. 『프랑스 유언』이 가진 이 같은 측면은 이 작품을 이끌어 가는 중요한 길잡이 가운데 하나다. 샤를로트가 기억의 표면으로 다시 떠오르게 만든 프랑스는 제3공화국의 프랑스, 정치인으로서의 활동보다는 고급 창녀인 마르그리트 스테넬의 품에 안겨 죽은 걸로 더 알려진 펠릭스 포르 대통령의 프랑스다. 이 일화는 작품 속에 자리를 잡고 화자가 어렸을 때 프랑스에 대해 품고 있던 환상을 버리게 만든다.

나중에 화자는 자신의 힘으로 펠릭스 포르가 죽은 진짜 이유(마르그리트 스테넬과 엘리제궁에서 불륜을 저지르다가 복상사한 걸로 전해진다)를 알아내는 등 그때까지만 해도 그것의 "덧없는 반영물들"만을 갖고 있던 프랑스 역사에 대해 조금씩 알아가게 된다. 그는 "그 이후로 나는 그 역사의 내밀한 부분을 알게 되기를 갈망"한다. 그러나 러시아가 역사를 검열하는 나라였기 때문에 이 같은 탐색은 쉽지 않다. "이데올로기의 저장소인 도서관에는 책이 골고루 갖추어져 있지 않았다." 화자에게 "역사의 조작을 좌절시킬 수 있는" 기회를 제공하는 것은 바로 문학이었다. 그는 고티에와 발자크, 뮈세, 상드, 위고 등의 프랑스의 위대한 작가들을 발견하게 된다.

러시아 역사에 관한 증언은 내용이 더 충실하다. 펠릭스 포르라는 인물은 화자와 관련된 이 두 나라의 관계를 공고히 한다. 1896년에 이루어진 니콜라스 2세 러시아 황제의 프랑스 방문은 이 작품에 처음으로 등장하는 에피소드들 중 하나다. 그러고 나면 1917년의 러시아, 마지막 러시아 황제의 치욕스러운 죽음, 제1차 세계대전에 이은 제2차 세계대전, 러시아가 이 두 차례의 전쟁에서 치른 엄청난 희생 등이 서술된다. 피로 물든 이 두 차례의 세계대전을 지켜보는 것은 간호사로서 부상자들을 돌보는 일을 맡은 샤를로트다.

"언젠가는 우리들 모두를 영원히 행복하게 해 주고, 우리의 사고를 투명하게 만들며, 엄격히 평등하게 만들어 줄 그 공산주의의 커다란 구세적 계획"은 여기서 세세히 연구되지 않는다. 레닌이나 스탈린 같은 인물도 작품 속에 출현하는 경우는 드물고 항상 암시될 뿐이다. 딱 한 명의 인물만, 소련 전체주의 체제라는 기계를 움직이는 단 하나의 톱니바퀴만 작품 속에 등장하는데, 그게 누구인가 하면 바로 1938년 당시 소련 비밀경찰 책임자였던 라브렌티 파블로비치 베리아다. 이 인물의 잔학함은 그가 길거리에서 점찍어 운전사더러 쫓아가라고 명령하는 포악한 여성 편력에 대한 언급을 통해 드러난다. 베리아, 그리고 "욕을 당하고 살해된 여자들이 득실거리는 그의 하렘."

이 소련이라는 세계는 베리아라는 인물만을 통해 그려지는 것은 아니다. 특히 전쟁과 거기서 부상당한 사람들, 죽은 사람들이 이 작품을 가득 메우고 있다. 예를 들어 "사모바르"라고 불리는, 즉 모스크바 시내를 배회하며 지나가는 사람들에게 구걸을 하는 팔다리 없는 상이군인들에 대해서는 매우 상세하게 묘사되어 있다. 결국 러시아는 "괴물 같은" 나라로, "악, 고문, 고통, 자기 훼손은 이 나라 국민들이 좋아하는 소일거리"지만 화자에게는 바로 그것의 불합리함 때문에 사랑해야 하는 나라로 묘사된다. 러시아인이 된다는 것, 그것은 곧 도스토옙스키가 19세기에 이미 말했던 것처럼 선과 악이라는 두 개의 심연에 머무르는 이중적 존재가 된다는 것이다.

『프랑스 유언』은 잃어버려서 다시 찾아야 하는 기원에 대한 탐구가 중요한 위치를 차지하고 있는 입문 소설이다. 화자에게 두 부분 사이에서의 갈등은 인격의 단일성에 접근하기 위해 꼭 뛰어넘어야 하는 주요한 장애물이다. 러시아에서 살아야 하는 이 소년에게 이 "이중적 관점", 이 "사물에 대해 던지는 두 번째 눈길"은 엄격한 의미의 "흠"까지는 아니지만 그렇다고 해서 바람직한 성공 수단은 될 수가 없다. 프랑스의 유산은 이 아이가 반 친구들을 하나의 시선으로 바라보는 것을 가로막는다. 거기서 비롯되는 차이 때문에 화자는 학교 운동장에서 그들에게 놀림을 받는 것이다.

그래서 우리는 청소년이 된 화자가 왜 그동안 꿈꾸어 온 프랑스를, 이 "이식된 부분"을 지워 버리고 자기가 러시아 청년이라는 걸 입증하려 애쓰는지 알 수 있다. "나는 내가 러시아 사람이라고 느낀다"에서 "나는 러시아 사람이었다"로 바뀌고, "나는 러시아 사람이다"로 다시 달라진다. 이 같은 정체성 확인은 제3부에서 계속 이루어진다. 그 나이 또래의 청소년들이 그렇듯 여자를 알게 되고 풋사랑에 빠진 화자는 방향 전환을 한다. 결국 치유되어 "삶으로 되돌아온 것 같은" 느낌이 든다. 드디어 학교생활이 가능해진 것이다. 하지만 그렇다고 해서 프랑스의 유산이 사라진 것은 아니다. 화자는 급우들의 환심을 사기 위해 또 프랑스 대통령과 마르그리트의 말도 많고 탈도 많았던 열렬한 연애 사건에 관해 장황하게 사설을 늘어놓는 것이다.

이 프랑스의 유산과 실제로 조우하는 것은 그가 독일의 한 방송국을 그만두고 난 20년 뒤의 일이다. 그 충격은 엄청나다. 그것은 묘지에서의 생활로 표현되기도 하지만, 특히 글을 쓸 때 언어를 선택해야 하는 문제로 나타난다. 이것은 이중의 문화적 정체성을 갖고 있는 사람들 모두가 겪어야만 하는 체험, 즉 영원한 차이의 감정이라는 체험이다. 러시아에서는 프랑스 사람이었던 화자는 이제 프랑스에서는 자기가 러시아 사람이라고 느낀다. 러시아 사람인 화자는 프랑스어로 글을 써서 출판을 시도하지만, 출판사는 그의 작업을 거부한다. "나는 '프랑스어로 글을 쓰기 시작한 이상한 러시아 사람이었던' 것이다."

"그래서 나는 될 대로 되라는 심정으로 가공의 번역자 한 사람을 만들어 내 그 원고를 러시아어 번역이라고 소개하면서 보냈다. 이 원고는 번역의 질 덕분에 받아들여지고, 출판되고, 호평받았다. 나는 처음에는 씁쓸하게, 나중에는 미소 지으며 프랑스-러시아가 내게 내린 저주가 아직 풀리지 않았구나, 생각했다. 어렸을 때는 내게 이식된 프랑스적 특성을 숨겨야 했지만 이제는 내가 러시아인이라는 사실을 비난받아야 하는 것이다."

그러나 화자-작가에게 새로운 세계로 이어지는 문을 열게 해 주는 것은 바로 이 프랑스어라는 언어다. 작가는 기억과 읽기, 쓰기 사이의 관계에 대해 끈질기게 성찰하고 분석한다. 읽고 쓴다는 것, 그것은 곧 미지의 세계 속으로 들어가서 그 세계가 우리 눈앞에서 다시 살아나도록 하는 일이다. 잊힌 세계가 살아남는 것은 바로 언어를 통해서다. 마킨은 그것이 기적이라고 생각한다.

"이 짧은 몇 마디가 기적을 불러일으켰다. 왜냐하면 나는 별안간 내 오감을 통해 그 세 우아한 여인들의 미소가 정지시켜 놓았던 순간 속으로 들어갔던 것이다."

그런 점에서 『프랑스 유언』은 프루스트적 작품이다. 마킨에게 글을 쓴다는 것은 결국 체험하지 않은 것을 기억하는 것이다. 그것은 곧 시간의 경계를 파괴하고 과거로 이동하는 것이다. 그런 의미에서 화자가 1910년의 파리 대홍수를 기록한 금속판을 언급하는 부분은 의미심장하다.

"그것은 하나의 추억이 아니라 삶 그 자체였다. 아니, 나는 회상하는 것이 아니라 체험하는 것이었다."

『프랑스 유언』에서는 네르발의 유산도 무시할 수 없다. 작품에서 네르발의 시 「환상」은 이 중요한 역할을 할 뿐만 아니라 그의 미학을 잘 드러내 보여준다. 마킨에게 글을 쓴다는 것은 과거를 되살리고, 시간의 경계를 지우고, 시간의 가역성을 증명하는 것일 뿐만 아니라 시간을 파괴해 없애는 것이기도 하다. 마킨은 시와 중편소설에서 순수하고 투명한 언어를 통해 잃어버린 과거를 추억하고 결국은 영원성의 형태에 접근하기를 꿈꾸었던 네르발의 야심을 공유하고 있는 것처럼 보인다. 그에게 진정한 문학이란 "한 단어 한 단어, 한 행 한 행, 한 절 한 절이 우리를 변함없는 아름다움의 순간 속으로 데려가는 바로 그 마법"이다.

그러나 단순히 위에서 언급한 이 진정한 문학을 읽는 것이 아니고 자기 자신이 직접 글을 쓰려고 할 경우에는 어떻게 해야 할 것인가? 자기 자신만의 언어를 만들어 내야 한다. 문학이 직관처럼 우리에게 주는 "말로 표현할 수 없는 것"을 누가 말할 것이며, "그 영원한 순간"을 누가 포착할 것인가? 우리의 삶 곁에 "눈에 안 보이고 차마 말할 수 없는" 또 다른 삶이 존재한다. 습관적인 우연성에서 벗어난 이 또 다른 삶이 솟아오르게 만들 수 있는 것은 바로 글쓰기를 통한 과거와 기억에 대한 작업이다.

"그 방법은 아직 모르겠으나, 그 삶을 내 속에서 꽃피워야 한다. 고요한 기억 작업을 통해 이 순간들의 모든 단계를 배워야 한다. 일상적 동작들 속에서, 무기력하고 평범한 단어들 속에서 그것들의 영원성을 간직하는 법을 배워야 한다. 이 영원성을 의식하며 살아야 한다…."

이재형

안드레이 마킨 Andreï Makine

안드레이 마킨은 1957년 러시아 시베리아 출신으로 볼가 지역에서 청소년기를 보내고 모스크바대학교에서 문학박사 학위를 받았다. 이어 노브고로드 언어연구소에서 교수로 일하면서 프랑스 유수의 문예지인 「마가진 리테레르」의 소련 특파원으로도 일했다. 그가 서른 살이던 1987년, 프랑스를 여행하던 중 정치적 망명을 한 이후 1990년에 『어느 소련 영웅의 딸』이라는 제목의 처녀작을 출간하면서 작가로서의 이력을 시작한다. 1995년에는 『프랑스 유언』으로 공쿠르상과 고등학생들이 선정하는 공쿠르상, 그리고 메디치상까지 받는 3관왕의 주인공이 되면서 문학성과 대중성을 동시에 갖춘 작품이라는 평가를 받았다.

『프랑스 유언』은 작가의 자전적 요소를 많이 가지고 있는 소설이다. 화자는 작가와 많은 공통점을 갖고 있다. 화자의 삶을 이중 분열적으로 몰고 갔던 매혹의 대상인 동시에 배척의 대상인 프랑스라는 유산은 러시아에서 태어났지만 프랑스어로 글을 쓰는 작가 자신에게서도 드러난다.

마킨은 문학상 수상작 9편을 포함해 20여 편의 작품을 발표하면서 섬세하고 독특한 스타일의 작가로 자리를 잡았는데, 그의 문체는 시적이고 세련되었다고 평가를 받는 한편 지나치게 고전적이라고 평가되기도 한다. 작품으로는 『소련 영웅의 딸』『올가 아르벨리나의 범죄』『동구를 위한 레퀴엠』『어떤 삶의 음악』『자크 도름의 하늘과 땅』『기다리는 여인』『영원히 기억될 짧은 사랑』『사랑받는 여자』『슈라이버 중위의 나라』『또 다른 삶의 열도』 등이 있다.

이재형

한국외국어대학교 프랑스어과 박사 과정을 수료하고 한국
외국어대학교, 강원대학교, 상명여자대학교 강사를 지냈
다. 우리에게 생소했던 프랑스 소설의 세계를 소개해 베스
트셀러를 기록한 많은 작품들을 번역했으며, 지금은 프랑
스에 머물면서 프랑스어 전문 번역가로 활동하고 있다. 옮
긴 책으로『세상의 용도』『부엔 까미노』『어느 하녀의 일
기』『걷기, 두 발로 사유하는 철학』『꾸뻬 씨의 시간 여행』
『꾸뻬 씨의 사랑 여행』『마르셀의 여름 1, 2』『사막의 정원
사 무싸』『카트린 드 메디치』『장미와 에델바이스』『이중
설계』『시티 오브 조이』『조르주 바타유의 눈 이야기』『레
이스 뜨는 여자』『정원으로 가는 길』『프로이트: 그의 생
애와 사상』『사회계약론』『법의 정신』『군중심리』『사회계
약론』『패자의 기억』『최후의 성 말빌』『세월의 거품』『밤
의 노예』『지구는 우리의 조국』『마법의 백과사전』『말빌』
『신혼여행』『어느 나무의 일기』등이 있다.

프랑스 유언 Le
Testament
Français

지은이_안드레이 마킨
옮긴이_이재형

1판 1쇄 인쇄_2016년 10월 25일
1판 1쇄 발행_2016년 11월 5일

펴낸이_황재성·허혜순
책임편집_사비나
디자인_color of dream

펴낸곳_무소의뿔
(04030) 서울시 마포구 동교로 136
신고번호 제2012-000255호
신고일자 2012년 3월 20일
전화 02-323-1762 팩스 02-323-1715
이메일 musobook@naver.com
www.facebook.com/musobooks
ISBN 979-11-86686-12-6 03860
인쇄_스크린피앤피 제본_(주)상지사피앤비

무소의뿔은 도서출판연금술사의 문학 브랜드입니다.
저작권법에 의하여 보호를 받는 저작물이므로
무단 전재와 복제를 금합니다.
이 도서의 국립중앙도서관 출판예정도서목록(CIP)은
서지정보유통지원시스템 홈페이지(http://seoji.nl.go.kr)와
국가자료공동목록시스템(http://www.nl.go.kr/kolisnet)에서
이용하실 수 있습니다. (CIP제어번호: CIP2016025573)